LIOBA WERRELMANN

TOD in SIEBENBÜRGEN

Paul Schwartzmüller ermittelt

eichborn

Dieser Titel ist auch als E-Book erschienen

Die Bastei Lübbe AG verfolgt eine nachhaltige Buchproduktion. Wir verwenden Papiere aus nachhaltiger Forstwirtschaft und verzichten darauf, Bücher einzeln in Folie zu verpacken. Wir stellen unsere Bücher in Deutschland und Europa (EU) her und arbeiten mit den Druckereien kontinuierlich an einer positiven Ökobilanz.

MIX
Papier | Fördert gute Waldnutzung
FSC® C014496

Eichborn Verlag

Originalausgabe

Die Veröffentlichung dieses Werkes erfolgt auf Vermittlung der literarischen Agentur Peter Molden, Köln

Textredaktion: Sabine Biskup, Mainz
Umschlaggestaltung: Guter Punkt, München | www.guter-punkt.de
Einband-/Umschlagmotive: © mauritius images:
Daniel Chetroni/Alamy/Alamy Stock Photos
Satz: two-up, Düsseldorf
Gesetzt aus der Baskerville
Druck und Einband: GGP Media GmbH, Pößneck

Printed in Germany
ISBN 978-3-8479-0119-8

1 3 5 4 2

Sie finden uns im Internet unter eichborn.de

PROLOG

Die Nacht hatte sich auf den kleinen Platz gesenkt wie ein samtener Mantel. Weich und zärtlich umhüllte sie die windschiefen Hütten, die grellbunten Leuchtreklamen, die vielsprachigen Hinweisschilder. Alles, was am Tage hässlich war, laut und schrill, schien sich zu verwandeln. So, als brächte das Dunkel den Zauber zurück, der diesen Ort seit Menschengedenken umgab.

In der Ferne erklang das Heulen eines Wolfes, ein zweiter fiel darin ein, ein dritter. Die Frau, die aus einer der Hütten hervorlugte, zuckte nur kurz. Sie fürchtete die Wölfe nicht, ebenso wenig die Bären, die oftmals in der Dämmerung kamen und sich labten am Müll der Touristen. Alles, was die Frau fürchtete, war der Mann, der im nahen Dorf auf sie wartete. Aber nicht mehr lange. Bald schon würde sie ihn verlassen.

Sie richtete die einfache Plane vor dem Eingang der Hütte, legte eine Hand auf ihr Herz und berührte den Beutel, den sie dort trug. Er war kaum größer als eine der prallen Erdbeerfrüchte, die sie neben dem Kanapee bereitgestellt hatte, und fühlte sich ganz leicht an. Als könne das, was sich darin befand, bei der kleinsten Berührung zersplittern. Sie hatte einen stolzen Preis dafür bezahlt, doch sie war sich sicher, er war jeden *Leu* wert. Wenn sie ihn doch nur bald anwenden könnte!

Suchend wanderte ihr Blick hoch zu der Burg, die einem Schemen gleich nicht weit von ihr auf dem schroff abfallenden Bergmassiv thronte. Längst waren die Scheinwerfer erloschen, die man für die Besucher aufgestellt hatte, um sie am Abend blutrot erstrahlen zu lassen. Wo ihr Liebster bloß blieb?

Wieder heulte einer der Wölfe, wieder fielen andere ein, es schienen nun weit mehr geworden zu sein. Einer der Hunde, die stets auf dem kleinen Platz herumstreunten, gab ein klägliches Jaulen von sich und schoss einem hechelnden Schatten gleich davon.

Mit einem Mal riss die Wolkendecke auf, voll und bleich stand der Mond am Himmel und tauchte die Burg in seinen silbrigen Schein. Die Frau blinzelte. Bewegte sich da etwas an einem der Türme? Nein, das konnte nicht sein. Oder etwa doch? Sie trat einen Schritt vor, und da sah sie es.

Weit oben auf der Burg, direkt unterhalb der Zinnen, stand eines der Fenster offen, das eiserne Kreuz in seiner Mitte bewegte sich sachte im Wind. Im nächsten Moment schob sich jemand heraus. Aber das war kein Mensch! Es schien ein riesenhaftes Insekt zu sein, mit einem großen Paar schwarz glänzender Flügel. Den Kopf voraus, kroch es die Burgwand hinab, so geschwind, als fänden seine Füße Halt in den Ritzen des uralten Gemäuers.

Die Frau stieß einen kleinen Schrei aus. Mit wohligem Schaudern entsann sie sich des Romans, der all die Touristen hierherführte und den auch sie als junges Mädchen verschlungen hatte. Auf genau diese Weise verließ der Fürst der Finsternis um Mitternacht sein Schloss. Und hatte es nicht eben zwölf geschlagen? Wieder fasste sie sich an die Brust, diesmal berührte sie das goldene Kreuz, das sie dort trug, gleich neben dem Beutel. Was wohl dort oben vor sich ging? Da verschluckten die Wolken den Mond, die Burg und das schauerliche Wesen.

»*Imposibil*«, flüsterte die Frau, »unmöglich«, und rang sich ein Schmunzeln ab. Sicher war das eine dieser Inszenierungen, die man für besonders zahlungskräftige Besucher arrangierte. Hatte ihr Liebster ihr nicht erst kürzlich von einer Reisegruppe aus Mexiko erzählt, die für viel Geld auf dem Schloss übernachtet hatte, in eigens dafür herbeigeschafften Särgen?

Nein, sollten die Leute aus Mexiko, Deutschland und sonst woher diese Märchen ruhig glauben, sie würde nicht darauf hereinfallen, sie nicht.

Tatsächlich vertraute man hierzulande auf eine ganz andere Art von Zauber. Noch einmal berührte sie den Beutel an ihrer Brust. Lächelte still in sich hinein.

Lange konnte es nicht mehr dauern, bis ihr Liebster endlich bei ihr wäre.

Das Wesen, das einem Nachtvogel gleich hinter den Hütten verschwand, sah sie nicht.

EINS

Zweieinhalb Tage zuvor …

Beinahe hätte Paul Schwartzmüller den Brief gar nicht angenommen. Denn als es an der Tür klingelte, telefonierte er gerade mit der Chefredakteurin.

»Erwarten Sie jemanden?« Sie hatte es auch gehört.

»Nein. Das ist bestimmt für die Nachbarn. Ich wohne im Erdgeschoss …«

»Und deshalb klingelt der Paketbote bei Ihnen.« Ein raues Lachen. Ein Klicken wie von einem Feuerzeug. Paul mochte seine Chefredakteurin, sehr sogar. Sie war zuverlässig und korrekt, sie kam immer sofort zum Punkt. So wie er.

»Wir haben da eine Vakanz.« Er hörte sie tief inhalieren.

»Eine Vakanz?«

»Eine offene Stelle für einen fest angestellten Redakteur. Zunächst nur für ein Jahr, aber immerhin. Ich weiß, wie sehr Sie Ihr Leben als freier Autor lieben. Sie sind einer der Besten. Aber, unter uns gesagt, die Geschäftsleitung streicht die Honorare für lange Reportagen, wie Sie sie schreiben. Weite Reisen, aufwendige Recherchen, das ist einfach nicht mehr drin. Also, was sagen Sie?«

Paul räusperte sich. Holte tief Luft. An der Tür klingelte es ein weiteres Mal.

»Ich …«, brachte er heraus.

»Ich sag's Ihnen direkt«, fiel sie ihm ins Wort. »Sie arbeiten als Chef vom Dienst. Bei Ihnen laufen alle Fäden zusammen.

Sie koordinieren, bestimmen, was ins Blatt kommt, machen die Schlussredaktion. Sie werden keine Zeit mehr haben, eigene Artikel zu schreiben. Sie werden für überhaupt nichts anderes mehr Zeit haben. Es ist der stressigste Job, den ich zu vergeben habe. Aber auch der verantwortungsvollste. Und, ganz ehrlich, ich wüsste niemand anderen, den ich dafür haben will.«

Paul holte noch einmal tief Luft. Seine Gedanken fuhren Karussell. Seit fast fünfundzwanzig Jahren schrieb er schon als freier Mitarbeiter für diese Zeitung – seitdem er als Student dort angefangen hatte. Er hatte miterlebt, wie die Geschäftsleitung immer härtere Sparmaßnahmen durchgeführt hatte, mit eiserner Hand. Wie ein freier Kollege nach dem anderen abgesetzt wurde. Die Chefredakteurin hatte gekämpft und allzu oft verloren. Er selbst hangelte sich schon lange von Auftrag zu Auftrag, stets knapp bei Kasse, stets in Sorge, wie er die nächste Miete bezahlen sollte. Im Stillen wartete er auf den Tag, an dem sie auch ihn endgültig fallen lassen würden. Ob er dann noch etwas Neues fände? Immerhin, er war neunundvierzig.

Und jetzt das. Ein fester Job. Chef vom Dienst.

»Ich fühle mich geehrt«, sagte er schließlich. »Und ich danke Ihnen für Ihr Vertrauen. Ich …«

An der Tür läutete es nun Sturm.

»Verzeihung.« Er lief in den Flur, das Telefon am Ohr. »Die Paketzustellerin muss alles wieder mitnehmen, wenn ich ihr nicht öffne …«

»Nun machen Sie schon auf.« Wieder dieses raue Lachen, das er so mochte.

Doch es war nicht die Paketzustellerin, die die vier Stufen zu ihm ins Hochparterre heraufgeschossen kam. Es war der Postbote.

»Na endlich, Herr Schwartzmüller. Ein Einschreiben. Wenn Sie das bitte quittieren könnten?«

»Es gibt nur einen Haken«, sagte die Chefredakteurin, während Paul unterschrieb. »Einen ganz kleinen.«

»Und der wäre?« Paul starrte auf den Brief. Ein schlichtes braunes Kuvert mit einem verwischten, offiziell aussehenden Siegel. Aber das war es nicht, was ihn irritierte. Es war etwas anderes.

»Sie müssen am Ersten anfangen«, unterbrach die Chefredakteurin seine Gedanken. »Also, genauer gesagt, nächsten Mittwoch.«

»Nächsten Mittwoch?«, echote Paul.

»Ich weiß, es ist knapp, aber das ist die Bedingung der Geschäftsleitung. Sonst macht es der Sohn vom Verleger, der ist nur gerade auf Mauritius.«

»Verstehe.« Die Haustür fiel hinter dem Briefträger ins Schloss. Paul stand im Halbdunkel des Flurs, das Kuvert in der Hand. Da war etwas … Plötzlich fiel durch das Fenster auf dem Treppenabsatz zum ersten Stock ein einzelner Lichtstrahl. Er reichte genau bis zu Paul. Und einem riesigen leuchtenden Finger gleich brachte er die Briefmarke auf dem Kuvert zum Funkeln.

Paul stutzte, blinzelte. Das konnte nicht sein. Oder etwa doch?

»Natürlich haben Sie einen Tag Bedenkzeit. Aber nicht länger, hören Sie, Paul?«, sagte die Chefredakteurin. »Ich erwarte Ihren Anruf morgen früh.«

Paul wollte sagen, dass er keine Bedenkzeit brauche, doch die Chefredakteurin hatte schon aufgelegt. Sowieso hatte er gerade das Gefühl, kein vernünftiges Wort mehr herauszubekommen.

Denn auf der Briefmarke abgebildet war ein Ort, den er aus dem Gedächtnis hätte zeichnen können, auch wenn er ihn seit beinahe einem halben Menschenleben nicht mehr gesehen hatte. Jedes Detail war ihm vertraut. Die mittelalterlichen Häuser, der weiße Ratsturm. Und davor die kleine Brücke, die sich elegant über einen kopfsteingepflasterten Hohlweg spannte, geschmückt mit Blumen und eisernen Rosetten.

»*Podul Minciunilor*«, flüsterte Paul. Es gab keinen Zweifel.

Die Briefmarke zeigte die legendäre Lügenbrücke in Hermannstadt – oder Sibiu, wie die Rumänen sagten. Paul atmete einmal tief durch, sein Herz schien plötzlich schneller zu schlagen. Dann trug er das Kuvert so vorsichtig, als habe er Angst, ihm auch nur den kleinsten Knick zuzufügen, in die Wohnung.

Lange saß er an seinem Schreibtisch, den Brief vor sich. Er hatte keine Ahnung, wer ihm aus Rumänien schrieb. Doch er dachte nicht einen Moment mehr an das, was die Chefredakteurin gesagt hatte, an den neuen Job. Denn allein der Anblick der Briefmarke versetzte ihn in eine andere Zeit. Ließ Erinnerungen in ihm aufsteigen, die er verloren geglaubt hatte.

Wie oft war er an der Hand des Vaters über diese Brücke gegangen. Immer mit einer bangen Sorge im Herzen. Denn hatte Tante Zinzi ihm nicht erklärt, die Brücke trage ihren Namen, weil sie wisse, ob derjenige, der sie betrete, gelogen habe? Und dass sie zusammenstürze, wenn ein Lügner versuche, sie zu nutzen? Und hatte ein Junge von zehn, zwölf Jahren nicht Hunderte Lügen vorgebracht, manche womöglich aus Versehen?

Der Vater pflegte über derlei zu lachen und fasste Pauls Hand ein bisschen fester. Er war Ingenieur und gab nichts auf die Geschichten von Tante Zinzi. Paul jedoch konnte nicht genug von ihnen bekommen.

Später, als er älter wurde, erzählte die Tante ihm auch die anderen Geschichten, die sich um den Namen der Brücke rankten. Kadetten der Militärakademie hätten dort jungen Mädchen Versprechen gemacht, die sie nie zu halten gedächten. Und junge Frauen hätten auf dieser Brücke ihren Verlobten geschworen, noch Jungfrauen zu sein. Wenn sich in der Hochzeitsnacht herausstellte, dass dies nicht stimmte, hätte man sie von ebenjener Brücke gestoßen.

Paul betrachtete den Brief, als sei er ein Bote aus einer längst vergangenen Zeit. Er sah sich selbst auf der uralten Bank in Tante Zinzis Sommerküche hocken, zu seinen Füßen die Feuerstelle, auf dem Schoß den kleinen Kater. Tante Zinzi, wie sie in dem eisernen Topf rührte und *Palukes* für ihn kochte. Jeder Tag, den Paul in den Ferien bei ihr verbrachte, begann und endete mit diesem goldgelben Maisbrei, die rumänischen Nachbarn nannten ihn *Mamaliga*. Mal begoss Tante Zinzi den Brei mit süßer Milch, mal bestreute sie ihn mit würzigem Käse. Paul hatte niemals genug davon bekommen können. Und er hatte ihn seit jenen frohen Kindertagen nie wieder gegessen.

Und nun dieser Brief. Mit einer Briefmarke, auf der die Lügenbrücke abgebildet war. In Pauls fassungsloses Staunen mischte sich leises Unbehagen. Genau fünfunddreißig Jahre war es nun her, dass er und der Vater Siebenbürgen verlassen hatten. Fünfunddreißig Jahre, in denen Paul alles getan hatte, um zu vergessen. Den Kummer über das, was er verloren hatte. Die Verwirrung über das, was geschehen war. Die Schuldgefühle, von denen er nicht wusste, woher sie kamen.

Langsam griff er nach einem Brieföffner, betrachtete den Umschlag von vorne, von hinten. Das Siegel, das wohl eine Art Absender darstellen sollte, war so verwischt, dass er es nicht entziffern konnte.

Mit einer einzigen Bewegung schlitzte er den Umschlag der Länge nach auf.

Heraus fiel ein offiziell aussehendes Schreiben. Es stammte, wie Paul erkennen konnte, von einem Anwaltsbüro in Bukarest. Und obwohl Paul seit Jahr und Tag kein Rumänisch mehr gesprochen oder gelesen hatte, verstand er auf Anhieb, was das Anwaltsbüro ihm da mitteilte. Zugleich verstand er kein Wort.

Tante Zinzi war vor sechs Wochen gestorben, Mitte April. Sie hatte ihm ihren Hof vermacht.

Paul starrte auf das Datum, tastete in seiner Hemdtasche nach seiner Lesebrille, setzte sie auf. Mitte April. Das konnte doch nur ein böser Scherz sein.

Wo war sein Telefon? Paul suchte die Wohnung ab, das Schreibzimmer, die Küche, sogar das Schlafzimmer. Schließlich fand er es draußen im Flur auf der Fußmatte. Er musste es einfach fallen gelassen haben. Seine Finger flitzten über die Tastatur, wählten die Nummer des Anwaltsbüros. Doch am anderen Ende nahm niemand ab.

Er verbrachte eine unruhige Nacht. Im Traum erschien ihm Tante Zinzi, klein und zart wie ein Mädchen, die aschblonden Haare unter einem eng geknoteten Kopftuch verborgen. Sie öffnete den Mund, als wolle sie ihm etwas sagen, doch kein Wort kam ihr über die Lippen. Paul schreckte hoch, schweißgebadet. Und nun fluteten sie über ihn hinweg, die Erinnerungen, die er sich so lange verboten hatte.

Tante Zinzi, wie sie ihr Feld am Rande des Dorfes bestellte. Vor den Pflug hatte sie den Ochsen gespannt, sie führte ihn an einem kurzen Strick. Paul hatte immer einen Heidenrespekt vor diesem gewaltigen Tier gehabt, er sah sich jetzt noch auf seinen dürren, braun gebrannten Beinen Reißaus nehmen, sobald es ihm zu nahe kam. Tante Zinzi, wie sie durch ihren Gemüsegarten kraxelte, Kartoffeln anbaute, Kohl, Tomaten, Auberginen und Zwiebeln. Wie sie abends beim Schein der Petroleumlampe Bohnen pulte. Paul hatte seine Tante geliebt. Aufgewachsen ohne Mutter in einem grauen Betonkasten am Rande Bukarests, zählten die Sommer bei der Tante in einem winzigen Dorf in Siebenbürgen zu seinen glücklichsten Kindheitserinnerungen. In der ersten Zeit in Deutschland hatte er sich Nacht für Nacht in den Schlaf geweint.

»Bitte«, hatte er den Vater angefleht, »lass uns nach Hause fahren, zu Tante Zinzi.«

Und der Vater hatte ihm gesagt, Tante Zinzi sei gestorben, gleich nach ihrer Abreise.

Hatte er gelogen?

Paul wälzte sich im Bett hin und her, den Kopf voller Fragen.

Als der Morgen dämmerte, stand er auf und nahm eine lange Dusche. Wie gerne würde er jetzt mit dem Vater reden! Doch der war seit Jahren tot. Und ohnehin war Reden schon zu Lebzeiten nicht seine Stärke gewesen.

Wieder wählte er die Nummer des Bukarester Anwaltsbüros. Immerhin, nun meldete sich ein Anrufbeantworter, der ihm mitteilte, das Büro sei am Montag wieder besetzt.

Heute war Samstag.

Paul tigerte durch seine Wohnung. Klappte sein MacBook auf, suchte nach Tante Zinzi im Internet, fand nichts, klappte das MacBook wieder zu. Er trank eine ganze Kanne Kaffee, machte sich ein Brot und brachte es nicht herunter. Ihm war, als habe ihn jemand an eine Steckdose angeschlossen. Es brutzelte in seinem Inneren, von den Zehen bis in die Haarspitzen.

Was, wenn Tante Zinzi tatsächlich erst Mitte April gestorben war? Wenn er den Menschen, den er geliebt hatte wie sonst niemanden auf dieser Welt, hätte wiedersehen können? Verdammt, er wäre jeden Sommer zu ihr gefahren, so wie früher! Wahrscheinlich sogar noch viel öfter.

Warum aber hatte sie sich nie bei ihm gemeldet?

Vielleicht, gab er sich selbst zur Antwort, weil du dich nie gemeldet hast. Du warst schließlich voll und ganz damit beschäftigt zu vergessen. Ein anderer zu werden.

Gegen elf rief er die Chefredakteurin an.

»Na endlich«, meldete sie sich.

»Ich nehme den Job«, sagte er schnell.

»Gut.«

»Vorher muss ich noch kurz verreisen.«

»Wohin soll's denn gehen?«

»Nach Rumänien, genauer gesagt nach Siebenbürgen.«

»Auweia! Was wollen Sie denn da?«

Paul schluckte. Probierte den Satz im Stillen, bevor er ihn aussprach. Er hatte ihn sich abgewöhnt, damals, als er mit vierzehn nach Deutschland gekommen war. Zu schlimm war der Spott der anderen Kinder gewesen. Die Art, wie sie auf seine Kleidung zeigten, seine Frisur, wie sie lachten über seine Sprechweise. Er hatte blitzschnell gelernt, zu sprechen wie sie, hatte den Vater angebettelt, ihm neue Sachen zu kaufen, mit ihm zum Frisör zu gehen.

Die Chefredakteurin, das wusste er genau, würde nicht spotten.

»Ich komme von dort«, sagte er und merkte, wie sein Rücken sich ein wenig aufrichtete. »Ich bin ein Siebenbürger Sachse.«

ZWEI

Das Flugzeug war brechend voll. Pauls Knie drückten sich in die Rückenlehne seines Vordermanns, und seine Schultern ragten weit über den Sitz hinaus. Er lehnte sich ein wenig in den Gang, vorsichtig darauf bedacht, nicht den Stewardessen im Weg zu sein, die unentwegt hin und her flitzten und Massen an Parfüm und Zigaretten verkauften.

Er hatte genau dreißig Minuten gebraucht, um seine Sachen zu packen, ein Bahnticket von Köln nach Dortmund zu buchen und den letzten freien Platz in der Maschine Dortmund–Sibiu zu ergattern. In Sibiu selbst würde ein Mietwagen auf ihn warten, auch wenn er nicht gerne Auto fuhr. So würde alles schneller gehen. Schließlich musste er am Mittwoch zurück sein.

Seine Sitznachbarin, eine alte Dame mit hochgestecktem Haar und Lesebrille, reichte ihm eine Tüte mit Pfefferminzbonbons, Paul schüttelte dankend den Kopf. Er mochte nichts essen, nicht einmal ein Bonbon.

Die letzten Stunden hatte er wie im Fieber verbracht. Nun, wo es kein Zurück mehr gab, wurde ihm auf einmal ein wenig flau im Magen. Er hatte diese Reise so lange gescheut, geglaubt, er werde sie womöglich nie antreten.

Er musste verrückt geworden sein.

»Was führt Sie nach Siebenbürgen?«, fragte die alte Dame in einem so weichen Tonfall, dass das flaue Gefühl in Pauls Magen augenblicklich verflog. Obwohl sie Hochdeutsch sprach, erkannte er in der Farbe ihrer Sprechweise sofort den Dialekt der Siebenbürger Sachsen. Sie sprach wie früher Tante Zinzi.

Paul überlegte, was er sagen sollte. Dass er einen Hof geerbt hatte, von dem er sich nicht vorstellen konnte, was er damit sollte? Dass er diese überstürzte Reise eigentlich nur unternahm, weil er nicht glauben konnte, dass sein Vater ihn damals belogen hatte? Er entschied sich für die einfachste Antwort.

»Ich habe das Haus meiner verstorbenen Tante geerbt.«

»Dachte ich es mir doch!«, antwortete die alte Dame. »Sie sind ein Heruntergekommener!«

»Ein bitte was?«

»Ein Heruntergekommener.« Hinter der Lesebrille begannen die blauen Augen der Frau vergnügt zu blitzen. »So nennen wir in Siebenbürgen die Leute, die einst unsere Nachbarn waren und während der Diktatur fort sind. Und die jetzt zurückkommen. Heruntergekommene halt.«

»Ich komme nicht zurück«, beeilte Paul sich zu sagen. »Ich bleibe nur kurz.«

»Soso.« Die Augen der alten Dame blitzten nun so sehr, als habe Paul einen formidablen Witz gemacht. Einen Moment lang machte sie den Eindruck, als wolle sie noch etwas hinzufügen, dann jedoch holte sie einen E-Book-Reader hervor und schien sogleich vollkommen in ihre Lektüre vertieft zu sein.

Nicht einmal zwei Stunden später landete das Flugzeug in Sibiu. Paul merkte, wie ihm die Knie weich wurden, als er die Gangway hinunterging. Wie sich sein Schritt verlangsamte, als er sich der Passkontrolle näherte. Wie sich sein Atem beschleunigte.

Stell dich nicht so an, ermahnte er sich selbst. Du bist es gewohnt zu reisen. Du kommst überall klar.

Doch sein Herz schlug schneller als sonst.

Der Flughafen war winzig und recht neu, die schmale Ankunftshalle im Nu durchquert. Was hatte in der Mail der Mietwagenfirma gestanden? Das Auto würde auf dem Parkplatz ganz rechts stehen, mit dem Schlüssel auf dem linken Vorderrad.

Paul trat hinaus – und blieb wie angewurzelt stehen.

Es war ein ganz normaler Parkplatz, nicht besonders groß. Umgeben von einem Industriegebiet, wie es sie überall auf der Welt gab. Und doch.

Es war die Luft. Sie roch nach Benzin und tausenderlei Düften, die die Menschen ausströmten, die mit Paul die Ankunftshalle verließen. Und darunter, so sanft, dass es außer ihm womöglich niemandem auffiel, und zugleich vollkommen betörend, duftete es süß und mild. Das, erkannte Paul sofort, war der Duft Siebenbürgens. Der Duft seiner Kindheit.

Wie von fern hörte er, dass sich jemand entschuldigte, der ihn wohl angerempelt hatte. Begrüßungsfetzen flogen hin und her, Rufe, Motoren wurden angelassen. Paul aber nahm es kaum wahr. Er stand einfach nur da, schnupperte.

Dann gab er sich einen Ruck, fasste seine Reisetasche fester und machte sich auf den Weg.

Er fand das Auto samt Schlüssel, einen roten Opel Corsa, den der Verleiher so hektisch gewaschen hatte, dass auf den Fußmatten noch kleine Pfützen standen. Ein älteres Modell, genauso eins, wie der Vater es zuletzt besessen hatte. Der stets größten Wert darauf gelegt hatte, ein deutsches Fabrikat zu fahren, auch wenn es immer nur für einen gebrauchten Kleinwagen gereicht hatte.

Paul gab sich noch einmal einen Ruck – jetzt nicht auch noch sentimental werden! Er schob den Fahrersitz zurück, stellte Außen- und Seitenspiegel ein. Beinahe stieß er mit dem Kopf an die Autodecke, aber das würde schon gehen. Er startete das Navi und gab die Adresse ein, ohne einen Moment zu überlegen. Er hatte sie die letzten fünfunddreißig Jahre sicher in seinem Inneren verwahrt. Als die Anzeige ihm sagte, die Fahrtzeit betrage eine Stunde und zwölf Minuten, merkte er, wie ihm schon wieder flau wurde. Der Ort, an den er sich jeden Gedanken verboten hatte, damit die Sehnsucht ihn endlich in Ruhe ließ, war plötzlich ganz nah.

Komm schon, Alter, redete er sich gut zu, und gab Gas.

Das Navi führte ihn weitläufig um Sibiu herum, auf Straßen, die so gut ausgebaut waren, dass Paul nur staunen konnte. Der Bus, der ihn damals zu Beginn der Sommerferien von Bukarest aufs Dorf zu Tante Zinzi gebracht hatte, musste wegen all der Schlaglöcher in den unbefestigten Wegen stets so langsam fahren, dass man meinte, nebenherlaufen zu können.

Die Hauptverbindungsstraße nach Osten, die jetzt E68 hieß, hatte sich sogar in eine vierspurige Rennstrecke verwandelt, und Paul in seinem Opel Corsa, der ihm nun doch ziemlich klapprig vorkam, mit einer Gangschaltung, die sich anfühlte, als rühre man in einem Butterfass, wurde permanent überholt, sogar zahllose Lkw bretterten an ihm vorbei.

Aber das war es nicht, was ihm den Atem nahm. Es war die Bergkette, die plötzlich, als habe ein Zauberer den Himmel angemalt, zu seiner Rechten aufragte. Ihre unteren Hänge strahlten in einem tiefen Grün. Darüber erhob sich kahler, schroffer Fels. Und ganz oben, auf ihren Spitzen, glitzerte im Licht der Nachmittagssonne der Schnee.

Die Karpaten. Sie standen da, so stolz und majestätisch, wie Paul sie in Erinnerung hatte. Alle Umwälzungen der Zeit waren spurlos an ihnen vorübergegangen.

Wieder fluteten die Erinnerungen über ihn hinweg. Wie er es als Junge geliebt hatte, durch die Wälder der Karpaten zu streifen! Am Anfang hatte er sich ein wenig gefürchtet, dann aber war ihm Sorin über den Weg gelaufen, Tante Zinzis Nachbarsjunge. Sorin fürchtete sich vor gar nichts, und Paul wich ihm nicht von der Seite.

Was wohl aus Sorin geworden war?

So, wie er nie infrage gestellt hatte, dass Tante Zinzi damals gestorben war, so hatte er sich auch nie nach Sorin erkundigt. Er hatte sein altes Leben von sich abgestreift wie ein Paar Stiefel, das nicht mehr passte.

Paul schüttelte sich und drückte aufs Gas.

Warum nur kam es ihm einen verstörenden Moment lang so vor, als säße neben ihm auf dem Beifahrersitz der Vater und schaute ihn mit großen Augen an? So, als könne er sich über diese Reise gar nicht genug wundern.

Vielleicht, gab er sich zur Antwort, weil er sich selbst so sehr wunderte.

Hast du mich damals angelogen?, fragte Paul den Vater im Stillen. Hast du behauptet, Tante Zinzi sei tot, damit ich Ruhe gebe?

Aber natürlich hüllte der Vater sich wie früher in Schweigen.

Paul schnaubte. Verbannte das Bild des Vaters aus seinem Kopf. Versuchte, aus einem wie er wusste unsinnigen Impuls heraus, noch einmal, das Anwaltsbüro in Bukarest zu erreichen. Wieder nur der Anrufbeantworter. Was, wenn der Brief, den er bekommen hatte, gar nicht echt war? Wenn sich jemand einen bösen Scherz mit ihm erlaubte? Denn dass der Vater ihn belogen hatte, das konnte er einfach nicht glauben.

Seine Unruhe wuchs.

Er verließ die große Straße, und sofort war der Weg so, wie er ihn in Erinnerung hatte: ungepflastert, eine Schotterpiste mit Löchern, so tief, dass ein Kind darin verschwinden konnte. Plötzlich querte ein Bahnübergang, das Schild davor so schief, dass es beinahe umfiel. Paul bremste abrupt, schaute nach links, nach rechts, einmal, zweimal, dreimal. An diese unbeschrankten Bahnübergänge erinnerte er sich, und auch an die Tiere, die Hunde, Schafe und Ziegen, die Sorin und er so oft in ihrer Nähe gefunden hatten, die meisten schon verwest, manche mit nur halb geschlossenen Augen und panisch klopfenden Herzen. Ihm war beinahe, als könnte er ihr Wimmern hören.

Paul verscheuchte die Erinnerung, legte den ersten Gang ein, gab Gas, doch der Motor erstarb. Verdammt! Er war im dritten. Diese Gangschaltung war wirklich vollkommen ausgeleiert. Als er endlich über den Bahnübergang rumpelte, die Gleise hoch wie Bordsteine, knallte er mit dem Kopf gegen die Decke. Mist. Vielleicht hätte er eine Wagenklasse höher buchen sollen.

Er tauchte ein in einen Wald, so dicht, dass die Strahlen der tiefstehenden Sonne den Boden kaum berührten, das Blätterdach voller Vogelstimmen. Der Mietwagen schaltete von allein das Licht ein, immerhin, das funktionierte.

Plötzlich blitzten hinter ihm Scheinwerfer auf. Ein Lastwagen näherte sich mit halsbrecherischer Geschwindigkeit. Paul fuhr so weit rechts ran, wie es irgendwie ging. Im nächsten Augenblick hatte der Lkw ihn dermaßen knapp überholt, dass Paul meinte, seinen Seitenspiegel knirschen zu hören. Es folgte ein weiterer Lkw, ein dritter, noch einer. Paul zählte nicht weniger als sieben Fahrzeuge, die allesamt durch den Wald donnerten, als sei der Teufel hinter ihnen her. Und die ihn und sein kleines Mietauto nur um Haaresbreite verfehlten. Auf dem allerletzten Lkw erkannte er im Licht seiner Scheinwerfer die Abbildung einer Fratze, die ihm sofort bekannt vorkam: ein raubvogelartiger Schädel mit einem immens gebogenen Nasenrücken und weit aufgeblähten Nasenlöchern. Eine hohe Stirn, wenig schütteres Haar, dunkel wie die Nacht. Buschige Augenbrauen, spitze Ohren. Und ein Mund, so hart, dass man sich sogleich zu gruseln begann, vor allem wegen der beiden Zähne, die scharf und spitz über die Lippen hinausragten.

Graf Dracula. Offensichtlich war da gerade der Fürst der Finsternis persönlich an ihm vorbeigerauscht.

Paul musste so sehr lachen, beinahe wäre er beim Anfahren im dichten Gebüsch gelandet, das fast bis auf die Fahrbahn wuchs. Der Schrecken, der ihn erfasst hatte, flog davon wie ein lautloser Nachtvogel. Kaum war er in Transsylvanien, stieß er auch schon beinahe mit seinem berühmtesten Bewohner zusammen.

Er lachte immer noch in sich hinein, als er den Wald verließ. Doch sobald er die Landschaft sah, die sich nun vor ihm auftat, verfiel er in andächtiges Schweigen. Bis zum Horizont erstreckten sich Felder und Wiesen in den satten Farben des Sommers. Es gab keine Leitplanken und keine Zäune, aber einfache Leiterwagen, die von Pferden gezogen wurden, manche sogar von Ochsen. Er fuhr durch Dörfer, deren Häuser pastellfarben leuchteten, rosa, hellblau, lindgrün. Alte Frauen und Männer saßen am Straßenrand auf Bänken. Kinder liefen barfuß. Wieder musste Paul an Sorin denken. Er konnte sich nicht erinnern, dass einer von ihnen in den drei Monaten, die die Schulferien dauerten, jemals Schuhe getragen hatte.

Die Straße wurde noch schadhafter. In manchen der Löcher steckten sogar orangefarbene Fähnchen, damit man sie auch sah, und Paul musste, um den tiefsten Löchern auszuweichen, durch andere, nicht ganz so tiefe mitten hindurch. Kurz wunderte er sich, wie die Fahrer der Lastwagen mit dem Dracula-Konterfei das wohl bewerkstelligt hatten. Sie kannten sich in der Gegend wohl gut aus.

Die Felder und Wiesen verschwanden, es ging durch eine enge Schlucht, zu einer Seite massiger Fels, zur anderen gähnender Abgrund. Der kleine Corsa röchelte. Paul musste so manches Mal zurücksetzen, um entgegenkommenden Fuhrwerken auszuweichen. Von fern hörte er das Heulen eines Hundes. Oder war das ein Wolf?

Wieder verschluckte ihn ein Wald, so dunkel, als sei die Sonne schon untergegangen. Das Heulen kam näher. Plötzlich huschte ein Wesen über die Straße, so gehetzt, dass Paul nicht sagen konnte, ob es ein Hund gewesen war, ein Wildschwein,

ein Wolf oder nichts von alledem, sondern nur ein Trugbild seiner Fantasie. In seinem Nacken spürte er etwas, das sich anfühlte wie eine kalte Hand.

Und dann lag mit einem Mal das Dorf vor ihm, als sei er nur kurz fort gewesen. Ein gewaltiger Baum, der seinen Schatten auf die einzige, staubige Straße warf. Häuser rechts und links, eins an das nächste gebaut, Giebel und Toreinfahrten wechselten sich ab. Mittendrin die hölzerne orthodoxe Kirche und nur einen Steinwurf entfernt, frisch geweißt, als wären die letzten fünfunddreißig Jahre so spurlos an ihr vorbeigegangen wie die Jahrhunderte zuvor, die imposante Kirchenburg, gut geschützt hinter ihrem doppelten Ring aus mächtigen Mauern.

Paul überkam ein ganz eigentümliches Gefühl. Jahrzehntelang hatte er sich verboten, an Tante Zinzis Dorf auch nur zu denken. Nun fühlte er eine Beklemmung, wie er sie gar nicht von sich kannte. Prüfend sah er sich um. Keine Menschenseele weit und breit. Lebte hier überhaupt noch jemand? Er suchte den zweiten Gang, den ersten, rumpelte auch hier durch tiefe Schlaglöcher. Auf dem Display des Corsa begann ein Symbol zu blinken. Am Dorfende, vor dem letzten Haus in der Reihe, ging der Motor von selbst aus.

Das Haus, einst fliederfarben gestrichen, war vollkommen grau. In einem der beiden Fenster zur Straße fehlte eine Scheibe, jemand hatte ein Brett davorgenagelt. Das Tor war verwittert und hing ganz schief in den Angeln. Doch die Rose, die sich immer schon bis unters Dach hinaufwand, gab es noch. Sie stand in voller Blüte, und als Paul aus dem Auto stieg, die Beine so steif, als seien sie aus Holz, roch er es – sie duftete so lieblich wie früher.

Unsicher trat er an das Tor, klopfte dagegen. Kein Laut. Aber die niedrige Tür links daneben schwang wie von Geisterhand auf, als bedeutete sie ihm, einzutreten.

Der Innenhof lag in Totenstille. Er war sauber gefegt wie zu

Tante Zinzis Zeiten, zwischen einzelnen, großen Steinen wuchs Gras. Zur Linken ahnte Paul hinter dichtem Efeu das Altenteil des Anwesens, schon damals so einsturzgefährdet, dass Tante Zinzi es fest verrammelt hatte. Zur Rechten stand das Wohnhaus. Stets hatte ihn hier der Geruch des Herdfeuers begrüßt, der Duft nach Gebackenem, nach Tante Zinzis sagenhafter Gemüsesuppe. Nun schien das Gebäude verlassen zu sein, im Dach klaffte ein nur notdürftig geflicktes Loch. Leise, als fürchte er, die Geister derer, die einst hier wohnten, zu stören, ging Paul weiter. An das Wohnhaus schloss sich der *Schopfen* an, der Geräteschuppen. Auch er schien verschlossen zu sein, das kleine Fenster war blind.

Hier lebt schon lange niemand mehr, dachte Paul, als er etwas hörte. Ein Stimmchen, so leise, als stamme es von einem neugeborenen Kind, und zugleich so schrill, dass es auf keinen Fall menschlich sein konnte.

Unwillkürlich stellten sich ihm die Nackenhaare auf. Langsam ging er weiter, angestrengt horchend. Wie bei allen Höfen, die die deutschen Einwanderer vor Hunderten von Jahren in diesem Teil Rumäniens errichtet hatten, folgte auch auf Tante Zinzis Hof nach dem Schuppen der Stall. Und der war ganz offensichtlich bewohnt. Ein leises Scharren war daraus zu hören und dann wieder das gellende Stimmchen. Begleitet von einem scharfen Geruch, der Paul in die Nase fuhr. Vorsichtig schob er die Tür auf.

Es war ein schneeweißes Zicklein, das so erbarmungswürdig schrie. Es stand auf drei Beinen im knietiefen Stroh, das vierte hielt es zitternd in die Höhe. Jemand hatte einen Verband darumgewickelt, der sich halb gelöst und im Gatter verfangen hatte. Je mehr das Zicklein versuchte, sich aus seiner misslichen Lage zu befreien, desto mehr verfing es sich.

»Sch, ganz ruhig.« Paul näherte sich und griff nach dem Verband. Er schien in irgendwas getränkt zu sein und hinterließ einen grünlichen Schleim an seinen Fingern. Kaum hatte er ihn gelöst, versetzte ihm das Zicklein mit einem seiner gesunden Beine einen Tritt und stakste zum anderen Ende des Stalles. Wo ihm, wie Paul erst jetzt bemerkte, eine ganze Schar bunt gescheckter Zicklein und zwei große, schokoladenbraune Ziegen erwartungsvoll entgegenschauten.

Sie sahen fast alle ziemlich jämmerlich aus. Ein kleines hatte nur ein Auge, ein anderes ein verkrüppeltes Ohr. Viele trugen Verbände wie das Zicklein, das er gerade befreit hatte. Nur die beiden erwachsenen Ziegen machten einen gesunden Eindruck, ganz still standen sie, die Augen mit den irritierend rechteckigen, horizontalen Pupillen auf ihn gerichtet. Der Gestank, der von ihnen allen ausging, war entsetzlich.

»War nett, euch kennenzulernen«, murmelte Paul und machte, dass er hinauskam.

Er war am Ende des Hofes angekommen, wo sich wie bei allen deutschen Höfen in Siebenbürgen die Scheune befand, bevor sich dahinter die Obstwiesen erstreckten. Die Scheune stand parallel zur Toreinfahrt und schien genauso verkommen zu sein wie die anderen Gebäudeteile. In ihrem Schatten dösten ein paar zerrupfte Hühner. Doch auch hier war, wenn Paul ganz genau hinhörte, ein Geräusch zu vernehmen. Eine Art monotoner Sprechgesang.

Ganz leise, er wusste selbst nicht, wieso, schob er das Scheunentor ein Stückchen auf. Der Duft, der ihm hier entgegenströmte, ließ ihn kurz taumeln. Es roch nach Kräutern, und zwar so intensiv, dass es ihm fast die Sinne raubte. Paul blinzelte, und als sich seine Augen an das Dämmerlicht gewöhnt hatten, verstand er. Weit über ihm, direkt unter dem Dach, hingen riesige Kräuterbüschel. Ganz sachte, wie in einem langsamen Tanz, drehten sie sich um sich selbst. Feiner Blütennebel rieselte herab, mischte sich mit Staub und hauchzarten Federn. Letztere wiederum wirbelten aus einer Ecke der Scheune empor, die durch hoch aufgetürmte Heuballen verdeckt war. Von dort kam auch der monotone Sprechgesang.

Mit seinen eins dreiundneunzig und dem kleinen Bauch, der sich in letzter Zeit ganz zu seinem Missfallen gebildet hatte, wog Paul beinahe hundert Kilo. Er war trotzdem ziemlich gut darin, sich lautlos anzuschleichen. Was er allerdings im nächsten Augenblick sah, hätte ihn beinahe laut aufschreien lassen.

In der Scheunenecke stand ein nicht allzu großer Mann in lehmverkrusteter Armeekleidung, den Kopf unter einer Pelzmütze verborgen, die aussah, als sei sie von allerlei Getier bewohnt. Vor ihm auf einer Art Werktisch befanden sich Kräuter wie die unter dem Dach, aber auch Wurzeln, große und kleine Tiegel, eine bauchige Flasche mit etwas Dunklem darin. In den Händen hielt der Mann eine Krähe, deren lebloser Körper in einer Art Stacheldraht verfangen war. Der Mann rupfte den Draht aus dem Gefieder des Vogels, dabei wiegte er sich vor und zurück und gab in einer überraschend hohen Stimmlage vollkommen unverständliche Laute von sich. Er schien sich in einer Art Trance zu befinden, die Federn des Tieres flogen durch die Luft und hüllten ihn in eine gespenstische Wolke. Dann hielt er plötzlich inne, griff zu einem langen Nagel und zu einem Hammer, den Paul vorher nicht gesehen hatte, legte die Krähe vor sich auf den Tisch und trieb ihr mit einem einzigen Hieb den Nagel mitten durch den Hals.

Paul musste nun doch ein Geräusch gemacht haben, denn der Mann fuhr jäh zu ihm herum. Er stieß einen Fluch aus, von dem Paul zu verstehen glaubte, er solle mit allen seinen Vorfahren Geschlechtsverkehr haben, und funkelte ihn aus Augen an, so grün wie die einer wilden Katze.

»*Mă, mă scuzaţi*«, stammelte Paul, während er rückwärts zum Scheunentor stolperte. »Ent…, Entschuldigung! Ich wollte nicht stören. Ich habe hier früher einmal gelebt, also, nicht gelebt, gewohnt, also, ab und zu, also, ich meine, in den

Ferien …« Oje. So viel Rumänisch auf einmal hatte er seit Jahren nicht gesprochen. Und es hörte sich selbst für seine Ohren ziemlich erbärmlich an.

»*Eu sunt Paul.* Ich bin Paul«, versuchte er es noch einmal. Mittlerweile stand er mit dem Rücken an der Scheunenwand. Er merkte, wie er zu schwitzen begann, dabei war es hier drinnen gar nicht sonderlich warm.

»Ich bin der Neffe von Zinzi«, fuhr er fort. »Der Sohn ihres Bruders. Ich komme aus Deutschland. Ich wollte nach ihr sehen. Also, ich meine …«

Verdammt. Wie sollte er diesem Wilden erklären, dass er hier war, um zu überprüfen, ob Tante Zinzi tatsächlich nicht vor fünfunddreißig Jahren gestorben war? Der Kerl schaute ihn an, den Kopf schräg gelegt, die grünen Augen zu Schlitzen verzogen. Womöglich würde er als Nächstes mit dem Hammer auf ihn losgehen.

»Ich bin …«, begann er noch einmal.

»Paul«, unterbrach ihn der Wilde in tadellosem Deutsch. »War ja klar, dass du jetzt auftauchst. Na dann, herzlich willkommen. Ich bin Maia.«

Er reichte ihm eine Hand, die überraschend klein und zart war für das, was er gerade damit getan hatte. Und erst als Paul sie ergriff, ging ihm auf, dass dies nicht die Hand eines Mannes war. Er hatte es mit einer Frau zu tun!

»Komm, ich zeige dir, wo du schlafen kannst.«

Sie machte ihm ein Zeichen, ihr zu folgen, und ging voraus. Paul aber lehnte immer noch japsend an der Scheunenwand, er spürte kalten Schweiß auf seinem Gesicht, seiner Brust. Wie in Zeitlupe hob er seine rechte Hand, führte sie dicht vor seine Augen. Kein Zweifel, darauf war das Blut der Krähe.

Diese Maia, stellte er fest, war nicht nur die hässlichste Frau, der er in seinem ganzen Leben begegnet war, sondern auch die kaltblütigste.

Das Mädchen, so klein und zart, dass es mit seinen nackten Füßen beinahe lautlos über die staubige Straße lief, nahm das fremde Auto genau in Augenschein. Immer wieder tauchten Touristen im Dorf auf. Sie hielten, besichtigten die Kirchenburg, machten Fotos und fuhren weiter. Niemals stand einer ihrer Mietwagen so lange hier. Und erst recht nicht über Nacht.

Wer mochte sich zu ihnen verirrt haben?

Das Mädchen spitzte die Ohren. Ihm war, als vernähme es hinter den fest verschlossenen Fensterläden der Nachbarhäuser aufgeregtes Tuscheln. Als würden in dieser Nacht Geschichten erzählt, die sich vor langer Zeit zugetragen hatten, noch vor seiner Geburt. Leise schlich es weiter. Seine Neugierde war geweckt.

DREI

Die furchterregende Maia hatte Paul abends zuvor im Hof wortlos eine Schüssel mit etwas Undefinierbarem darin gereicht. Obwohl es verblüffend gut roch, hatte Paul es nicht angerührt. Ein gesundes Misstrauen, dachte er, war in diesem Fall durchaus angebracht.

Dann hatte Maia ihm eine winzige Kammer zwischen *Schopfen* und Ziegenstall zugewiesen. Paul meinte sich zu erinnern, dass Tante Zinzi dort einst die Melkkannen aufbewahrte, denn auch sie hatte Ziegen besessen, sie nannte sie *Gaus*. Es stank erbärmlich in der Kammer, und die einfache Pritsche schien noch aus Altbeständen der Armee zu sein. Pauls Füße hingen ein gutes Stück über den Rand, doch immerhin war das besser, als mit dieser Maia unter einem Dach im Wohnhaus zu nächtigen. Sowieso fielen ihm, kaum, dass er sich auf der schmalen Pritsche ausgestreckt hatte, die Augen zu. Morgen, dachte er noch, finde ich heraus, was mit Tante Zinzi passiert ist. Und dann nichts wie weg hier.

Es war ein ganz leichtes Vibrieren an seiner Brust, das ihn weckte. Es stammte, wie er verwirrt feststellte, von dem Zicklein, das dort schlief, selig eingekuschelt in seinen Armen. Paul selbst saß mitten im Stall, die Haare voller Heu, umringt von den anderen Ziegen.

Oh nein. Das durfte doch wohl nicht wahr sein! Zuletzt war ihm das vor fünfunddreißig Jahren passiert, genau hier bei Tante Zinzi während der Ferien. Wie hatte er sich erschreckt, als er zum ersten Mal ganz woanders aufwachte, als da, wo er eingeschlafen war!

»Das wächst sich aus«, hatte die Tante gesagt und ihm die dunklen Locken aus der Stirn gestrichen. »Viele Kinder schlafwandeln. Erst recht so sensible wie du, *dragu meu*.«

Tatsächlich konnte Paul sich genauso wenig daran erinnern, dass er in Deutschland auch nur ein einziges Mal geschlafwandelt war, wie daran, dass ihn noch einmal jemand *dragu meu* genannt hatte – mein Liebling.

Sachte legte er das Zicklein zu den anderen ins Heu, es war das mit dem verletzten Bein. Jemand hatte einen frischen Verband darumgewickelt. Da berührte ihn etwas Feuchtes sanft an der Schulter. Es war die Schnauze einer braun gefleckten, riesengroßen Kuh, die hinter einem Gatter stand. Paul machte, dass er hinauskam.

Draußen schüttelte er sich so gut es ging das Heu aus den Klamotten und schaute an sich herunter. Meine Güte, war er dreckig. Und wie er stank! Er musste sich dringend waschen. Einen Moment lang überlegte er, ob es im Wohnhaus mittlerweile wohl ein Badezimmer gab, doch selbst wenn, beschloss er sogleich, würde er sich hüten, es zu benutzen. Keine zehn Pferde würden ihn dazu bringen, das Haus zu betreten, in dem nun offensichtlich diese grässliche Maia lebte.

Mit ein bisschen Glück konnte er woanders baden.

So leise wie möglich, um Maia bloß nicht zu wecken, öffnete er die knarzende Hoftür zur Straße. Das Dorf lag immer noch vollkommen verlassen da. Nur ein kleiner schwarzer Hund kam herangeschossen und begrüßte Paul, als seien sie alte Freunde.

Gleich hinter dem Hof begann das freie Feld. Vor seinem inneren Auge sah Paul Mais und Weizen wogen, auch Tante Zinzi hatte hier ihr Stück Land bestellt. Nun lagen die Äcker brach, Unkraut wucherte mannshoch. Mitten durch die Wildnis führte ein schmaler Trampelpfad. Der kleine schwarze

Hund schien im Nullkommanichts begriffen zu haben, wohin Paul wollte, und lief schwanzwedelnd voraus.

Bald kamen sie an einen Schilfgürtel, und hinter den hohen grünen Stangen sah Paul es verführerisch glitzern. Sonnenstrahlen, die sich im Wasser spiegelten. Der alte Schwimmteich. Es gab ihn noch.

Im Nu hatte Paul seine Sachen ausgezogen und watete pudelnackt hinein. Herrlich! Er machte ein paar Schwimmzüge, drehte sich auf den Rücken, blinzelte in die Morgensonne. Das Wasser war nur ein bisschen kalt, gerade so, dass es ihn köstlich erfrischte. Eine Libelle schwebte dicht an seiner Nase vorbei. Am Ufer hörte er den kleinen Hund schlabbernd seine Zunge ins Wasser tauchen. Paul prustete vor Wohlgefallen. Damals, als er noch ein Junge gewesen war, hatte er jeden Morgen hier gebadet, gemeinsam mit Sorin. Sie trafen sich hier und wichen sich nicht mehr von der Seite, bis Tante Zinzi und Sorins Mutter sie am Abend hereinriefen. Ihm war fast, als könne er Sorins schnelle, leichte Schritte hören, wenn er morgens angerannt kam. Und seine Stimme, die ihn rief.

»Paul! He, Paul!«

Moment mal, da war tatsächlich jemand, der ihn rief. Paul wandte sich um, blinzelte weiter gegen die Morgensonne. Dann blieb ihm für einen Moment das Herz stehen. Und während er noch um Atem rang und der kleine Hund wie verrückt anfing zu bellen, hatte der Mann am Ufer sich bereits blitzschnell ausgezogen. Zwei lange, braun gebrannte Beine, ein Körper, der im Laufe der Jahrzehnte nur ein klein bisschen Speck angesetzt hatte, und ein Haarschopf, so weizenblond wie einst, wenn auch mit ein paar weißen Strähnen.

»Paul!«, rief Sorin noch einmal, nahm Anlauf und sprang mitten in den Teich. »Ich dachte es mir doch gleich! Als Mutter heute früh erzählte, bei Maia stehe ein Mietauto, da ahnte ich, dass du es bist. He, Paul!«

Paul wusste nicht, wie ihm geschah. Einen Moment lang kämpfte er mit den Tränen, und er sah, dass es Sorin genauso ging. Dann aber klatschte der mit der flachen Hand ins Wasser, dass es eine Riesenfontäne gab, und im nächsten Moment war er abgetaucht, packte Pauls Beine und zog ihn unter Wasser.

»Warte«, prustete Paul, als er wieder Luft bekam, und zahlte es ihm mit gleicher Münze heim. Sie balgten miteinander, als hätten sie erst gestern damit aufgehört, der Hund lief bellend vor Aufregung am Ufer hin und her, und mit einem Mal kam es Paul so vor, als sei er wieder vierzehn Jahre alt, als gäbe es nur diesen Sommer und Sorin und einen Wald voller Geheimnisse.

»Und jetzt?«, fragte er, als sie aus dem Wasser wateten, ein klein bisschen erschöpft, vor allem aber sehr aufgekratzt.

»Jetzt gehen wir zu Maia, frühstücken!«, rief Sorin.

»Auf keinen Fall«, gab Paul zurück.

»Spinnst du?«, lachte Sorin und zog ihn mit sich. »Maia macht die beste *Mamaliga*, die du dir nur vorstellen kannst!«

Zehn Minuten später, Paul hatte sich schnell ein frisches Hemd übergezogen, saßen sie im Hof vor einer Schüssel Maisbrei, der so verführerisch duftete, dass Paul nicht anders konnte, als ganz vorsichtig ein Löffelchen davon zu kosten. Im nächsten Augenblick fiel er darüber her. Der *Palukes* war noch warm, goldgelb und genauso köstlich, wie er ihn in Erinnerung hatte. Und als Maia mit einem Krug aus dem Wohnhaus kam und ein wenig frische, kalte Milch über Pauls Maisbrei schüttete, begann er beinahe vor Wonne zu schnurren. Wieder fühlte er sich zurückversetzt in glückliche Kindertage. Sorin und er saßen nebeneinander auf der alten Bank in der Sommerküche, zu ihren Füßen brannte ein kleines Feuer in der offenen Herdstelle. Und genau so hatte auch Tante Zinzi den *Palukes* serviert.

Nur am Rande nahm er wahr, dass Maia nicht mehr ganz

so furchterregend aussah wie am Vortag, sie hatte die Armeemütze gegen ein Kopftuch getauscht und schien insgesamt zugänglicher zu sein. Sie schien auch deutlich jünger, als er bei ihrer ersten Begegnung vermutet hatte, vielleicht Anfang, Mitte vierzig. Kurz meinte er sie sogar lächeln zu sehen. Was nur an Sorin liegen konnte, schon früher hatten sämtliche Mädchen des Dorfes zu kichern begonnen, wenn er nur in ihre Nähe kam.

Paul überlegte noch, wie er am besten fragen konnte, wann Tante Zinzi tatsächlich gestorben war, als Sorin aufstand.

»Ich muss los, zur Arbeit. Aber weißt du was? Begleite mich. Du wirst sehen, es wird sehr lustig.«

»Zur Arbeit? Am Sonntag?«, nuschelte Paul, den Mund voller warmem Brei. »Ich wollte dich eigentlich etwas fragen, dich und …« Er schaute vorsichtig zur grausamen Maia, er brachte nicht einmal ihren Namen über die Lippen.

Sorin schüttelte den Kopf. »Lass uns heute Abend was zusammen trinken, ich hab auch eine Menge Fragen. Aber jetzt komm.«

Wieso eigentlich nicht?, dachte Paul. Er warf einen letzten Blick auf Maia, die mit finsterem Blick begann, das Geschirr einzusammeln, dann folgte er dem alten Freund.

Sie nahmen Sorins Motorrad, und wieder kam Paul aus dem Staunen nicht heraus. Es war eine grasgrüne *Mobra 50* mit einem Frontscheinwerfer so groß wie ein Kinderkopf, Reifen, nicht viel breiter als die eines Fahrrads, und einem extrem langen, silbern glänzenden, nadelspitz zulaufenden Auspuffrohr. Paul rechnete im Stillen, das Motorrad war mindestens ein halbes Menschenleben alt.

»Und die fährt noch?«

»Was denkst du denn?« Sorin reichte ihm einen Helm. »Auf geht's!«

Die *Mobra 50* klang wie eine alte Nähmaschine, nur sehr viel lauter, sie stank, und sie fuhr ziemlich langsam. Aber sie fuhr.

Das Dorf schien immer noch wie in einem tiefen Schlaf. Das einzige Lebewesen, das Paul sah, war ein schwarz gewandeter Pfarrer, der durch eine schmale Tür ins Innere der Kirchenburg verschwand.

»Sag bloß«, brüllte er Sorin ins Ohr, »es gibt immer noch einen evangelischen Pfarrer? Ich dachte, es gäbe nur noch ganz wenige Deutsche hier! Ihr Rumänen seid doch fast alle orthodox, oder etwa nicht?«

Doch Sorin reagierte nicht, er schien ihn nicht zu hören.

Kaum hatten sie das Dorf verlassen und mit etwas Mühe einen Ochsenkarren überholt, tauchten sie ein in die wilde Berglandschaft der Karpaten. Paul sah Wiesen, so weit, als würden sie bis zum Himmel reichen, schneebedeckte Gipfel, und er ahnte die blauen Gletscherseen in ihren Spalten, so klar, dass man meinte, bis auf den Grund schauen zu können. Hunderte Schafe und Ziegen säumten ihren Weg, zerzauste Hütehunde verfolgten sie mit wachem Blick. Am Wegesrand standen die Schäfer, die meisten in moderner Funktionskleidung, die sie vor den Launen des Bergwetters schützte, manche aber auch gehüllt in ihren *Cojoc*, einen bodenlangen, aus Schafspelzen gefertigten Mantel, der von Weitem aussah wie ein zotteliges Zelt. Paul fühlte sich wie in einer Märchenwelt. Einer Märchenwelt, die ihm so vertraut war, als sei er nur kurz weg gewesen.

»Wohin fahren wir?«, brüllte er Sorin über den Lärm der *Mobra* hinweg ins Ohr.

»Zum Schloss Bran.«

»Nicht dein Ernst.« Paul musste lachen. »Da arbeitest du? Echt jetzt?«

Sorin nickte fröhlich und gab mehr Gas. Was lediglich dazu führte, dass das Motorrad noch ein bisschen lauter wurde und noch viel mehr stank.

Paul hielt seine Nase in den nach Benzin riechenden Wind

und stellte fest, dass er an diesem Morgen aus dem Staunen gar nicht mehr herauskam. Dieses angebliche Dracula-Schloss war schon immer ein Fake gewesen, eine Touristenfalle, die sich das Ceaușescu-Regime ausgedacht hatte, um den ausländischen Besuchern das Geld aus der Tasche zu ziehen. Und sein bester Freund von einst arbeitete nun dort? Vielleicht, dachte er einen Moment lang, hatte Sorin sich mehr verändert, als es auf den ersten Blick schien.

Sie erreichten Bran, und hier musste Paul tatsächlich neben der *Mobra 50* herlaufen, denn das Schloss thronte auf einem schroff abfallenden Felsen. Die *Mobra* röchelte, der Beifahrer war ihr eindeutig zu viel.

Auf halber Höhe fanden sie sich in einer Art künstlichem Dorf wieder, das am Fuße des Schlosses errichtet worden war. Eine Holzhütte reihte sich an die nächste – allesamt Souvenirstände. Hirten, Nonnen, alte Mütterchen und junge Kerle verkauften hier Käse, Softeis, Schlüsselanhänger, schaurige Masken, Holzlöffel, Tassen und T-Shirts mit dem Konterfei Graf Draculas darauf. Paul fühlte sich wie auf einem deutschen Weihnachtsmarkt, bloß dass ihm die Sonne auf den Kopf brannte. Als er sich zu Sorin umwandte, verschwand der gerade in einer der Hütten. Hinter der Auslage mit bestickten Blusen, Tüchern und Bierkrügen befand sich offenbar ein kleiner Raum.

»Bin gleich wieder da.«

Tatsächlich dauerte es nur wenige Minuten, bis er zurückkam, im Gesicht ein sattes Lächeln, das Paul noch nie an ihm gesehen hatte.

Das letzte Stück mussten sie einen steilen Fußweg hinauf. Vor der schmalen Treppe, die ins Innere des Schlosses führte, wartete schon die erste Touristengruppe, lauter Deutsche. Drei junge Frauen, offenbar Freundinnen, eine Familie mit zwei betont gelangweilt dreinblickenden Teenagersöhnen und ein Paar um die sechzig, der Mann in weißen Shorts und Polohemd, die Frau sehr dünn und mit blassen Augen, die in einem fort erschreckt blickten.

»Willkommen auf Schloss Dracula«, verkündete Sorin mit einem so schalkhaften Lächeln, dass die jungen Frauen sofort an seinen Lippen hingen. Der Teenager-Mutter bot er galant den Arm, um sie die Treppe hinaufzuführen, mit dem Vater und den Söhnen riss er einen Witz. Nur das ältere Ehepaar ignorierte er geflissentlich, was Paul verwunderte.

Und schon ging es los. Dass der irische Schriftsteller Bram Stoker niemals in Siebenbürgen gewesen war, verriet Sorin seinen staunenden Zuhörern nicht, wohl aber, dass es für den literarischen Dracula ein echtes Vorbild gab: Vlad der III., auch genannt Vlad Tepes, der Pfähler. Den Spitznamen verdanke der walachische Prinz seiner Vorliebe, seine Feinde auf hölzerne Spieße zu stecken, erzählte Sorin mit verschwörerischem Flüstern und zeigte mit wenigen Gesten, wo der Pfahl hineingesteckt wurde – in den Po – und wo er wieder herauskam – aus dem Mund.

»Ein solcher Tod«, erklärte Sorin, und Paul sah, wie seine blauen Augen dabei blitzten, »dauerte Stunden, manchmal Tage oder gar Wochen.«

»Cool«, meinte einer der Teenagersöhne.

»Immerhin«, fuhr Sorin fort, »hat Vlad unsere Vorfahren vor den Türken beschützt, die diesen Landstrich jahrhundertelang überfallen und verwüstet haben. Er ist für Recht und Gerechtigkeit eingetreten, hat damals schon die Korruption bekämpft. Die Türken aber legten, als sie Vlad endlich habhaft wurden, seinen Kopf in Honig ein und schickten ihn dem Sultan in Konstantinopel. Wir Rumänen verehren Vlad bis auf den heutigen Tag.«

Die jungen Frauen brachen in ungläubiges Gekicher aus,

und auch Paul konnte sich ein Schmunzeln nicht verkneifen. Sorin, erinnerte er sich, war immer schon ein begnadeter Geschichtenerzähler gewesen. Noch dazu schien ihm jede Geste des alten Freundes vertraut.

Sorin führte die Gruppe durch enge Stiegen treppauf, treppab, erzählte von Werwölfen und Untoten, die in diesem Teil Rumäniens, besonders aber auf Schloss Bran, seit Menschengedenken ihr Unwesen trieben, und beteuerte, Vlad der Pfähler sei während seiner Feldzüge ganz bestimmt auf Schloss Bran eingekehrt, auch wenn das nicht ganz sicher belegt sei. Er lenkte das Augenmerk auf grausliche Fratzen von Fabelwesen, die Tischbeine und Stühle schmückten, scheuchte die Gruppe durch einen engen, dunklen Gang, der scheinbar ins Nichts führte, um dann in einem Nebengemach zu enden, in dem einst die rumänische Königin Maria ihre Liebhaber empfing.

»Auf dieser Bank«, erklärte er und wies auf eine weich ausgepolsterte Sitzecke an einem ausladenden Kamin, »sind mindestens drei der sechs Kinder der Königin gezeugt worden. Ihr Ehemann war ihr nämlich mehr als zuwider.«

Die jungen Frauen kicherten wieder, die Teenagerjungen bekamen rote Ohren, und ihre Eltern tauschten einen zärtlichen Blick. Nur die ältere Frau guckte weiterhin erschreckt, und ihr Mann, der schon zuvor bei Sorins Ausführungen die Augen verdreht hatte, schnaubte verächtlich und kratzte sich ausgiebig im Schritt.

»Ach, Leute«, begann er. »Dieser Möchtegern-Historiker erzählt Ihnen nur Schwachsinn. Glauben Sie ihm kein Wort.«

Durch die Gruppe ging ein Raunen, und Paul warf Sorin einen schnellen Blick zu. Der aber tat, als habe er nichts gehört, und öffnete mit großer Geste eine weitere, versteckte Tür, die dabei ein schrilles Quietschen von sich gab.

»Betreten Sie nun mit mir den dunkelsten Ort dieses geheimnisumwobenen Schlosses – die Folterkammer!«

Was Paul hier sah, ließ ihm die Haare zu Berge stehen. Er hatte als Reporter viele dunkle Ecken der Welt bereist, hatte Krieg und Zerstörung gesehen, mit Opfern von Gewalt und Verfolgung gesprochen. Aber eine solche Anhäufung von Folterwerkzeugen hatte er noch nie erblickt.

Sorin zeigte ihnen eine originale Streckbank, die, wie er versicherte, ihren Namen verdiente: »Die Delinquenten waren nachher dreißig Zentimeter länger, dann allerdings rissen die Muskeln.«

Es gab Daumenschrauben, einen Pranger und einen sogenannten Thron, auf dem die Opfer festgeschnallt wurden, bevor man sie quälte. Paul betrachtete voller Ekel ein eisernes Kreuz, an das man gekettet wurde, eine neunköpfige Peitsche und eine große Säge, deren Funktion Sorin mit gedämpfter Stimme erklärte: »Man hängte die Menschen verkehrt herum auf, damit ihnen das Blut in den Kopf lief und sie dadurch länger am Leben blieben. Und dann sägte man sie in zwei Teile, beginnend zwischen den Beinen.«

Paul wurde beinahe übel, den anderen in der Gruppe schien es kaum besser zu gehen. Nur der ältere Mann im weißen Polohemd betrachtete mit unverhohlener Lust die Zeichnungen, auf denen die Gräueltaten dargestellt waren. Die Opfer waren, wie Paul las, überwiegend Frauen, die man der Hexerei verdächtigte, fast alle waren nackt dargestellt. Der Mann leckte sich die Lippen. Dann drehte er sich zu Sorin um, der ihn um mehr als einen Kopf überragte, und verkündete lauthals: »Endlich kriegt man mal was zu sehen auf dieser todlangweiligen Führung. Eine schlimmere Folter, als dir zuzuhören, Lupu, gibt es eh nicht.«

Paul merkte überrascht auf. Der Alte wusste Sorins Nachnamen. Kannten die beiden sich etwa?

Sorin blieb weiterhin die Ruhe selbst.

»Wenn du so gelangweilt bist, Günther«, sagt er mit einem

Lächeln und strich sich dabei über sein blütenweißes T-Shirt, unter dem sich sein muskulöser Oberkörper abzeichnete, »möchtest du dich vielleicht einen Moment setzen?«

Dabei wies er auf eine Art aufrecht stehenden, aufgeklappten Sarg, in dem sich so etwas wie ein Sitzbrett befand.

Aha, dachte Paul, die beiden kennen sich tatsächlich. Aber was hat Sorin vor?

»Willst mich einschüchtern, was?«, knurrte der Mann und bleckte dabei zwei Reihen künstlicher Zähne. »Versuch's ruhig.« Und damit quetschte er sich in das hölzerne Monstrum, eigentlich war er ein wenig zu korpulent dafür.

»Wunderbar«, murmelte Sorin und lächelte dabei, als könne er kein Wässerchen trüben. Paul beschlich ein ungutes Gefühl, trotzdem konnte er sich ein kleines Schmunzeln nicht verkneifen. Genauso hatte er Sorin als Jungen in Erinnerung, wenn er einen Streich ausheckte.

»Darf ich vorstellen«, wandte Sorin sich nun wieder an sein Publikum, »die Eiserne Jungfrau. Erfunden wurde sie in Nürnberg, aber schon die Spartaner haben sich ähnlicher Gerätschaften bedient, um sich ihrer Widersacher zu entledigen. Wie Sie sehen, lässt sich die Jungfrau verschließen mit diesen beiden Türen, an deren Innenseiten sich spitze Pflöcke befinden. Sie steht hier im Schloss Draculas genau richtig. Denn wie bringt man Vampire zur Strecke, wer weiß das?«

»Indem man ihnen einen Pflock ins Herz stößt!«, rief einer der Teenager-Jungen wie aus der Pistole geschossen.

»Richtig! Wer es ganz genau nimmt, muss dem Vampir zuvor noch den Kopf abschneiden, aber ein Pflock tut's auch.«

Sorin hatte die beiden Türen ergriffen und tat so, als wolle er sie zuschlagen.

»Untersteh dich, elendes Arschgesicht!«, brüllte der Mann in der Jungfrau, sein Kopf mit den wenigen, von rechts nach links gekämmten Haaren war ganz rot geworden.

»Günther!«, rief die dünne Frau, und Paul fragte sich, ob es tadelnd klang, besorgt oder nichts von alledem.

»Keine Angst.« Sorin legte der Frau den Arm um die Schultern. »Wir haben selbstverständlich ein Sicherheitssystem installiert, damit bei solch gefährlichen Ausstellungsstücken niemand zu Schaden kommt. Schauen Sie mal alle her!« Er wies auf ein dickes Seil direkt über dem Boden, das die Klappen der Eisernen Jungfrau an Ort und Stelle fixierte. »Es kann gar nichts passieren. Und nun möchte ich Sie auffordern, mit mir auf den Balkon zu treten, wo wir einen wirklich zauberhaften Blick in den Innenhof des Schlosses genießen können. Hier, bitte, hier entlang …«

Dann ging plötzlich alles ganz schnell, obwohl es Paul so vorkam, als ereigne es sich in einer grausigen Zeitlupe. Sorin stolperte über das Seil, es riss aus der Verankerung in der Wand, die Eiserne Jungfrau erbebte, als sei sie lebendig, und mit einem gespenstisch leisen Klicken schlugen ihre Klappen zu. Aus ihrem Inneren aber war ein Schreien zu hören, so laut und panisch, dass Paul meinte, das Blut müsse ihm in den Adern gefrieren. Der dicke Mann, oder Günther, wie er wohl hieß, wurde aufgespießt wie ein Vampir!

Eine der jungen Frauen wurde leichenblass, ihre Freundinnen mussten sie stützen. Die Gesichtszüge der Teenager-Jungen entgleisten, ihr Vater griff hektisch nach seinem Mobiltelefon.

Mit einem Satz war Paul an dem Holzkasten, der nun, wo er geschlossen war, noch viel mehr wie ein Sarg aussah. Das Schreien darin wurde lauter und lauter. Immerhin, hämmerte es in Pauls Kopf, der Mann lebt noch. Mit all seiner Kraft riss er an den Klappen und flog gleich darauf nach hinten. Denn sie schwangen so leicht auf, als seien ihre Scharniere frisch geölt.

Das Erste, was er sah, als er sich aufrappelte, war Günther. Er schrie und schrie, sein Kopf hatte die Farbe einer überreifen

Pflaume angenommen. Das Zweite waren die Pflöcke an den Innenseiten der Türen. Sie waren, das erkannte Paul jetzt, aus Gummi.

»Bitte verzeih den kleinen Scherz, lieber Günther.« Sorins Lächeln war vollkommen arglos. »Die echten Pflöcke sind im Laufe der Jahrhunderte verloren gegangen, die Ersatzteile sind aus China. Wenn ich dir aufhelfen darf?«

Mit einer leichten Verbeugung reichte er Günther einen Arm, im anderen hielt er nach wie vor dessen Frau, die sich beide Fäuste auf den Mund presste, als wolle sie das, was da womöglich herauswollte, unbedingt zurückhalten.

Der Mann, der Sorins Hand grob zur Seite schlug und sich stöhnend aus der Eisernen Jungfrau hievte, sah aus, als sei er in den letzten beiden Minuten um Jahre gealtert. Seine Bewegungen waren die eines tattrigen Greises, sein Gesicht war aschfahl. Wortlos stapfte er zur Tür hinaus, seine Frau hinter sich herzerrend. Auf seinen Shorts zeichnete sich ein feuchter Fleck ab.

»Meinst du nicht, du hast es ein wenig übertrieben?«, fragte Paul, als sie am Abend in einer Bar im winzigen Zentrum von Bran saßen.

»*Nu*«, gab Sorin zurück. »Nein. Ich setze bei fast jeder Tour jemanden in die Eiserne Jungfrau. Einen, der nervt, gibt's meistens. Kommt immer gut an bei den anderen. Und dieser Kerl hatte es mehr als verdient. Hat sich vor ein paar Jahren hier niedergelassen und meint, er könnte den großen Reibach machen, die Leute einschüchtern. Er quält Mutter und mich seit Langem. Überall lauert er mir auf. Aber dass er jetzt sogar bei meiner Arbeit auftaucht …«

»Was will er denn von dir?«

»Egal, damit brauchst du dich nicht zu beschäftigen. Erzähl mir lieber von dir! Hast du eine Frau? Kinder?«

»Nichts von alledem. Ich bin mit meinem Beruf verheiratet.« Paul bemühte sich um einen zufriedenen Gesichtsausdruck. Es war das, was er immer sagte, wenn er gefragt wurde. Leider fühlte es sich von Jahr zu Jahr weniger gut an.

Sorin schaute einen Moment lang, als verstünde er genau. Dann machte er dem Kellner ein Zeichen.

»Jetzt trinken wir erst einmal einen *Țuică*. Ach, was sage ich, einer reicht nicht! Bringen Sie uns eine ganze Flasche!«

Etliche Pflaumenschnäpse später wusste Paul, dass Sorin in Sibiu und Barcelona studiert hatte, dass er drei Mal verheiratet gewesen war und zwei Kinder hatte. Er hatte versucht, herauszufinden, warum Sorin, der erzählte, er habe einen Doktor in Geschichte, sich als Fremdenführer verdingte, aber keine rechte Antwort erhalten. Und er hatte ihm jene Frage gestellt, die ihn nach Siebenbürgen geführt hatte.

Wann war Tante Zinzi gestorben?

»Wann?«, hatte Sorin verständnislos geantwortet. »Letzten April. Wieso fragst du?«

Paul hatte nichts zu erwidern gewusst. Was sollte er erzählen von einem Vater, der nicht nur seit ihrer Flucht in den Westen ein Fremder für ihn geworden war, sondern der ihn auch noch offensichtlich belogen hatte? Und wie sollte er den Schmerz in Worte fassen, einen Großteil seines Lebens darauf verwandt zu haben, Tante Zinzi in Siebenbürgen zu vergessen, wo er sie doch hätte besuchen können?

»*E în regulă*«, sagte er schnell und stürzte den nächsten *Țuică* hinunter. »Ist schon gut. Sag mir, wer ist diese Maia, und warum wohnt sie in Tante Zinzis Haus?«

»Das musst du doch wissen!«, rief Sorin. »Zinzi hat sie aufgenommen, gleich nachdem ihr verschwunden wart. Ich glaube, sie brauchte jemanden, um den sie sich kümmern konnte, sonst wäre sie an gebrochenem Herzen gestorben. Aber das hat sie dir doch bestimmt geschrieben!«

»Geschrieben?«

»Jeden Monatsersten ein Brief, zumindest in den ersten Jahren, so hat Maia es mir erzählt. Und dass nie eine Antwort kam. Ich verurteile dich nicht, ich kann mir schon denken, wieso. Aber jetzt bist du hier. Und weißt du was? Morgen klettern wir in unser Baumhaus, das in der Steineiche am Anfang des Dorfes. Meine Kinder spielen drin, wenn sie mich besuchen, was allzu selten der Fall ist. Erinnerst du dich? Wir haben es in einem einzigen Sommer gebaut.«

Alles, was Paul zustande brachte, war ein Nicken. Dann nahm er die Flasche *Ţuică*, schenkte sein Glas noch einmal randvoll und stürzte es in einem Zug hinunter.

Später in der Nacht träumte Paul von einem schwarzen Rabenwesen, das mit einer schweren Last über die Straße flatterte. Jemand schrie, als würde auf ihn eingestochen. Eine verstörend schöne Frau mit langen, rotblonden Locken stieß ein heiseres Lachen aus. Ihm war, als sei er zwischendurch wach, er hörte die Ziegen meckern. Unruhig wälzte er sich auf seiner kurzen Pritsche hin und her. Dann tauchte er wieder hinab in die Welt der Dunstbilder und der Illusionen. Und zwischendurch, irgendwo zwischen Schlafen und Wachen, sah er Tante Zinzi vor sich, wie sie im Wohnhaus in der guten Stube saß und Briefe schrieb, einen nach dem anderen.

Es fühlte sich an, als jage ihm jemand einen hölzernen Pflock mitten ins Herz.

Als er erwachte, hielt er beide Hände fest auf seine Brust gedrückt, als wolle er sich schützen vor dem schneidenden Schmerz, der ihn seit dem vergangenen Abend begleitete. Jemand stand über ihn gebeugt, so dicht, dass er geradewegs in zwei tiefgrüne Augen sah. Himmel, war das die schöne Frau, von der er geträumt hatte? Nein, es war die furchterregende

Maia, ihre Augen funkelten wieder einmal wie die einer wilden Katze.

Schnell rückte er, so gut es ging, ein Stück von ihr weg. Immerhin, er lag auf der Pritsche und nicht im Ziegenstall. Und, oje, es schien bereits heller Tag.

»Wach endlich auf!«, brüllte Maia, zwischen ihren Augen eine steile Falte. »Auf Schloss Bran liegt eine Leiche! Und sie haben Sorin verhaftet, wegen Mord!«

VIER

Pauls Kopf fühlte sich an, als sei er randvoll mit *Ţuică* gefüllt und als schwappe der Schnaps bei jeder Bewegung vom Hinterkopf gegen seine Stirn und zurück. Ihm war speiübel, und er hatte Schwierigkeiten, geradeaus zu gehen. Dass Maia unentwegt auf ihn einredete, während sie ihn in den Hof und zur niedrigen Tür hinaus auf die Straße zerrte, machte die Sache nicht besser.

»Sorin sagt, du sollst kommen. Sofort. Keine Ahnung, warum er das für eine gute Idee hält. Einer wie du bringt doch nur Ärger, damals schon. Aber wenn Sorin meint, du kannst ihm helfen, meinetwegen. Nur eins sage ich dir: Vermassel es nicht! Hörst du mir überhaupt zu?«

Paul stöhnte. »Wie kann das sein? Ein Mord? Sorin verhaftet? Bitte, ich brauche etwas zu trinken, mein Kopf! Ich muss mich waschen und außerdem …«

»*Taca-ti gura!*«, brüllte Maia, und ihre grünen Augen funkelten gefährlich. »Halt den Mund! Und setz endlich deinen Hintern in Bewegung!«

Sie machte dem kleinen schwarzen Hund, der schlafend vor Pauls Mietwagen lag, ein Zeichen, woraufhin dieser mit eingekniffenem Schwanz davonstob.

»Hier, deine Autoschlüssel. Und wage es nicht, ohne Sorin zurückzukommen!«

Paul wusste kaum, wie ihm geschah. Maia schob ihn geradezu auf den Fahrersitz. Gleich, dachte er, verpasst sie dem Auto noch einen Tritt. Er griff nach dem Schlüssel, startete den

Wagen, würgte ihn ab, startete neu. Das seltsame Zeichen auf dem Armaturenbrett blinkte wieder, aber egal, die Karre fuhr. Bloß weg hier!

Die Dorfstraße schien ihm furchtbar staubig, oder lag das daran, dass er immer noch so betrunken war? Wie durch einen Schleier nahm er wahr, dass das Dorf, das ihm seit seiner Ankunft so leer und leblos erschienen war, allem Anschein nach an diesem Montagmorgen tatsächlich erwachte.

Und doch. Was er sah, schien mehr seiner Fantasie zu entspringen als der Realität. Zwei Jungen, kaum älter als zwölf, dreizehn Jahre, trieben eine Handvoll Kühe vor sich her, ihr einziges Hilfsmittel ein paar dürre Zweige. Von hinten sah er eine Frau in einem buntgemusterten Kittel einen Korb mit Melonen vor ihr Haus stellen, durch die offene Tür konnte Paul Regale und eine altertümliche Registrierkasse ausmachen. Ganz genau so hatte der Dorfladen auch schon vor fünfunddreißig Jahren ausgesehen. Daneben saß auf einer Bank vor einem halb verfallenen Haus ein Mann, das Haar grau, in der Hand eine Pfeife. Paul hätte schwören können, dass dieser Mann dort bereits saß, als er und Sorin hier gemeinsam ihre Sommer verbrachten, und zwar von Sonnenauf- bis Sonnenuntergang. Auch das Haus war damals schon in einem schlechten Zustand gewesen. Hatte sich hier denn gar nichts verändert? Oder gaukelte ihm sein alkoholbenebeltes Hirn lauter Trugbilder vor?

Paul klatschte sich mit der flachen Hand ins Gesicht. Er musste dringend einen klaren Kopf bekommen. Und Sorin aus der Patsche helfen.

Vor Schloss Bran reihte sich ein Auto an das nächste. Die Händler hatten ihre Buden verlassen und boten den wartenden Touristen ihre Waren durch die Fenster an. Doch kaum jemand interessierte sich für Souvenirs. Die Stimmung schien aufgeheizt.

Paul parkte und lief zu Fuß weiter. Am unteren Ende des steilen Weges, der zum Schloss hinaufführte, stand ein älterer Polizist und schwitzte in der Morgensonne.

»*Stai pe loc!* Stehen bleiben! Das Schloss ist vorübergehend für Besucher geschlossen!«

»*Nici o problemă*«, gab Paul zurück. »Kein Problem. Ich bin kein Tourist. *Nu sunt turist.*«

Dabei holte er einen Fünfzig-Euro-Schein hervor und drückte ihn dem Polizisten in die Hand. Der schnaubte verächtlich, ließ das Geld aber sofort verschwinden und bedeutete Paul mit einem Kopfnicken, er könne durch. Paul lief weiter und wusste nicht, ob er sich freuen oder ärgern sollte. Allem Anschein nach war die rumänische Polizei immer noch so korrupt wie einst.

Auf Schloss Bran wimmelte es nur so von Leuten, die alle in dieselbe Richtung rannten, darunter viele Uniformierte. Niemand nahm auch nur die geringste Notiz von Paul. Lediglich eine junge Polizistin, die in all dem Trubel sehr still in der weich gepolsterten Sitzecke saß, auf der Königin Maria sich angeblich einst mit ihren Liebhabern vergnügt hatte, bedachte Paul mit einem langen Blick.

Paul hatte immer noch wahnsinnige Kopfschmerzen. Seine Gedanken fühlten sich an, als steckten sie in einer Art klebrigem Schleim fest. Was für ein blödes Missverständnis konnte Sorin in eine so missliche Lage gebracht haben? Doch dann merkte er, wohin alle rannten. Und ihm war, als lege sich eine kalte Hand um sein Herz.

Er folgte den anderen und kam an einen Ort, der ihn schon gestern mit Grauen erfüllt hatte.

Die Tür zur Folterkammer stand weit offen. Paul stolperte mehr über die Schwelle, als dass er eintrat. Er hatte bereits mit Folteropfern, Kindersoldaten und Terroristen gesprochen und dabei immer professionelle Distanz bewahrt. Niemals hatte er sich mehr Gefühle erlaubt als unbedingt nötig. Er war geübt darin, sich voll und ganz auf seine Rolle als Berichterstatter zu konzentrieren, die äußere Welt aus seinem Inneren herauszuhalten. Doch nun hatte er mit einem Mal das Gefühl, keine Luft mehr zu bekommen.

Die Klappen der Eisernen Jungfrau standen weit offen. Sie waren über und über mit Zetteln beklebt, auf denen Nummern notiert waren. Zwei Männer in weißen Overalls beschäftigten sich mit dem, was zwischen den Türen war, in der Eisernen Jungfrau. Einer von beiden stülpte durchsichtige Tüten über etwas, das sich ungefähr auf Kniehöhe befand.

Dann drehte er sich herum, auch der andere trat einen Schritt zurück.

»*Noi suntem gata*«, sagte der Erste. »Wir sind so weit. Ihr könnt ihn jetzt abtransportieren.«

Jemand richtete das Wort an Paul. Fragte ihn, was er hier mache.

Paul reagierte nicht. Er starrte auf die beiden Tüten, die die Männer befestigt hatten. Zwei Hände steckten darin. Sie lagen auf den Knien eines Mannes, so entspannt, als würden sie gleich jemandem zuwinken. Der Mann saß auf dem Brett, das sich in der Eisernen Jungfrau befand. Und er würde niemals mehr jemandem zuwinken. Denn mitten in seiner Brust, da, wo Paul das Herz vermutete, steckte ein hölzerner Pflock. Außerdem hatte er keinen Kopf mehr. Der steckte in einem durchsichtigen Sack, den ein weiterer weiß gekleideter Mann gerade durch den Raum trug.

Paul wurde so übel, er musste sich am Türrahmen festhalten.

Die Geräusche um ihn herum verschwammen zu einem warmen Brei. Der Tote war, das erkannte er trotz des vielen Bluts an den blendend weißen künstlichen Zähnen sofort, Günther. Der Mann, den Sorin gestern in die Eiserne Jungfrau gesteckt hatte.

Gestern war es ein Scherz gewesen.

Jemand zupfte an Pauls Ärmel. Eine junge Frau in Polizeiuniform. Die, die eben noch in Königin Marias Liebesecke gesessen hatte. Paul sah sie wie durch einen Schleier. Sie öffnete den Mund, doch ihre Worte erreichten ihn nicht. Was er jedoch hörte, war, wie sein Name gerufen wurde. Dieselbe Stimme wie gestern Morgen am Badeteich. Da hatte sie erstaunt geklungen, freudig. Nun war sie voller Panik.

Paul fuhr herum.

Sie brachten Sorin aus einem Zimmer am Ende des Ganges. Er hing zwischen zwei Bewachern, die Hände hinter dem Rücken in Handschellen.

»Paul!«, rief Sorin. »Paul! Endlich!«

»Was ist passiert?« Mit einem Satz war Paul bei ihm.

»Sie wollen mir einen Mord anhängen!«, schrie Sorin, seine Stimme überschlug sich. »Aber ich bin unschuldig! Bitte, Paul, du bist doch Journalist, du musst rausfinden, was wirklich passiert ist! Die sind hier alle korrupt, ich sag dir, da geht es um Geld, um sehr viel Geld, frag meine Mutter. Und Maia, sie könnte auch etwas wissen. Bitte, bitte, hilf mir!«

»Ich, äh, also …«, stammelte Paul und verstummte. Sorin trug dasselbe T-Shirt wie am Tag zuvor. Aber es war nicht mehr blütenweiß. Es war voller Blut.

»Paul! Bitte!«, rief Sorin ein letztes Mal, dann schleiften sie ihn davon, sein Körper ein zuckendes Bündel.

Verdammt. Was, fragte Paul sich im Stillen, machte das viele Blut auf Sorins T-Shirt?

»*Este destul!*«

Die junge Polizistin von gerade. Sie reichte Paul nicht einmal bis zur Schulter, und mit ihrem kurz geschnittenen dünnen Haar und der winzigen Stupsnase sah sie aus wie siebzehn. Offensichtlich fand sie, es sei genug.

»*Scuză-mă, te rog!* Entschuldigung«, murmelte Paul und griff nach seinem Portemonnaie, »ich weiß, ich dürfte gar nicht hier sein. Vielleicht könnten Sie ausnahmsweise ein Auge zudrücken?«

»Unterstehen Sie sich!« Sie schlug ihm den Fünfzig-Euro-Schein aus der Hand. »Abmarsch!«

Paul bückte sich, sammelte unter den feixenden Blicken der Umstehenden das Geld ein und folgte ihr, immer noch wie betäubt.

»Was tun Sie hier?«, fuhr sie ihn draußen an. »Wer sind Sie überhaupt?«

Paul blinzelte. Sie standen neben dem Schlossteich, in dessen himmelblauem Wasser die Sonne so fröhlich funkelte, dass er sich am liebsten die Augen zugehalten hätte. Aber da lauerte das Bild von Sorin im blutverschmierten T-Shirt.

»Paul Schwartzmüller. Ich bin ein Freund von Sorin Lupu«, begann er. »Sorin bat mich zu kommen. Wir kennen uns seit Langem, also, seit Kindertagen.« Paul blinzelte noch einmal.

Die Polizistin sah zu ihm auf, das schmale Gesicht völlig unbewegt. »Sie können auch Deutsch sprechen. Wir lernen es auf dem Gymnasium.«

»Danke.« Paul wischte sich über die Stirn. »Es tut mir leid, dass ich hier einfach so eingedrungen bin. Ich verstehe das alles nicht. Sorin ist ein durch und durch friedfertiger Mensch. Er würde keiner Fliege etwas zuleide tun.«

»Soso. Und Sie kennen sich seit Kindertagen?«

Paul nickte.

»Und Sie halten Herrn Lupu für einen durch und durch friedfertigen Menschen?«

»Aber ja doch!«

»Sie scheinen mir ein echter Witzbold zu sein. Tauchen unerlaubt an einem Tatort auf und erzählen mir was von friedfertig! Das Strafregister von Herrn Lupu ist so lang wie das Auspuffrohr seines Motorrads. Trunkenheit am Steuer, Körperverletzung, unsittliches Verhalten. Es vergeht kaum ein Monat, in dem wir den ehrenwerten Herrn nicht in Gewahrsam nehmen müssen. Am Gefängnis ist er bislang vorbeigekommen, aber lange wäre das eh nicht mehr gutgegangen. Und die Beweislage ist klar.«

Sie sprach so schnell, dass Paul der Kopf schwirrte, wobei ihr Deutsch ausgezeichnet war, mit einem winzig kleinen Akzent.

»Die Beweislage?«, stammelte er.

»Er lag sternhagelvoll direkt neben dem Opfer und war kaum wachzukriegen.«

Paul nickte vage. Das sah nicht gut aus für Sorin.

»Als wir kamen, gab er vor, sich an nichts zu erinnern. Aber Sie haben ihn ja gesehen! Das Blut des Opfers trieft quasi noch von seinen Händen. Der ist erledigt, der Lupu.«

Paul überlegte fieberhaft, was er sagen sollte. Wahrscheinlich war er derjenige, der Sorin zuletzt gesehen hatte. Sie hatten eine Menge *Ţuică* intus gehabt, das ja, aber sternhagelvoll? Sorin hatte ihn schließlich noch auf seiner *Mobra* nach Hause gebracht. Oje. Paul griff sich an den Kopf. Offensichtlich war Sorin nicht das erste Mal betrunken gefahren.

»Und Sie sind?«, fragte er, um Zeit zu gewinnen.

»Hatmanu, Kommunalpolizei Braşov. Ich war als Erste am Tatort, gebe aber jetzt ab an die Direktion für Strafermittlungen. Und Ihnen gebe ich einen Tipp.«

»Einen Tipp?«

»Suchen Sie sich andere Freunde.«

Und damit wandte sie sich von ihm ab und lief in kleinen, schnellen Schritten davon. Ihre Uniform war so glatt gebügelt, dass sie in der Sonne glänzte. Beinahe, als sei sie aus Plastik.

Paul blieb zurück. Er fühlte sich plötzlich furchtbar schäbig, ungewaschen, wie er war, ganz bestimmt stank er auch schlimm nach Alkohol. Vor allem aber schwirrte ihm der Kopf. Sorin, sein alter Kinderfreund, ein Mörder? Konnte er sich so sehr in einem Menschen täuschen?

Es dauerte, bis er den Opel Corsa aus Bran herausmanövriert hatte. Mittlerweile herrschte ein totales Verkehrschaos. Das Schloss, so verkündete es ein Lautsprecherwagen der Polizei, würde an diesem Tag nicht mehr öffnen. Paul sah Händler fluchen, Kinder weinen und Busfahrer aufeinander losgehen. Er selbst hätte sich am liebsten in irgendeinem Loch verkrochen.

Sorin, sein alter Freund aus Kindertagen, ein Verbrecher.

Paul stöhnte. Er hatte gute Gründe gehabt, die Reise nach Rumänien zu scheuen. So vieles war hier vor fünfunddreißig Jahren geschehen, was er nicht durchschaute, was ihn bis auf den heutigen Tag quälte. Und nun war erneut etwas passiert, das er nicht verstand. Das ihm die Haare zu Berge stehen ließ.

Verdammt, fluchte Paul, während der Wagen wieder einmal durch tiefe Schlaglöcher rumpelte. Ich bin keine vierzehn mehr! Ich bin ein gestandener Journalist von neunundvierzig Jahren! Ich werde mich nicht noch einmal in einem Gespinst aus Lügen und Geheimnissen verfangen.

Morgen, überlegte er, ging eh sein Flieger. Er würde keine Minute mehr in der stinkenden Kammer bei der furchterregenden Maia verbringen, er würde sich still und heimlich davonmachen und sich für die letzte Nacht eine Pension in Sibiu suchen. Der Anwaltskanzlei in Bukarest würde er schreiben, dass er das Erbe ausschlage. Übermorgen, dachte er, fange ich in Köln den neuen Job an. Und dann mache ich, was ich immer gemacht habe und womit ich niemals hätte aufhören sollen: Ich vergesse Siebenbürgen und alles, was sich jemals hier zugetragen hat.

Paul umfuhr ein weiteres Schlagloch. Vor seinem inneren Auge sah er Sorin in Handschellen, hörte sein verzweifeltes Flehen. Gleichzeitig sah er die Polizistin Hatmanu vor sich – ein

Vorstrafenregister so lang wie das Auspuffrohr der *Mobra*, hatte sie gesagt.

Nein, ihn ging das alles nichts an. Für ihn gab es nur noch diese eine Sache zu tun.

Als er das Dorf erreichte, lag es so still und ausgestorben da wie am Tag seiner Ankunft. Es war Mittagszeit, die Sonne stand hoch am Himmel und tauchte die staubige Straße in gleißendes Licht. Paul parkte den Wagen dicht neben der Friedhofsmauer und schlich in ihrem schmalen Schatten zu dem großen schwarzen Tor in ihrer Mitte. Immer war er vorausgerannt, wenn er mit Tante Zinzi das Grab der Großeltern besuchte, hatte das Tor für sie aufgehalten. Der eiserne Riegel war noch derselbe, und er ließ sich so schwer aufschieben wie damals.

Als er hindurchtrat in den nach oben offenen, langen Gang, rechts und links eine Mauer, zu seinen Füßen Lehm und verdorrtes Gras, überfiel ihn die gleiche Beklemmung wie einst, als er noch ein Junge gewesen war. Der Leichengang. Gut hundert Meter lang. Der letzte Weg, den ein Mensch zurücklegte. Getragen von den Männern des Dorfes, beweint von den Frauen und Kindern.

Wer hatte Tante Zinzis Sarg getragen? Wer hatte sie beweint? War sie überhaupt hier bestattet worden?

Die Tatsache, dass er es nicht wusste, erfüllte ihn mit Scham.

Die letzten Meter. Paul stieg über Schutt und Disteln. Erreichte den Friedhof, sah sich um. Und erkannte nichts wieder.

Wo sich einst prachtvolle Familiengräber aneinandergereiht hatten mit fein behauenen Stelen, war nun ein Trümmerfeld. Die Grabmale ragten schief aus der Erde oder lagen am Boden, viele waren zerbrochen. Schlimmer noch, ein Großteil der Grabstellen war eingesunken, manche so tief, dass ein erwachsener Mann hätte darin verschwinden können. Unkraut und

Gestrüpp wucherten darüber. Dieser Ort war schon vor langer Zeit dem Verfall anheimgegeben worden. Die Nachfahren der Siebenbürger Sachsen, die hier begraben lagen, hatten Rumänien nach 1990 in Scharen verlassen.

Paul wusste kaum, wohin er seine Schritte setzen sollte. Überall lag Geröll, blitzte es bleich in der Sonne. Verdammt, war er da gerade über ein paar Knochen gestolpert? Nein, es waren nur ganz gewöhnliche Steine. Und doch. Er spürte etwas, das sich anfühlte wie eine kalte Hand in seinem Nacken.

Stell dich nicht so an, sagte er sich – und erstarrte im selben Moment. Da war tatsächlich etwas in seinem Nacken. Eine Ahnung von jemandem, der sich hinter ihm bewegte.

Paul fuhr herum und sah gerade noch eine Gestalt vorbeihuschen, ein Mann, wie es schien, in einem langen, löchrigen Mantel, so verstaubt und fleckig, als sei er damit gerade erst einem der Gräber entstiegen.

Ein Pfarrer, wie er nun erkannte, wenn auch ein ziemlich ungepflegter. Hatte er ihn nicht schon am Sonntagmorgen gesehen, als er mit Sorin nach Bran gefahren war? Im nächsten Augenblick war der Mann im Leichengang verschwunden.

Paul schüttelte sich. Jetzt war es aber mal gut mit den Schauergestalten.

Er fand Tante Zinzis Grab in der Mitte des Friedhofs, im Familiengrab ihrer Vorfahren. Auch hier war das Grabmal halb versunken, die Inschriften darauf nicht mehr zu entziffern. Doch davor türmte sich frisch ausgehobene Erde mit einem schlichten Holzkreuz darauf, das ihren Namen trug: *Elisabeth Schwartzmüller*.

Jemand hatte eine kleine Vase dazugestellt, in ihr ein Strauß Rosen, die betörend dufteten. Es waren, wie Paul sogleich erkannte, dieselben, die sich an Zinzis Haus emporrankten.

Ohne recht zu überlegen, verschränkte er die Finger und tat, was er wohl schon Hunderte Male an diesem Ort getan hatte, wenn auch niemals allein: Er betete ein Vaterunser, so, wie Tante Zinzi es ihn gelehrt hatte.

Dann betrachtete er das hölzerne Kreuz. Keine Jahreszahlen, doch das Grab schien frisch. Tante Zinzi war wohl wirklich erst vor Kurzem gestorben, genau wie Sorin gesagt hatte.

Der Vater hatte ihn belogen.

»Es tut mir leid«, flüsterte er und strich behutsam über die Buchstaben ihres Namens. »Es tut mir so leid.«

Dann stand er auf, suchte sich seinen Weg zwischen den verlassenen Gräbern und durchschritt noch einmal den Leichengang. Seit er Siebenbürgen verlassen hatte, Mitte der Achtziger, mit vierzehn, spürte er eine tiefe Schuld, deren Ursprung er nicht kannte. Nun, in diesem Moment, zwischen den engen Mauern des Leichengangs, drohte sie ihn beinahe zu ersticken.

Auf der Dorfstraße standen zwei alte Frauen und unterhielten sich leise, vom Pfarrer war nichts mehr zu sehen. Wohin war er verschwunden? Egal. Paul setzte sich ins Auto, startete, fuhr an. Wischte sich über das Gesicht. Er würde später um Tante Zinzi trauern, nicht jetzt. Jetzt wollte er nur noch weg. Er legte den ersten Gang ein, drückte aufs Gas, rammte den zweiten rein, den dritten.

Blöde Schlaglöcher, schimpfte er vor sich hin. Sollten die Reifen ruhig leiden. Eine Stunde und zwölf Minuten, und ich bin in Sibiu. Bis dahin wird die Karre wohl durchhalten.

Er trat das Gaspedal direkt noch ein bisschen tiefer durch. Im Rückspiegel verschwand das Dorf in einem Wirbel aus Staub und Steinchen. Nur noch wenige Meter, und er hatte diesen Teil seines Lebens Gott sei Dank hinter sich gelassen.

Paul schoss am vorletzten Haus vorbei, am letzten. Und trat so abrupt auf die Bremse, dass er nach vorne flog.

Der Baum. Der riesige Baum, den er nur am Rande wahrgenommen hatte, als er ankam. Zwei mächtige Stämme schlangen sich umeinander, seit Jahrzehnten fest miteinander verwachsen. Darüber erhob sich eine weit ausladende Krone, Tausende silbrige Blätter schimmerten im Sonnenlicht. Und tief im Geäst, so, dass man sie eigentlich gar nicht sehen konnte, es sei denn, man wusste von ihrer Existenz, ahnte er Bretter und Bohlen, einst von Kinderhand in wochenlanger Arbeit zurechtgesägt und zusammengehämmert.

Das Baumhaus. Sorin und er hatten es vor vielen Sommern gebaut. Und Sorin hatte es erst gestern Abend erwähnt.

Der Anschnallgurt spannte sich so fest um Pauls Brust, als wolle er ihn unbedingt im Auto halten. Paul löste ihn, stieg aus dem Wagen. Wie von einer unsichtbaren Schnur gezogen lief er auf die Steineiche zu. Berührte ihren Stamm. Beinahe schwarz war die Borke und in viele kleine Platten zerrissen. Der Baum war immer schon uralt gewesen, mehr als hundert Jahre, hatte es damals geheißen.

Paul berührte noch einmal die Borke, strich darüber. Unter seinen Fingerkuppen spürte er noch das Holz des Kreuzes, das auf Tante Zinzis Grab stand. Und nun die Steineiche.

Er trat einen Schritt zurück. Schaute hinauf in die Krone. Das Baumhaus, von hier unten war es deutlich zu sehen.

Paul überlegte. Bis zur Pandemie hatte er in Köln regelmäßig mit den Jungs Fußball gespielt, im Äußeren Grüngürtel. Nachdem das während des Lockdowns verboten worden war, hatten sie nie mehr zusammengefunden. Er hatte zugenommen. Er war kein bisschen in Form.

Und doch.

Er hörte die Stimme, die ihm sagte, er solle es lassen, sofort in das Mietauto steigen, allerhöchstens noch seine Sachen bei Maia holen, dann aber schleunigst davonfahren, sehr deutlich.

Doch im nächsten Augenblick sprang er in die Höhe, bekam einen der unteren Äste zu fassen und zog sich hinauf. Völlig überrascht umklammerte er den Stamm. Dass ihm das gelingen würde!

Und jetzt nichts wie runter, sagte die Stimme.

Paul aber schaute hoch in das flirrende Blattwerk, griff nach dem nächsten Ast und kletterte weiter. Nicht ganz so behände wie damals als Junge, doch mit jedem Stückchen, das er vorankam, wurde ihm leichter ums Herz. Und als er das Baumhaus erreichte, als er sich bückte, um durch die niedrige Öffnung zu kriechen, als er sich auf die Plattform setzte, als er seine Beine baumeln ließ, gut fünf Meter über der Erde, da packte ihn ein ganz und gar überwältigendes Gefühl. Freude.

So, erinnerte er sich, war es immer schon gewesen. In den glücklichen Sommern seiner Kindheit gab es einen Ort, den er mehr liebte als alle anderen, sogar mehr als Tante Zinzis Sommerküche. Das Baumhaus.

Paul sah sich selbst vor sich. Zu klein für sein Alter, dünn, blass und verzagt. Sorin hingegen war damals schon ein Haudegen gewesen. Er hatte Paul unter seine Fittiche genommen, ihn vor den größeren Jungen im Dorf beschützt. Gemeinsam lasen sie Karl May, Winnetou erster und zweiter Teil, zwei grüne Bände aus DDR-Produktion. Paul übersetzte ins Rumänische, was Sorin nicht auf Anhieb verstand. Hier oben im Baumhaus schnitten sie sich mit Tante Zinzis Gemüsemesser in die Unterarme, ließen das Blut, das herausquoll, in zwei gemopste Tassen tropfen, mischten es mit Wasser. Und dann hatte ein jeder das Blut des anderen getrunken. Paul konnte sich plötzlich genau an diesen Moment erinnern.

»Jetzt sind wir Blutsbrüder«, hatte Sorin erklärt. »Nichts und niemand wird uns mehr trennen. Schwöre es!«

Beide hatten sie die Hand zum Schwur erhoben.

Und nun war er dabei, sich davonzumachen. So, wie er sich schon einmal davongemacht hatte.

Wieder stiegen Erinnerungen in Paul auf. Der Vater, der an

einem Abend im September in der Wohnung in Bukarest in das halbe Zimmer kam, in dem Paul schlief und lernte, und der sagte, sie müssten packen, sofort. Die Männer, die draußen auf sie warteten. Die dunkle Limousine. Die scheinbar unendliche, in vollkommenem Schweigen verlaufende Fahrt. Nie würde er vergessen, wie der Vater neben ihm auf der Rückbank sich unentwegt auf die Lippen biss. So lange, bis ihm ein kleines rotes Rinnsal das Kinn hinablief.

Zwar hatte der Vater sich, nachdem die Männer sie in den Zug nach Österreich gesetzt hatten, nie wieder die Lippen blutig gebissen, doch sie fest aufeinanderzupressen und ein unbeteiligtes Gesicht aufzusetzen, wenn Paul mit ihm reden wollte, darin war er ein wahrer Meister geworden.

Und Paul, immer noch zu klein und zu schmächtig für sein Alter, hatte gelernt, das Unausgesprochene hinzunehmen. Nicht nachzufragen. Zu vergessen, so gut es eben ging.

Verdammt! Paul sprang auf, plötzlich von Unruhe erfasst, stieß sich den Kopf. Zu seinen Füßen, zwischen den Bodendielen, entdeckte er etwas Grünes. Er bückte sich und hielt eine Plastikfigur wie aus einem Überraschungsei in der Hand. Was hatte Sorin erzählt? Ab und zu spielten seine Kinder hier. Was das anging, hatte er offensichtlich die Wahrheit gesagt.

Und wenn er auch sonst die Wahrheit gesagt hatte? Wenn er immer noch ein Haudegen war, der sich nicht immer an jedes Gesetz hielt, der öfter über die Stränge schlug, aber kein Mörder?

Vor seinem inneren Auge sah Paul Günthers Leiche vor sich, den abgetrennten Kopf. Wäre Sorin imstande, jemanden so grässlich zuzurichten?

Und wenn nun tatsächlich jemand versuchte, ihm den Mord anzuhängen?

Paul kletterte die Steineiche wieder hinab. Der Abstieg schien ihm viel schwieriger als der Aufstieg. Verlier dich nicht in Sentimentalitäten, tönte die Stimme in seinem Ohr. Mach endlich, dass du davonkommst …

Ja, ja, murmelte Paul und stieg ins Auto. Er schaltete gerade das Navi ein, als sein Handy klingelte.

»Paul, wie schön, dass ich Sie erreiche«, sagte die Chefredakteurin. »Ich wollte nur mal hören, ob Sie bereits auf dem Rückweg sind. Ich erwarte Sie übermorgen um neun.«

Er vernahm das Klicken eines Feuerzeugs, hörte sie tief inhalieren.

Natürlich, wollte er sagen, ich bin so gut wie unterwegs. Er öffnete den Mund. Aber es kam kein Ton heraus.

»Paul? Sind Sie noch da?«

Paul räusperte sich. Setzte sich gerader hin. Holte tief Luft. Doch sein Hals war wie zugeschnürt.

»Ich hatte es im Gespür«, sagte die Chefredakteurin in die Stille hinein. »Es gibt da etwas in Siebenbürgen, das Sie festhält, nicht wahr?«

»Es tut mir leid«, antwortete Paul. »Es tut mir wirklich sehr leid.«

Dann startete er den Wagen, wendete und fuhr zurück ins Dorf.

Das Mädchen sah den Heruntergekommenen umkehren und rieb sich vergnügt die Hände. Es hatte ihn nicht mehr aus den Augen gelassen, und wie so häufig hatte seine Vorahnung es nicht getäuscht. Er blieb. Zumindest erst einmal. Damit ließ sich doch etwas anfangen.

Geschwind kletterte es die Steineiche hinab, am Baumhaus vorbei. Es gab so viel zu tun.

FÜNF

»Ich wusste es. Du hast rein gar nichts ausgerichtet!«

Maia stand im Tor der Scheune, die Hände in die Hüften gestemmt, und Paul erwischte sich dabei, wie er vorsichtig schaute, ob Blut daran war. Bei welch grauenvollem Tun hatte er sie diesmal gestört?

»Ich bleibe und sehe, was ich tun kann«, gab er zurück. »Verrate du mir lieber, wer einen Grund haben könnte, Sorin etwas anzuhängen. Er sagte, es geht um Korruption, um sehr viel Geld. Hast du eine Ahnung, was er damit meint?«

»Nein.« Maia presste die Lippen fest aufeinander.

»Großartig.« Paul hatte das sichere Gefühl, dass sie log, und zugleich wusste er, dass er aus ihr nichts weiter herausbekommen würde. Was für eine grässliche Person! Er wandte sich zu der Kammer neben dem Ziegenstall, in der sein Feldbett stand. Der Gestank ließ ihn schon vor der Tür würgen.

»Auf jeden Fall brauche ich ein anderes Zimmer!«, brüllte er, aber Maia war schon in der Scheune verschwunden.

Paul hielt sich mit einer Hand die Nase zu, mit der anderen wühlte er in seiner Reisetasche nach frischer Wäsche und einem Handtuch, dann machte er sich auf den Weg zum Badeteich. Ein niedriger Schatten folgte ihm auf dem Fuße, es war der kleine schwarze Hund.

Das Wasser empfing ihn mit einer kühlen Umarmung. Paul tauchte unter, spürte Pflanzen an seinen Füßen, sah einen zappelnden Fisch davonschwimmen. Im Ohr hatte er noch die Chefredakteurin, hörte ihre Enttäuschung, als sie sich verabschiedeten. Vor seinem inneren Auge sah er Sorin im blutverschmierten T-Shirt. Am Ufer planschte der Hund.

»Bist du auch der Meinung, dass ich einen großen Fehler mache?«, fragte er. Der Hund schaute auf und schüttelte sich das Wasser aus dem Fell. Es sah fast so aus, als schüttele er auch den Kopf.

Paul tauchte noch einmal unter. Machte ein paar Schwimmzüge. Drehte sich auf den Rücken. Dachte an das Baumhaus. An den Schwur. Dann watete er ans Ufer, schüttelte sich, so wie der Hund es zuvor getan hatte, trat beinahe auf einen dicken Frosch, der quakend davonsprang, und begann, sich abzutrocknen. Was hatte Sorin gesagt? Du musst herausfinden, was wirklich passiert ist.

Okay, dachte Paul. Es gibt eine Sache, die ich wirklich gut kann. Ich recherchiere.

Er fand das Haus sofort, seine Füße liefen wie von selbst den vertrauten Weg, den er als Junge so oft genommen hatte. Im Gegensatz zu den Häusern links und rechts war dieses Haus frisch gestrichen, die Rose, die sich auch hier an der Hauswand emporrankte, war ordentlich beschnitten, und als er, nachdem er geklopft hatte, in den Hof trat, sah er, dass auch hier alles tadellos an seinem Platz war.

Das, dachte er, ist die Handschrift Sorins. Nicht auszudenken, wenn er nicht mehr nach Hause käme.

»Frau Lupu? Sind Sie da?«

Keine Antwort. Ein Hund, der wohl im Schatten gedöst hatte, rappelte sich mühsam auf und kam, eine eiserne Kette hinter sich herschleifend, auf krummen Beinen näher. Paul streichelte seine graue Schnauze.

»Na, alter Herr, hältst du ganz allein die Stellung?«

Noch einmal rief er nach Sorins Mutter, doch niemand antwortete.

Ich komme ein andermal wieder, beschloss er. Und fange erst einmal da an, wo es meistens etwas zu erfahren gibt.

Als er die ausgetretene Stufe zum Dorfladen betrat, merkte er, dass sein Hemd vorne und hinten an ihm klebte. Sein dichtes Haar auf Brust und Rücken hatte sich wieder einmal allen Versuchen, es zu trocknen, widersetzt und hinterließ nun feuchte Flecken. Was soll's, dachte Paul. Die Zeiten, in denen Viktoria Laurenzi hier das Geschäft führte, sind vorbei. Mit vierzehn hatte er sich stets die dunklen Locken mit einem nassen Kamm aus der Stirn gekämmt und, wenn er drinnen war, seine Wünsche nur stotternd und mit roten Ohren vorgebracht. Viktoria Laurenzi, damals schon eine Frau mittleren Alters, galt mit ihrem langen, stets zu einem kunstvollen Knoten aufgesteckten Haar und den strahlend blauen Augen als die schönste Siebenbürger Sächsin weit und breit. Sorin nannte sie die siebenbürgische Brigitte Bardot. Sie war nicht nur schön, sondern auch eine ausgezeichnete Bäckerin. Ihr *Hanklich*, jenes traditionelle Gebäck aus feinstem Hefeteig, flach wie ein Fladen und mit Butter oder Rahm gefüllt, war legendär.

Paul stieß die Ladentür auf, die wie damals gegen eine von der Decke herabhängende Glocke stieß, und merkte, wie sein Herz aussetzte. Denn hinter der Theke stand Viktoria Laurenzi und lächelte ihn an.

»*Bună ziua!*«

»*Bună ziua*«, nuschelte Paul und rechnete blitzschnell. Viktoria Laurenzi müsste mittlerweile weit über siebzig sein. Die Frau hinter der Theke hatte ungefähr sein Alter, vielleicht ein bisschen jünger. Und ein bisschen trauriger. Viktoria Laurenzis Augen hatte immer ein vergnügtes Lächeln umspielt. Die Augen dieser Frau jedoch waren rot und verquollen. Und dennoch. Paul konnte den Blick nicht von ihr abwenden.

»*E bine totul?*« Sie beugte sich ein wenig vor, wobei sich eine blonde Haarsträhne aus ihrem Knoten löste. »Ist alles in Ordnung mit Ihnen?«

»*Scuzaţi*, entschuldigen Sie bitte, ich wollte Sie nicht anstarren.« Paul sah sich um. Der Laden war noch genauso eingerichtet wie einst, die akkurat eingeräumten Regale hinter und neben ihm bogen sich unter ihrer Last. Öl, Mehl, Konserven, Wein und Sprudelwasser, Gesichtscreme und Glasreiniger, hier schien es alles zu geben. Zugleich strömte ein Duft durch den Raum, der ihn sofort wieder zurückkatapultierte in seine Kindheit und der bewirkte, dass ihm das Wasser im Munde zusammenlief.

»*Scuzaţi*«, sagte er noch einmal. »Es kommt mir so vor, als rieche es nach *Hanklich* …«

»Gerade fertig und in zwei Minuten bei Ihnen!« Sie sandte ihm ein Lächeln, das ihre Augen nicht erreichte. »Setzen Sie sich nach draußen, ich bringe ihn Ihnen. Einen *Cafenea* dazu?«

Paul nickte. »*Mi-ar plăcea să*. Liebend gerne.«

Nach dem dritten *Hanklich* lehnte Paul sich genüsslich seufzend zurück. Der alte Mann, der direkt neben dem Café vor seinem halb verfallenen Haus saß, hob zustimmend die Pfeife, und Paul klopfte sich vergnügt den Bauch. Der einfache Plastikstuhl ächzte ein wenig unter seinem Gewicht, aber das war ihm egal. Er hatte vergessen, wie glücklich frisch gebackener *Hanklich* machen konnte. Seit seiner Ankunft in Siebenbürgen hatte er sich nicht so wohlgefühlt wie in diesem Moment. Ausgenommen natürlich der gestrige Abend, den er mit Sorin verbracht hatte.

Sorin! Genug geschlemmt, schoss es Paul durch den Kopf, jetzt wird recherchiert!

»Ich glaube«, sagte er deshalb, als er hineinging, um zu zahlen, »ich kannte Ihre Mutter. Und ich erinnere mich auch an Sie, Sie waren, als ich das Land verließ, noch sehr jung.«

Tatsächlich war ihm erst beim dritten *Hanklich* eingefallen, dass Viktoria damals eine Tochter hatte, ein pummeliges Kind mit Zahnlücke, dem Sorin und er keinerlei Beachtung schenkten. Aber das sagte er lieber nicht.

»Ich weiß jetzt auch, wer Sie sind.« Sie wechselte vom Rumänischen ins Deutsche, als spreche sie es jeden Tag. »Sie sind der Neffe von Zinzi. Das ganze Dorf spricht von Ihnen.«

»Tatsächlich?«

»Ja. Man sagt, Sie verkaufen den Hof und machen Maia obdachlos.«

»Bitte was?«

»Sie sind doch der Erbe, nicht wahr?«

»Ja, schon, aber …«

»Tun Sie das nicht!«, zischte sie und kam ihm so nahe, dass ihm ein verführerischer Duft von ofenfrischem *Hanklich*, Parfüm und etwas anderem in die Nase fuhr, das er nicht zuordnen konnte, das aber machte, dass seine Knie ein wenig weich wurden. »Tun Sie nichts, was Maia erzürnt!«

»Nein, natürlich nicht.« Paul fühlte sich mit einem Mal benommen, nicht nur wegen dieser unverhohlenen Warnung. Dieser Duft …

»Gut. Dann ist das klar. Hier, bitte schön, Ihr Wechselgeld.« Sie rückte wieder von ihm ab und drückte ihm einen ganzen Stapel Scheine in die Hand. Paul hatte wie selbstverständlich mit Euro gezahlt und betastete nun die rumänischen *Lei*. Sie fühlten sich so glatt an wie Spielgeld. Aber nicht so glatt wie ihre Finger, die seine einen Moment lang gestreift hatten.

»Danke. Ich muss gestehen, ich weiß Ihren Namen nicht mehr.«

»Carry. Sag einfach Carry. Und du.«

»Carry.« Paul schaute in ihre Augen und hätte sie gerne gefragt, warum sie geweint hatte. Aber das hatte ja wohl kaum etwas mit seiner Recherche zu tun. »Ich bleibe eigentlich nur deshalb«, fuhr er fort, »weil ich Sorin helfen möchte. Ich kann mir einfach nicht vorstellen, dass er jemanden umbringen würde. Und dann noch auf eine so barbarische Weise! Carry, du hier in deinem Laden, du kriegst doch bestimmt jede Menge mit. Dieser Günther schien mir ein echtes Ekel zu sein. Gibt es Leute, die ihm Übles wollten?«

»Übles wollten?« Sie begann zu weinen. »Günther war verhasst, im ganzen Dorf.«

»Na also, ich wusste es doch.«

»Gar nichts weißt du!« Sie weinte nun so sehr, Paul konnte nur mit Mühe verstehen, was sie sagte. »Günther war kein Ekel. Er war ein Selfmademan, einer, der was aus sich machte. Wenn er hätte weiterleben dürfen, er hätte …« Der Rest ging unter in ihrem Schluchzen.

»Er hätte was?«

»Ach, lass mich!« Genau wie vorhin Maia presste nun auch Carry die Lippen fest aufeinander, sie stürmte aus dem kleinen Laden in ein Hinterzimmer. Paul zog leise die Tür hinter sich zu. Dass die bezaubernde Carry diesen Fiesling Günther offenbar gemocht hatte! Die Dinge schienen komplizierter zu sein als gedacht.

Zu Hause erwartete Maia ihn im Hof. Mit einer stummen Geste wies sie auf das Altenteil. Der Efeu davor war weggeschnitten, die Tür stand sperrangelweit offen.

»Niemals«, sagte Paul. Sosehr es ihn davor grauste, mit Maia unter einem Dach zu schlafen, mit dem verrotteten Altenteil würde er auf keinen Fall vorliebnehmen.

Er konnte sich denken, dass im Wohnhaus eigentlich kein Platz für ihn war. Als Junge hatte er in der Küche geschlafen, in einem Alkoven, in dem er damals schon mit Kopf und Füßen anstieß, obwohl er so klein war. Mit achtzehn war er dann noch mal zwanzig Zentimeter gewachsen. Aber in der Wohnstube gab es ein richtiges Bett, damals das von Tante Zinzi, jetzt garantiert das von Maia. Sollte sie doch im Alkoven schlafen, sie war viel kleiner als er!

Maia verzog keine Miene und erwiderte seinen Blick.

Dass ein Mensch so eiskalt gucken konnte! Wäre dies eine normale Recherche, und wäre sie eine normale Interviewpartnerin, er würde ihr ordentlich Paroli bieten. Aber dies war keine normale Recherche. Nichts schien hier normal.

»Na gut«, murrte Paul, zog den Kopf ein, betrat das niedrige Häuschen und machte große Augen.

Auf einem blank gewienerten Dielenboden stand ein uraltes Bett aus beinahe schwarzem Holz. Mit seinen wuchtigen Beinen, dem hohen Kopfteil und den strahlend weißen, aufwendig bestickten Kissen sah es aus, als komme es direkt aus einem Museum. So wie das ganze Zimmer. Der altertümliche Kleiderschrank. Der fein restaurierte Schreibtisch, links und rechts zwei Schubladen, die Platte in der Mitte bezogen mit schwarzem Tischlinoleum. Davor ein einfacher Holzstuhl, dahinter das Fenster. Und dahinter das freie Feld, wogendes Gras, in dem die Grillen ein nachmittägliches Konzert veranstalten.

»Das, das ist …«

»Dein Zimmer.« Maia stand in der Tür und guckte so grimmig wie immer. Sie war noch ein bisschen dreckiger als sonst, ihre Armeeklamotten voller Staub und Spinnweben. »Tante Zinzi hat es für dich eingerichtet, vor, lass mich rechnen, zweiunddreißig Jahren. Als die Grenzen gefallen waren und sie glaubte, du würdest jeden Moment hier aufkreuzen.«

»Ist das wirklich wahr?« Paul schluckte.

Maia aber sagte kein einziges Wort mehr, sie drehte sich einfach um und ging. Im Rausgehen schnappte sie sich eine Tüte voller Müll und einen Feudel, der in der Ecke stand und noch feucht aussah.

Jetzt verstand Paul, warum sie noch dreckiger war als sonst. Sie hatte das kleine Häuschen für ihn geputzt.

Und Tante Zinzi hatte beinahe zweiunddreißig Jahre lang vergeblich auf ihn gewartet.

Lange saß er vor dem Schreibtisch, starrte vor sich hin. Ein Satz hallte in ihm nach, den Maia am Morgen gesagt hatte.

Einer wie du bringt doch nur Ärger, damals schon.

Hatte er Ärger in Tante Zinzis Leben gebracht? Wohl kaum, gab er sich selbst zur Antwort. Er war doch noch ein Junge gewesen, hatte gerade erst die Aufnahmeprüfung zum Gymnasium absolviert. Bis heute verstand er nicht, was in jenem Sommer Mitte der Achtzigerjahre vor sich gegangen war.

Aber Kummer hatte er ihr gebracht. Daran gab es keinen Zweifel.

Draußen ging der Tag in den Abend über. In das Zirpen der Grillen mischte sich das Quaken der Frösche im nahen Badeteich. Paul stand auf, von einer inneren Unruhe getrieben, wählte die Nummer des Anwaltsbüros in Bukarest. Niemand nahm ab. Bei der Mietwagenfirma meldete sich ein freundlicher Herr und versicherte ihm, er könne das Auto erst einmal weiternutzen, er würde die Buchung ändern auf open end. Immerhin, das funktionierte. Paul ging hinaus in den Hof, wühlte in seiner Jeans nach den Geldscheinen, die er im Kaufladen erhalten hatte, sortierte sie nach Wert, während er auf die Straße trat, fragte sich, ob er bei Carry auch etwas zum Abendessen bekam. Und prallte frontal gegen eine Kuh. Sie war beinahe so groß wie er, sie roch nach Heu und nach Sonne, und sie stand direkt vor Tante Zinzis Hof, als warte sie darauf, hineingelassen zu werden.

Paul zuckte zusammen und trat instinktiv ein paar Schritte zurück von dem Riesenvieh. Lautes Gelächter erklang. Es kam von den beiden Jungen, die am Morgen die Kühe aus dem

Dorf getrieben hatten. Sie lümmelten vor Carrys Laden herum und malten mit ihren Stöcken Muster in die staubige Straße.

Paul kam sich vollkommen bescheuert vor. Nun öffnete sich auch noch das große Tor, Maia erschien, und die Kuh, die offensichtlich tatsächlich darauf gewartet hatte, hineingelassen zu werden, trottete gemächlich in den Stall.

»Das gibt's doch nicht.« Paul sah sich um. Bei einigen der Häuser, die ihm bei seiner Ankunft allesamt leer und unbewohnt erschienen waren, standen nun ebenfalls die Tore offen, und in jeden Hof marschierten ein oder zwei Kühe.

»Ihr bringt die Kühe noch genauso nach Hause wie vor über dreißig Jahren!«

»Wir bringen sie eben nicht nach Hause«, gab Maia zurück, und zum ersten Mal meinte Paul auf ihrem Gesicht ein winziges Lächeln zu sehen, das bei genauerem Hinschauen wohl eher ein Grinsen war. »Die Hirten treiben sie morgens auf die Weide und abends zum Trinken, nach Hause kommen sie ganz von allein. Sie kennen den Weg.«

Und damit schloss sie das Tor vor seiner Nase.

Paul kam sich nun noch blöder vor. Erst recht, als sich auch alle anderen Tore schlossen. Hatten nicht früher die Menschen abends auf der Straße gesessen, miteinander geplauscht? Selbst der Mann mit der Pfeife war nirgendwo zu sehen. Und auch Carrys Laden schien, soweit er das von hier aus sehen konnte, geschlossen. Immerhin, die Hirten lungerten noch davor herum.

»*Salut!*«, begrüßte er sie. »Hallo!«

»*Salut!* Du bist der Mann aus Deutschland, der Freund von Sorin, stimmt's?«

»Woher wisst ihr das?«, fragte Paul und setzte sich zu ihnen auf einen großen Stein.

Die Jungen lachten nur. »*Toata lumea stie asta.* Alle wissen das.«

»Klar. Wie konnte ich das vergessen.« Paul fiel in ihr Lachen ein. »Und ihr wisst auch, was passiert ist.«

»Klar, das hat sich schnell herumgesprochen.«

»Und, was denkt ihr darüber?«

»*Sorin e okay*«, sagte einer der beiden. »Sorin ist in Ordnung. *El nu este un criminal.* Er ist kein Krimineller.«

»Na ja.« Paul musste an die junge Polizistin denken und daran, was sie über Sorins Vorstrafenregister gesagt hatte. »Die Polizei in Braşov ist da anderer Meinung.«

»Die haben doch keine Ahnung!«, riefen die beiden wie aus einem Mund und schlugen sich lachend auf die Schenkel.

Sie sahen sich, stellte Paul fest, ziemlich ähnlich. Die gleichen kurz geschorenen Haare, die gleichen dunklen Augen und dunkle Haut. Beide steckten in Männersachen, die ihnen eigentlich zu groß waren. Sie hatten sogar ähnliche Zehen, wie er mit einem Blick auf ihre nackten, ziemlich dreckigen Füße feststellte. Der mittlere Zeh war bei beiden ein ganzes Stück länger als der Rest. Bestimmt waren es Brüder.

»Sorin lässt sich nichts sagen, genau wie wir«, fuhr der Ältere fort. Ganz feine Haare zeichneten sich auf seiner Oberlippe ab. Paul schätzte ihn auf höchstens fünfzehn. »Wir Männer, wir lieben die Frauen, wir lieben es, schnell zu fahren, wir lieben den Schnaps. Du weißt schon, den *Ţuică*.«

Er zwinkerte, und Paul merkte, wie sich ein breites Grinsen in sein Gesicht stahl. Er mochte diese beiden schon jetzt.

»Sorin ist ein echter Kerl«, sagte der Ältere. »*Nu, nu*, nein, nein, Sorin ist in Ordnung.«

»Der, der ermordet wurde«, mischte sich der Jüngere von beiden ein, »war ein echtes Arschloch. Ein *porcule!*«

»Halt's Maul!«, fuhr der andere dazwischen.

»Wieso? Wir haben drei Monate für ihn gearbeitet, richtige Drecksarbeit, komm, zeig ihm deinen Ausschlag!«

»*Taci!* Sei still!«

»Und als es ans Bezahlen ging, was hat er da gesagt?«, fuhr der Jüngere unbeirrt fort. »Ihr bekommt kein Geld, hat er gesagt, weil ihr *Ţigani* seid, Zigeuner!«

»Was für ein Schuft!« Paul schaute vom einen zum anderen. »Wisst ihr, welche Geschäfte Günther gemacht hat? Worin er möglicherweise verstrickt war?«

Der Jüngere machte den Mund auf und schloss ihn sogleich wieder. Der Ältere sah aus, als wolle er seinem Bruder gleich eine kleben. Der wiederum schob nun trotzig die Unterlippe vor. Dann jedoch bekam sein Blick etwas Flackerndes.

»*Să mergem*. Nichts wie weg«, raunte er dem Älteren zu. Der folgte dem Blick des Jüngeren, und im nächsten Moment waren sie davongelaufen, ihre schnellen nackten Füße hinterließen auf der staubigen Straße eine Wolke.

Was sollte das denn?, fragte sich Paul, als er eine Hand auf seiner Schulter spürte. Federleicht und doch von einem so festen Griff, dass sie sich gar nicht menschlich anfühlte. Eher wie die Klaue eines Raubvogels.

Hinter ihm stand eine hoch aufragende Gestalt, das dunkle Gewand löchrig und verschmutzt, ein hagerer Hals, tief eingefallene Wangen, eine spitze, gebogene Nase, weißes, ordentlich zurückgekämmtes Haar und Augen so hell wie das Eis eines Gletschersees.

»Guten Abend.« Die Gestalt nahm ihre knöcherne Hand von Pauls Schulter und reichte sie ihm. »Sie sind Paul Schwartzmüller, nicht wahr? Ich freue mich, Sie kennenzulernen. Darf ich Sie auf einen Imbiss einladen?«

Vor ihm stand der Pfarrer.

SECHS

Eine Essenseinladung auszuschlagen wäre, das wusste Paul genau, eine bodenlose Unverschämtheit. Schließlich waren die Siebenbürger Sachsen ebenso wie die Rumänen berühmt für ihre Gastfreundschaft. Also ging er mit dem Pfarrer und beschloss, auf seinen robusten Magen zu vertrauen, mochte sein Gastgeber auch noch so ungepflegt aussehen. Einen Moment lang meinte er, einen Schatten hinter sich zu erahnen. Er sah sich um und erwartete, den kleinen schwarzen Hund zu erblicken, aber die Dorfstraße war immer noch menschenleer.

Der Pfarrer führte ihn zu einem Haus, das direkt neben der Kirchenburg stand und das schon auf den ersten Blick herrschaftlicher wirkte als die Höfe drum herum. Es besaß das für die siebenbürgischen Höfe typische Krüppelwalmdach, aber es hatte nicht zwei, sondern gleich vier Fenster zur Straße, und die wiederum waren von fein aufgearbeitetem Stuck umrahmt. Es gab auch kein Tor, durch das eine Kuh hätte hereinspazieren können, sondern eine hohe, schmale Tür.

»Lech mein Name. Bitte sehr, seien Sie mein Gast!«

Der Pfarrer lief voraus durch einen düsteren Flur, von dem eine ganze Reihe verschlossener Türen abging. Ganz am Ende öffnete er eine weitere Tür und führte Paul in einen schattigen Hof.

»Wenn Sie schon einmal Platz nehmen möchten? Ich bin gleich zurück.«

Paul setzte sich in einen von zwei hölzernen, überraschend bequemen Sesseln und sah sich um.

Der Hof grenzte direkt an die äußerste Ringmauer, die die Kirchenburg umgab. Gut sechs Meter hoch, bildete sie einen reizvollen Kontrast zu den blau-weiß gemusterten Fliesen, die den Boden bedeckten. In einem Beet wuchsen Rosen, Margeriten und Kornblumen, dazwischen verströmten Kräuter einen herben Duft. Eine Öllampe verbreitete ein mildes Licht. Auch hier waren das Zirpen der Grillen und das Quaken der Frösche zu hören, allerdings so gedämpft, als befände man sich schon gar nicht mehr richtig im Dorf. Der kleine Hof hatte, wie Paul feststellte, etwas Zauberisches.

Wie passte das zu diesem seltsamen Kauz von Pfarrer?

Doch als der Pfarrer erschien, war er beinahe nicht wiederzuerkennen. Er trug nun Jeans und T-Shirt, beides kein bisschen dreckig. Er wirkte auch nicht mehr hager, sondern eher sehnig, so, als trainiere er regelmäßig. Und er schien völlig alterslos. Jetzt stellte er eine Schüssel auf den Tisch, bei deren Inhalt Paul beinahe die Augen herausquollen.

»Sind das …«, begann er.

»Mohnnudeln«, fiel ihm der Pfarrer ins Wort. »Jemand hat mir erzählt, dass Sie sie gerne mögen.«

»Wer?«, staunte Paul, doch der Pfarrer lächelte bloß und tat ihm eine so große Menge auf, dass Paul sogleich zu essen begann und seine Frage vollkommen vergaß.

Mohnnudeln. Wie oft hatte er Tante Zinzi dabei zugeschaut, wie sie Mohn und Zucker miteinander mischte, Milch hinzugab, sodass eine Paste entstand, und das Ganze mit gekochten Nudeln verrührte. Als Student hatte er ein, zwei Mal versucht, das Rezept für seine WG nachzukochen, doch außer ihm hatte es niemandem geschmeckt. Und so ließ er es sein. Diese Mohnnudeln aber schmeckten wie einst bei Tante Zinzi. Paul aß seinen Teller in Windeseile leer und bekam sofort Nachschlag. Erst als er sich nach der dritten Portion zurücklehnte und sich selig über den Bauch strich, begann sein Gastgeber das Gespräch.

»Was führt Sie nach Siebenbürgen?«

»Der Tod meiner Tante.«

»Sie haben Sie nie besucht, nicht wahr?«

»Nein.« Paul betrachtete den Pfarrer, den ruhigen Blick, der in seinen Augen lag und in dem er weder einen Vorwurf noch Unverständnis erkennen konnte. Der Mann wurde ihm von Minute zu Minute sympathischer.

»Ich wusste nicht, dass sie noch lebte«, sagte er deshalb. »Mein Vater erklärte mir damals, sie sei gestorben.«

»Tatsächlich!« Der Pfarrer holte eine Karaffe mit dunklem Wein, füllte ihre Gläser. Sie tranken, schwiegen. Der Wein schmeckte vorzüglich. Paul überlegte, ob er den Pfarrer nach Tante Zinzi fragen konnte, nach all den Jahren, die er verpasst hatte.

»Sie hat ein gutes Leben geführt«, sagte der Pfarrer da in die Stille hinein. »Sie ist friedlich eingeschlafen, immerhin, sie war in ihrem sechsundsiebzigsten Jahr. Ich selbst habe sie beerdigt. Das ganze Dorf war da. Also, ich meine, die, die noch da sind.«

Paul nickte. Nahm schnell noch einen Schluck Wein.

»Machen Sie sich keine Vorwürfe«, fuhr der Pfarrer fort. »Für viele, die damals in den Westen gingen, war der Verlust zu schmerzlich. Sie und Ihr Vater mussten wahrscheinlich alle Brücken hinter sich abbrechen, um den Neuanfang in der Fremde zu schaffen. Die wiederum, die geblieben sind, wollen, dass alles so bleibt, wie es ist. Was nicht verwunderlich ist, wenn man auf unsere Geschichte zurückblickt. Beinahe neunhundert Jahre ist es her, dass der ungarische König Deutsche hier ansiedelte, damit sie das Land fruchtbar machten und es gegen Eindringlinge aus dem Osten verteidigten. Wie wehrhaft sie waren, sieht man heute noch an den Kirchenburgen in ganz Siebenbürgen.« Er klopfte gegen den Teil der Ringmauer, an der der Hof lag. »Wenn die Türken und ihre Hilfstruppen in das Land einfielen, blieben den Menschen nur wenige Minuten, um sich in Sicherheit zu bringen. Was haben sie getan? Sie haben ihre Kirchen zu Burgen ausgebaut, mit mächtigen Wehrmauern. Jede Familie hatte ihre eigene kleine Kammer darin, es gab Vorräte und Platz für das Vieh. Aus Luken haben sie die Angreifer mit Pech und Schwefel und allem Möglichen beworfen. Sehen Sie diese dunklen Rundungen weiter oben?«

Paul hob den Blick. Es sah aus, als steckten eiserne Bälle in der Mauer, mehr als kindskopfgroß.

»Es sind rund geschliffene schwarze Steine. Die Gegner aus dem Osten sollten glauben, die Wehrmauer sei so stark, dass sogar Kanonenkugeln darin stecken blieben. Die alten Sachsen, die nur deshalb so genannt wurden, weil sie auf dem Weg hierher Sachsen durchquerten, die meisten stammten vom Rhein und von der Mosel, waren voller List, um Gefahren abzuwenden. Man sagt, einmal habe die Belagerung schon so lange gedauert, dass die Menschen in der Kirchenburg drohten zu verhungern. Da schickten sie die dickste Frau des Dorfes auf die Mauer, und die wiederum zeigte den Türken ihren nackten, sehr großen Hintern. Woraufhin die Türken abzogen, weil sie dachten, wenn die Sachsen nach der langen Belagerung noch so dick sind, sind ihre Vorräte unendlich, und sie werden ewig standhalten.«

Der Pfarrer lachte, und auch Paul konnte sich ein kleines Schmunzeln nicht verkneifen. Eigentlich mochte er keine Witze über dicke Frauen, aber die Mohnnudeln, der Wein und die überraschende Freundlichkeit des Pfarrers blieben nicht ohne Wirkung.

»Die Kehrseite der Medaille ist die Halsstarrigkeit der Siebenbürger Sachsen.« Das Lächeln des Pfarrers verschwand. »Menschen, die hierherkommen und etwas verändern wollen, haben es schwer. So einer wird schnell zum meistgehassten Mann des Dorfes.«

»Moment.« Paul setzte sich gerade hin. »Sie sprechen von Günther – dem Mann, der ermordet wurde.«

»Günther Huber. Ganz genau. Er war gewiss kein Tugendbold, aber ein Unternehmer mit Visionen. Das hat ihm mancher übel genommen. Verstehen Sie mich recht.« Der Pfarrer schenkte ihre Gläser noch einmal voll. »Ich höre als Pfarrer vieles, aber ich tratsche nicht. Ich kann Ihnen keine Details nennen. Aber schon eine Weile herrschte eine aufgeheizte Stimmung hier im Dorf. Und so etwas kann schnell kippen, erst recht, wenn Alkohol dazukommt.«

»Sie glauben also auch …«

»Dass Ihr Freund Sorin der Täter ist? Eigentlich nicht. Und dann wiederum doch. Sie waren als Kinder befreundet, nicht wahr? Schauen Sie, Paul, ich darf Sie doch so nennen? Sie haben im Westen Karriere gemacht, sind jemand geworden. Für Sorin gab es das alles nicht.«

»Aber er hat studiert, im Ausland gelebt, er hat sogar einen Doktortitel!«

»Das hat er Ihnen erzählt? Glauben Sie mir, nichts davon ist wahr. Sorin schlägt sich so durch. Was er am besten kann, ist, Geschichten zu erzählen. Deshalb war er auch auf Bran einigermaßen erfolgreich. Erfolgreicher als in allen anderen Jobs, aus denen er zuvor rausgeflogen ist.«

»Unfassbar.« Paul schüttelte den Kopf und starrte in sein Glas. Schon wieder hatte er das Gefühl, viel zu viel getrunken zu haben. Er hatte gerade seine neue Stelle hingeschmissen, um Sorin beizustehen. Und nun das!

»Verlieren Sie sich nicht in einer Welt, die Ihnen nur auf den ersten Blick vertraut erscheint«, sagte der Pfarrer. »Versprechen Sie mir das?«

Als Paul das Pfarrhaus verließ, war es bereits tiefe Nacht. Schwere Wolken bedeckten den Himmel, nur ab und zu fiel etwas fahles Mondlicht auf die menschenleere Dorfstraße. In keinem der Häuser brannte noch eine Lampe. Welche waren überhaupt bewohnt?, fragte Paul sich. Die Siebenbürger Sachsen, deren Vorfahren sie vor Hunderten von Jahren gebaut hatten, waren fast alle gestorben oder nach 1990 ausgewandert. Ihre rumänischen Nachbarn hatten einen Teil der alten Höfe übernommen. Viele jedoch schienen unbehaust, stumme Zeugen einer vergangenen Zeit. In seinem Rücken spürte Paul die Kirchenburg, es kam ihm so vor, als verströmten die Quader ihrer mächtigen Mauern noch die Hitze des Tages. Beinahe, als sei sie lebendig.

Das einzige Geräusch war das Bellen der Hunde. Paul erinnerte sich. So war es immer gewesen. In seiner Kindheit gab es in jedem Hof einen Hund an einer langen Kette, und wenn die Dunkelheit über das Dorf kam, wenn die Menschen sich zum Schlafen legten, begann die Stunde der Hunde. Sie bellten bis zum Morgengrauen, ein vielstimmiger Chor. Sorin und er fürchteten sie nicht, sie kannten jeden beim Namen. Nur eine Art von Hund flößte ihnen stets gehörigen Respekt ein. Es waren die Hütehunde, die die Hirten zu Beginn des Herbstes in die Dörfer jagten. Nutzlos geworden, weil die Schafe, die sie im Sommer auf den Weiden der Karpaten bewacht hatten, nun geschlachtet wurden, streiften sie umher, riesenhafte Wesen mit verfilztem Fell und großem Hunger. Es gab nur ein Wesen, das sie alle verstummen ließ, Hofhunde und Hütehunde gleichermaßen. Das war der Wolf.

Und natürlich die *Strigoi*. Paul musste leise lächeln, während er an die Abende dachte, an denen Tante Zinzi ihm am Herdfeuer von jenen Untoten erzählt hatte, die nachts ihre Gräber verließen, um das Blut der Lebenden zu trinken. Wenn die Hunde verstummen, hatte sie stets gemahnt, ist entweder ein Wolf in der Nähe oder ein *Strigoi*. Dann ist höchste Vorsicht geboten!

Aber ganz bestimmt, überlegte Paul, während er mit unsicherem Schritt die Dorfstraße entlanglief, der Pfarrer hatte reichlich Wein ausgeschenkt, kamen schon lange keine Wölfe mehr in die Nähe der Dörfer, und erst recht keine *Strigoi*.

Wo war eigentlich der kleine schwarze Hund, der ihn sonst immer begleitete? Leicht schwankend drehte er sich einmal um sich selbst. Kein Lebewesen weit und breit zu sehen.

In diesem Moment verstummten die Hunde.

Im ersten Augenblick wollte Paul laut auflachen. Bestimmt würde das Bellen gleich wieder einsetzen. Doch es blieb still. Totenstill. Nur ein einziges Geräusch war zu hören, es klang wie eine Art Quietschen. Nicht menschlich, aber auch nicht nach einem Tier. Und es kam direkt auf ihn zu.

Paul merkte, wie sich die Haare in seinem Nacken aufrichteten. Angestrengt blinzelte er in die Nacht. Da war nichts, oder? Doch, da war etwas.

Eine Gestalt näherte sich, klein und gebückt. Sie bewegte sich nur mühsam vorwärts, so, als bereite ihr jeder Schritt Schmerzen. Jetzt entfuhr ihr ein leises Ächzen. Sie zog etwas hinter sich her. Ein einfaches Wägelchen, vier Gummireifen und ein Brett. Darauf stand eine Milchkanne.

Als Paul erkannte, dass es eine alte Frau war, die sich über die Straße schleppte, lief er sofort los.

»Warten Sie! Ich helfe Ihnen!« Schon hatte er ihr die Deichsel des Wägelchens aus der Hand genommen. »Wohin müssen Sie?«

»Zur Sammelstelle. Es ist nicht mehr weit. Dort vorne …«

Eine tattrige Hand wies auf ein Haus wenige Meter entfernt. Von der Frau war nur der Hinterkopf zu sehen, verborgen unter einem Kopftuch.

»Warten Sie hier. Ich stelle die Milchkanne ab und bringe Ihnen den Wagen zurück. Einen Moment nur.«

Im Nu hatte Paul das Wägelchen die letzten Meter gezogen. Das Tor des Hauses, auf das die Unbekannte gezeigt hatte, ließ sich aufdrücken. Der Kettenhund dahinter beobachtete ihn aufmerksam, während er die Kanne zu einem Kühlkeller gleich neben dem *Schopfen* trug, gab aber keinen Laut. Dort standen bereits sechs oder sieben Kannen, morgen, in aller Frühe, würden sie von hier zur Molkerei gefahren werden. Dass es das auch immer noch gibt, dachte Paul, während er zurücklief. Menschen, die sich ein oder zwei Kühe halten und von dem wenigen Geld, das ihnen die Milch einbringt, eine karge Existenz fristen. Die Kanne der alten Frau hatte sich bitterlich leicht angefühlt.

»Ich begleite Sie nach Hause«, sagte er, als er wieder bei ihr war. »Nicht, dass Sie stürzen.«

Er bot der alten Frau einen Arm, wobei er in die Knie gehen musste, so klein war sie.

Die Frau reagierte nicht. Sie nahm auch nicht seinen Arm. Sie stand ganz still mitten auf der Straße und sah zu ihm auf.

»Erkennst du mich denn nicht, Paul?«

Der Mond kam hinter den Wolken hervor, und in seinem Licht sah Paul in ein Gesicht voller Runzeln, die Wangen eingefallen, die Augen wie tot. Das Haar jedoch war so weizenblond wie das ihres Sohnes, mit ein paar grauen Strähnen. Vor ihm stand Frau Lupu, Sorins Mutter.

»Verzeihung!«, rief er und merkte, wie er in Sekundenschnelle stocknüchtern wurde. »Ich habe Sie gar nicht erkannt. Ich war heute schon bei Ihnen und habe Sie nicht angetroffen. Es tut mir sehr leid, was passiert ist. Ich …« Er wusste nicht weiter. Was sagte man zu einer Frau, deren Kind wegen Mord verhaftet worden war?

»Sag, hast du meinen Jungen gesehen?«

»Ja«, antwortete Paul. »Es geht ihm gut, ganz bestimmt. Er kommt bald nach Hause, machen Sie sich keine Sorgen.«

Oje, der Kummer in ihrem Blick war kaum auszuhalten. Wenn er doch bloß etwas für sie tun könnte!

»Hören Sie, Frau Lupu.« Er beugte sich noch ein wenig tiefer zu ihr hinunter. »Sorin sagte, ich soll Sie fragen nach den Geschäften des Mannes, der, nun, der zu Tode gekommen ist. Er behauptete, es gehe um sehr viel Geld, man wolle ihm etwas anhängen.«

»Du glaubst ihm nicht.«

»Ich …«, murmelte Paul und fühlte sich ertappt. Gerade erst hatte er vom Pfarrer erfahren, dass Sorin auch ihn angelogen hatte.

»Ich kann dir dazu nichts sagen«, flüsterte sie. »Nur so viel: Mein Sohn ist kein Mörder. Und nun mach nicht so einen Lärm, und lass mich gehen. Nicht, dass mich noch einer sieht. Sie tuscheln hinter meinem Rücken und zerreißen sich die Mäuler. Meinst du, ich bringe aus Spaß meine Milch mitten in der Nacht zur Sammelstelle? Glaubst du das?«

Die letzten Worte zischte sie. Paul duckte sich und überließ ihr die Deichsel.

Er sah ihr noch lange nach, das Quietschen des kleinen Wagens in seinen Ohren.

Eine kleine, gebückte Gestalt. Eine Mutter, deren Kummer so groß war, dass die Hunde bei ihrem Kommen verstummten.

Das Mädchen folgte dem Heruntergekommenen auf Schritt und Tritt, und was es sah, gefiel ihm. Ein Mann der Tat, der sich sogleich ans Werk machte, Fragen stellte, den Dingen auf den Grund ging. Was zugegebenermaßen nicht ganz einfach war in einem Dorf, in dem niemand mehr miteinander sprach, seit dieser Scheißkerl Günther so viel Zwietracht gesät hatte. Jeder hockte in seinem Haus und beobachtete argwöhnisch, was draußen vor sich ging. Ganz so, als seien die Türken wieder unterwegs, um zu brandschatzen und zu morden.

Nur zweierlei konnte dem Heruntergekommenen zum Verhängnis werden. Zum einen: Er aß zu viel. Wie hieß noch dieses Sprichwort, mit dem das Ekel in Deutschland sie alle verhöhnt hatte? Ein voller Bauch studiert nicht gern. Genau. Damals hatte das Mädchen diesen Spruch gehasst, fast noch mehr als den Mann, der ihn ständig auf seinen wulstigen Lippen trug und ihnen befahl, von früh bis spät auf dem Bauch liegend Gurken aus der Erde zu reißen. Aber ein bisschen stimmte es schon. Drei Teller Mohnnudeln, und der Heruntergekommene verfiel in eine Art glückliches Koma.

Kein Wunder, dass Maia ihn unentwegt mit Mamaliga *vollstopfte. Und wer wusste, womit sie ihn sonst noch außer Gefecht setzte.*

Und das war das Zweite, was dem Heruntergekommenen zum Verhängnis werden konnte. Maia.

Das Mädchen verließ sein Versteck und wandte sich dem Ort zu, das man sein Zuhause nannte. Hatte in der Personalakte der Zeitung, für die er arbeitete, nicht gestanden, der Heruntergekommene sei ein herausragender Journalist? Mit einem unbestechlichen Gespür für die Wahrheit?

Es würde schon gutgehen. Es musste einfach.

SIEBEN

Die verstörend schöne Frau war wieder da. Sie huschte über den Hof, ihr langes weißes Gewand hielt sie mit beiden Händen gerafft. Paul sah alabasterfarbene Beine und nackte Füße, die so schnell vor ihm herliefen, als würden sie den Boden gar nicht berühren. Er versuchte, hinterherzukommen, stolperte, fiel.

»Bist du echt?«, fragte er, als sie sich über ihn beugte. Doch sie lachte nur, wandte sich ab und schwebte davon.

Oje, wie konnte man nur ständig so verkatert sein? Das Sonnenlicht stach ihm in die Augen, und der Gesang der Vögel vor dem Fenster tat ihm in den Ohren weh. Paul zog sich eines der bestickten Kissen über den Kopf und stöhnte. Er konnte sich nicht erinnern, jemals so schlecht geschlafen und so wild geträumt zu haben wie hier in Siebenbürgen. Und was war das für ein komisches Gewicht auf seinen Füßen? Er richtete sich auf und staunte nicht schlecht. Am Fußende des Bettes schlief eine kleine Ziege, selig eingekuschelt in das blütenweiße Federbett. Es war die mit dem verbundenen Bein.

Jetzt klingelte auch noch sein Handy.

»Ich habe einen Vorschlag, Paul«, sagte die Chefredakteurin ohne Umschweife. »Sie bringen zu Ende, was immer Sie da drüben zu tun haben, und fangen einfach ein paar Tage später an. Ich könnte intern argumentieren, dass Sie nächsten Montag anfangen. Da ist Pfingsten, also wird es automatisch Dienstag. Das gibt Ihnen eine ganze Woche. Einverstanden?«

»Warum?«, fragte Paul, klemmte sich das Handy unters Ohr und hob die kleine Ziege vorsichtig aus dem Bett. »Warum tun Sie das?«

»Keine Ahnung.« Er hörte sie an ihrer Zigarette ziehen. »Weil Sie mein bester Mann sind. Weil ich nicht zugucken kann, wie Sie Ihre berufliche Existenz an die Wand fahren. Weil ich durchdrehe, wenn der Sohn des Verlegers Chef vom Dienst wird. Suchen Sie sich was aus. Und sagen Sie, was sind das für seltsame Geräusche?

»Nichts, gar nichts.« Paul hielt dem Zicklein schnell die Schnauze zu, was kein bisschen half. Es meckerte wie verrückt. »Ich danke Ihnen.«

»Gut. Dann bis in einer Woche.«

Paul sprang schneller in seine Klamotten, als es seinem wehen Kopf guttat. Die Aussicht, in einer Woche in sein altes Leben zurückkehren zu können, und dann noch mit dem neuen Job, verlieh ihm nahezu Flügel. Die Begegnung mit Sorins Mutter hallte in ihm nach. Auch wenn vieles gegen den alten Freund sprach und sogar der Pfarrer ihn für einen möglichen Mörder hielt – er, Paul, war noch lange nicht so weit, an Sorins Schuld zu glauben.

Das Zicklein ließ sich nur unter Protest in den Hof und weiter in den Stall schieben, wo die anderen Ziegen Paul misstrauisch beäugten. Meine Güte, diese Augen mit den eckigen Pupillen hatten wahrhaft etwas Dämonisches.

In der Sommerküche stand Maia über die Herdstelle gebeugt und rührte in einem Topf mit *Palukes*. Statt frischer Milch fügte sie diesmal geriebenen *Brânză de burduf* hinzu, jenen rumänischen Schafskäse, der sein besonderes Aroma seiner Reifung in Tannenrinde verdankt. Paul lief allein bei dem Geruch das Wasser im Munde zusammen.

»Übrigens«, sagte er, während er andächtig seine erste Portion löffelte, »eine von den kleinen Ziegen lag heute Morgen in meinem Bett. Du solltest unbedingt die Stalltür nachts schließen.«

»Wenn du meinst, dass das hilft.«

»Schließt du überhaupt jemals ab? Also, ich meine, den Hof?«

»Nein.« Ein Lächeln umspielte ihre Lippen. Man könnte sie beinahe für einigermaßen ansehnlich halten, dachte Paul, trüge sie nicht diese dreckverkrusteten Klamotten und diese abscheuliche Mütze. Ob sie darunter überhaupt Haare hatte?

Kurz überlegte er, Maia auf den Hof anzusprechen. Sie ging ja wahrscheinlich davon aus, dass er ihn verkaufen würde. Was das alte Gemäuer hier am Ende der Welt überhaupt wert war? Vielleicht ein paar Tausend Euro. Aber dafür einen Menschen obdachlos machen? Womöglich fand sich eh kein Käufer. Nein, das musste gut überlegt werden. Vielleicht gab es eine andere Lösung.

Er bedankte sich für das Frühstück, lief los, sprang, gefolgt von dem kleinen schwarzen Hund, in den Badeteich, lief zurück und zog sich rasch an. Es galt, einen Mord aufzuklären.

»Wo wohnt Günthers Frau?«, rief er Maia zu, die gerade in der Scheune verschwand.

»Ein bisschen außerhalb des Dorfes.« Hinter ihr ahnte Paul einen Schatten. Hatte sie etwa Besuch? »Du kannst das Haus nicht übersehen.«

Tatsächlich fand Paul das Haus sehr schnell. Es stand am Rande einer riesigen Baustelle, die rundum von einem hohen Sichtschutzzaun verdeckt wurde. Darauf ein Konterfei, das Paul sogleich erkannte. Es war dasselbe, das auf den Lastwagen abgebildet war, die ihn auf der Herfahrt in so halsbrecherischer Weise überholt hatten. Graf Dracula.

Wie makaber, dachte Paul, dass Günther hier gewohnt hat und auf Schloss Bran ermordet wurde. Gab es da einen Zusammenhang? Und wieso roch es hier so komisch, wie nach faulen Eiern?

Ein Stück weiter stand eine Reihe von Hütten, sie sahen mehr aus wie Garagen. Davor spielten Kinder, Mütter trugen Babys in bunten Tragetüchern. Offensichtlich eine Roma-Siedlung. Früher, erinnerte er sich, wohnten die *Ţigani*, wie sie sich selbst nannten, im Dorf. Sie hatten ihre eigene Gasse, doch sie lebten eng mit den Sachsen zusammen. Eine Familie, wenn er sich recht erinnerte, hieß sie Badi, hatte Tante Zinzi oft geholfen. Was war geschehen, dass die *Ţigani* nicht mehr im Dorf lebten? Er wusste es nicht.

Günthers Haus wirkte neben den Hütten geradezu bombastisch. Es war fast so groß wie das Pfarrhaus und wohl einst ein siebenbürgisches Haus gewesen, durch Anbauten aber stark verändert. Es gab ein lila eingedecktes Dach, einen an die Hausfassade geklatschten Balkon und ein eisernes Tor. Einst hatten Sorin und Paul immer gleich am Tor erkannt, ob in einem Haus eine deutsche Familie wohnte oder eine rumänische: Die Deutschen hatten Holztore, die Rumänen Eisentore. Dieses hier war tiefschwarz lackiert, mit goldenen Rosetten, goldenen Spitzen, die scharf über das Tor hinausragten, und goldenen Drachen, die goldenes Feuer spien. Links daneben befand sich eine goldene Klingel, darüber eine Kamera.

»Ja, bitte?« Eine Frauenstimme.

»Paul Schwartzmüller hier. Frau Huber? Ich würde gerne mit Ihnen sprechen. Wir sind uns begegnet, auf Schloss Bran, am Tag bevor …«

»Kommen Sie rein.«

Ein leises Surren, und das Tor ließ sich aufdrücken. Paul betrat einen Innenhof, der komplett mit Kies ausgelegt war. In der Tür zum Wohnhaus stand die dünne Frau, der Paul auf Schloss Bran begegnet war, die Arme um ihren Oberkörper geschlungen, als friere sie.

»Ich möchte Ihnen mein Beileid aussprechen«, begann Paul, »zum Verlust Ihres Mannes. Wir kennen uns nicht, aber wenn es etwas gibt, das ich für Sie tun kann …«

»Danke.« Sie betrachtete ihn aufmerksam. »Das ist sehr freundlich. Aber Sie sind nicht deswegen hier, nicht wahr? Im Dorf erzählt man sich, Sie seien Journalist und hätten Zinzis Hof geerbt. Was wollen Sie von mir?«

Die blassen Augen, die Paul schon bei ihrer ersten Begegnung aufgefallen waren, beobachteten ihn genau. Irgendetwas darin hatte sich verändert.

»Ich will nicht lange um den heißen Brei herumreden. Der Mann, der als vermeintlicher Täter verhaftet wurde, Sorin, ist mein Freund, seit Kindertagen. Ich kann nicht glauben, dass er es war. Und deshalb …«

»Versuchen Sie herauszufinden, ob mein Mann Feinde hatte.« Sie sah ihn geradeheraus an. Ließ die Arme sinken. »Sie werden nicht lange herumfragen müssen, um zu erfahren, dass mein Mann viele Feinde hatte. Ich glaube fast, niemand weint ihm eine Träne nach.«

»Doch, doch!«, sagte Paul schnell. »Carry, die Inhaberin des Ladens, schien mir sehr traurig.«

»Soso.« Ein heiseres Lachen, das nicht zu der Frau passte, die Paul auf Bran erlebt hatte. »Sagen Sie, haben Sie es weit gebracht in Ihrem Beruf? Und falls ja, wie? Wenn Sie nicht einmal das Offensichtliche sehen.«

Paul stand der Mund offen. Wollte diese Frau ihn beleidigen?

»Mein Mann hatte ein Techtelmechtel mit Carry«, fuhr sie fort. »Jetzt ist der Dukatenesel tot. Kein Wunder, dass sie traurig ist.«

»Sie wollen damit sagen …«

»Lassen Sie mich ausreden«, fuhr sie ihm über den Mund. »Ihr Freund war's nicht, da bin ich mir ziemlich sicher. Herr

Lupu hat eine große Klappe, aber keinen Mumm. Nein, wenn Sie einen Mörder finden wollen, dann müssen Sie hoch in die Berge. Ins Bärenreservat. Dort werden Sie ihn finden.«

»Unter den Bären?«

»Natürlich nicht unter den Bären. Obwohl die auch allen Grund gehabt hätten, Günther abzumurksen. Nein, dem Chef da oben müsste man mal ordentlich auf den Zahn fühlen. Mehr habe ich nicht zu sagen. Und nun gehen Sie, bitte.«

Paul starrte die Frau an. Er wusste jetzt, was anders war. Ihre Augen guckten kein bisschen mehr erschreckt.

»Wohin fährst du?«, fragte Maia. Sie stand plötzlich wie aus dem Erdboden gewachsen neben ihm, als Paul das Auto startete.

»Ins Bärenreservat.«

»Wie, du machst Sightseeing, während Sorin im Knast sitzt und auf deine Hilfe hofft?«

»Ich mache kein Sightseeing! Ich verfolge eine Spur zu einem Mörder!«

»Ach, diese Geschichte!« Maias Blick verfinsterte sich, und Paul überlegte, ob er je zuvor einer Frau begegnet war, die so abgrundtief böse gucken konnte. Nein, gab er sich selbst zur Antwort, und auch keinem Mann. Dabei hatte er im Laufe der Jahre eine Menge übler Kerle interviewt. Schnell kurbelte er das Fenster hoch. Dass dieses Auto nicht einmal elektrische Fensterheber besaß!

Im selben Moment riss Maia die Beifahrertür auf und setzte sich neben ihn.

»Ich komme mit.«

Nein, wollte Paul sagen, auf gar keinen Fall. Es war ihm unangenehm, sie so dicht neben sich zu spüren. Sie roch nach Ziegendreck, und aus der komischen Mütze, die sie ständig trug, rieselte seitlich etwas Braunes heraus. Doch zugleich war ihm vollkommen klar, dass man Maia nicht widersprach. Und so fuhr er los.

Auf der Straße begegnete ihnen der Pfarrer und winkte freundlich. Er trug wieder seinen dreckigen schwarzen Talar, und Paul fragte sich, warum er sich im Dorf so viel ungepflegter zeigte als zu Hause. Eines jedoch war klar, Maia konnte er deswegen nicht fragen, sie lief ja noch viel schlimmer herum. Sowieso schien sie den Pfarrer gar nicht wahrzunehmen, ihr mürrischer Blick war weit in die Ferne gerichtet.

Vor dem Laden stand Carry und bedachte Paul mit einem winzigen Lächeln, das ihn dennoch so sehr an ihre Mutter erinnerte, dass er merkte, wie er ganz heiße Ohren bekam, so, als sei er wieder vierzehn. Gleichzeitig musste er an das denken, was Günthers Witwe über Carry gesagt hatte. Was für ein Idiot er doch war, ausgerechnet dieser Frau zu erzählen, Carry trauere um Günther!

Ich muss, dachte er, mich besser konzentrieren. Weniger trinken, besser schlafen. So geht das nicht weiter.

Sie passierten den unbeschrankten Bahnübergang, und Paul sah, wie Maia sich vorbeugte und durchs Fenster schaute, als suche sie etwas. Unwillkürlich musste er an die toten und verletzten Tiere denken, die Sorin und er so oft an Bahnübergängen gefunden hatten. Womöglich, dachte er, braucht sie neue Opfer für ihr grausiges Tun in der Scheune.

Da war sie wieder, die kalte Hand in seinem Nacken.

Sie fuhren durch dichten Wald, gelangten auf die E68, wo Paul wie stets von wie irre dahinbretternden Lastkraftwagen überholt wurde, und bogen schließlich ab auf eine sich steil bergauf windende Sandpiste. Wieder kämpfte Paul mit der Gangschaltung, wieder landete er im dritten Gang, wenn er eigentlich in den ersten wollte, um einem Schlagloch auszuweichen, um einen besonders steilen Anstieg zu bewältigen. Das Einzige, was permanent zu funktionieren schien, war das blinkende Zeichen auf dem Armaturenbrett. Zwei Mal erstarb der Motor, und das kleine Auto rutschte rückwärts die Straße hinab. Paul fluchte, zog die Handbremse an, startete neu. Zur einen Seite gähnte tiefer Abgrund, zur anderen ragte schroffer Felsen empor. Maia sagte die ganze Zeit über kein einziges Wort und guckte bloß mürrisch geradeaus.

Als sie endlich ankamen, war Paul schweißgebadet. Mit fahrigen Bewegungen lenkte er das Auto auf einen großen Parkplatz, auf dem bereits mehrere Reisebusse standen. Wie, zum Teufel, fragte er sich, sind die hier raufgekommen?

Er stieg aus, streckte die langen Beine, reckte die Arme in die Höhe und erstarrte mitten in der Bewegung. Der Parkplatz ging über in eine Senke, so grün, als habe jemand sie gerade erst verschwenderisch frisch angemalt. Nicht weit entfernt grasten fluffigen Wölkchen gleich Schafe. Direkt dahinter erhoben sich mächtige Berge. Ihre unteren, felsigen Hänge leuchteten in der Vormittagssonne beinahe stahlblau. Ihre schneebedeckten Wipfel glitzerten, als sendeten sie Paul ein fröhliches Willkommen.

Paul schnappte nach Luft. Atmete tief aus. Schnappte noch einmal nach Luft. Am liebsten wäre er in die Knie gegangen, hätte seine Hände auf den staubigen Boden gepresst, Sand und Steine berührt. Dies, er wusste es in diesem Moment, war sein Zuhause. Doch dann griff er schnell zu seinem Handy und machte ein paar Fotos. Was sollte Maia von ihm denken.

Er ahnte sie dicht hinter sich. Sie war so still wie die ganze Zeit schon. Doch als er sich zu ihr umwandte, umspielte ein kleines Lächeln ihre Lippen. So, als verstünde sie ihn.

Das letzte Stück Weg zum Reservat mussten sie zu Fuß gehen. Ihnen entgegen kam eine Horde Englisch und Spanisch sprechender Menschen, sie trugen fast alle Schirmmützen mit Bären darauf und zeigten sich gegenseitig aufgeregt irgendwelche

Papiere. Paul schnappte auf, dass sie wohl gerade die Patenschaft für einzelne Bären übernommen hatten, und konnte sich ein Schmunzeln nicht verkneifen.

»Ob der Typ, der hier das Regiment führt, ein Mörder ist, wissen wir noch nicht, aber geschäftstüchtig ist er auf jeden Fall.«

»Ach, halt die Klappe!« Maia guckte wieder so grimmig wie sonst. »Er kriegt keinen einzigen *Leu* von der Regierung, ohne die Touristen müsste er dichtmachen!«

Paul zuckte zusammen. Maia hatte eine Art, ihn anzufahren, dass es ihm die Sprache verschlug. Trotzdem. Eine Sache musste er sie dringend noch fragen.

»Warum glaubt Günthers Witwe, dass der Bärenpark-Betreiber ihren Mann ermordet hat?«

»Na, weil er es öffentlich angekündigt hat«, gab Maia zurück, lief an einer geschlossenen Schranke und einer davor wartenden weiteren Besuchergruppe vorbei zu einer Art Pförtnerhäuschen, klopfte an die Tür, rief etwas. Ein glatzköpfiger, sehr muskulöser Mann öffnete, stieß, als er Maia sah, einen Freudenschrei aus, fiel ihr um den Hals und küsste sie auf beide Wangen.

Paul stutzte. Umarmte Maia gerade einen Mörder? Und welcher Mann, Mörder hin oder her, küsste freiwillig diese grausame Frau? Da hatten sich wohl offensichtlich zwei gefunden.

»Paul?« Maia hatte sich zu ihm umgedreht, und in ihren Augen sah Paul ein fröhliches Glitzern. Es hätte beinahe hübsch aussehen können, wäre es nicht so beängstigend. »*May I introduce you to Oliver?* Darf ich dir Oliver vorstellen? Oliver, das ist Paul. Er ist Journalist, und er kommt aus Deutschland. Er hat ein paar Fragen.«

»*Great!* Großartig!« Olivers Englisch hatte einen amerikanischen Akzent. »Presse können wir immer gebrauchen! Gleich beginnt die nächste Führung, schließt euch einfach an!« Und damit lief er los, öffnete für die neue Besuchergruppe die Schranke und eilte voraus, einen steilen Weg hinauf.

Paul kam kaum hinterher. Er schnaufte, merkte, wie sein Herz zu rasen begann. Die Hitze. Der fehlende Schlaf. Die paar Kilos zu viel. Wieder stiegen Erinnerungen in ihm auf. Erinnerungen, von denen er gehofft hatte, er hätte sie vergessen.

»Seht euch vor«, hatte Tante Zinzi gewarnt, wenn Paul und Sorin einst loszogen. »Der Wald ist voller Bären, sie sind hungrig und verspeisen Jungen wie euch mit einem einzigen Happen.« Selbstverständlich hatten sie die Warnungen der Tante in den Wind geschlagen und stets nach Bären Ausschau gehalten. Paul war wie besessen gewesen von dem Wunsch, Bären in freier Wildbahn zu begegnen. Sorin und er waren also ihren Spuren gefolgt, den Abdrücken ihrer großen Pfoten im weichen Waldboden, ihren Losungen. Sie hatten abgebissene Fischköpfe studiert und sich auf der Suche nach ihren Höhlen im dichten Unterholz so manche Schramme geholt. Ein einziges Mal hatten sie tatsächlich Bären entdeckt, vier auf einen Schlag.

Sie lagen tot vor einer Jagdhütte, mit Tannenzweigen bekränzt, über ihnen ein Schwarm von schwarzen Fliegen und anderem Getier. Paul hatte das blanke Entsetzen gepackt, nicht nur wegen des bestialischen Gestanks. Ganz offenbar waren sie auf eine der geheimen Jagdhütten Ceauşescus gestoßen, des großen Anführers, oder – wie man ihn damals auch nannte – des *Conducător*. Über ihn flüsterte man, dass er die Bären anfüttern und von Helfern vor seine Flinte treiben ließ, um möglichst viele auf einmal zu erschießen. Und auch wenn man munkelte, er schieße meist daneben, so wusste doch jedes Kind, dass der *Conducător* gefährlicher war als jeder Bär.

»Bloß weg hier«, hatte Sorin gezischt und Paul, der vor Schreck ganz starr geworden war, mit sich gezerrt.

Paul schüttelte es immer noch, wenn er nur daran dachte. Wo er Bären doch so liebte, jene majestätischen Riesen mit ihren sanften Augen und ihren gefährlichen Klauen.

»Hör auf zu träumen.« Maia stupste ihn unsanft in die Seite. »Guck mal.«

Sie standen vor einem sehr hohen Zaun aus sehr dicken Metallstreben. Auf beiden Seiten führten Drähte daran entlang – vermutlich, dachte Paul, waren sie elektrisch aufgeladen. Denn direkt dahinter, nur eine Armlänge entfernt, kamen gerade zwei oder drei Dutzend Bären aus dem Wald gerannt. Es waren so viele, dass Paul sie nicht zählen konnte. Auch, weil alle durcheinanderliefen. Der Glatzkopf, Oliver, hatte nämlich gerade angefangen, sie zu füttern.

»*We feed them only once a day*«, rief er, während er mit einer Schaufel Gemüse über den Zaun schippte, Möhren, Sellerie und Fenchel. »Wir füttern sie nur einmal am Tag, damit Sie sie sehen können. Die restliche Zeit ruhen sie tagsüber in den Wäldern. Oder sie nehmen ein Bad, so wie Felicia dort hinten.«

Paul folgte seinem Blick, und tatsächlich, in einem kleinen See badete eine Bärin, tauchte unter, kam prustend wieder an die Wasseroberfläche. Ihr Fell glitzerte golden in der Sonne. Paul konnte sich kaum von ihrem Anblick losreißen. Das war ja fantastisch!

»Felicia lebte siebzehn Jahre in einem kleinen Käfig neben einer Tankstelle«, fuhr Oliver fort. »Man riss ihr die Krallen heraus und entfernte alle ihre Zähne, damit sie den Kunden nicht gefährlich werden konnte. Als wir sie freikauften, war sie abgemagert bis auf die Knochen. Noch bis vor wenigen Jahren war es überall in Rumänien üblich, sich Bären zur Belustigung zu halten. Die Käfige standen an Restaurants, Hotels, in Privathäusern. Oft kümmerte sich niemand um sie, die ganze Welt, sogar ihre Besitzer, hatte diese Bären vergessen.«

Die Salatköpfe, die Oliver nun über den Zaun schippte, flogen viel höher, als nötig gewesen wäre. Dieser Mann besaß, das war deutlich zu erkennen, eine Menge Wut.

»Oder schauen Sie sich Evelina an.« Er wies auf eine mollige Bärin, die sich gerade mit beiden Vorderpfoten Salatblätter in den Mund stopfte. »Von klein auf lebte sie in einem Zirkus, wurde mit glühenden Eisen gezwungen, Kunststücke vorzuführen. Von einem bestimmten Tag an weigerte sie sich, die Manege zu betreten. Das war unsere Chance, sie freizukaufen.«

Oliver begann nun, große Brotlaibe über den Zaun zu werfen. Ein Bär schnappte einen mit dem Maul und rannte damit in den Wald, als müsse er ihn vor den anderen in Sicherheit bringen.

»Viele Bären müssen erst wieder lernen, in Freiheit zu leben«, erklärte Oliver, während die Besucher Entzückungsschreie ausstießen und Fotos machten. »Für manche kommt unsere Hilfe allerdings zu spät.«

Er wandte sich um zu einem kleineren Gehege, nur zwei Bären saßen darin.

»Andrei und Elisa, sie sind Geschwister und wurden als Tanzbären gehalten. Man stach ihnen die Augen aus, um sie wehrlos zu machen. Sie werden den Rest ihres Lebens zu zweit verbringen, im großen Gehege würden sie sich nicht zurechtfinden. Und wahrscheinlich verhungern.« Er schob zwei Brote durch eine Klappe im Zaun, die die Bären sofort packten und auffraßen. Einen Moment lang kam es Paul so vor, als kämpfe Oliver mit den Tränen. Aber das war bestimmt Teil der Show. Immerhin machte er diese Führung mehrmals am Tag!

»So, bitte, schießen Sie Ihre letzten Fotos, ich begleite Sie wieder hinaus. Unsere Bären brauchen ihre Ruhezeiten.«

Nur widerstrebend ließen sich die Touristen zurück zur Schranke führen, um dann sogleich das Pförtnerhäuschen zu stürmen. Hier gab es offensichtlich die mit Bärenmotiven bedruckten Schirmmützen und die Bären-Patenschaften.

Paul überlegte noch, was er von Oliver halten sollte, als der auf ihn zutrat.

»Und, hältst du mich nach wie vor für einen Mörder?«

»Ich …« Paul warf Maia einen wütenden Blick zu. Die jedoch schaute ausnahmsweise völlig unschuldig.

»Komm, ich zeige dir etwas, das wir eigentlich niemandem zeigen.«

Oliver ging um das Pförtnerhäuschen herum, und Paul lief ihm hinterher.

Sie kamen zu einer Art Nebengebäude mit vergitterten Fenstern. Oliver machte sich an einem Sicherheitsschloss zu schaffen, und Paul sah sich nach Maia um. Er entdeckte sie ein ganzes Stück entfernt auf einem Baumstumpf sitzend.

»Gehst du nicht mit?«

»Nein. Ich kann so was nicht sehen.«

»Paul, kommst du?« Oliver ging in das Gebäude hinein, und Paul folgte ihm. Wurde er da gerade in eine Falle gelockt?, fragte er sich und schüttelte im Stillen den Kopf. Er hatte in seinem Berufsleben viele gefährliche Situationen überstanden. Und er konnte sich beim besten Willen nicht vorstellen, dass dieser Oliver Günthers Mörder war. Nur dass er, seit er in Siebenbürgen war, das Gefühl hatte, vollkommen neben sich zu stehen. Seine Intuition, auf die er sich sonst stets verlassen konnte, schien ihm abhandengekommen zu sein.

Sie gelangten in einen schummrigen Flur und von dort in einen Raum, der aussah wie das Untersuchungszimmer eines Tierarztes. Ein metallener, blank gescheuerter Tisch, ein Vitrinenschrank voller Medikamente. Daneben ein Käfig.

Paul brauchte einen Moment, um zu verstehen, was er dort sah. Erst machte er nur Schläuche und Infusionsständer aus, Wärmematten, Fleecedecken und weiße Verbände. Dann entdeckte er zwischen alledem braunes Fell. Und zwei kleine Augen, halb geschlossen.

In dem Käfig lag ein Bärenbaby.

»*We call him Aan*. Wir nennen ihn Aan«, sagte Oliver. »Das bedeutet so viel wie der Erhabene. Weil wir hoffen, dass er sich erhebt gegen all das Leid, das ihm widerfahren ist. Aber, *to be honest*, ehrlich gesagt, es sieht nicht danach aus.«

»Was ist passiert?« Paul konnte kaum den Blick abwenden von dem Bärenbaby.

»Aans Mutter war eine der wilden Bärinnen, die bei den Touristen um Essen betteln. Sie hielt sich meist auf einem Gebirgspass ganz hier in der Nähe auf. Die Menschen fahren extra da lang, füttern die Bären aus dem Autofenster heraus. Wir sagen ihnen ständig, dass jeder gefütterte Bär demnächst ein toter Bär ist, du machst dir keine Vorstellung, wie viele überfahren werden …«

Oliver schwieg einen Moment, und Paul sah, wie es in ihm brodelte.

»Und die Mutter von Aan wurde überfahren?«, fragte er leise, doch Oliver schien ihn gar nicht gehört zu haben.

»Es sprach sich herum, dass eine der Bärinnen ein Kleines hatte. Die Touristenströme nahmen zu. Freiwillige Helfer von uns positionierten sich an der Straße, um die Bären zu schützen. Und so bekamen sie mit, wie bei Einbruch der Dunkelheit jemand kam, die Bärenmutter erschoss und das Kleine beim Versuch, es einzufangen, ebenfalls schwer verletzte.«

»Oh Mann.« Pauls Linke ballte sich unwillkürlich zur Faust.

»Es war Günther, dieser Scheißkerl! Er hat das schon früher gemacht. Er hatte überall seine Finger drin, er und irgendwelche örtlichen Behörden, Lokalpolitiker, von denen man nicht weiß, wer eine weiße Weste hat und wer nicht. Bärenbabys bringen eine Menge Geld auf dem Schwarzmarkt. Und Geld war alles, was diesen Typen interessierte. Natürlich habe ich gedroht, dass ich ihn umbringe! Seit Jahren nimmt er sich, was er will. Menschen, Tiere, Grundstücke, und die Polizei tut nichts.

Ich habe ihm vor seinem beschissenen Dracula-Park aufgelauert und ihm ein Messer an den Hals gehalten. Aber sag, sehe ich aus wie ein Mörder?«

Paul schaute Oliver einen Moment lang in die Augen, sah die Verzweiflung, die Wut. Dann reichte er ihm zum Abschied die Hand, senkte den Kopf und ging hinaus.

ACHT

»Ich glaube nicht, dass dieser Oliver der Mörder ist.«

Paul sprach mehr mit sich selbst als mit Maia, die wieder mit mürrischem Blick neben ihm saß, während er mit quietschenden Bremsen ins Tal hinabrutschte.

»Natürlich nicht.«

»Warum bist du dann mitgekommen?«

»Ich hatte hier etwas zu erledigen.«

Er wagte einen schnellen Blick zu ihr und sah, dass sie einen Beutel in den Händen hielt. Paul konnte sich nicht erinnern, dass sie den schon auf der Hinfahrt dabeigehabt hatte. Was wohl darin war?

»Erzähl mal, was hat es mit dem Dracula-Park auf sich, von dem Oliver gesprochen hat?«

Maia stieß ein raues Lachen aus. »Echt jetzt? Du rennst seit zwei Tagen chaotisch in der Gegend rum, befragst die Leute und weißt noch nichts über den Dracula-Park?«

Paul biss sich auf die Unterlippe. Das war schon das zweite Mal an diesem Vormittag, dass jemand seine Recherchearbeit kritisierte. Womöglich, dachte er, zu Recht.

»Sag's mir einfach.«

»Also, es verhält sich so«, begann Maia. »Günther hat EU-Gelder aufgetan und plante damit angeblich einen gigantischen Vergnügungspark. So nach dem Motto: Fahren Sie mit Dracula Achterbahn.«

Paul schüttelte ungläubig den Kopf. »Ist das die große Baustelle direkt hinter seinem Haus?«

»Genau. Und das ist erst der Anfang. Er hat den Leuten im Dorf unter einem Vorwand ihre Äcker abgeluchst, für lächerlich wenig Geld. Als sie merkten, dass er darauf gar nichts anbauen wollte, war es zu spät.«

»Und haben alle an ihn verkauft?«

»Nein, nicht alle.«

Paul hielt den Mund. Er wusste genau, wann es half, nachzufragen, und wann man nichts Besseres tun konnte, als abzuwarten.

»Sorin hat nicht verkauft«, sagte Maia schließlich in die Stille hinein. »Dafür hat Günther ihn und seine Mutter tagtäglich tyrannisiert.«

Paul trat so abrupt aufs Bremspedal, dass sie beide in ihre Gurte gedrückt wurden – gefährlich nahe der Windschutzscheibe. Offensichtlich war auf die Sicherheitsgurte nicht besonders Verlass.

»Spinnst du?«, brüllte Maia.

»Spinnst *du?*«, brüllte er zurück. »Du lässt mich wie einen Volltrottel aussehen! Warum hast du mir das nicht längst erzählt?«

»Du hast mich nicht gefragt.«

Hinter ihnen hupte jemand. Paul lenkte das Auto umständlich an den Wegesrand, argwöhnisch darauf bedacht, bloß nicht den steinigen Abhang herunterzurutschen, der sich daneben auftat. Er warf einen weiteren Blick auf Maia. Warum flößte diese Frau ihm ein solches Unbehagen ein, dass er bislang kaum mit ihr gesprochen hatte? Er wusste es nicht.

»Ich bin ein Idiot«, sagte er langsam. »Ständig höre ich, alle hätten Günther gehasst. Und ich dachte, das läge nur daran, dass er so ein Ekel war. Aber nein, er hat den Menschen richtig geschadet. Du meine Güte, die Äcker beginnen direkt hinter den Obstgärten! Dort wollte er einen Vergnügungspark bauen? Die Leute im Dorf wären niemals mehr froh geworden!«

Maia stöhnte nur. »Jahrelang habe ich mir von Sorin anhören müssen, was für ein Starjournalist sein alter Kinderfreund ist. Aber jetzt …«

»Moment. Sorin hat über mich gesprochen?«

»Gesprochen?« Sie verdrehte so theatralisch die Augen, dass man das Weiße sah. »Er hat von dir geschwärmt. Hat alles über dich im Internet gelesen, deine Artikel, deine Interviews. Ich habe wirklich gedacht, einer wie du schnippt mit den Fingern, und zack!, ist Sorin raus aus dem Knast.«

Paul spürte die Scham in sich aufsteigen wie eine heiße Welle. Während er Sorin aus seiner Erinnerung verbannt hatte, hatte der Freund seinen Weg aus der Ferne verfolgt. Und jetzt, wo Sorin seine Hilfe brauchte, benahm er sich wie ein Stümper.

Das ganze Dorf hatte ein Motiv, Günther zu ermorden. Und Sorin, dem er so auf die Pelle gerückt war, erst recht. Was für ein verdammter Mist.

»Eigentlich ist es ja ziemlich einfach«, hörte er da Maia neben sich sagen. »Völlig egal, wer alles einen Grund hatte, Günther umzubringen. Das Einzige, was du herausfinden musst, ist, wer ein Motiv hatte, Sorin den Mord anzuhängen.«

»Mhm.« Paul startete den Motor und fuhr vorsichtig auf den Weg zurück. Um genau das hatte Sorin ihn auch gebeten. Er war wirklich ein Vollidiot.

Eine Stunde später parkten sie vor Tante Zinzis Haus.

»Sorin und seine Liebschaften«, sagte Paul, während Maia die Beifahrertür öffnete. »Weißt du etwas darüber?«

»Nicht viel.«

Sie trug den Beutel so vorsichtig, als enthalte er etwas sehr Zerbrechliches.

»Ich habe da etwas beobachtet«, begann er. »Als wir in Bran waren, verschwand Sorin kurz in einer der Verkaufsbuden.«

»Das war bestimmt bei Bredica. Die hat immer Lust auf ein Schäferstündchen. Vorausgesetzt, ihr Mann ist grad nicht in der Nähe.«

»Ich glaube, ich muss noch mal los.«

Er fand den Verkaufsstand auf Anhieb wieder. Bestickte Blusen, Tücher und Bierkrüge, ordentlich drapiert auf niedrigen Tischen, dahinter ein Vorhang. Jetzt bewegte er sich, eine Frau trat hervor. Langes, dunkles Haar, ein herzförmiges Gesicht, Augen wie glühende Kohlen. Das musste Bredica sein. Sie sagte nichts, sie betrachtete ihn nur. Paul hatte vom ersten Moment an das Gefühl, dass sie wusste, wer er war.

»*Scuză-mă, te rog*«, begann er. »Entschuldigen Sie bitte …«

Eine winzige Bewegung, Paul war sich nicht sicher, ob er sich nicht täuschte. Hatte sie gerade den Kopf geschüttelt?

»Ich bin …«, setzte er von Neuem an.

Jetzt war es ganz deutlich. Sie schüttelte den Kopf. In ihren Augen flackerte es.

Paul überlegte noch, wie er weiter vorgehen sollte, als der Vorhang ein zweites Mal aufglitt. Ein Mann erschien, ein unscheinbarer Kerl in einem karierten Hemd.

»*Welcome, welcome!*«, rief der Mann. »*English?* Deutsch?«

»Ich komme aus Deutschland«, antwortete Paul. »Ich bin auf der Suche nach ein paar ausgefallenen Souvenirs.«

»Dann sind Sie hier genau richtig!« Der Mann reichte ihm eine Hand, zog ihn mitten hinein in die Auslage. Sein Atem roch nach Alkohol. »Nur echtes rumänisches Handwerk, kein Plastikmist aus Fernost. Sie wundern sich, dass ich so gut Deutsch spreche? Ich habe viele Jahre in Stuttgart gelebt, ich liebe Deutschland! Woher kommen Sie?«

»Aus Köln.«

»Köln! Eine wunderbare Stadt! Lassen Sie mich Ihnen zeigen, was wir für Sie haben. Vielleicht eine Bluse für eine schöne

Frau? Ein Mann wie Sie ist umgeben von schönen Frauen, ach, erzählen Sie mir nichts …«

Es dauerte nicht lange, und Paul hatte drei Blusen gekauft, in Siebenbürgen gewebt und bestickt, wie der Verkäufer beteuerte, ein Schultertuch und einen Bierkrug. Er hatte keine Ahnung, was er damit anfangen sollte, außer vielleicht mit dem Krug, denn er trank ganz gerne Bier. Leider war es ihm nicht gelungen, auch nur ein einziges Wort mit der Frau zu wechseln. Doch er spürte ihren Blick, in jeder Minute.

Er zahlte einen, wie er annahm, grotesk überhöhten Preis und überlegte immer noch, wie er die Frau unter vier Augen sprechen könnte, bevor er unverrichteter Dinge wieder abzog, als der Mann ihn einlud, ihm in den Raum hinter der Auslage zu folgen.

»Einen Freund lassen wir nicht gehen, ohne ihn bewirtet zu haben, nicht wahr, Bredica? Und wir sind nun Freunde. Kommen Sie, kommen Sie!«

Das Flackern in den Augen der Frau wurde stärker. Als wolle sie ihn warnen. Aber einfach wieder abhauen?

Paul duckte sich, schlüpfte durch den Vorhang und gelangte in einen winzigen Raum. Ein kleines Fenster, das den Blick freigab auf Schloss Bran, ein Tischchen mit Häkeldecke. Den meisten Platz jedoch nahm ein Kanapee ein, auf dem der verrutschten Decke nach zu urteilen bis eben noch jemand gelegen hatte.

»Setzen Sie sich! Setzen Sie sich! Wir machen es uns ein bisschen gemütlich, so sagt man doch, nicht wahr?«

Paul bekam eine Tasse Kaffee in die Hand gedrückt, darin, gut erkennbar an dem scharfen Geruch, eine ordentliche Portion Alkohol. Der Mann machte Bredica ein Zeichen, und diese verschwand. Na super.

Zum Glück tauchte Bredica direkt wieder auf, nun aber trug sie eine Plastikwanne mit schaumigem Wasser herein, platzierte sie zu Pauls Füßen und begann augenblicklich, ihm Schuhe und Strümpfe auszuziehen.

»Nein.« Paul entwand sich. »Ich bitte Sie!«

Eine Hand auf seinem Knie.

»Wir ehren unsere Gäste. Bitte akzeptieren Sie unsere Tradition.«

Das Gesicht des Mannes zeigte, dass er keinen Widerspruch dulden wollte, und noch ehe Paul sich versah, hatte Bredica begonnen, ihm die Füße zu waschen.

Paul entwand sich ein weiteres Mal. Sein rechter Fuß streifte Bredicas Hals, eine Kette, die sie um den Hals trug, riss, ein kleines Beutelchen blieb zwischen seinen Zehen hängen. Er schnappte es, bevor es ins Wasser fallen konnte.

»Vorsicht, verzeihen Sie!«

Bredica hielt den Kopf gesenkt, doch Paul konnte sehen, dass ihre Wangen flammend rot waren. Wieder griff sie nach seinen Füßen, wieder spürte er die Hand des Mannes auf seinem Knie. Er habe da ein Investment, sehr lohnend, für Paul gebe es besondere Konditionen, er sei ein Narr, wenn er nicht zugreife, jetzt, wo sie doch Freunde seien. Aber erst einmal sollten sie anstoßen, auf ihre Freundschaft, ob er *Țuică* möge?

»Nein, danke.«

Paul entwand sich ein drittes Mal, riss den Vorhang beiseite und machte, dass er davonkam. Barfuß, Schuhe und Socken in der Hand, rannte er über den kleinen Markt. Bloß weg hier. Dass es so etwas gab, mitten in Europa!

Er sprang in das Mietauto, verriegelte es blitzschnell von innen, gab Gas. Rutschte mit den eingeseiften Füßen vom Pedal ab, stoppte, zog sich mit fahrigen Bewegungen die Schuhe über, ließ die Schnürsenkel offen, wollte gerade wieder losfahren, als jemand an sein Fenster klopfte.

»Paul!«

Bredica. Sie war ihm gefolgt, hielt zitternd die Blusen, das Tuch und den Bierkrug in den Händen.

»Ich habe Sie gleich erkannt«, rief sie, als Paul das Fenster ein Stückchen herunterkurbelte. »Sie waren mit Sorin hier. Er hat von Ihnen erzählt in dem kurzen Moment, in dem er, nun, in dem er bei mir war. Sagen Sie, wie geht es ihm? Konnten Sie ihn sprechen?«

Ihre Augen bohrten sich in seine. Paul sah Tränen darin.

»Ich weiß nicht, wie es ihm geht, tut mir leid. Ich ...«

Verdammt, diese Frau hatte ihm gerade erst die Füße eingeseift! Paul war so peinlich berührt, dass er nun, wo er endlich mit ihr sprechen konnte, über seine eigenen Worte stolperte.

»Hören Sie, ich versuche herauszufinden, wer Sorin den Mord in die Schuhe schieben will. Weiß Ihr Mann von, wie soll ich es sagen, von Ihrem Verhältnis?«

»Nein, nein.« Sie schüttelte den Kopf. »Doch, das heißt, ja. Er hat Sorin windelweich geprügelt und ihn danach angezeigt wegen Körperverletzung. Aber er glaubt, das mit uns sei vorbei.«

»Sind Sie sicher?«

»Ganz sicher. Mein Mann hat nichts damit zu tun. Ich weiß ja, wer Günther ermordet hat.«

»Sie wissen *was?*«

»Erst dachte ich, es sei nur eine Inszenierung für die Touristen. Doch nun, wo ein Mensch tot ist und mein Liebster im Gefängnis sitzt, bin ich mir ganz sicher. Ich habe ihn genau gesehen. Er ist zum Fenster hinaus und kopfüber die Schlosswand hinabgeklettert, seine schwarzen Flügel glänzten im Mondlicht!«

»Was für schwarze Flügel?«

»So verstehen Sie doch endlich! Der Mörder ist der Fürst der Finsternis! Vlad der Pfähler! Dracula!«

Irre, dachte Paul, während er das Mietauto bergab steuerte, diese Bredica ist vollkommen irre. Was man durchaus nachvollziehen konnte bei diesem Scheusal von Ehemann. Kein Wunder, dass sie Sorin verfallen war. Er erinnerte sich noch, dass Sorin schon als Junge äußerst charmant und liebenswürdig aufgetreten war, sobald ein Mädchen in seine Nähe kam. Sein Gefühl sagte ihm, dass es womöglich mehrere Geliebte wie Bredica gab. Und mehr als einen gehörnten Ehemann. Dem Kerl, den er gerade kennengelernt hatte, würde er jedenfalls eine Menge Scheußlichkeiten zutrauen – aber auch einen Mord?

Links sah Paul Schilder zum Bärenreservat auftauchen. Er gelangte auf dieselbe abschüssige Straße, auf der er erst am Morgen mit Maia gefahren war. Bloß dass die Felswand zur einen und der Abgrund zur anderen Seite nun mit einem Mal näher herangerückt zu sein schienen, und die Straße noch enger, noch holpriger.

Ein Glück, dachte Paul, dass erst früher Abend ist. Im Dunkeln sieht man ja gar nicht, wo man langfährt.

Im nächsten Augenblick setzte Nebel ein.

Es begann mit ein paar durchscheinenden Schwaden, die sich echsengleich die Straße entlangschlängelten. Innerhalb von Minuten krochen aus der steilen Schlucht rechts von ihm weitere Nebelwesen empor, und im Nullkommanichts war die Straße knietief in weißem Dunst verschwunden. Paul schaltete in den dritten Gang, den zweiten, den ersten, landete wieder im dritten, würgte den Motor ab, startete neu. Krachte mitten in eins der tiefen Schlaglöcher, hörte, wie der Wagen hart aufsetzte. Begann zu schwitzen.

Die Windschutzscheibe beschlug. Er drehte das Gebläse an, kurbelte das Fenster herunter. Da fuhr ihm ein Gestank in die Nase, der ihm den Atem nahm. Er kannte diesen Geruch, er hatte vor nicht allzu langer Zeit über die Arbeitsbedingungen in einem Schlachthof berichtet. Es stank nach totem Tier, nach Aas, nach Verwesung.

Paul würgte. Riss sich den obersten Hemdknopf auf. Griff nach seinem Handy.

Der Nebel nahm zu.

Der Handy-Akku war leer.

Wen sollte er auch anrufen?

Verdammt, fluchte er. Was tun? Anhalten und warten, bis der Nebel abzieht? Und mich womöglich von einem hinter mir fahrenden Wagen gegen die Felswand schubsen lassen. Oder in den Abgrund.

Und so fuhr er weiter. Die Nase an der Scheibe. Nahezu blind.

Der Gestank wurde mit jedem Meter, den er vorwärtsrumpelte, schlimmer. Wie konnte es mitten in den Bergen so entsetzlich riechen? Vielleicht, sagte er sich, war in der Nähe ein Bär überfahren worden.

Oder ein Vampir trieb sein Unwesen, womöglich Graf Dracula höchstpersönlich. Hieß es nicht immer, Vampiren würde der Geruch des Todes vorauseilen?

Paul schnaubte, schüttelte den Kopf. Seine Haare klebten ihm an der Stirn, im Nacken. Da war sie wieder, die eiskalte Hand.

Der Nebel begleitete ihn bis zur E68. Dort verschwand er, als habe es ihn nie gegeben. Der Gestank jedoch blieb.

Als Paul das Auto vor Tante Zinzis Hof abstellte, war ihm kotzübel. Er riss die Fahrertür auf und kletterte mit weichen Knien aus dem Wagen. Seine nackten Füße scheuerten in den Schuhen, sie waren immer noch ein bisschen nass. Sein Hemd war komplett durchgeschwitzt.

Nichts wie raus aus diesen Klamotten, dachte er, während er durch den Hof aufs Altenteil zuhumpelte. Ich springe schnell in den Schwimmteich, danach wird es mir besser gehen. Und dann denke ich alles, was ich erfahren und erlebt habe, noch einmal in Ruhe durch. Sortiere die Puzzleteile. Mache mir ein Bild.

Paul atmete tief aus, als er die Tür zum Altenteil öffnete. Beinahe spürte er schon das kühle Nass des Teichs. Wo war vorhin, als er ankam, der kleine schwarze Hund? Ob er ihn begleiten würde?

Es war immer noch früher Abend, es dämmerte erst. Und so sah er den Mann, der vor seinem Bett lag, sofort. Doch sein Gehirn weigerte sich, das Bild zusammenzusetzen. Er konnte förmlich spüren, wie seine Synapsen erstarrten. Wie sie sich weigerten, die Information, die sie erhielten, weiterzugeben. Allein sein Bauch reagierte sofort. Er spie den Kaffee, den er gerade erst getrunken hatte, wieder aus.

Der Mann vor dem Bett sah aus wie Paul. Und man hatte ihn gepfählt.

NEUN

Paul stöhnte. So viel Blut! Das Gesicht des Mannes war vollkommen verschmiert. Kein Wunder. Aus seinem Mund ragte ein Pfahl. Und das war nichts im Vergleich zu der Lache zwischen seinen Beinen. Wo das andere Ende des Pfahls herausragte, aus einer von Pauls Jeans. Der ganze Raum war von einem metallischen Geruch erfüllt. Zu dem sich nun der seines Erbrochenen gesellte.

»Hilfe!«, brüllte er. »Hilfe! Hört mich denn keiner?«

Ein Schatten in der Tür, Maia. Sie trug ihre üblichen Armeeklamotten, die komische Mütze. Und auch ihre Hände schienen voller Blut zu sein.

»Geh!« Paul wankte, versuchte, ein paar Schritte rückwärts zu gehen, stolperte. »Geh weg!«

Er verlor das Gleichgewicht, fiel. Maia sah zu dem Toten, sah zu Paul. Dann kam sie auf ihn zu, beugte sich über ihn. Hob ihre verschmierte Hand. Und schlug ihn mitten ins Gesicht.

»Komm zu dir, Mann!«

»Was zum …« Paul betastete seine Wange. Besah sich seine Finger. Ekliger, schleimiger Dreck klebte daran. »Was, zum Teufel, hast du getan?«

»Ich?«, keifte Maia. »Ich versuche nur, dich zur Vernunft zu bringen. Mensch, Paul, mach die Augen auf! Das da ist eine Puppe!«

»Eine Puppe?«

»Ja, genau. Eine Schaufensterpuppe.« Sie packte das Haar

des am Boden Liegenden, zog daran. Es war eine Perücke. Darunter kam ein kahler Plastikschädel zum Vorschein.

»Oh nein.« Paul rappelte sich auf. Wischte sich über den Mund. Betrachtete das Gebilde, das da vor seinem Bett lag. Und spürte, wie sich alle seine Haare im Nacken aufstellten.

Es handelte sich tatsächlich um eine Schaufensterpuppe. Die Kleidung, die sie trug, war ihr deutlich zu groß, aber es war seine, Pauls, Kleidung. Und die Perücke, die Maia gerade achtlos fallen ließ, war so dunkel wie sein Haar, sie war sogar ebenso gelockt.

Jemand hatte seinen Doppelgänger kreiert. Und ihn gepfählt.

Wobei, auch das stimmte nicht ganz. Er sah Maia mit unendlicher Vorsicht den Pflock aus dem Mund der Puppe ziehen, es war nur ein kurzer Stock. Genauso verhielt es sich mit dem Teil, das zwischen den Beinen der Puppe steckte. Maia entfernte es so sanft, als stecke es tatsächlich im Anus eines Menschen. Für einen Moment fühlte Paul an genau dieser intimen Stelle ein feines Ziehen. Himmel, was war denn das?

»Ein Schadenzauber«, flüsterte Maia, ohne ihn anzusehen. »Wenn du es spürst, hat es schon angefangen zu wirken.«

»Bitte was?«

»Ach, vergiss es.« Sie bückte sich tief über die rote Lache, schnüffelte. »Das Blut ist echt, Schweineblut vermutlich. Und dieses Erbrochene, ist das etwa von dir?«

Paul merkte, wie er rot wurde. Das war ihm seit vielen Jahren nicht mehr passiert.

»Okay, hilf mir, das alles zu beseitigen. Im *Schopfen* findest du Putzzeug.«

»Ich rufe die Polizei.«

»Nein!« Maia fuhr herum und funkelte ihn an, als habe er etwas extrem Törichtes gesagt. »Und nun mach schon, hol mir das Putzzeug.«

»Auf keinen Fall«, knurrte Paul. Er konnte sich schon denken, dass eine wie Maia keine Polizei im Haus haben wollte. Aber, verdammt, das hier war doch der schlagende Beweis, dass Sorin mit dem Mord nichts zu tun hatte! Der Verrückte, der Günther ermordet hatte, lief immer noch frei herum! Wer sonst sollte eine solche Schweinerei veranstalten?

Er wischte sich die dreckigen Hände an seiner Hose ab und wählte die 112.

Die junge Polizistin aus Braşov brauchte eine knappe Stunde.

»Netter Versuch«, murmelte sie, während sie über die Schaufensterpuppe stakste, darauf bedacht, nicht in die Blutlache zu treten.

»Bitte was?«, fragte Paul.

»Was würden Sie noch tun, um Ihren Freund aus dem Gefängnis zu holen?«

»Moment, wollen Sie damit sagen, ich hätte das hier inszeniert?«

»Ich sage gar nichts.« Sie wandte sich bereits zum Gehen. »Aber diesen Dracula-Quatsch, den glauben nur Touristen. Leute wie Sie. Ein Einheimischer käme im Traum nicht auf die Idee, eine solche Szene zu arrangieren.«

Paul merkte, wie eine Ader an seiner Stirn wild zu pochen begann. Er war ein Meister darin, die Beherrschung zu wahren. Von Jugend an hatte er niemals so werden wollen wie der Vater. Doch nun war er kurz davor, auszurasten.

»Maia! Sag doch auch mal was!«

Doch Maia, die ihn schon seit über einer Stunde stumm beobachtete, an die Wand gelehnt, als ginge all das sie nichts an, verdrehte lediglich die Augen.

Paul atmete ein. Und aus. Nicht schreien. Keine bösen Worte sagen. Egal, was war. Er übte das seit Jahrzehnten.

»He!« Er gab sich einen Ruck, lief der Polizistin hinterher, die Anstalten machte, den Raum zu verlassen. »Wollen Sie kein Protokoll schreiben? Fotos machen?«

»Sie kapieren es echt nicht.«

»Was?«

»Ihr Freund Sorin ist so gut wie überführt. Das Blut an seiner Kleidung stammt eindeutig vom Opfer. Er hat ein Motiv, und er hat das Opfer wenige Stunden zuvor in eine ähnliche Situation gebracht. Vor allem aber, und eigentlich dürfte ich Ihnen das gar nicht sagen, aber so wirr, wie Sie mir erscheinen, sage ich es Ihnen lieber doch – die Tür zur Folterkammer war von innen mit einem Riegel verschlossen. Verstehen Sie? Es kann niemand anders gewesen sein! Wie sollte der Mörder sonst herausgekommen sein?«

»Moment.« Paul fasste sich an die Stirn. Bredicas Worte kamen ihm in den Sinn. Über das Wesen, das in der Nacht aus dem Fenster geklettert sein sollte. Mit schwarz glänzenden Flügeln.

»Ist noch was?« Die Polizistin hatte bereits ihren Wagen erreicht und die Tür geöffnet.

»Nein, nichts.«

Drinnen hatte Maia begonnen zu putzen.

»Hilfst du mir jetzt?«

»Natürlich.«

Sie putzten bis spät in die Nacht. Paul fiel auf, wie schnell Maia arbeitete, wie effektiv. Sie schien über enorme Kraft in Armen und Händen zu verfügen.

»Was meinst du?«, fragte er, die Hände tief in einem Bottich mit Seifenwasser. »Bin ich dem Mörder zu nahe gekommen?«

»Mag sein.« Maia war dabei, die Schaufensterpuppe in lauter kleine Einzelteile zu zerlegen, sie benutzte dazu ein scharfes Messer.

»Also ist das hier eine Warnung.« Paul zwang sich, nicht

darüber nachzudenken, was Maia sonst mit diesem Messer tat. »Jemand will mir Angst einjagen.«

»Mhm.« Zack, das rechte Handgelenk war abgetrennt. Zack, der Daumen. Zack, der Zeigefinger. »Wie fühlst du dich?«

»Ganz okay, wieso?«

»Kein Schwindelgefühl?« Zack, der Ringfinger war ab. »Kein Gefühl, als hättest du Fieber?« Zack, der kleine Finger. »Oder Schüttelfrost?«

»Nichts von alledem. Sag mal, reden wir hier von Voodoo oder sowas? Und was machst du da überhaupt?«

Sie gab keine Antwort, stopfte die Einzelteile der Puppe in einen Sack, knüpfte ihn auf eine kompliziert aussehende Weise zu und trug ihn hinaus. In der Tür wandte sie sich noch einmal um.

»Du wirst hier weitermachen, bis auch das letzte Fitzelchen Blut weggeschrubbt ist. Und dann gehst du baden. Verstanden?«

Paul nickte. Maias sonst so mürrisches Gesicht sah mit einem Mal sehr ernst aus, und er wusste, sie würde sowieso keinen Widerspruch dulden.

Und so ging er, obwohl es längst stockdunkel war und obwohl er sich ziemlich fürchtete. Wer hatte ihm diese grässliche Puppe ins Zimmer gelegt? Vor seinem inneren Auge sah er Günthers bestialisch zugerichtete Leiche. Blühte ihm Ähnliches? Würde jetzt gleich ein Wesen mit schwarz glänzenden Flügeln auftauchen?

Wohl kaum. Er, Paul Schwartzmüller, würde sich nicht ins Bockshorn jagen lassen. Auf keinen Fall.

Kaum trat er auf die Straße, schoss ein niedriger Schatten auf ihn zu, der kleine schwarze Hund. Gemeinsam liefen sie zum Schwimmteich, und während Paul immer wieder untertauchte, sich den Dreck, den Gestank und den Schrecken des Tages abwusch, stand der kleine Hund am Ufer, die Nase im Wind, die Ohren gespitzt. Als halte er Wache.

Paul drehte sich auf den Rücken, schaute hoch in den Himmel. Die Nacht war sternenklar. In der Ferne bellten die Hofhunde. Gleich neben ihm quakte ein Frosch.

Er spürte, wie die Angst von ihm abperlte. Zugleich wuchs die Gewissheit. Bislang hatte er geglaubt, seine Nachforschungen seien ins Leere gelaufen, aber ganz offensichtlich hatte er etwas getan, was den Mörder nervös machte. Wenn er bloß wüsste, was!

Paul schnaubte, kletterte ans Ufer, trat unter Wasser gegen etwas Metallisches, offensichtlich hatte da jemand seinen Müll entsorgt und lief, nackt, wie er war, seine verschmutzte Kleidung unter dem Arm, zurück. Das Dorf schien in tiefem Schlaf, und Maia hatte sich bestimmt auch längst hingelegt. Eine Fledermaus schwebte lautlos an ihm vorbei.

Jetzt, herrlich erfrischt, brachte sie ihn beinahe zum Lachen. Was für einen Quatsch diese Bredica erzählt hatte. Als wenn der Fürst der Finsternis Günther ermordet hätte! Nein, es war jemand, der sich die alten Mythen zunutze machte, um Verwirrung und Angst zu stiften.

Wie gut, dass er auf all das nichts gab.

Wobei, der kleine schwarze Hund hatte sich verändert. Er war viel unruhiger als sonst, drehte Kreise um Paul, er schnaufte sogar etwas. Als spüre er eine Gefahr, die für Menschen unsichtbar war.

Jetzt lief Paul doch lieber ein bisschen schneller.

Er hatte schon die Klinke der Tür zum Altenteil in der Hand, als er es hörte. Von drinnen erklang eine Art monotoner Sprechgesang. Es war der gleiche, den er schon einmal gehört hatte, am Tag seiner Ankunft, als er Maia dabei überrascht hatte, wie sie einer toten Krähe einen Nagel durch den Hals trieb. Paul spürte, wie die feinen Haare in seinem Nacken sich aufrichteten.

Er machte vorsichtig einen Schritt rückwärts. Schlich über

den Hof und schob ganz leise, jetzt bloß keinen Lärm machen, die Tür zu der Kammer auf, in der er die ersten beiden Nächte verbracht hatte. Es stank immer noch entsetzlich nach Ziegendreck darin, doch die Pritsche war noch da, darauf eine zerschlissene Decke. Paul legte sich hin, ohne das geringste Geräusch zu verursachen, deckte sich zu. Seine Füße ragten ein ganzes Stück weit in die Luft, es war furchtbar unbequem. Aber es war allemal besser, als noch einmal Maia über den Weg zu laufen. Denn auch wenn er fest entschlossen war, weder den Fürst der Finsternis zu fürchten noch den, der auf seinen Spuren wandelte – Maia jagte ihm nach wie vor eine Heidenangst ein.

Die schöne Frau hielt ein Zicklein im Arm, es hatte zwei Köpfe und drei Beine, und es bewegte sich nicht. Ganz schlaff hing es in ihren Armen, aus seinem Mund kam eine feine rote Linie. Blut. Schon wieder! Es tränkte das Nachtkleid der Schönen. Paul wollte ihr zu Hilfe eilen, ihr das Zicklein abnehmen, doch als sie ihn sah, schrie sie ihn an. Er konnte nicht verstehen, welche Worte ihre Lippen formten, doch instinktiv wich er zurück. Im Hof traf er auf Tante Zinzi. Sie saß auf der Bank in der Sommerküche und las in einem Heft, das ihm auf unerklärliche Weise bekannt vorkam. War das ein Schulheft? Wie von Sinnen blätterte sie eine Seite nach der anderen um, dann riss sie sie heraus und warf sie ins Feuer. Und ihre Augen waren voller Tränen.

Jemand schnürte ihm den Hals ab. Noch im Erwachen erinnerte Paul sich an die gepfählte Puppe, schnellte hoch und versuchte, den Angreifer zu packen. Doch er griff ins Leere. Jetzt erst öffnete er die Augen. Rieb sie sich. Nieste kräftig. Rieb sie sich noch einmal. Und sah fast nichts. Er schien allein zu sein und war zugleich gefangen in einem grauen Nebel. Himmel, wo war er?

Weiße Kissen, aufwendig bestickt. Weißes Bettzeug. Hinter all dem Nebel ahnte er ein Fenster, hörte Vogelzwitschern.

Er lag in seinem Bett im Altenteil. Was ihm den Hals abschnürte, war das Oberteil seines Schlafanzugs. Er trug es verkehrt herum, und es war auf dem Rücken bis oben hin zugeknöpft. Oje. Wie hatte er das bewerkstelligt? War er denn nicht nackt in der Kammer neben dem Ziegenstall eingeschlafen? Und woher, zum Teufel, kam all der Dunst? Hatte er etwa nachts ein Feuer gemacht? Diese Sache mit dem Schlafwandeln wurde ja immer schlimmer.

Paul zog sich das Schlafanzugoberteil mit einem Ruck über den Kopf, es machte ein ratschendes Geräusch, und er merkte, wie ein paar Knöpfe absprangen. Egal. Er hatte das Gefühl, sonst zu ersticken. Mit einem Satz war er am Fenster, riss es weit auf. Frische, kalte Morgenluft strömte herein. Herrlich! Nicht lange, und der graue Nebel legte sich. Was blieb, war ein eigentümlicher Geruch.

Paul schnüffelte. Erinnerte sich. Eine seiner früheren Freundinnen hatte bei jedem Neumond die Wohnung ausgeräuchert. Sie lief dann mit einem Stückchen glühender Kohle, auf der ein paar Salbeiblätter vor sich hin glommen, von Zimmer zu Zimmer. Genau so hatte es damals auch gerochen. Bloß dass hier im Altenteil offenbar ganze Salbeibüsche verbrannt worden waren.

Maia mit ihrem Gerede über Schadenzauber. Sollte das etwa eine Art Abwehrzauber sein?

Paul schmunzelte, warf die Schlafanzughose aufs Bett, schlüpfte in Jeans und T-Shirt. Stürmte hinaus, versuchte, die Tür hinter sich zu schließen. Und stand verdattert davor. Jemand hatte die Klinke verkehrt herum montiert. Statt sie niederzudrücken, musste man sie nun hochziehen, um die Tür zu öffnen oder zu schließen. Er wollte gerade in Lachen ausbrechen, als er die feinen Einkerbungen im Holz darüber bemerkte. Beinahe unsichtbar, entpuppten sie sich, wenn man sich so wie er jetzt davorkniete und ganz genau guckte, als aufwendige Zeichnungen. Paul sah grässliche, in wilder Wut verzerrte Gesichter, bluttriefende Messer und weitere, archaisch anmutende Gegenstände, die ihn unangenehm an die Werkzeuge in der Folterkammer auf Schloss Bran erinnerten. Noch mehr Abwehrzauber. In seinem Geiste sah er Maia mit ihrem Messer vor der Tür knien und all das hineinritzen, leise vor sich hin murmelnd.

Da war sie schon wieder, die kalte Hand in seinem Nacken.

Du spinnst doch, sagte er zu sich selbst. Du hast mehr Angst vor der verrückten Maia als vor dem Kerl, der dir die Schaufensterpuppe vors Bett gelegt hat. Und der ist sehr wahrscheinlich ein Mörder.

Er stand auf, wankte ein wenig. Wo kam denn dieser Schwindel her? Er schlief eindeutig zu wenig und träumte zu wild. Die Müdigkeit lauerte gleich hinter seiner Stirn wie ein gefräßiges Tier.

Ich muss meine Gedanken sortieren, sagte er halblaut zu sich selbst. Mit jemandem sprechen, der alle Sinne beisammenhat. Meine nächsten Schritte planen.

Ich muss diesem Mistkerl, der versucht, mich einzuschüchtern, klarmachen, mit wem er sich hier anlegt.

In der Sommerküche stand eine Schüssel *Palukes* für ihn bereit. Paul musste an seinen Traum denken, an Tante Zinzi, wie sie genau hier gesessen hatte. Irgendetwas an diesem Traum war zutiefst verstörend, aber was?

Vorsichtig roch er an dem Maisbrei.

Weiß der Geier, dachte er, was Maia da reinmischt.

Aber es roch so verführerisch! Eine kleine Portion konnte doch wohl nicht schaden, oder? Mmh, wie das duftete!

Von Maia war nichts zu sehen. Oder kam sie da gerade nach Hause? Von der Straße waren Schritte zu hören. Geraschel. Ein klägliches Greinen. Dann ging das Tor auf, und ein Mensch, von dem nur ein Paar Hände zu sehen war, schob etwas in den Hof. Etwas braun-weiß Geflecktes, Zerzaustes. Das Tor wurde von außen wieder zugezogen, jemand rannte davon.

Paul blinzelte. Im Hof stand eine Ziege. Aber was für eine! Ihre Augen waren blutunterlaufen, sie zitterte am ganzen Körper. Außerdem war sie furchtbar dick. Ihr Bauch sah aus, als würde er im nächsten Moment platzen. Und nun begann sie auch noch fürchterlich zu meckern.

»Mäh. Mäh!«

Es klang fast ein bisschen so, als würde ein Mensch eine Ziege imitieren. Bloß dass diese hier echt war.

»Pscht, alles gut.« Im Nu hatte Paul den Teller mit Maisbrei beiseitegestellt, näherte sich vorsichtig der Ziege. Sie machte den Anschein, als habe sie starke Schmerzen.

Behutsam fuhr er ihr über den Rücken, streichelte ihre Stirn. Ein wenig rau und struppig fühlte sie sich an, und sehr heiß. Das Tier glühte ja förmlich!

»Maia?«, rief Paul. »Bist du da?«

»Mäh!«, machte die Ziege, ihre Beine knickten unter ihr weg, und sie brach mitten auf dem Hof zusammen.

»Maia!«

»*Un moment va rog!* Einen Moment, bitte! Mach nicht so ein Geschrei. Wenn eine Ziege meckert, höre ich das meilenweit gegen den Wind. Ich komme ja schon.«

Maia kam aus der Scheune gestürzt, im Laufen zog sie sich die hässliche Mütze über den Kopf und steckte gleichzeitig etwas darunter.

Vielleicht, überlegte Paul, hat sie ja doch Haare, und wunderte sich zugleich, dass ihn das überhaupt interessierte.

»*Draga mea*, Liebes, was hast du?« Sie kniete neben dem Tier nieder, strich ihm über die Stirn. »Komm, hilf mir, sie in den Stall zu tragen.«

Zu zweit schleppten sie das Tier über den Hof, und Paul fragte sich, wie eine einzige Ziege so schwer sein konnte. Dass sie unentwegt strampelte und ihn mehr als einmal mit ihren Klauen erwischte, machte die Sache nicht einfacher. Mittlerweile schrie sie so laut, dass es ihm in den Ohren weh tat.

»Leg sie hierher. Achtung! Nicht auf diese Seite, so rum, pass doch auf!«

Auf Maias Stirn hatte sich eine steile Falte gebildet. Ein Schweißtropfen rann darüber. Sie begann das Tier abzutasten, zog die Haut unter seinen Augen nach unten und legte schließlich ein Ohr auf seinen zum Bersten gespannten Bauch.

»Was hat sie denn?«, fragte Paul, doch Maia antwortete nicht. Sie hielt die Augen geschlossen. »Also«, fuhr er fort. »Wenn es etwas gibt, was ich tun kann …«

Er drehte sich weg. Maia so stumm zu sehen war viel schlimmer, als wenn sie ihn anfuhr.

»Wir könnten zum Tierarzt fahren. Im Auto stinkt es sowieso, es würde also nichts ausmachen … Also, wenn es uns gelingt, die Ziege ins Auto zu kriegen. Wobei«, er bemühte sich um einen optimistischen Tonfall, »das sollte ja wohl kein Problem sein!«

Maia rührte sich nicht. »Meinst du im Ernst«, fragte sie, das eine Ohr immer noch am Bauch der Ziege, »dieses arme Tier würde heimlich auf meinem Hof ausgesetzt, wenn irgendwer hier Geld für einen Tierarzt hätte?«

»Das heißt …«

»Das heißt gar nichts!« Sie richtete sich auf. »Hast du heute nichts zu tun? Muss der Meisterdetektiv nicht herausfinden, wer letzte Nacht diese Schweinerei verursacht hat?«

»Ich …«

»Scher dich vom Hof. Jetzt! Sofort!«

Ihre Augen funkelten so böse, wie Paul es kannte.

Beinahe ein bisschen erleichtert machte er, dass er aus der

Scheune kam. Konnte es ein, fragte er sich, dass die Menschen Maia ihre kranken Tiere brachten? Aber warum ausgerechnet ihr? Und warum taten sie es heimlich?

Er stieß das Tor zur Straße auf und wollte sich gerade nach dem kleinen schwarzen Hund umsehen, als er wie angewurzelt stehen blieb.

Direkt vor ihm stand ein Motorrad. Grasgrün, mit einem Frontscheinwerfer, so groß wie ein Kinderkopf, die Reifen nicht viel breiter als die eines Fahrrads, und mit einem extrem langen, silbern glänzenden, nadelspitz zulaufenden Auspuffrohr. Es war über und über mit grünem Schlick bedeckt, und es war klatschnass. Aber es war unverkennbar Sorins *Mobra*.

Das Mädchen rieb sich vergnügt die Hände. Das hatte schon mal geklappt. Wie konnte man im Badeteich schwimmen gehen und die Mobra *nicht bemerken? Wo sie dort die ganze Zeit schon lag, wer auch immer sie da entsorgt hatte? Es war ein hartes Stück Arbeit gewesen, sie rauszuholen und hierherzuschleppen, sie ließ sich ja kaum noch schieben, so voller Grünzeugs.*

Immerhin, der Heruntergekommene stand nun davor und staunte Bauklötze. Sie konnte ihn ziemlich gut sehen von ihrem Versteck aus. Er schaute sich um, als suche er denjenigen, der die Mobra *dort abgestellt hatte. Na, da konnte er lange suchen.*

Jetzt griff er zu seinem Handy. Das Mädchen rieb sich noch einmal die Hände. Die Dinge kamen in Gang.

ZEHN

»Das ist nun tatsächlich interessant.« Die junge Polizistin ging um die *Mobra* herum und inspizierte sie genau. Sie machte sogar Fotos mit ihrem Handy. »Und Sie sagen, Sie haben niemanden gesehen?«

»Nein, leider. Aber kurz vorher brachte jemand diese kranke Ziege vorbei. Sie müssen wissen …«

»Eine kranke Ziege?«

»Ja, jemand schob sie einfach in den Hof. Ich habe nur ein Paar Hände gesehen, und dann ist sie auch schon zusammengebrochen.«

»Die Ziege.«

»Ja, genau. Maia, also Frau …« Paul fasste sich an den Kopf. Er wusste nicht einmal Maias Nachnamen. Und sowieso ging es hier ja auch nicht um die Ziege, sondern um Sorins Motorrad! »Hören Sie, Frau Hatmanu«, immerhin, nun, am helllichten Tag, fiel ihm wieder der Name der Polizistin ein, »wie soll Sorin einen Mord auf Schloss Bran begangen haben, wie soll er dahin gekommen sein, mitten in der Nacht, wenn seine *Mobra* hier im Dorf war?«

»Wenn sie es denn war.« Sie hatte schon wieder die Wagentür in der Hand. »Offensichtlich wurde das Gefährt ja hier abgestellt. Ausgerechnet vor Ihrer Tür.«

»Ja.« Paul griff sich an den Kopf. »Das verstehe ich auch nicht.« Diese verdammte Müdigkeit. Seine Gedanken benahmen sich, als steckten sie in einem schlammigen Untergrund fest. Als schafften sie es kaum, an die Oberfläche zu gelangen.

Und das gerade jetzt, wo es darauf ankam! »Werden Sie der Sache nachgehen?«

»Selbstverständlich. Ich lasse das Motorrad abholen. Und Sie halten sich zu meiner Verfügung, verstanden?«

Sie stieg in ihr Polizeiauto, eine weiße *Dacia*-Limousine mit blauen und gelben Streifen, und während Paul noch nickte, war sie schon davongedüst, einen Wirbel aus Steinchen und Staub hinter sich herziehend.

Und wieder lag die Dorfstraße da wie tot. Allein der kleine schwarze Hund kam schwanzwedelnd herangeschossen, und vor der Kirchenburg scharrten ein paar Hühner. Keine Menschenseele weit und breit. Trotzdem schien es Paul, als habe jedes Haus, als habe jeder Stein Augen. Als beobachte man ihn aus jedem Winkel.

Ich muss hier mal weg, dachte er, in Ruhe nachdenken. Irgendetwas übersehe ich. Aber was?

Er öffnete das Mietauto, ließ sich auf den Vordersitz fallen und sprang sofort wieder heraus.

Dieser bestialische Gestank! Woher kam der bloß?

Eine Hand auf Mund und Nase gepresst, ging er um den kleinen Corsa herum, inspizierte den Wagen und fühlte nun erst recht tausend Blicke in seinem Rücken. Im Fußraum des Beifahrersitzes lag der kleine Beutel, den Bredica um den Hals getragen hatte. Er musste ihn aus Versehen eingesteckt haben. Paul legte ihn ins Handschuhfach, vielleicht konnte er ihn ihr bei Gelegenheit zurückgeben. Im Kofferraum gab es nichts außer einem platten Reserverad und einer aufgerissenen Erste-Hilfe-Tasche, das Verbandsmaterial gelb und zerfasert. An der Motorhaube verbrannte er sich die Finger, ließ sie krachend fallen. Als er sie endlich aufgestellt hatte, entdeckte er ziemlich in der Mitte des Motorraums etwas Dunkles, Schleimiges, von dem er sich nicht vorstellen konnte, dass es dorthin gehörte. Er beugte sich ein wenig vor. Kniff die Augen zusammen.

Verdammt. Das war ja eine tote Fledermaus! Und sie war offensichtlich nicht zufällig da hineingeraten. Jemand hatte sie mit einer Schnur an einem der Schläuche festgebunden. Das arme Tier war schon halb verwest, und der Gestank, der von ihm ausging, war barbarisch. Paul befreite es, während er sich immer noch mit einer Hand Mund und Nase zuhielt, trug es an den Feldrand, wo er es mit einem Büschel Gras bedeckte, und wusch sich anschließend im Schwimmteich die Hände.

Was, zum Teufel, hatte das nun wieder zu bedeuten?

Ich muss wirklich dringend, dachte er, mit jemandem reden. Mit jemandem, der einen klaren analytischen Verstand hat. Der nicht so müde ist wie ich. Und der nicht mit einer Frau unter einem Dach wohnt, die Schaufensterpuppen in kleine Stücke schneidet und bizarre Figuren in Türen ritzt.

Es gab genau eine Person, die ihm da einfiel.

»Selbstverständlich habe ich einen Moment Zeit für Sie«, sagte die Chefredakteurin.

Und so erzählte Paul. Und während er erzählte, fühlte es sich an, als rutschten die Gedanken in seinem Kopf an den richtigen Platz. Ein Mord. Ein Unschuldiger im Gefängnis. Ein ganzer Sack voller Verdächtiger.

»Sie glauben, es war der gehörnte Ehemann der Geliebten, nicht wahr?«

»Er hat das stärkste Motiv, Sorin den Mord anzuhängen. Und er ist ein Scheusal. Aber hat er auch ein Motiv für den Mord an Günther? Und dann diese gepfählte Puppe. Und die Fledermaus. Das ist das Werk eines Psychos!«

»Sie verfolgen die Spur der Liebe.« Es klang, als würde sie gleichzeitig lächeln und an ihrer Zigarette ziehen.

»Wie meinen Sie das?«

»Die Menschen töten aus zweierlei Gründen, wegen der Liebe – was manchmal aussehen mag wie Hass, aber im Grunde ist es dann doch Liebe – oder wegen des Geldes.«

»Hier gibt es kein Geld.« Paul sah sich um, betrachtete die seit Jahrzehnten nicht mehr bestellten Felder, von Unkraut überwuchert. Dahinter das Dorf, die meisten Häuser baufällig, ihre einst so liebevoll bemalten Fassaden verblichen. »Wenn Sie sehen würden, was ich sehe, würden Sie es gleich verstehen. Die Leute hier leben wie vor fünfunddreißig Jahren, ach, was sage ich, wie vor hundert Jahren!«

»Das klingt eigentlich ganz reizvoll.« Jetzt hörte er es deutlich. Sie lächelte. »Und die Frau, die auf dem Hof lebt, den Sie geerbt haben, Maia. Wie ist sie so?«

»Grässlich«, brach es aus Paul heraus. »Sie macht Dinge, die können Sie sich nicht vorstellen!«

»Soso. Paul, da Sie meinen Rat möchten, bitte schön, hier ist er: Suchen Sie das Geld! Meine Güte, Sie sind in Transsylvanien. Was, soviel ich weiß, so viel bedeutet wie das Land hinter den Wäldern. Wenn es einen Ort gibt für krumme Geschäfte, dann doch dort, am Rande Europas! Ist Rumänien nicht sogar eins der korruptesten Länder in der ganzen EU? Also. Lassen Sie sich nicht täuschen von einer gepfählten Schaufensterpuppe. Nutzen Sie Ihren Verstand, holen Sie Ihren Freund aus dem Knast, und dann verlassen Sie diese bizarre Gegend und kommen nach Hause. Einverstanden?«

»Einverstanden.«

Paul legte auf. Mit einem Mal wusste er genau, wo er suchen musste. Es war gar nicht weit.

Und während er losging, die Sonne im Gesicht, den kleinen schwarzen Hund auf den Fersen, kam er sich ein klein wenig schäbig vor. Er hatte der Chefredakteurin gar nicht gesagt, wie weich das Wasser des Schwimmteichs perlte. Wie emsig die Frösche am Ufer sich liebten. Und dass der Wind, der sich in den mannshohen Disteln wiegte, klang, als singe er ein Lied. Dieses Land mochte arm und rückständig sein. Aber sobald er die Sorge um Sorin und all die Grässlichkeiten, die er in den vergangenen Tagen erlebt hatte, für einen winzig kleinen Moment vergaß, sobald er die Augen öffnete für das, was um ihn herum war, strömte eine solche Freude in sein Herz, wie er sie seit einer Ewigkeit nicht mehr gefühlt hatte.

Günthers Haus schien verschlossen und verrammelt. Niemand öffnete auf sein Klingeln. Paul ging einmal um das Gebäude herum und stellte fest, dass es tatsächlich direkt an die große Baustelle grenzte, auf deren Zaun das Konterfei Draculas prangte. Günther hatte mit dem geplanten Vergnügungspark quasi im eigenen Garten begonnen.

Und wenn nun weitergebaut wird, dachte Paul und erinnerte sich an das, was Maia ihm erzählt hatte, wird der Park auch bis an die Gärten der Dorfbewohner reichen.

Darüber konnte nun wirklich niemand glücklich sein.

Aber ob überhaupt weitergebaut würde, jetzt, wo Günther tot war? Und wie weit waren die Arbeiten schon gediehen?

Hinter dem Zaun, der aus massiven Eisenplatten bestand, die jeden neugierigen Blick verwehrten, schien es mucksmäuschenstill. Lediglich ein paar Grillen zirpten. Der kleine schwarze Hund verzog die Nase, was Paul kein bisschen wunderte. Denn der Gestank nach faulen Eiern, der ihm schon beim letzten Mal aufgefallen war, war hier, direkt am Zaun, noch schlimmer.

»Tut mir leid, mein Freund«, sagte er und begann, den Zaun abzuschreiten. »Lauf nach Hause, wenn's dir zu viel wird. Ich gucke mir das hier mal genauer an.«

Schon bald befand er sich in einer Art riesiger Wüste. Rund um den Zaun war jede Vegetation verschwunden, nur harter, toter Boden, aufgerissen von den tiefen Spuren schwerer Lastkraftwagen. Der Zaun selbst war so hoch, dass sogar Paul mit seinen eins dreiundneunzig keine Chance hatte, einen Blick darüber zu werfen. Dazu hätte er eine Leiter gebraucht. Aber ein paar Meter von ihm entfernt lag eine umgestürzte Tonne. Zwischen der Tonne und dem Zaun meinte er sogar Schleifspuren zu entdecken, so, als hätte sie bereits anderen als Aufstieghilfe gedient. Ob er es schaffen würde, sich bis auf die Zaunspitze hochzuziehen? Prüfend betrachtete er seinen Bauch. In den wenigen Tagen, die er nun in Siebenbürgen war, schien er noch ein bisschen runder geworden zu sein. Ach was, sagte er sich, ins Baumhaus habe ich es ja auch geschafft.

Er wollte gerade die Tonne zum Zaun rollen, als der Hund zu knurren begann. Er war ihm bis jetzt trotz des Gestanks treu gefolgt, nun aber stemmte er die Vorderpfoten in den Staub und fixierte etwas weit über ihm. Paul folgte seinem Blick. Ganz oben auf dem Zaun bewegte sich etwas. Ein kleiner schwarzer Kasten. In der Mitte hatte er eine runde Öffnung, darüber blinkte ein rotes Licht. Eine Überwachungskamera. Paul ließ die Tonne los, trat ein paar Schritte zurück. Schaute nach rechts, nach links. Und entdeckte nicht weniger als sieben Kameras, alle auf ihn gerichtet. Wie hatte er die übersehen können?

Langsam, wie um niemanden zu provozieren, ging er weiter. Schaute ab und zu hoch – und konnte jedes Mal erkennen, dass die Kameras lautlos ihre Position veränderten. Sie folgten ihm mit leerem Blick.

Irgendwo saß also jemand vor einem Haufen Monitore und beobachtete ihn. Aber wer?

Nach einer Weile kam er an ein riesenhaftes Tor, so breit, dass drei Lkw gleichzeitig hindurchgepasst hätten. Doch das Tor war fest verrammelt, auch hier blinkten gleich mehrere Kameras. Dahinter herrschte Totenstille.

Paul erinnerte sich, dass es bereits früher Abend gewesen war, als ihn am Tag seiner Ankunft die vielen Lastkraftwagen mit dem Dracula-Konterfei überholt hatten. Vielleicht lohnte es sich, noch einmal hierherzukommen, wenn es dunkel war.

Er lief den langen Weg zurück, und als er die Baustelle hinter sich gelassen hatte, griff er sich in den Nacken, kratzte sich ausgiebig. Da war sie wieder, die kalte Hand.

Auf dem Weg zurück ins Dorf kam er an der *Ţigani*-Siedlung vorbei. Sofort fand er sich umringt von einer Gruppe Kinder, die ihn alle lautstark begrüßten.

»*Salut! Ce faci?* Hallo! Wie geht's?«

»*Bine, bine!* Gut, gut!«

»Woher kommst du?«

»Aus Köln, aus Deutschland.«

»Deutschland! Dann hast du einen Mercedes!«

»Nein«, lachte Paul. »Ich fahre meistens mit dem Fahrrad.«

»Mit dem Fahrrad!«, rief einer der Knirpse und kringelte sich vor Lachen.

»Und deine Frau?«, rief ein anderer, Paul schätzte ihn auf acht oder neun Jahre. »Muss die auch mit dem Fahrrad fahren?«

»Ich habe auch keine Frau«, antwortete Paul.

»Oje«, meinte der Kleine. »Dann musst du sehr arm sein.«

Sie steckten die Köpfe zusammen, schienen sich kurz zu beraten und rannten davon.

»*Pa-pa!*«, rief Paul ihnen hinterher. »Tschüss!«, doch die Jungen schienen ihn sogleich vergessen zu haben. Nur zwei Frauen, die ein wenig weiter weg standen, winkten ihm freundlich. Paul erwischte sich dabei, wie er sie länger anschaute als notwendig. Als Sorin und er noch Jungen waren, aber auf dem Weg zum Mann, hatte Sorin stets behauptet, die hübschesten Töchter hätten die *Ţigani*. Ganze Nachmittage hatten sie damit verbracht, vor der kleinen Gasse herumzulungern, in der sie lebten, und darauf zu hoffen, dass sie eines der Mädchen zu Gesicht bekamen. Stets bereit, die Beine in die Hand zu nehmen, denn die *Ţigani*, das wusste jedes Kind, hüteten ihre Töchter wie ihre Augäpfel.

Paul musste an die schöne Frau denken, die ihm seit seiner Ankunft jede Nacht im Traum erschien. Sie hatte ein wenig etwas von einer *Ţigani*, wie er sie sich einst vorgestellt hatte. Vielleicht, überlegte er, verwandelte er sich im Traum zurück in den Jungen, der er einst in den glücklichen Sommern hier gewesen war, mit Sorin an seiner Seite. Der nun schon den dritten Tag im Gefängnis saß. Verdammt.

Der kleine schwarze Hund keuchte. Er verzog immer noch die Schnauze, und Paul gab ihm im Stillen recht. Der Gestank aus der nahen Baustelle reichte bis hierher. Die armen Menschen, die ihm Tag für Tag ausgesetzt waren! Was geschah bloß hinter den hohen Zäunen?

Paul kratzte sich noch einmal ausgiebig den Nacken. Ein gigantisches, hermetisch abgeriegeltes, von zig Kameras überwachtes Gelände mitten im Nirgendwo. »Folgen Sie dem Geld«, hatte die Chefredakteurin gesagt. Die Sache mit dem Dracula-Park stank wirklich gewaltig. Offenbar war er endlich auf der richtigen Spur.

Neben dem Dorfladen saß wieder der alte Mann, zog an seiner Pfeife und nickte bedächtig, als Paul ihn freundlich grüßte. Paul fragte sich, wie alt er sein mochte. Neunzig? Oder älter? Sein Gesicht war voller Runzeln, ebenso seine Hände. Doch seine Augen schauten wach, so, als entginge ihnen nichts.

Ansonsten lag das Dorf so ausgestorben da wie in den letzten Tagen. Paul wunderte sich abermals. In seiner Kindheit hatte sich das ganze Leben auf der Straße abgespielt. Und auch in den Dörfern, durch die er gekommen war, wenn er nach Bran fuhr oder ins Bärenreservat, hatten die Leute zusammengestanden oder auf ihren Bänken vor den Häusern gesessen, ein Schwätzchen gehalten. Hier hingegen schienen sich alle aus dem Verborgenen zu belauern. Fast wie die Kameras am Dracula-Park.

Jetzt jedoch war ein leises Lachen zu hören. Die Tür zum

Pfarrhaus öffnete sich, und heraus kam Carry, unter dem Arm einen Korb.

»*Salut, Paul*«, begrüßte sie ihn fröhlich. »Hast du ein bisschen Appetit? Ich habe gerade gefülltes Kraut gemacht!«

Allein bei der Vorstellung lief Paul augenblicklich das Wasser im Munde zusammen. Immer schon hatte jede Familie in Siebenbürgen ihr eigenes Rezept für Krautwickel gehabt, und die von Tante Zinzi galten als besonders gut. Paul ahnte, dass auch Carrys hervorragend schmecken würden. Was aber tat sie hier im Pfarrhaus?

»Ich koche doch für den Herrn Pfarrer«, fuhr sie fort, als hätte sie seine Frage geahnt. »Wie ich hörte, haben die Mohnnudeln dir geschmeckt.«

»Die waren von dir?«

»Ja, sicher!«

Paul nahm ihr den Korb ab und begleitete sie zu ihrem Laden. »Ich würde wirklich liebend gerne dein gefülltes Kraut probieren.«

Eine Stunde später war er pappsatt und zugleich zutiefst genervt. Carrys Krautwickel waren vorzüglich gewesen, und riesig, so wie auch Tante Zinzi sie einst zubereitet hatte, während es bei den rumänischen Familien traditionell eher kleinere *Sarmale* gab. Doch sein Handy hatte keine einzige Information über den Dracula-Park ausgespuckt. Was nicht an der Internet-Verbindung lag, die war eins a. Sogar hier, auf dem Dorf, gab es überall 5 G. Vielleicht, dachte Paul, verliere ich mein journalistisches Gespür. Wie kann es sein, dass ich so gar nichts herausfinde? Ist es das viele gute Essen, das mich träge werden lässt? Oder ist es der Schlafmangel, der meine Gehirnzellen in müde dahinschwappende Kaulquappen verwandelt?

Dabei war er eigentlich ein Meister der Recherche. Er wusste, wie man Menschen und Firmen im Internet aufstöberte. Er verdiente seit Jahren sein Geld damit. Doch über Günther gab es so gut wie nichts im Netz, ebenso wenig über seine Frau. Die sich ganz offensichtlich aus dem Staub gemacht hatte.

Entnervt legte Paul das Handy weg und ging hinein, um zu zahlen. Der Verkaufsraum war leer, aber er fand Carry im Hinterzimmer, einer Art Küche, wo sie gerade beide Hände in ein Fass mit Butter tauchte und diese dann auf einem Blech mit frischem Hefeteig verteilte.

»Wundere dich nicht«, flüsterte sie, als sie ihn hereinkommen hörte, ganz in ihr Tun vertieft. »Das muss so sein. Die Wärme meiner Hände bringt die Butter zum Schmelzen, so gelingt der *Hanklich* am allerbesten.«

Paul brachte nur ein trockenes Nicken zustande. Die Art, wie Carry die buttrige Füllung verteilte, hatte etwas zutiefst Erotisches. Es sah aus, als streichle sie den Teig, der sich unter ihren Berührungen emporhob. Beinahe meinte Paul, ihn seufzen zu hören. Und dann die Butter, die goldgelb durch ihre Finger glitt.

Paul schluckte. Mit einem Mal musste er an Maia denken, wie sie in der vergangenen Nacht die Pflöcke aus der Schaufensterpuppe entfernt hatte. Und im selben Moment war ihm, als spüre er wieder das Ziehen an dieser einen, sehr intimen Stelle.

Oje. Er schluckte noch einmal. Nestelte ein paar Scheine aus seiner Jeans, legte sie auf ein Regal und machte, dass er hinauskam.

Draußen lag sein Handy nicht mehr auf dem Tisch. Jemand hatte es hochkant hingestellt und mit einem Stück Klebeband einen Zettel daran befestigt.

DarkGoldInvestment S.R.L. stand darauf, *Inhaber: Günther Huber, Elvira Huber, Alexandru Pop. Sitz des Unternehmens: Strada Mitropoliei nr 26, Sibiu.*

Paul nahm den Zettel in die Hand, starrte auf die sehr säuberliche Schrift. Jemand hatte die Recherche für ihn erledigt.

ELF

»Du fährst nach Sibiu? Kannst du mir etwas mitbringen?«

»Selbstverständlich.«

Maia sah wieder einmal zum Fürchten aus. Nicht nur wegen des Drecks an ihren Anziehsachen, daran hatte Paul sich schon beinahe gewöhnt. Nein, es waren ihre Augen. Ein Schatten lag darauf. Als hätte sie etwas erblickt, was sie lieber nicht gesehen hätte. Paul erwischte sich bei dem Gedanken, sie solle ihn bitte so böse anfunkeln wie sonst.

»Hier.« Sie gab ihm eine Liste mit lauter lateinischen Ausdrücken darauf. »Der Laden heißt *Kriya* und ist direkt hinter der *Podul Minciunilor*. Die wirst du ja wohl finden.«

»Klar finde ich die«, antwortete Paul und schob den Zettel betont lässig in seine Jeans. Allein der Klang dieses Wortes machte, dass sich sein Atem beschleunigte. Prompt stieß er sich im Rausgehen den Kopf an der niedrigen Hoftür. Zum Glück war Maia schon wieder im Stall verschwunden, wo die Ziege immer noch jämmerlich schrie.

Paul schluckte. Die Lügenbrücke. Der magische Ort seiner Kindheit.

Die E68 war so voll, wie Paul es kannte, und auch der Verkehr war genauso irre wie in den Tagen zuvor. Hinzu kam, dass es im Auto immer noch nach toter Fledermaus stank. Und dass Pauls Finger aus irgendeinem Grund ganz schwitzig waren.

Er fuhr tatsächlich nach Sibiu. Oder, wie die Stadt von alters her hieß, Hermannstadt.

Über die *DarkGoldInvestment S.R.L.* hatte er im Internet

genau einen Eintrag gefunden, der besagte, dass sie 2018 gegründet worden war. Alexandru Pop wiederum schien ein Allerweltsname zu sein, zu dem es zig Treffer gab, aber keinen mit Verbindung zur *DarkGoldInvestment*. Es half alles nichts, er musste hinfahren.

Er brauchte eine Stunde, dann tauchte er ein in ein Gewimmel von Zufahrtsstraßen und Kreisverkehren. Das Navi gab einen schrillen Ton von sich und erstarb. Paul stoppte, versuchte, sich zu orientieren. Hinter ihm hupte ein Taxi, und ein Elektroroller glitt gespenstisch lautlos und erschreckend dicht rechts an ihm vorbei. Als Nächstes nahm ihm ein Lieferwagen die Vorfahrt, dann ein SUV mit Bukarester Kennzeichen. Paul fuhr an, landete im dritten Gang statt im ersten, würgte den Motor ab, startete neu. Das Hupkonzert um ihn herum hob an zu einer schrillen Kakophonie. Dass die Straßenschilder alle dreisprachig waren, nämlich Rumänisch, Ungarisch und Deutsch, und er deshalb viel zu lange brauchte, um sie zu entziffern, machte die Sache nicht einfacher. Paul starrte nach rechts, nach links, rumpelte auch hier, mitten in der Stadt, über bordsteinhohe Schienen und fand schließlich schweißgebadet in einer verwinkelten Gasse eine Parklücke.

Er stieg aus, wischte sich den Schweiß von der Stirn, reckte sich, sah sich um. Und war verzaubert. Er befand sich mitten in der Unterstadt, einst Heimat der Handwerker und Soldaten.

Die schmalen Häuser um ihn herum erstrahlten in den Farben Siebenbürgens: Pastellgelb, Lindgrün, Hellblau. Selbst die Gebäude, die noch nicht renoviert waren, verströmten mit ihren bröckelnden Hausfassaden und den geschlossenen Fensterläden einen solchen Charme, dass Paul sich gar nicht sattsehen konnte. Und alle hatten sie in den Krüppelwalmdächern die gleichen Fenster: winzige, längliche Scheiben mit einem geschwungenen Vordach darüber, einem leicht hängenden Augenlid gleich.

»Das«, hatte der Vater einst gesagt, »sind die Augen von Hermannstadt. Sie beschützen die Einheimischen ebenso wie die Gäste und halten sie gleichzeitig davon ab, etwas Böses zu tun.«

Paul hatte sich auf die Zehenspitzen gestellt und den Blick der Fenster erwidert. Auch jetzt hatte er das Gefühl, von jedem Dach aus beobachtet zu werden. Doch im Gegensatz zu den Kameras am Dracula-Park störte ihn das in diesem Moment kein bisschen. Diese Augen schauten so sanft, als beobachteten sie ihn mit großer Zärtlichkeit.

Jetzt bloß nicht sentimental werden. Ich erledige schnell die Einkäufe für Maia, beschloss er. Wer weiß, was mich an der geheimnisvollen Adresse erwartet.

Suchend sah er sich um. Irgendwo musste es eine Stiege hinauf in die Oberstadt geben. Ah, da vorne. Hunderte ausgetretene Stufen führten zwischen Hauswänden, so nah beieinander, dass man meinte, sie mit ausgestreckten Armen berühren zu können, steil nach oben. Paul kam schon bei ihrem Anblick ins Schwitzen.

Stell dich nicht so an, sagte er sich selbst. Vater hat das einst mit dem schweren Rucksack geschafft.

Und wieder flutete die Vergangenheit über ihn hinweg.

Jeder Sommer bei Tante Zinzi endete damit, dass der Vater kam, um Paul abzuholen. Er brachte seiner Schwester etwas aus Bukarest mit, ein Modeheft oder ein Stück Stoff für eine Bluse, Tante Zinzi wiederum packte ihnen einen Rucksack randvoll mit Lebensmitteln: Kartoffeln, Zwiebeln, gelbe Rüben. Und dann ging es, mit dem vollen Rucksack, erst einmal nach Hermannstadt.

Der Vater liebte diese Stadt. Meist lief er, obwohl er so schwer bepackt war, schneller die Stiegen hinauf als Paul, und dabei erzählte er in einem fort von der glorreichen Vergangenheit Hermannstadts. Wie die ersten deutschen Siedler sich hier im Jahre 1147 niederließen, ein Dorf gründeten, das schnell zur Stadt wurde, zum Zentrum der Siebenbürger Sachsen.

»Schau«, rief er und blieb auf halber Höhe stehen. »Siehst du die mächtigen Befestigungsringe? Jahrhundertelang haben sie den Mongolen-Stürmen standgehalten!«

Paul konnte sich ein wehmütiges Schmunzeln nicht verkneifen, als er nun den Spuren des Vaters folgte. Niemals war der Vater so glücklich gewesen wie in Hermannstadt. Und nie wieder hatte er, Paul, eine solche Verbundenheit zu ihm gespürt wie auf ihren Streifzügen durch diese Stadt, schwer bepackt und doch das Herz so leicht.

Schnaufend erklomm er die letzten Stufen und landete, das erkannte er gleich, auf der *Piaţa Mică*, dem Kleinen Ring. Sofort hatte er wieder die Stimme des Vaters im Ohr.

»Früher hielten die Handwerker hier Markttag, schau, ihre Wohnhäuser umstehen den Platz, und die Ruinen dort vorne, da hatten sie ihre Zünfte ...«

Bloß dass es jetzt keine Ruinen mehr gab. Alle Häuser strahlten in der Nachmittagssonne, hochherrschaftliche Bauten, wie man sie in Wien oder Paris erwartet hätte, davor zahlreiche Cafés, in denen Touristen und Geschäftsleute Kaffee tranken. Und im Hintergrund leuchtete, blendend weiß, der Ratsturm.

Das, dachte Paul, würde dem Vater gefallen.

Die Wehmut in seinem Herzen wuchs.

Der Vater war mit Anfang sechzig gestorben, ein Herzanfall kurz vor der Rente. Paul hatte ihm ein sehr schlichtes Begräbnis ausgerichtet und deshalb mit seiner damaligen Freundin, derselben, die auch die Wohnung ausgeräuchert hatte, Ärger bekommen. »Kannst du es nicht etwas festlicher gestalten?«, hatte sie ihn gefragt. »Trauerst du denn gar nicht?« Paul hatte sich in Schweigen gehüllt. Er hatte zum damaligen Zeitpunkt schon seit Jahren um den Vater getrauert, um das, was ihnen bereits zu Lebzeiten abhandengekommen war. Aber das ging niemanden etwas an.

Keine großen Gefühle, sagte er sich. Du gehst jetzt rüber zur Lügenbrücke, besorgst Maias Sachen und machst, dass du weiterkommst.

Dann aber fuhr ihm ein Duft in die Nase, der seinen doch eigentlich gut gefüllten Magen augenblicklich zum Knurren brachte. Eine Mischung aus offenem Feuer und frisch Gebackenem. Nur wenige Meter weiter stand mitten auf dem Platz ein kleiner Imbissstand, davor ein eiserner Trog mit glimmenden Kohlen. Paul traute seinen Augen kaum. Dass es das noch gab! Langsam trat er näher. Tatsächlich. Der Verkäufer, ein junger Mann in weißer Bäckerkleidung, drehte über der glimmenden Kohle lange Spieße. Auf denen wiederum steckten zylinderförmige Holzformen, die mit feinem, außen mit Zucker bestreutem Kuchenteig umhüllt waren. Jemand buk, wie vor fünfunddreißig Jahren, Baumstriezel, die Ungarn nannten ihn *Kürtöskalács*. Paul merkte, wie ihm das Wasser im Munde zusammenlief. Der Vater hatte bei jedem ihrer Besuche in Hermannstadt Baumstriezel für Paul gekauft. Und obwohl diese Kuchen wirklich groß waren, länger als Pauls Unterarm, hatten sie beide den Striezel aufgegessen, noch bevor sie in den Zug nach Bukarest stiegen.

Ehe Paul sich versah, hatte er einen Baumstriezel gekauft. Mhm, wie der duftete! Und ganz warm war er noch! Der Zucker außen herum war gerade erst karamellisiert. Vorsichtig brach er ein Stückchen ab, ließ es sich auf der Zunge zergehen. Sein Magen hörte augenblicklich auf zu knurren. Und sein Herz, das die ganze Zeit zu schnell geschlagen hatte, beruhigte sich.

Die Lügenbrücke war viel kleiner, als er sie in Erinnerung hatte. Ein schmaler Steg, der sich elegant über eine tief liegende hohle Gasse schwang, das Geländer aus eisernen Rosetten, daran Kübel voller üppig blühender Geranien. Die Menschen drängten sich darauf, fotografierten sich gegenseitig, standen Schlange für den besten Blick auf das mittelalterliche Stadtbild. Paul ging zwischen ihnen hindurch, zupfte weitere Stückchen vom Baumstriezel ab und merkte, wie die Wehmut einem sanften Glücksgefühl wich. Still lächelte er über den Jungen, der er einst gewesen war. Der jedes Wort geglaubt hatte, wenn Tante Zinzi ihm erzählt hatte, die Brücke stürze zusammen, wenn ein Lügner sie betrete.

»Sie ist eine liebe Frau, deine Tante«, hatte der Vater gesagt. »Nur ihre Geschichten darfst du nicht für bare Münze nehmen. Vor allem aber darfst du sie nicht weitererzählen.« Paul hatte genickt und trotzdem gebangt, dass die Brücke gleich einstürzte. Die Warnung des Vaters hatte er sofort wieder vergessen.

Das Geschäft befand sich tatsächlich direkt hinter der Lügenbrücke, neben einem Café, auf dessen Terrasse jemand auf einem Flügel spielte. Paul leckte sich die Finger sauber und ging hinein.

Es handelte sich um eine Art Bioladen, in dem es auch Kräuter und Medikamente gab. Ein junger Mann in einem weißen Kittel begrüßte Paul freundlich und machte sich sogleich daran, alles, was auf Pauls Zettel stand, zusammenzusuchen. Zwischendurch studierte er Maias Schrift und fragte leise, ob *doamna Badi* ihn geschickt habe. Paul überlegte. Ob das Maias Familienname war? Irgendetwas daran kam ihm vage bekannt vor.

»Maia schickt mich«, sagte er laut, woraufhin der junge Verkäufer hastig nickte und die Augen niederschlug, auf seinen Wangen zeichneten sich direkt oberhalb der FFP2-Maske, die er trug, zwei feuerrote Kreise ab. Paul wunderte sich. Wie konnte eine Frau wie Maia einen jungen Mann zum Erröten bringen? Womöglich, sagte er sich, empfindet er eine ähnliche

Abscheu wie ich und errötet vor lauter Erleichterung, dass sie nicht persönlich erschienen ist.

Am Ende verließ er mit einem großen Karton das Geschäft, randvoll gefüllt mit allerlei Papiertüten, Tiegeln und Fläschchen. Zu bezahlen brauchte er nichts, das würde *doamna Badi* auf ihre Weise erledigen, versicherte der Verkäufer. Paul beschloss, dass er weder darüber nachdenken wollte, was das wohl zu bedeuten hatte, noch darüber, was sich alles in dem Karton befand, und machte sich auf den Weg. Die *Strada Mitropoliei*, das verriet ihm sein Handy, war nicht einmal zehn Minuten Fußweg entfernt.

Wie hatte die Stadt sich verändert! Paul vergaß beinahe den Grund seines Besuchs. Staunend, mit offenem Mund, lief er die herausgeputzte Fußgängerzone entlang, vorbei an prächtigen Palästen. Als er glaubte, das Spiel des Mannes auf dem Flügel an der Lügenbrücke sei noch einen Block weiter zu hören, stellte er fest, dass vor einem anderen Café ebenfalls ein Flügel stand, auf dem jemand spielte. Die ganze Stadt schien wie für ein Fest eingestimmt, dabei war es doch ein ganz normaler Wochentag.

Auf einem weitläufigen Hof gleich hinter der evangelischen Stadtpfarrkirche drängten sich Familien, die Männer im weißen Hemd, die Frauen in Sommerkleidern, viele trugen Blumensträuße in den Händen. In ihrer Mitte standen einige Männer und Frauen mit Mikrofonen, Namen wurden aufgerufen, Kinder liefen unter dem Beifall der Umstehenden nach vorne, bekamen weiße Blätter in die Hände gedrückt. Offensichtlich war er mitten in eine unter freiem Himmel stattfindende Zeugnisvergabe geplatzt. Paul blieb stehen, erinnerte sich. Auch hier hatte der Vater stets mit ihm Halt gemacht, auf das hochherrschaftliche Gebäude gezeigt, damals war es grau gewesen, heute erstrahlte es in einem hellen Ocker.

»Das Samuel-von-Brukenthal-Gymnasium«, hatte der Vater beinahe ehrfürchtig geflüstert. »Hier, mein Junge, bin ich zur Schule gegangen. Und hier wirst auch du zur Schule gehen. Du musst die Aufnahmeprüfung für das Lyzeum bestehen, hörst du? Du musst es schaffen!«

Die deutsche Schule. Für den Vater schien es lange nichts Wichtigeres zu geben, als dass Paul hier angenommen wurde. Und wie hatte Paul sich angestrengt! Er meinte sich zu erinnern, Tag und Nacht für die Abschlussprüfung der achten Klasse gelernt zu haben. Irgendwie lag diese Zeit in einem seltsamen Nebel.

Er wusste bis heute nicht, ob es geklappt hatte. Denn ganz offensichtlich hatte der Vater dann doch entschieden, dass die deutsche Schule in Hermannstadt nicht gut genug war. Während Paul sich an diesen letzten siebenbürgischen Sommer kaum erinnern konnte, wusste er noch genau, wie er zu Ende ging. Plötzlich stand der Vater auf Tante Zinzis Hof, holte ihn viel früher ab als nötig. Sie waren auch nicht über Hermannstadt gefahren, sondern direkt nach Bukarest. In der Nacht darauf kamen die Männer, und am nächsten Tag waren sie im Westen.

»Warum?«, hatte Paul den Vater ein ums andere Mal gefragt, während sie von einem Auffanglager ins nächste geschoben wurden.

»Deinetwegen«, hatte der Vater geantwortet. »Damit du es einmal besser hast.«

Und Paul hatte sich schuldig gefühlt. Damit, dachte er und wandte den applaudierenden Eltern der deutschen Schule den Rücken zu, hatte alles angefangen.

Er lief weiter. Was, fragte er sich, ist mit mir los? Ich bin doch hier, um zu recherchieren! Um Sorin aus dem Gefängnis zu holen! Doch an jeder Ecke lauern Gespenster, sie strecken ihre bleichen Finger nach mir aus und ziehen mich zurück in eine Vergangenheit, die längst vorbei ist.

Er packte den Karton ein wenig fester, lief schneller. Schluss jetzt damit.

Die *Strada Mitropoliei* lag am anderen Ende des historischen Zentrums. Aufwendig sanierte Häuserfassaden, wie Paul sie zuletzt in Berlins schicker Mitte gesehen hatte. Dazwischen ein kolossaler Bau mit gestreiftem Mauerwerk, zwei hoch aufragenden Türmen und einer gewaltigen Kuppel. Die orthodoxe Kirche. Paul verlangsamte seinen Schritt, erhaschte einen Blick ins Innere, wo bunte Malereien die Wände schmückten. Ein Mann trat auf ihn zu, allem Anschein nach ein Bettler, und verlangte fünf *Lei* Eintritt. Seine Art, sich zu bewegen und gleichzeitig im Schatten der mächtigen Mauern zu bleiben, brachte Paul dazu, hochzugucken. Tatsächlich. Nicht nur an der Kirche, beinahe von jedem Haus aus beobachteten Kameras die Straße. Er drückte dem kleinen Gauner einen Ein-*Leu*-Schein in die Hand, umgerechnet waren das gerade einmal zwanzig Cent, und machte, dass er weiterkam.

Die Nummer 26 war ein sanierter Gründerzeitbau mit einer breiten Durchfahrt in einen kopfsteingepflasterten Hof. Paul sah sich unauffällig um. Auch hier gab es mindestens zwei Kameras. Sie hingen über dem Schaufenster eines kleinen Geschäfts, in dem es offensichtlich Geschirr zu kaufen gab, vor allem Tassen, aber auch Teller und Teekannen. Direkt neben dem Eingang war ein Briefkasten angebracht. *Fine Transylvanian Arts* stand darauf, und darunter: *Alexandru Popa*.

Na also. Paul stellte den Karton auf den Bürgersteig und machte schnell ein Foto mit dem Handy, Kameras hin oder her.

»*May I help you?* Kann ich Ihnen helfen?« Ein junger Mann trat aus dem Geschäft, helles Haar, ein freundliches Gesicht.

»Gerne.« Paul entschloss sich, direkt mit der Tür ins Haus zu fallen. Meistens machte das die Dinge einfacher. »Ich bin auf der Suche nach einer Firma, sie nennt sich *DarkGoldInvestment*.«

»Lassen Sie mich überlegen. Nein, tut mir leid, das sagt mir nichts.«

»Und Alexandru Pop?«

»Das bin ich! Alexandru Popa!«

»Aber dann gehört Ihnen diese Firma.«

»Moment!« Der Mann hob die eine Hand, mit der anderen schlug er sich vor die Stirn. »Jetzt weiß ich, was Sie meinen! Kommen Sie herein, ich mache uns einen *Ceai*, einen Tee, und dann erzähle ich Ihnen die ganze lustige Geschichte!«

Paul sah sich misstrauisch um. Er war schließlich auf der Suche nach einer mehr als mysteriösen Firma, und nun lud ihn dieser schlaksige Kerl direkt auf einen Tee ein? Außerdem steckte ihm noch die Erinnerung an das ungebetene Füßewaschen in den Knochen. Wird schon gutgehen, sagte er sich schließlich, und folgte dem Mann.

Drinnen erwartete ihn ein kleines Atelier. An den Wänden deckenhohe Regale mit Geschirr aller Art, bunt bemalt. In der Mitte ein Tisch voller Farben und weißer Porzellanbecher. Der Mann, er mochte Anfang dreißig sein, lud ihn ein, sich zu ihm zu setzen.

»Ich hoffe, Sie mögen grünen Tee? Dies ist ein Halbschattentee aus Japan, bio natürlich, ich trinke ihn gerne mit einem Hauch Zitrone. Darf ich?«

»Machen Sie sich keine Umstände.« Paul mochte keinen grünen Tee, erst recht keinen mit Zitrone. Da konnte man ja gleich Erkältungsbad trinken. Aber sein Gastgeber hatte bereits einen niedrigen Becher für ihn gefüllt. Paul nippte vorsichtig daran. Mhm. Schmeckte besser als gedacht.

»Sie sind Alexandru Pop?«, fragte er laut.

»Popa!«, rief der Mann. »Alexandru Pop ist mein Namensvetter, unbekannterweise, für den ich manchmal Post bekomme. Elvira, eine liebe Freundin, holt sie regelmäßig ab.«

»Sie meinen Elvira Huber?« Paul setzte sich gerade hin.

»Genau die. Kennen Sie sie? Eine reizende Frau.« Der Mann nahm eine der weißen Tassen zur Hand und begann, zwei kugelrunde gelbe Augen darauf zu malen.

»Sie ist auch meine Freundin«, log Paul. »Ich muss sie dringend sprechen, kann sie aber nicht erreichen. War sie in letzter Zeit da?«

»Gestern erst, wie schade, dass Sie sich verpasst haben! Sehen Sie, das Körbchen ist frisch geleert.«

Er wies auf eine Drahtablage hinter sich. *Elvira* stand darauf geschrieben, und zwar in genau den verschnörkelten Buchstaben, mit denen auch zahlreiche Tassen bemalt waren. *Transylvania*, las Paul, *Sibiu*, *Castelul Bran*. Offensichtlich verdiente auch dieser Mann sein Geld mit Dracula, auch wenn das *Castelul Bran*, das Schloss Bran, ein ganzes Stück entfernt war.

»Schmeckt Ihnen der Tee? Darf ich Ihnen ein paar Kekse reichen?«

»*Mulţumesc*, danke, ich habe gerade erst Baumstriezel gegessen …«

»Ah, ich habe Ihnen gleich angesehen, dass Sie Süßes mögen. Sie müssen meine Oblaten probieren.«

Er holte eine Dose hervor, aus der es so verführerisch roch, dass Paul einfach hineingreifen musste.

»Köstlich«, murmelte er, »sie sind gefüllt mit …«

»Türkischem Honig und Walnüssen«, strahlte der junge Mann. »Ein Rezept meiner Mutter.«

Seine Augen waren dunkel, sein helles Haar offensichtlich gefärbt, das verriet der dunkle Ansatz. Seine Hände waren zart, die Fingernägel manikürt, Paul glaubte sogar, etwas Rouge auf seinen Wangen zu erkennen. Der ganze Kerl wirkte irgendwie künstlich. Und doch hatte er das offenste und ansteckendste Lächeln, das Paul seit Langem begegnet war.

»Sie sprachen von einer lustigen Geschichte«, sagte Paul und nahm noch einen Schluck Tee.

»Allerdings! Stellen Sie sich vor: Dies alles hier«, er machte eine Armbewegung, die den Raum, die Regale, die Tassen und die Farben einschloss, »zahlt unsere Freundin Elvira!«

»Bitte was?«, hustete Paul. Mit so viel Offenheit hatte er dann doch nicht gerechnet.

»Ganz genau. Und das kam so.« Der junge Mann begann, um die gelben Augen etwas Schwarzes zu malen. »Ich habe immer von meiner eigenen Werkstatt geträumt, von einem kleinen Geschäft. Also habe ich ein Crowdfunding gemacht. Du weißt doch, was das ist? Oh, Entschuldigung, jetzt habe ich einfach Du gesagt!«

»Ist schon in Ordnung.« Paul reichte ihm seine Rechte. »Paul.«

»Alexandru. Freut mich sehr! Also, ich dachte, ich brauche Monate, um das Geld zusammenzukriegen. Aber weit gefehlt! Nach wenigen Tagen meldete sich Elvira. Sie sagte, sie bezahlt mir den ganzen Laden, sie wisse sogar schon, wo. Sie bräuchte nur eine klitzekleine Gegenleistung.«

»Einen Briefkasten.«

»Ganz genau! Hat sie dir davon erzählt?«

»Ein wenig«, log Paul. »Dann hat sie dir bestimmt auch gesagt, warum sie den Briefkasten braucht.«

»Na klar! Weil sie ständig unterwegs ist. Sie benötigte eine Adresse, wo ihre Post verlässlich ankommt. Und weil ihr Mann beinahe so heißt wie ich …«

»Wie du?«

»Ja, klar, er heißt Alexandru Pop, ohne das A am Schluss. Aber das musst du doch wissen!«

»Entschuldige.« Paul hustete und tat so, als habe er sich an einer Oblate verschluckt. »Ich nenne ihn immer nur Alex.«

»Ach so. Also, diese Namensvetternschaft, die fand Elvira jedenfalls so hübsch, dass sie beschloss, mir unter die Arme zu greifen. Wunderbar, nicht wahr?«

»Ja, wie nett von ihr. Und ihren Mann, also, den Alex, hast du den mal gesehen?«

»Nein, nie. Elvira kommt immer allein. Und sie kauft jedes Mal eine Tasse. Sie sagt, sie liebt meine Designs.«

Paul sah sich um und musste sich eingestehen, dass er mit Günthers Witwe einer Meinung war. Die bunt bemalten Tassen, Teller und Kannen verbreiteten eine so vergnügte Stimmung, dass er am liebsten auch welche gekauft hätte. Vielleicht passten noch ein, zwei in den Karton mit Maias Sachen? Verdammt, er sollte sich wirklich auf das Gespräch konzentrieren.

»Und die Post, die ankommt, ist die immer nur an Alexandru Pop gerichtet?«

»Schon. Es stehen irgendwelche Firmennamen darunter, aber die merke ich mir nicht, es sind einfach zu viele. Ich lege alles ins Körbchen und warte, bis Elvira kommt. Sie mag übrigens auch meine Oblaten.«

»Das verstehe ich gut.« Paul nahm sich direkt noch eine. Offensichtlich hatte Elvira Huber sich als Ehefrau dieses ominösen Alexandru Pop ausgegeben. Aber warum? Laut sagte er: »Ich mag dein Geschirr, sehr sogar. Ich wundere mich nur über die Kameras draußen, ist es so wertvoll, dass es besonders geschützt werden muss?«

Eine zarte Röte überzog Alexandrus Wangen. Vielleicht, dachte Paul, trug er doch kein Rouge.

»Das ist so lieb von dir, danke! Unter uns: Die Kameras sind Attrappen. Es gibt da dieses Gesetz, wonach jeder Gewerbetreibende für die Sicherheit seines Geschäfts sorgen muss. Elvira meinte, das sei zu teuer und sowieso übertrieben, deshalb haben wir diese Fake-Kameras aufgehängt. Hat noch keiner gemerkt.«

»Soso«, brummelte Paul und überlegte, dass die Kameras am Dracula-Park ganz bestimmt keine Attrappen waren. »Und Elvira, hat sie gesagt, wann sie das nächste Mal kommt?«

»Das ist es ja gerade.« Alexandrus Mundwinkel sackten nach unten. »Sie sagt, sie kommt nicht mehr. Aber es wird jemand anders kommen, demnächst.«

»Und wer das sein wird, das hat sie nicht gesagt?«

»Nein. Warum?«

»Tust du mir einen Gefallen, Alexandru?«

»Klar, gerne.«

»Sagst du mir Bescheid, wenn der Mann kommt, den Elvira schickt?«

»Klar, das mache ich.«

Paul schrieb seine Telefonnummer auf einen Zettel und verabschiedete sich.

Dieser Alexandru, dachte er, als er draußen stand, war entweder der naivste Kerl, der ihm jemals begegnet war, oder er war verdammt abgebrüht und steckte mit Elvira und wem auch immer unter einer Decke.

Ein letztes Mal drehte er sich um, hob die Hand zum Gruß. Alexandru winkte aus dem Schaufenster heraus zurück, er stellte gerade die Tasse hinein, die er zuletzt angemalt hatte. Kugelrunde gelbe Augen, darum ein schwarzer Körper. Er hatte eine Fledermaus gemalt.

Der Heruntergekommene war noch nicht zurück. Ein gutes Zeichen, beschloss das Mädchen, und kletterte aus seinem Versteck. Der Zettel an seinem Handy hatte ihn auf Trab gebracht, alles lief bestens. Leise schlich das Mädchen die Dorfstraße entlang und dankte wieder einmal dem lieben Gott oder wem auch immer man dafür danken sollte dafür, dass es so klein und so dünn war. »Du bist so mickrig, für dich finden wir nie einen Mann«, hatte die Mutter schon früh gesagt, und sie sollte recht behalten. Mit Grausen hatte das Mädchen mit angesehen, wie erst seine älteren Schwestern und dann die jüngeren eine nach der anderen verheiratet wurden, an grobschlächtige Kerle, die nichts im Kopf hatten außer Sex und Schnaps. Das Mädchen aber hatte seine Gabe, sich nahezu unsichtbar zu machen, perfektioniert. Auch der Heruntergekommene hatte es nicht wahrgenommen, dabei war er am Vormittag direkt an ihm vorbeigelaufen. Und die Dorfbewohner, die sich nun schon so lange hinter verschlossenen Fensterläden gegenseitig belauerten, sahen es ebenfalls nicht, wenn es am Abend, so wie jetzt, unter ihnen weilte. Das Mädchen wusste, welches Tor quietschte, kannte jeden Eimer, auf den man sich stellen, und jeden Vorsprung, an dem man sich hochziehen konnte, jede offene Kellerluke. Nichts entging ihm. Nur um einen Hof schlug es einen weiten Bogen, den von Maia. Man sollte keine Geister rufen, derer man womöglich nicht Herr wurde.

Jetzt machte das Mädchen sich noch ein wenig schmaler, als es bereits war, und schlüpfte durch eine lose Zaunlatte in einen von Unkraut überwucherten Hof. An den Mann, der hier lebte, richtete es oft ein paar Worte. Er war seit langer Zeit in einer Welt, zu der außer ihm selbst niemand Zugang hatte. Aber er mochte es, wenn man ihm freundlich begegnete, ihm das schüttere Haar aus der Stirn strich. Die Tochter war wie immer am frühen Morgen da gewesen, niemand würde sie stören. Das Mädchen drückte die Türklinke zum Wohnhaus auf, trat an den Alkoven.

»Noapte bună«, *flüsterte es, »gute Nacht, bis morgen«, und streckte sanft die Hand nach ihm aus. Doch dann hielt es mitten in der Bewegung inne. Denn für den Mann, der ordentlich zugedeckt unter einem viel zu dicken Federbett lag, würde es kein Morgen mehr geben.*

ZWÖLF

Als Paul an diesem Abend die vielen Stufen der Stiege, die in die Unterstadt führten, hinablief, war ihm so leicht ums Herz wie lange nicht mehr. Die Sache mit Alexandru Pop stank zum Himmel. Offensichtlich war Günther, das Mordopfer, genau wie seine abgetauchte Ehefrau in eine Vielzahl undurchsichtiger Geschäfte verwickelt gewesen. Und auch wenn er nicht wusste, wer dieser geheimnisvolle Dritte sein sollte, so fühlte er doch, dass er der Lösung des Rätsels um den Mord auf Schloss Bran ein ganzes Stück näher gekommen war.

Ich habe mich ablenken lassen, dachte Paul, während er in das kleine Mietauto kletterte, von all den Wunderlichkeiten, die mir in den letzten Tagen begegnet sind. Vampire und Untote, Bären und Ziegen, die wunderschöne Carry, der seltsame Pfarrer Lech, Bredica und ihr Scheusal von Ehemann, der befremdliche Dracula-Park, die tote Fledermaus, der Nebel, die gepfählte Schaufensterpuppe. Nicht zu vergessen die furchterregende Maia und die Tatsache, dass ich so schlecht schlafe. Ein Glück, dass ich mit der Chefredakteurin geredet habe. Sie hat mich mit ihrem messerscharfen Verstand auf die richtige Spur geführt. Langsam werde ich wieder der Alte.

Bevor er losfuhr, wählte er die Telefonnummer der Kommunalpolizei in Braşov und verlangte, mit Frau Hatmanu verbunden zu werden. Doch die, teilte man ihm mit, war nicht mehr zu sprechen. Er speicherte die Nummer und beschloss, gleich morgen früh wieder anzurufen. Außerdem rief er noch einmal das Bukarester Anwaltsbüro an, denn um die Erbschaft musste er sich auch dringend kümmern. Als sich wieder nur der Anrufbeantworter meldete, hinterließ er eine Nachricht und bat um Rückruf. Es wurde Zeit, dass er die Dinge in die Hand nahm.

Zurück im Dorf, beschloss er, als Erstes nach Sorins Mutter zu sehen, und ging, nachdem er den kleinen Mietwagen vor Maias Hof geparkt hatte, die wenigen Meter schnellen Schrittes zu Fuß.

»Paul, bist du das?« Sorins Mutter trat, kaum, dass er ihren Namen gerufen hatte, aus der Tür zum Stall, schwankend unter dem Gewicht der Kanne in ihrer Hand. »Hast du etwas von meinem Jungen gehört?«

»Lassen Sie mich das machen, bitte.«

Paul nahm ihr die Milchkanne ab, bückte sich, sodass er ihren Ellbogen greifen konnte, und führte sie zu der Bank, die hier wie in so vielen anderen Höfen gleich neben der Feuerstelle in der Sommerküche stand.

»Wie geht es Ihnen?«

»Ach, wie soll es mir gehen. Ich denke Tag und Nacht an meinen Jungen, bete, dass sie ihn gehen lassen. Du hast nichts Neues, nicht wahr?«

»Nein, es tut mir leid.« Paul bückte sich noch ein bisschen tiefer, um ihr in die Augen schauen zu können. »Frau Lupu, bitte, wenn Sie etwas wissen, wieso jemand Sorin einen Mord anhängen will, dann müssen Sie es mir sagen!«

Sie wich seinem Blick aus, ihre Augenlider flackerten wie eine erlöschende Kerze.

Verdammt, dachte Paul, sie hat Angst. Er ahnte, je mehr er in sie dringen würde, desto mehr würde sie sich ihm verschließen. Und so blieb er einfach neben ihr sitzen. Zu ihren Füßen scharrten ein paar Hühner, eine schwarze Katze ließ sich neben ihm auf der Bank nieder, streckte gähnend alle viere von sich. Ein paar Meter weiter döste der alte Hund in der Abendsonne.

Ein besonders vorwitziges Huhn pickte ihm irgendwelche kleinen Tierchen aus dem Fell. Im nahen Badeteich begannen die Frösche ihr Abendkonzert.

Was für eine Idylle, dachte Paul. Doch dieser Dreckskerl Günther, seine Frau und der ominöse Alexandru Pop haben mit ihren schmutzigen Geschäften dafür gesorgt, dass sich ein Schatten über dieses Dorf gelegt hat, dass die Menschen einander nicht mehr vertrauen. Sorin sitzt unschuldig im Gefängnis, und ich komme im Grunde keinen Schritt weiter.

Er merkte, wie sein Puls sich beschleunigte, und zwang sich, tief ein- und auszuatmen.

»Bitte, Frau Lupu, lassen Sie mich Ihnen helfen, solange Sorin, nun, solange er nicht da ist«, sagte er schließlich und stand auf. »Darf ich die Milchkanne für Sie zur Sammelstelle bringen?«

»Du bist ein guter Junge. Sag mir eins.« Sie griff nach seiner Hand, betrachtete sie genau. »Kein Ring. Also hast du keine Ehefrau gefunden. Und Kinder, sag, hast du Kinder?«

Paul schüttelte den Kopf. Was, fragte er sich im Stillen, sollte er antworten? Dass keine der Frauen, die er geliebt hatte, bei ihm geblieben war? Dass sie keine Zukunft mit ihm wollten und auch keine Familie? Dass die letzte, die gegangen war, ihn einen verbohrten Dickschädel genannt hatte, der niemanden an sich heranlasse?

»Vielleicht ist es besser so.« Sie ließ seine Hand los. »Du hast damals so viel Unglück über die arme Zinzi gebracht, eine Ehefrau wäre mit dir nicht glücklich geworden.«

»Wie meinen Sie das?«, fragte Paul und bückte sich noch einmal zu ihr hinab, um ihr in die Augen sehen zu können. Doch Sorins Mutter wandte sich abermals von ihm ab und fixierte einen Punkt in der Ferne, den nur sie sehen konnte.

Die Worte hingen ihm noch lange nach. Soweit er sich erinnerte, hatten Tante Zinzi und Sorins Mutter sich sehr nahegestanden. Und hatte Maia, fragte er sich, während er die Milchkanne zur Sammelstelle trug, nicht etwas ganz Ähnliches gesagt? Aber welche Schuld konnte ein Junge von vierzehn Jahren auf sich geladen haben?

Keine, gab er sich selbst zur Antwort. Er war doch noch ein halbes Kind gewesen.

Kurz glaubte er, vor dem Dorfladen eine Gestalt zu sehen. Dann aber war es nur der kleine schwarze Hund, der schwanzwedelnd auf ihn zugelaufen kam, ihn bis zur Sammelstelle begleitete und zurück zu Tante Zinzis Hof.

»Gute Nacht, kleiner Freund«, flüsterte Paul, bevor er den Karton mit Maias Einkäufen aus dem Auto hob, durch die niedrige Tür in den Hof trat und sie hinter sich zuzog.

Das Wohnhaus lag still und wie verlassen, nur aus dem Stall drang ein wenig fahles Licht. Paul dachte an die kranke Ziege, an den Kummer in Maias Augen, und spielte einen Moment lang mit dem Gedanken, nach Maia zu sehen. Dann aber stellte er den Karton in der Sommerküche ab und machte, dass er ins Altenteil kam. Dort zog er sich seinen Schlafanzug an, knöpfte das Oberteil halbwegs zu, schließlich fehlten ein paar Knöpfe, und legte sich ins Bett.

Seltsam. Gestern erst war jemand Fremdes in diesem Raum gewesen, hatte eine Schaufensterpuppe hier platziert und überall Schweineblut verteilt, um ihn, Paul, einzuschüchtern. Der Boden war noch voller dunkler Flecken. Heute nun war er einer ominösen Briefkastenfirma auf die Spur gekommen. Ganz abgesehen von der beschämenden Begegnung mit Bredica und ihrem Ehemann, die ihm immer noch die Röte ins Gesicht trieb. Eigentlich müsste er sich fürchten oder sich zumindest ein bisschen unwohl fühlen. Doch nichts davon traf zu. Er fühlte sich in diesem Raum, weich gebettet auf den bestickten Kissen, so sicher, als wache eine liebevolle Mutter über ihn. Oder Tante Zinzi. Ob das an Maias Gegenzauber lag? Mit einem kleinen Lächeln auf den Lippen fiel Paul in einen wohligen Schlaf.

Die verstörend schöne Frau lief über den Hof und in die Scheune, ihr weißes Nachtkleid flatterte im Wind. Paul folgte ihr auf dem Fuße, diesmal sollte sie ihm nicht entwischen. In der Scheune duftete es nach Kräutern wie am Tag seiner Ankunft, die Büschel unter dem Dach drehten sich in einem langsamen Tanz. Er stieß sich den Kopf, etwas rieselte auf ihn herab, er gab nichts darauf. Alles, was er sah, war ihr Schattenbild, flüchtig wie ein Schemen. Am Ende der Scheune gab es eine Tür, die ins Freie führte. Einen Moment lang zögerte er, dann hörte er ihre Stimme einen Gesang anstimmen, so zart, als singe ein Engel. Er sah seinen eigenen Fuß, nackt, wie er über die Schwelle trat. Und fand sich wieder in einem Zaubergarten.

Paul sah Reihen mit Kartoffeln, Bohnen und gelben Rüben, so ordentlich, als sei Tante Zinzi gerade erst mit ihrem kleinen Rechen hindurchgegangen. Dahinter erhob sich Mais, die Kolben so voll, dass sie beinahe herabhingen. Ein schmaler, gewundener Weg führte mitten hindurch. Paul war, als liefen seine Füße ganz von allein, als würde er von einem unsichtbaren Band tiefer und tiefer hineingezogen in das Maisfeld. Beinahe schon glaubte er sich verloren, der Mais schien ihm bis über den Kopf zu wachsen, da öffnete sich der Tunnel in eine weite Ebene. Eine Wiese voller Kräuter, hüfthoch und so stark duftend, dass Paul schwindelte. Dazwischen Sträucher und Bäume, über und über behangen mit mancherlei Früchten. Einige erkannte er, Sauerkirschen, Tante Zinzi nannte sie Weichseln, beinahe reif, Äpfel und Birnen, klein und zart wie die Fäuste eines Neugeborenen. Daneben gab es eine Vielzahl von Früchten, die ihm vollkommen fremd waren und die einen so betörenden Duft verströmten, dass ihm gleich noch viel schwindeliger wurde. Vielleicht aber lag es auch an dem zaubeerischen Licht, denn der Mond stand hell und voll am Himmel und tauchte die Szenerie in einen silbrigen Schein. Eine Krähe schien über die Früchte der Bäume zu wachen, die Schwingen ausgebreitet, schwebte sie hoch oben im Geäst.

Und nicht weit von ihm entfernt, so, dass er ihren leisen Gesang gut hören konnte, kniete die Schöne im Gras und pflückte etwas, das dicht am Boden wuchs, legte es in einen geflochtenen Korb.

Jetzt erhob sie sich, wandte sich um und huschte an ihm vorbei zurück in die Scheune. Er spürte einen ganz zarten Windhauch und folgte ihr wieder auf dem Fuße. In der Scheune griff sie nach einem Behälter, der dort hoch oben an der Wand auf einem Brett stand, rannte zurück in den Hof und verschwand dort sogleich im Stall. Wieder lief Paul hinter ihr her, und ohne recht zu wissen, warum, hielt er die Luft an. Nicht, dass er ein Geräusch machte und sie erschrak.

Im Stall verbreitete eine Öllampe ein mildes Licht. In ihrem Schein sah Paul die Tiere: die Kuh, die beiden braunen Ziegen, die kleinen Zicklein, darunter das weiße, das an einem Morgen in seinen Armen gelegen hatte und an einem anderen in seinem Bett. Keines der Tiere schlief, sie alle standen eng beisammen, die Augen auf etwas gerichtet, das sich in ihrer Mitte befand.

Es war die neue Ziege, die weiße. Die, die jemand am Morgen durch die Hoftür geschoben hatte.

Sie lag auf der Seite, die Vorderbeine eingeklappt, die Hinterbeine lang ausgestreckt. Ihren Hals schmiegte sie an die Wand des Schuppens, rieb ihn immer wieder an den uralten Steinen, um dann plötzlich den Kopf zu ihrem eigenen Bauch zu neigen und ein ganz kleines, beinahe heiseres Meckern auszustoßen, die Oberlippe leicht geschürzt. Jetzt erst sah Paul, dass ihr Bauch sich bewegte wie ein Blasebalg. Meine Güte, als würde er gleich platzen. Er ging ein bisschen näher heran, nicht, ohne sich nach der Schönen umzusehen. Sie saß nicht weit entfernt in einer Ecke des Stalls, zwischen ihren Knien das Gefäß, das sie aus der Scheune mitgebracht hatte. Es war ein Mörser, wie Paul jetzt erkannte, und sie war dabei, die Kräuter, die sie gepflückt hatte, darin zu zerstoßen. Ein frischer und zugleich sanfter Geruch schlängelte sich bis zu ihm. Er versuchte, einen Blick in ihr Antlitz zu erhaschen, doch sie war so tief über das Gefäß gebeugt, dass von ihrem Gesicht nichts zu sehen war, nur die langen roten Haare.

Die Ziege meckerte wieder leise, bäumte sich ein wenig auf, sank zu Boden. Eine Art rhythmisches Schaukeln schien von ihr Besitz ergriffen zu haben. Paul ging noch etwas näher. Seltsam, die Schöne schien ihn nicht zu bemerken. Dabei hörte er das Stroh unter seinen nackten Füßen rascheln, sah seinen eigenen Schattenriss an der Wand, so groß, als sei ein Riese in den kleinen Stall eingedrungen. Die Schöne jedoch benahm sich, als sei er gar nicht da.

Oje. Die Ziege spreizte jetzt die Hinterbeine wie in einem Krampf, und unter ihrem kurzen, senkrecht in die Höhe stehenden Schwanz erschien etwas, das aussah wie eine rosafarbene Blase.

Paul merkte, wie es in seinem Kopf zu arbeiten begann. Nie zuvor hatte er etwas Ähnliches erlebt. Aber das, was da vor seinen Augen geschah, war offensichtlich eine Geburt. Jetzt sah er es ganz deutlich. Die Ziege presste wie verrückt, doch mehr als diese kleine Blase zeigte sich nicht. Hilfesuchend sah er sich nach der Schönen um. Sie zerrieb immer noch Kräuter in ihrem Mörser, doch nun hatte sie sich aufgerichtet und begann, sehr leise zu singen. Und da war sie wieder, die kalte Hand in seinem Nacken. Denn Paul kannte diesen Gesang, sehr gut sogar. Viele Male hatte er ihn in den vergangenen Tagen gehört. Und dennoch starrte er in das Gesicht der Schönen, alabasterweiß, auf ihre Lippen, rot wie die Weichseln im Garten, auf ihre sehr gerade Nase und ihre Augenbrauen, so zart geschwungen wie der Flaum eines eben geschlüpften Kükens. Sie war die unbekannte Schöne aus seinen Träumen, verstörend schön. Doch ihre Augen waren ihm ebenso wie ihr Gesang auf eine zutiefst verstörende Weise vertraut. Tiefgrün waren diese Augen und funkelnd wie die einer wilden Katze.

Ich träume, sagte er sich. Das ist wieder einer dieser seltsamen Träume, wie sie mich hier ständig heimsuchen. Gleich wache ich auf. Hoffentlich liege ich noch in meinem Bett.

Er wandte sich zum Gehen, sandte einen letzten scheuen Blick zu der Frau in der Ecke des Stalls. Sie sah durch ihn hindurch, als gebe es ihn gar nicht.

Da löste sich das weiße Zicklein aus der Gruppe und lief ihm meckernd hinterher. Paul spürte seinen weichen Mund an seinem Schienbein.

»Du schon wieder«, sagte er und strich ihm über den Kopf. »Denk bloß nicht, du darfst noch mal ins Bett.«

Hinter ihm ertönte ein gellender Schrei.

»Verdammte Scheiße!«, brüllte Maia. »Sag bloß, Paul, du bist wach!«

DREIZEHN

»Pscht!« Maia presste ihm eine Hand auf den Mund, mit der anderen rang sie ihn zu Boden. »Kein Mucks! Und hör verdammt noch mal auf zu zittern. Du machst mir die Geiß noch ganz verrückt!«

Paul stellte fest, dass nicht er derjenige war, der laut geschrien hatte, und dass er auch nicht zitterte, sondern sie, aber über seine Lippen kam sowieso kein einziger Laut. Was zum einen an Maias Hand lag, die sie verschloss, warm und duftend und kein bisschen dreckig, wie er zu seinem eigenen Erstaunen bemerkte, vor allem aber daran, dass ihm schlicht die Worte fehlten. Sein Kopf fühlte sich wieder einmal an, als schwappten Kaulquappen darin statt eines Gehirns. Was, zum Teufel, geschah hier gerade?

Er saß jetzt auf dem Boden, im Stroh, neben sich Maia. So nah, dass er ihren raschen Atem hörte. So nah, dass er spürte, wie ihre Brust sich hob und senkte. So nah, dass er ihren Duft erschnupperte. Sie roch nach Heu und Kräutern, nach etwas Mildem und etwas Scharfem. Es war ein Duft, wie er ihn noch nie an ihr wahrgenommen hatte. Und er war absolut betörend.

Er schlafwandelte gar nicht. Er war hellwach.

Konnte das alles wahr sein?, fragte er sich und merkte, wie sein Gehirn langsam und unsicher wieder zu arbeiten begann. War Maia die Schöne, die ihm während seines nächtlichen Schlafwandelns begegnete, seit er hier war? Geisterte sie genauso über den Hof wie er? Waren seine Träume womöglich realistischer, als er geahnt hatte?

Warum aber hatte sie nie etwas gesagt? Und, vor allem: Warum versteckte sie sich tagsüber hinter so schäbigen, dreckverkrusteten Klamotten?

Er wagte einen weiteren kurzen Blick und schaute schnell wieder weg. Nie im Leben hatte er eine so schöne Frau erblickt.

Und in genau diesem Moment begann er zu erahnen, was der Grund für ihr Versteckspiel war. Er sah es an ihren Augen, die seine nicht suchten, er spürte es an ihrem Körper, der von ihm abrückte, an den feinen Härchen auf ihrem Unterarm, die sich allesamt aufgerichtet hatten.

Maia wollte nicht gesehen werden.

Mit einem einzigen Ruck zog er sich das Schlafanzugoberteil über den Kopf und reichte es ihr. Er wusste, dass er nichts verstand, aber doch genug. Sie nahm es, zog es genauso schnell über ihr Nachtkleid, wie er es ausgezogen hatte, und sandte ihm ein ganz kurzes, winzig kleines Lächeln. Es genügte. Paul merkte, wie etwas tief in ihm drin zu glühen begann.

Vor ihnen im Stroh tat sich etwas. Die anderen Ziegen, die älteren, rückten näher an die neue heran, beschnupperten ihr Hinterteil, als könnten sie es kaum erwarten. Und tatsächlich. Die kleine Blase war ein bisschen größer geworden. Beinahe wie eine Kaugummiblase stülpte sie sich nach außen und flutschte dann zur Hälfte wieder zurück. Paul konnte kaum hinsehen.

»Tut ihr das nicht weh?«

Doch von Maia kam keine Antwort. Sie hatte wieder leise begonnen zu singen, unverständliche Laute. Die Ziege aber schien die Ohren zu spitzen.

»Krgh, krgh«, machte sie. Stemmte die Beine in den Boden, reckte ihr Hinterteil in die Höhe, presste. Paul wäre am liebsten hinausgelaufen. Er hatte von Freunden unglaubliche Geschichten über die Geburten ihrer Kinder gehört, er war sogar genötigt worden, sich Handyaufnahmen anzusehen. Und bei aller Wehmut darüber, nie Vater geworden zu sein, war er doch jedes Mal hellauf erleichtert gewesen, eine solche Situation niemals durchstehen zu müssen.

Und nun das. Er hockte in einem siebenbürgischen Ziegenstall, neben sich die schönste und die verstörendste Frau, der er jemals begegnet war, und wohnte einer Ziegengeburt bei, die alles andere als entspannt aussah. Schließlich hatte er dieses arme Muttertier am Morgen erst hier hineingetragen, nachdem es auf dem Hof zusammengebrochen war!

»Ich gehe«, flüsterte er. »Ich kann das nicht mit ansehen.«

»Du bleibst.« Maias Hand auf seinem Arm. Wie stark sie war! »Keine Unruhe jetzt.«

»Und wenn sie es nicht schafft?«

»Sie schafft es.«

Wieder begann Maia zu singen, und obwohl Paul immer noch kein Wort verstand, spürte er nun doch die Wirkung, die von ihrem Gesang ausging. Es klang, als ermuntere sie die Ziege. Als webe sie einen Teppich aus wohltuenden Klängen um sie.

Die Ziege presste und presste. Wie Paul es aus den Geburtsvideos seiner Kumpels kannte, kamen die Wehen in Wellen. Und mit jeder Welle wurde die rosa Blase ein wenig größer. Mit einem Mal war sie gar nicht mehr rosa, sondern durchsichtig, und darin waren zu sehen – Paul hielt die Luft an – zwei winzig kleine Klauen. Und darüber, bei der nächsten Wehe, ein Gesichtchen. Eine Schnauze, ganz platt gedrückt, und zwei schmale, dunkle Schlitze. Das Lamm war dabei, die Augen zu öffnen.

Paul konnte nicht anders, er griff nach Maias Hand, kühl und glatt war sie, und sie zog sie sofort weg.

Bei der nächsten Wehe flutschte das Lamm bis zur Hüfte heraus, und während es auf die Welt kam, platzte die durchsichtige Blase um es herum. Es riss das kleine Maul auf und holte zum ersten Mal tief Luft. Seine hinteren Füßchen steckten noch im Bauch seiner Mutter, da begann es bereits, das Köpfchen zu schütteln, dass die kleinen Ohren nur so wippten. Und dann war es da. Ein nasses Bündel im Stroh, schneeweiß, das Gesicht ganz rosig.

Paul war so erleichtert, er wollte aufspringen, doch Maia bedeutete ihm, sitzen zu bleiben.

»Still. Es ist noch nicht vorbei.«

Und so war es. Die Mutter erhob sich, begann, das Kleine sauber zu lecken. Währenddessen glitschte etwas halb Durchsichtiges, halb Blutiges hinten aus ihr heraus. Paul schaute schnell weg. Bis Maia ihn kräftig in die Seite stupste.

»Guck.«

Eine neue Blase. Ein weiteres Paar Füßchen. Noch eine platt gedrückte Schnauze.

Wenig später lag das zweite Lamm im Stroh, ein rabenschwarzer Kopf, der Rest weiß wie bei seinem Geschwisterchen. Das stand schon auf allen vier Beinen und suchte die Zitzen der Mutter.

»Das gibt's ja nicht«, staunte Paul.

»Wart's ab.« Maia schaute unverwandt zu der kleinen Familie im Stroh, und als Paul ihrem Blick folgte, ahnte er, was kam.

Gerade bildete sich eine dritte Blase.

Die Geburt des letzten Zickleins dauerte sehr viel länger. Die Mutter presste und presste und schien es nicht herauszubekommen.

»So hilf ihr doch!«, stammelte Paul. Der kalte Schweiß stand ihm auf Gesicht, Brust und Rücken, ihm war fast, als sei er es, der ein Baby nach dem nächsten herauspressen musste.

»Ziegen mögen das nicht. Sie sind da eigentlich sehr diskret.«

»Warum sind wir dann hier?«

»Pscht.«

Die Mutterziege bäumte sich ein letztes Mal auf, und dann

lag das dritte Zicklein im Stroh, ganz und gar schwarz und so still, als sei es gar nicht lebendig.

Paul sah Maia aufstehen, sah, wie sie die Blase, die das Lamm noch umhüllte, vorsichtig entfernte, wie sie den Mund frei machte, den Kopf. Wie sie das Kleine sanft aufrichtete, es seiner Mutter zeigte. Die leckte es sauber, wie sie es mit den ersten beiden gemacht hatte, doch das Kleine hielt die Augen geschlossen. Schlaff hing es in Maias Armen.

Und da war er wieder, der Schmerz in Maias Augen, den Paul schon gesehen hatte. In der vergangenen Nacht, als er glaubte zu träumen.

»Es gibt immer mehr von ihnen«, flüsterte Maia. »Sie haben zu viele Köpfe und Beine oder zu wenige. Sie sterben im Bauch ihrer Mütter, oder sie überleben die Geburt nicht. Die Menschen merken, dass mit ihren Tieren etwas nicht stimmt, sie glauben, sie seien verhext. Deshalb bringen sie sie zu mir.«

Paul hörte ihre Worte, und wieder war ihm, als funktioniere sein Gehirn nicht richtig. So viele Gedanken, so vieles, was er nicht verstand. Verhexte Tiere? Und dann brachten sie sie zu Maia? Was, zum Teufel, hatte das zu bedeuten?

Noch eine Erinnerung aus der vergangenen Nacht tauchte auf. Das tote Zicklein mit den zwei Köpfen, das Maia in den Armen gehalten hatte. Himmel, war das etwa auch Realität gewesen?

Missgestaltete Tiere. Und es wurden immer mehr. In seinem Kopf begann es zu arbeiten. Da war ein Gedanke, den er unbedingt zu fassen kriegen musste, der ihm aber immer wieder entglitt. Verdammt noch mal! Was ging hier bloß vor sich?

Maia legte das Zicklein ins Stroh und begann, es zu massieren. Paul sah ihr an, dass sie wusste, was sie tat, dass sie so etwas nicht zum ersten Mal machte. Doch er sah auch die steile Falte auf ihrer Stirn. Wenn er doch bloß etwas tun könnte! Er war es gewöhnt, zu beobachten, sich herauszuhalten. Seine oberste

Pflicht als Reporter. Sich niemals mit irgendetwas oder mit irgendwem gemeinmachen. Die Frauen, mit denen er zusammen gewesen war, hatten ihm allesamt vorgeworfen, er halte es in seinem Privatleben genauso. Paul hatte ihnen nicht widersprochen. Jetzt aber, in diesem Moment, wollte er so unbedingt an Maias Seite sein, dass er das Einzige tat, was ihm einfiel. Tante Zinzi hatte es ihm beigebracht.

Still und leise betete er ein Vaterunser.

Im Nachhinein hätte er weit von sich gewiesen, dass das irgendetwas gebracht hätte. Aber als plötzlich ein Zucken durch das kleine schwarze Lamm ging, als es die Augen aufschlug und einmal kräftig nieste, als habe nur ein wenig Schleim seine Lungen verstopft, da hatte er das Gefühl, Tante Zinzi lächle ihm still von irgendwoher zu.

Die Mutterziege stupste das kleine Schwarze sanft an, und wenig später stand es auf seinen spindeldürren Beinen und zankte sich mit seinen Geschwistern um die beiden Zitzen der Mutter.

Maia wischte sich mit der Hand über die Stirn, sie sah genauso fertig und verschwitzt aus, wie er sich fühlte. Sie streichelte der Mutterziege den Hals. Hatte sie jetzt gerade noch einmal kurz gelächelt? Ja, hatte sie. Paul merkte, wie ihm von innen ganz warm wurde. Als Maia zu ihm aufschaute, guckte sie allerdings wieder so verdrießlich wie sonst.

»Raus jetzt, die Tiere brauchen ihre Ruhe.«

Paul hätte der kleinen Familie gerne noch eine Weile zugesehen, sogar die anderen Ziegen, allen voran die kleine weiße, waren hellwach, scharten sich um die Lämmer und schienen gar nicht genug zu bekommen von ihren neuen Mitbewohnern. Doch er wusste, dass Maia keinen Widerspruch dulden würde, auch nach dieser Nacht nicht. Und er ahnte, dass er ihr nicht mehr widersprechen wollte, nicht nach dieser Nacht.

Sie traten in den Hof. Es musste früh am Morgen sein, es

dämmerte noch nicht einmal. Das Dach der Scheune glänzte silbern im Mondlicht. Die Hühner schliefen tief und fest, aufgeplustert wie kleine Bälle. Im nahen Schwimmteich quakten die Frösche. Auf der Straße bellte ein Hund.

Maia streifte das Schlafanzugoberteil ab und reichte es ihm. Paul wusste kaum, wo er hingucken sollte. Dieser alabasterfarbene Hals, diese Schultern … Sei nicht bekloppt, schalt er sich im Stillen, sie mag schön sein, aber sie ist immer noch total furchterregend.

»Danke.«

Sie wandte sich um, lief so leichtfüßig wie in seinen Träumen aufs Wohnhaus zu. Verdammt, sogar der Anblick ihrer nackten Füße machte etwas mit ihm, was er auf keinen Fall zulassen konnte. Er musste sich dringend auf etwas anderes konzentrieren. Was war das für ein Gedanke, den er im Stall nicht zu fassen bekommen hatte, als Maia von den missgestalteten Ziegen sprach?

Paul wollte gerade die Tür zum Altenteil öffnen, als er es hörte. Nicht weit entfernt donnerten Lastkraftwagen vorbei.

Wahrscheinlich, dachte er, fahren sie wieder zu diesem seltsamen Dracula-Park. Wo es stinkt wie Hölle und wo es rundherum aussieht wie in einer Mondlandschaft.

Im nächsten Moment schlug er sich feste gegen die Stirn.

»Alles in Ordnung?«, fragte Maia. Sie war schon halb im Wohnhaus verschwunden.

»Ich glaube nicht«, antwortete Paul, riss die Tür auf, zog sich blitzschnell seine Schuhe an und rannte los. Er trug sonst nichts außer seiner Schlafanzughose, aber das war ihm egal. Wenn er sich beeilte, würde er vielleicht noch sehen, wie die Lkw auf dem Gelände des Dracula-Parks verschwanden. Und konnte, wenn das Tor sich öffnete, einen raschen Blick hineinwerfen. Er musste es einfach versuchen.

Er kam zu spät. Das Tor war fest verschlossen, nur eine riesige Staubwolke kündete davon, dass hier gerade mehrere Fahrzeuge entlanggefahren waren. Wo tagsüber undurchdringliche Stille geherrscht hatte, war nun gewaltiger Lärm zu vernehmen. So, als düsten ganze Kolonnen von Lkw über das eingezäunte Gelände. Über den Zäunen erhob sich eine fahl schimmernde Lichtkuppel, beinahe wie bei einem Fußballstadion. Offensichtlich wurde der Dracula-Park, oder was auch immer sich dort befand, von zahllosen Scheinwerfern erhellt. Der Gestank, der von dem Gelände ausging, war noch schlimmer als am Tag zuvor. Paul keuchte, er war wirklich nicht in Form. Dann presste er eine Hand auf Mund und Nase und machte, dass er zurück ins Dorf kam.

Auf halbem Weg holte er die beiden Hirten ein.

»*Salut!*«, begrüßten sie ihn. »Warum läufst du halb nackt herum? Hat Maia dich aus ihrem Bett geworfen?«

»Nein, nein.« Allein der Gedanke trieb Paul die Röte auf die Wangen, was die Jungen sogleich mit lautem Gelächter quittierten.

»Er ist in Maia verliebt!«, rief der Jüngere.

»Dann kannst du gleich unsere Schwester heiraten!«, lachte der Ältere. »Sie ist so garstig wie Maia und genauso dickköpfig, aber dafür ist sie schlau. Du kannst sie zum Arbeiten schicken und dir eine Geliebte nehmen.«

»Vielen Dank«, wehrte Paul ab. »Ich suche keine Frau. Ich frage mich allerdings, was es mit diesem seltsamen Dracula-Park auf sich hat. Wisst ihr etwas darüber?«

»Nein, darüber wissen wir nichts.«

Unisono schüttelten sie die Köpfe und rannten voraus, bald schon hörte Paul sie laut schnalzen. Das war, wie er sich erinnerte, das Zeichen für die Dorfbewohner, ihre Kühe hinauszulassen, damit die Hirten sie auf die Weiden treiben konnten.

Als Paul die Dorfstraße erreichte, trotteten gerade die letzten

Tiere davon. Die Tore, aus denen sie getreten waren, schlossen sich eins nach dem anderen. Und wieder war die Straße menschenleer. Paul betrachtete die Bänke, die vor jedem Hof standen. Seit er hier war, hatte er nur den alten Mann mit der Pfeife vor seinem Haus sitzen sehen. Und selbst der war heute nicht an seinem Platz.

Dieser verdammte Dracula-Park. Ganz offensichtlich hatte er auch die Stimmung unter den Dorfbewohnern verpestet.

In der Sommerküche fand Paul wie jeden Morgen eine Schüssel *Palukes* vor. Von Maia war nichts zu sehen. Aber sie hatte ein paar frische Weichseln auf den Maisbrei gelegt, und sofort musste Paul an ihren Mund denken, genauso rot. Er schalt sich selbst einen Idioten, doch das Frühstück schmeckte ihm an diesem Morgen noch viel besser als an den Tagen zuvor.

Dabei hatte er keinesfalls vor, sich von einem liebreizenden Äußeren täuschen zu lassen. Nein, das würde ihm nicht passieren.

Und so aß er schnell auf, zog sich in sein Altenteil zurück, wechselte in Jeans und T-Shirt und hängte sein Handy ans Stromnetz. Er hatte eine Menge zu recherchieren.

Als er das nächste Mal aufschaute, war es bereits Mittag, und der Kopf schwirrte ihm. In seinem Herzen hatte sich in den letzten Stunden eine Menge Wut aufgestaut. Plötzlich ergab sehr viel von dem, was er in den letzten Tagen gesehen und erlebt hatte, einen Sinn.

Er begann, im Altenteil auf und ab zu laufen. Die durchwachte Nacht machte sich nun bemerkbar. Die Müdigkeit kroch in ihn wie ein lähmendes Gift. Zugleich war er so aufgekratzt, als hätte man ihn an eine Steckdose angeschlossen. Alles, was er in den letzten Stunden gelesen, was ihm Kollegen, die er um ihre Einschätzung gebeten hatte, berichtet hatten, sprach dafür, dass hier skrupellose Geschäftemacher am Werk waren. Denen das Wohl der Menschen, der Tiere, der Umwelt vollkommen egal war. Günther war ganz offensichtlich einer von ihnen gewesen, und Sorin musste zwischen die Fronten geraten sein. Nie im Leben, da war Paul sich absolut sicher, hatte er etwas damit zu tun. Er liebte seine Heimat.

Genau wie er.

Paul stand für einen Moment still, spürte dem Klang der Worte nach, die er gerade gedacht hatte.

Es stimmte. Er liebte diesen Ort. Er war hier zu Hause.

Und er würde sich jetzt daranmachen, diesen Verbrechern das Handwerk zu legen.

Er griff nach seinem Handy. Mal sehen, was die Polizistin, Frau Hatmanu, zu dem sagen würde, was er herausgefunden hatte.

Draußen ertönte ein markerschütternder Schrei.

Maia.

Paul ließ das Handy fallen und stürmte hinaus. Maia stand im Hof, leichenblass unter der schrecklichen Mütze. Sie trug auch wieder ihre verdreckten Armeeklamotten, und trotzdem hätte Paul nichts lieber getan, als sie in den Arm zu nehmen. Allein, damit sie nicht mehr so zitterte. Aber er hütete sich.

Da war etwas vor ihren Füßen, auf das sie zeigte. Sah aus wie ein großes Medaillon.

Paul bückte sich, hob es hoch.

»Nicht anfassen!«, brüllte Maia. »Nicht lesen!«

Doch es war zu spät. Er hatte die Inschrift schon entziffert.

Kommt ihr Nachbarn auf meine Leich, es kommt die Reih auch an euch.

»Was, bitte schön, soll das denn bedeuten?«, fragte er und machte einen Schritt auf Maia zu.

Sie stolperte rückwärts, streckte beide Arme von sich, als solle er bloß nicht näher kommen.

»Das bedeutet«, flüsterte sie mit blutleeren Lippen, »dass einer von uns stirbt.«

VIERZEHN

»Ein altes Nachbarschaftszeichen«, murmelte der Pfarrer. »Womöglich aus unserem kleinen Heimatmuseum gestohlen. Kommen Sie mit, wir schauen einfach mal nach!«

Paul hatte sich keinen anderen Rat gewusst, als den Geistlichen hinzuzuziehen. Maia war wie von Sinnen davongestürmt, und Carry hatte, nachdem sie einen Blick auf das seltsame Medaillon geworfen hatte, die Ladentür vor seiner Nase zugeknallt. Pfarrer Lech, immerhin, schien die Ruhe selbst.

Jetzt holte er einen Schlüssel aus seinem fleckigen Talar hervor, sehr lang und mit einem aufwendig gestalteten Bart, und öffnete damit eine schmale Tür in der äußeren Mauer der Kirchenburg. Sie gelangten in einen ringförmigen Hof, in dem zwischen altem, knubbeligem Kopfsteinpflaster hüfthoch das Gras wucherte. Die Mauer, die sich hier erhob, war noch ein ganzes Stück höher als die erste.

Der Pfarrer zückte einen weiteren, ebenfalls ziemlich altehrwürdig wirkenden Schlüssel und machte sich an dem nächsten Schloss zu schaffen, diesmal war es das eines doppelflügeligen, massiven Tors.

»Sehen Sie diese Rinnen?« Er wies auf zwei Einkerbungen links und rechts des Tors. »Hier wurde früher das Fallgitter heruntergelassen. Dann kam niemand mehr hinein.«

Und auch nicht mehr heraus, dachte Paul, der immer noch das Ding in der Hand hielt, das Maia und offensichtlich auch Carry eine solche Angst einflößte. Es schien aus Messing zu sein und war etwas mehr als handtellergroß. Über dem Spruch war eine Art Baum eingeritzt, flankiert von zwei Rosen. Das ganze Teil wirkte sehr alt, und irgendwie fühlte es sich nicht gerade behaglich an, es mit sich herumzutragen.

»Und sehen Sie hier!« Der Pfarrer ging ihm voraus. »Sieben Meter ist die zweite Ringmauer hoch, noch höher als die erste! Von hier aus haben unsere Vorfahren den Wandervölkern die Stirn geboten, schwelendes Pech und so manch anderes auf ihre Peiniger gekippt. Die Kirche selbst wurde zur Burg ausgebaut, mit einem Speckturm, in dem bis vor Kurzem die Schinken des ganzen Dorfes gelagert wurden, mit Wehrgängen rund um den Glockenturm und um das Kirchenschiff, und überall gab es Schießscharten.«

Sie standen nun direkt vor der Kirche, die mit ihren mächtigen Quadern tatsächlich mehr wie eine Burg aussah als wie eine Kirche. Kühl war es in ihrem Schatten, und Paul merkte, wie es ihn fröstelte. Er konnte sich nicht erinnern, jemals mit Tante Zinzi an diesem Ort gewesen zu sein, was ihm im Nachhinein komisch vorkam, denn gebetet hatte Tante Zinzi viel, vor jedem Essen, vor dem Schlafengehen und natürlich am Grab ihrer Vorfahren. Die Kirche aber kannte Paul bislang nur von außen. Vielleicht, sagte er sich, war sie zu Ceaușescu-Zeiten nicht in Betrieb.

»Ich sehe schon, Ihnen ist heute nicht nach einer Geschichtsstunde«, meinte der Pfarrer. »Dabei brenne ich darauf, Ihnen die Kirche von innen zu zeigen. Wir haben unendlich viel Arbeit und Geld hineingesteckt, um zumindest ein bisschen von ihrem alten Glanz wieder erstrahlen zu lassen. Aber jetzt zeige ich Ihnen erst einmal unser Heimatmuseum, auf das wir im Übrigen auch sehr stolz sind.«

Er führte Paul vorbei an einem marmornen Kirchenportal zu einem winzigen Anbau.

»Das Burgwärterhäuschen. Heute beherbergt es unser kleines Museum.«

Paul musste sich bücken, um durch die niedrige Tür zu treten, die der Pfarrer nun aufschloss. Muffig roch es hier, als hätte man zu lange nicht gelüftet. Das Erste, was ihm auffiel und was ihn nach Luft schnappen ließ, waren die beiden Schaufensterpuppen. *Junge Frau in Festtracht* stand auf einem kleinen Schild an der einen, *verheiratete Frau in Sonntagstracht* an der anderen. Beide trugen festliche Kleider, aufwendig bestickte Westen und Kopftücher, die ledige Frau ein blaues, die verheiratete ein weißes. Paul merkte, wie er zu schwitzen begann. Und das lag nicht allein an der schlechten Luft.

»Diese Schaufensterpuppen«, fragte er, »gibt es davon noch mehr?«

»Von den Puppen?« Der Pfarrer sah ihn verständnislos an. »Nein, nicht, dass ich wüsste.«

»Ganz sicher? Und es ist nicht zufällig eine abhandengekommen in der letzten Zeit?«

»Das wüsste ich ja wohl! Warum?«

»Nichts. Schon gut.«

Paul griff sich an den Hals, suchte den obersten Hemdknopf, dabei war der schon auf. Verdammt. Die Sache mit der gepfählten Schaufensterpuppe saß ihm doch noch in den Knochen.

Oder waren es die Trachten, die ihm die Luft nahmen?

Ein einziges Mal hatte Paul zwei Freunde mit nach Hause gebracht. Sie gingen nicht wie er aufs Gymnasium, von den Jungen dort wollte keiner etwas zu tun haben mit dem Aussiedler. Nein, diese Jungen wohnten in derselben Sozialsiedlung wie er am Rande Bochums. Wie hatten die beiden gelacht, als sie die Bilder sahen, die der Vater im Wohnzimmer aufgehangen hatte! Paul wusste selbst nicht, wieso sie dort hingen. Zu Hause in Bukarest hatte der Vater sich nie um seine siebenbürgische Herkunft geschert. In Deutschland aber fing er an, diese Bilder aus einer Zeitschrift, die er bezog, fein säuberlich auszuschneiden und sie auf Pappkartons zu kleben. Sie zeigten allesamt Siebenbürger Sachsen in ihrer traditionellen Kleidung.

Die Jungen hatten sich vor Lachen gar nicht mehr eingekriegt und ihm fortan »Hinterwäldler« und Schlimmeres hinterhergerufen.

Paul hatte nie wieder jemanden mit nach Hause genommen.

»Wir legen großen Wert darauf, den früheren Alltag zu dokumentieren«, hörte er den Pfarrer dozieren. »Jahrhundertelang blieben die Sachsen in diesem Landstrich unter sich, es gab Regeln und Gebräuche, die das Überleben sicherten. Das Wichtigste war das Prinzip der Nachbarschaft. Zu der gehörten alle verheirateten Ehepaare, die in einer Straße wohnten. An ihrer Spitze stand der Nachbarschaftsvater, er wurde für zwei Jahre gewählt, er hatte einen Jungnachbarvater als Gehilfen. Die beiden verteilten alle Arbeiten, die gemeinsam verrichtet werden mussten, dazu gehörte auch das Holzhacken für den Pfarrer oder das Ausheben der Gräber auf dem Friedhof. In der Nachbarschaftslade«, der Pfarrer wies auf eine bunt bemalte Holztruhe, »wurden die Nachbarschaftsbücher verwahrt. Darin war genau festgehalten, wer zur Nachbarschaft gehörte und wer welche Arbeit wann verrichtet hatte. Und jetzt«, er zupfte Paul am Hemdsärmel, und wieder einmal fiel Paul auf, wie sehnig seine Hände waren, »kommen wir zu dem, was Sie zu interessieren scheint.«

Sie standen vor einer gläsernen Vitrine, in der lauter Medaillons lagen, ganz ähnlich jenem, das Paul in der Hand hielt.

»Die Nachbarschaftszeichen«, sagte der Pfarrer. »Jede Nachbarschaft hatte ihre eigenen. Sie dienten dazu, Nachrichten zu überbringen, und wurden jeweils von Haus zu Haus weitergereicht.«

»Was für Nachrichten?« Paul beugte sich über die Vitrine.

»Zum Beispiel, wenn zum Richttag eingeladen wurde. Da

verlas der Nachbarvater, wer wann gefehlt hatte, Versäumnisse mussten bezahlt werden, meist in Form von Schnaps. Ein anderes Nachbarschaftszeichen diente der Versöhnung. Das war wichtig, bevor man zum Richttag ging.«

Der Pfarrer machte eine Pause.

»Und das dritte?« Paul hatte mittlerweile das Gefühl, das Medaillon in seiner Hand beginne zu glühen. Längst war ihm die freie Stelle in der Vitrine aufgefallen. Offensichtlich hatte es bis vor Kurzem dort gelegen.

»Das dritte Nachbarschaftszeichen«, der Pfarrer hielt kurz inne, »diente als Todesnachricht, wenn jemand gestorben war.«

»*Kommt ihr Nachbarn auf meine Leich*«, las Paul leise vor, »*es kommt die Reih auch an euch.*«

Der Pfarrer zeigte nun ebenfalls auf die leere Stelle in der Vitrine. »Es sieht leider ganz so aus, als habe jemand es entwendet. Wo, sagten Sie, haben Sie es gefunden?«

»Bei Maia, es lag im Hof.«

»Im Hof? Sind Sie sich ganz sicher?«

»Klar doch!«

»Und Maia, wie hat sie reagiert?«

»Sie ist schreiend davongerannt«, sagte Paul und ärgerte sich im gleichen Moment über sich selbst. Womöglich wäre es Maia gar nicht recht, dass er dies dem Pfarrer erzählte. Wobei, einem Kirchenmann war sicherlich nichts Menschliches fremd. Und sowieso wurde ihm dieser Mann, mochte er auch noch so ungepflegt herumlaufen, immer sympathischer. Sein Engagement für diese alte Kirchenburg hatte etwas Anrührendes.

»Arme Maia«, seufzte der Pfarrer jetzt.

»Wieso?«

»Nun ja, das Todeszeichen wurde niemals in einen Hof hineingebracht. Man übergab es einander draußen am Tor. Konkret sah das so aus, dass man so lange klopfte, bis jemand hinauskam. Dann teilte man demjenigen mit, wer gestorben war und wann das Begräbnis stattfinden sollte, und der nahm das Todeszeichen an sich und brachte es direkt zum nächsten Nachbarn.«

»Und warum brachte man es nicht hinein?«, fragte Paul, obwohl er glaubte, die Antwort zu kennen.

»Arme Maia«, seufzte der Pfarrer noch einmal. »Wie Sie vielleicht schon feststellen konnten, lieber Paul, ist sie auf mancherlei Art dem Alten verhaftet.«

»Welchem Alten?«

»Nun, dem, was unsereins Aberglauben nennt.«

»Und der Aberglaube sagt …«, begann Paul.

»Dass, wenn man das Todeszeichen in einen Hof bringt, jemand auf diesem Hof verstirbt«, beendete der Pfarrer den Satz.

»Verdammte Scheiße«, entfuhr es Paul. »Entschuldigen Sie bitte«, fügte er schnell hinzu. »Aber Maia hat sich wirklich sehr erschrocken!«

»Was sicherlich in der Absicht desjenigen lag, der das Zeichen gestohlen hat. Ich frage mich natürlich, wer das war. Außer mir hat niemand die Schlüssel zur Kirche und zum Museum. Andererseits …«, er hielt inne.

»Andererseits?«

»Nun ja. Die Schlüssel liegen im Flur des Pfarrhauses in der obersten Schublade einer Kommode.«

»Und die ist nicht abgeschlossen?«

»Nein, wo denken Sie hin?«

»Und die Tür zum Pfarrhaus, schließen Sie die ab?«

»Ehrlich gesagt, mal so, mal so.« Der Pfarrer machte ein zerknirschtes Gesicht. »Meistens nicht.«

Paul nickte. Die Gewohnheit, Tür und Tor Tag und Nacht offen zu lassen, schien hier in Siebenbürgen die Jahrzehnte überdauert zu haben.

»Darf ich?« Der Pfarrer öffnete die Vitrine, die Glasabdeckung ließ sich einfach anheben, und legte das Todeszeichen zurück. Paul wischte sich verstohlen die Hand, die es gehalten hatte, an der Jeans ab. Gut, dass er das Ding los war.

»Und sonst?«, fragte der Pfarrer. »Ist Ihnen oder Maia in den letzten Tagen sonst noch etwas Seltsames aufgefallen? Etwas, das Sie vielleicht beunruhigt?«

Ja, wollte Paul sagen, man hat mir eine gepfählte Schaufensterpuppe vors Bett gelegt und eine tote Fledermaus ins Auto. Doch in diesem Moment klingelte sein Handy.

»Ein wichtiger Anruf?« Der Pfarrer wies ihm den Weg hinaus.

Paul sah auf das Display. Die Bukarester Anwaltskanzlei.

»Nein, nein, nichts Wichtiges«, sagte er rasch und drückte den Anruf weg.

»Gut. Dann wollen wir uns nicht weiter beunruhigen. Ich müsste dann auch mal weiter.«

Paul folgte Pfarrer Lech gerade in den äußeren Hof, als er es hörte. Von jenseits der Ringmauer ertönte ein ganz und gar grausliches Geräusch. Eine Frau sang. Eine zweite fiel darin ein. Eine dritte. Aber es war kein melodiöser Gesang. Es war mehr ein lang gezogenes Sprechen, unterbrochen von lautem Schluchzen und Schreien.

Paul merkte, wie ihm eiskalt wurde. Er hatte diese besondere Art von Gesang schon gehört, als Junge. Jedes Mal war ihm gewesen, als krabbelten tausend Ameisen über seinen Rücken.

»Hab dich nicht so«, hatte Sorin gesagt. »Das ist ganz normal. Das machen wir Rumänen so, wenn jemand gestorben ist. Das sind die Klageweiber.«

Einen Moment lang war Paul, als bliebe sein Herz stehen. Dann stieß er den Pfarrer beiseite und rannte wie vom Teufel gejagt zurück zum Hof, zu Maia.

Das Mädchen fluchte. Dass es ausgerechnet jetzt Strom geben musste!

»Du bleibst hier und behältst die Waschmaschine im Auge«, hatte die Mutter gesagt, während sie sich mit den beiden älteren Schwestern auf den Weg machte.

Das Mädchen hatte den Kopf gesenkt und nichts erwidert. Der Mutter widersprach man nicht.

Und so konnte es nur von fern zugucken, wie die Leute im Dorf aus ihren Häusern kamen. Es meinte sogar, den Heruntergekommenen die Straße entlangrennen zu sehen. Eigentlich passte das gar nicht zu ihm, aber früh am Morgen hatte es ihn auch schon rennen gesehen, halb nackt sogar.

Die Waschmaschine ruckelte und ging von selbst aus. Das tat sie an einem Stück. Sie war aus den späten Achtzigern, man musste daneben sitzen bleiben und immer wieder auf den Start-Knopf drücken. Und hoffen, dass der Strom blieb, bis das Programm beendet war.

Das Mädchen fluchte noch einmal. Dann schnappte es sich den zerbeulten Laptop der jüngeren Brüder, der zum Aufladen an derselben Steckdose hing wie die Waschmaschine. Gab das Passwort ein, schloss die Pornowebseiten und klickte sich zu einer Adresse durch, die es in letzter Zeit öfter aufgesucht hatte. Zumindest konnte es die Zeit sinnvoll nutzen.

FÜNFZEHN

Paul rannte. Es war nur ein Katzensprung von der Kirchenburg bis zu Tante Zinzis Hof, und doch schien ihm die Strecke furchtbar lang. Schon nach wenigen Metern begann sein Atem zu rasseln, seine Lungen brannten. Aus den Augenwinkeln sah er, dass sich ein Tor nach dem anderen öffnete, dass aus den scheinbar verlassenen Höfen Menschen auf die Straße traten, schwarz gekleidet.

Nein, nein, nein, hämmerte es in seinem Kopf. Das durfte nicht wahr sein! Er war doch gar nicht lange weg gewesen!

Wo, fragte er sich, gingen die Schwarzgekleideten hin? In die Richtung, in die auch er rannte? Das Herz sprang ihm fast aus der Brust. Nein, es schien, als strebten sie in Richtung Kirchenburg, dorthin, woher er kam. Kurz schöpfte er Hoffnung. Dann erklangen wieder die Stimmen der Klageweiber, und ihm war, als zerreiße etwas in ihm.

Als er Tante Zinzis Hof erreichte, war das Tor geschlossen wie immer, die kleine Tür daneben bewegte sich sachte im Wind. Langsam streckte Paul eine Hand danach aus. Er wollte nicht sehen, was sich dahinter verbarg. Und doch.

Jetzt war er da.

Die Tür schwang auf, er trat über die Schwelle.

Unwillkürlich musste er an die vergangene Nacht denken, als er über die Schwelle der Scheune in den Garten geschritten war. In den Stunden danach war etwas mit ihm passiert, das er nicht benennen konnte. Das aber machte, dass er nun, in diesem Moment, beinahe keine Luft mehr bekam.

Alles lag so verlassen wie am Tag seiner Ankunft. Kein Geräusch aus dem Stall. Nicht einmal die Hühner waren zu sehen. Das Wohnhaus schien so verrammelt wie eh.

»Maia?«, rief er leise, seine eigene Stimme kam ihm ganz fremd vor. »Maia?«

»*Un moment va rog!* Einen Moment, bitte!«

Der Klang ihrer Stimme ließ seine Knie weich werden. Und als sie aus dem Wohnhaus trat, sich ein schwarzes Tuch um den Kopf bindend, musste er sich an die Wand des Altenteils lehnen. Nicht, weil für einen Moment ihre roten Haare zu sehen waren. Nicht, weil sie sauber gewaschen war, Gesicht und Hände weiß wie Alabaster. Und auch nicht, weil sie ganz gegen ihre Gewohnheit ein Kleid trug, schwarz und lang war es und sehr weit. Nein, Paul war sich sicher, er hätte ganz genauso gefühlt, wenn sie in ihren dreckstarrenden Armeeklamotten aufgetaucht wäre.

»Du lebst«, flüsterte er.

»Oje. Du hast gedacht, die Totenklage gelte mir.« Für die Zeit eines Wimpernschlags meinte er einen Hauch von Mitgefühl in ihrem Gesicht wahrzunehmen, aber bestimmt täuschte er sich. »Es ist Sánja«, fuhr sie fort. »Du kennst ihn wahrscheinlich vom Sehen. Er saß immer vor seinem Haus neben Carrys Laden.«

»Der alte Mann mit der Pfeife!«

»Genau der.«

»Hat man uns deshalb das Todeszeichen gebracht?«

»Wohl kaum. Sánja war Rumäne. Und die Rumänen haben damit nichts am Hut.«

»Und er ist«, Paul biss sich auf die Lippen, »eines natürlichen Todes gestorben?«

»Das will ich hoffen.« Maia band das Kopftuch noch ein bisschen fester, zog es beinahe bis über die Augen. »Ich muss los, zur Totenwache.«

Sie lief über den Hof und verschwand durch die niedrige Tür. Paul blieb zurück. In seiner Brust ein Ziehen, das ihm völlig neu war.

Die Kommunalpolizistin in Braşov meldete sich nach dem zweiten Klingeln.

»Hatmanu, was kann ich für Sie tun?«

»Schwartzmüller, Paul Schwartzmüller. Haben Sie einen Moment?«

»Kommt darauf an.«

»Ich habe da etwas herausgefunden, das Sie interessieren könnte.«

»Sie haben fünf Minuten.«

Paul atmete einmal tief aus. Sammelte sich. Das machte er immer, bevor er seine Rechercheergebnisse vortrug. Er war es gewöhnt, Menschen überzeugen zu müssen. Als freier Autor stellte er seine Themenvorschläge in der Redaktionskonferenz vor, darauf hoffend, dass er den Auftrag bekam, darüber eine Reportage zu schreiben. Er musste Rede und Antwort stehen, auf Nachfragen der Kollegen reagieren, Einwände parieren. Am kritischsten war jedes Mal die Chefredakteurin. Aber er war stets gut vorbereitet, sprach konzentriert, auf den Punkt. So wie jetzt. Bloß dass es diesmal nicht darum ging, die Redaktion zu Hause für ein Reportagethema zu gewinnen. Diesmal musste er eine rumänische Polizistin von der irrwitzigen Annahme abbringen, Sorin habe Günther umgebracht. Und sie für den Gedanken einnehmen, dass etwas ganz anderes hinter diesem Mord stecken könnte. Nämlich ein Komplott skrupelloser Geschäftemacher.

Es lief von Anfang an schlecht. Die Polizistin Hatmanu ließ Paul reden, ohne auch nur ein einziges Mal auf das zu reagieren, was er vortrug. Sie schwieg zur Briefkastenfirma in der Strada Mitropoliei in Hermannstadt, sie schwieg zum ominösen Dracula-Park hinter Günthers Wohnhaus und zu dem, was Paul darüber herausgefunden zu haben meinte, sie schwieg sogar, als Paul ihr von dem Todeszeichen berichtete.

Paul fragte sich schon, ob sie überhaupt noch dran war, als sie endlich das Wort ergriff.

»Danke schön für Ihre Mühe«, sagte sie. »Ich werde dem nachgehen. Auf Wiedersehen. *La revedere.*«

Paul starrte auf sein Handy, sie hatte tatsächlich schon aufgelegt. Was für eine bornierte Zicke!, schimpfte er im Stillen und wollte sie direkt noch mal anrufen, um ihr die Meinung zu sagen, als es an der Tür zum Altenteil kratzte.

Oh nein. Paul dachte an das Todeszeichen, an die gepfählte Schaufensterpuppe, griff nach dem Stuhl, der vor dem Schreibtisch stand, hob ihn hoch über seinen Kopf und riss mit einem Ruck die Tür auf.

»Mäh!«, machte die kleine weiße Ziege und marschierte schnurstracks an ihm vorbei in Richtung Bett.

»Auf keinen Fall!«, rief Paul und mühte sich, sie aus dem Altenteil hinaus in den Hof zu bugsieren. Sie war viel schneller, als er dachte, sie kletterte über Tisch und Stuhl, legte ihm, als er ihr einmal kurz den Rücken zuwandte, die Vorderbeine auf den Hintern und versuchte, auf seinen Rücken zu springen. Als sie endlich vor der Tür zum Stall standen, war Paul schweißgebadet.

Die Tür war geschlossen, allem Anschein nach war die Ziege durch ein winzig kleines Fenster direkt unter dem Dach geklettert.

Wir müssen ein Gitter davormachen, dachte Paul, ich muss das mit Maia besprechen.

Im Stall hüpften die neugeborenen Zicklein wie kleine Bälle um ihre Mutter herum. Ganz flauschig sahen sie aus, nachdem ihr Fell getrocknet war. Die Mutter wirkte ein wenig matt, aber längst nicht mehr so krank wie bei ihrer Ankunft. Auch die anderen Ziegen begrüßten Paul mit einem fröhlichen Meckern. Paul strich ihnen über die Köpfe, tätschelte ihre Hälse und merkte, wie der Ärger über die Polizistin Hatmanu abebbte. Mehr noch. In seinem Bauch machte sich ein warmes, wohliges Gefühl breit. Sogar der Schreck über den Gesang der Klageweiber löste sich auf. Was, fragte er sich, mache ich hier? Die Antwort, die in ihm aufstieg, fühlte sich genauso verstörend wie gut an. Er fühlte sich zu Hause.

Am frühen Abend brachte er wieder die Milch für Sorins Mutter zur Sammelstelle. Sie nickte ihm nur kurz zu und verschwand ohne ein weiteres Wort im Haus, die Schultern hochgezogen, das Gesicht aschfahl.

Verdammt, dachte Paul. Sorin muss aus dem Gefängnis raus! Aber wie?

Später kam Maia nach Hause, müde und abgespannt.

»Die Totenwache der Frauen ist vorbei«, sagte sie. »Die Nacht über sitzen die Männer bei Sánja.«

»Du meinst …?«

»Ich meine gar nichts. Aber man wundert sich schon, wo du bleibst.«

Also zog Paul ein sauberes Hemd an und machte sich auf den Weg.

Die Straße war voller Menschen. Sie saßen auf den Bänken vor ihren Häusern, standen beisammen.

»*Salut*«, grüßte Paul, nickte hierhin und dorthin, wurde neugierig beäugt und zurückgegrüßt. Der Tod des alten Sánja schien das, was die Dorfbewohner entzweit hatte, zumindest für einen Moment in den Hintergrund treten zu lassen. Das Dorf, es wirkte plötzlich lebendig.

Carry schloss gerade zu und winkte ihm, über ihrer Ladentür fiel Paul zum ersten Mal eine sehr altertümliche und ziemlich verstaubte Kamera auf. Der Haken, an dem sie hing, war so schief, es fehlte nicht viel, und sie wäre auf die staubige Straße gekracht. Noch so eine Attrappe, dachte er, genau wie die über Alexandrus Geschäft in Hermannstadt.

In dem Haus neben Carrys standen die Menschen bis auf den Hof. Paul wurde freundlich willkommen geheißen und mit viel Schulterklopfen durchgeschoben bis ganz nach vorne, bis in das Wohnhaus.

Die Stube war voller Männer. Als sie Paul gewahr wurden, bildeten sie sogleich eine Gasse, ein junger Kerl sprang auf und machte seinen Stuhl für ihn frei. Noch ehe Paul ein Wort sagen konnte, saß er direkt am Sarg des alten Sánja, in der Hand ein Glas, randvoll gefüllt mit *Ţuică*.

Er hatte in seinem Leben schon einige Leichen gesehen, das brachte die Arbeit als Reporter mit sich. Er hatte auch vom Vater Abschied genommen, in einem engen Krankenzimmer, in dem die Schwestern eine mit Batterie betriebene Plastikkerze angezündet hatten. Aber er hatte nicht gedacht, dass man in diesem Teil Rumäniens die Leichen noch genauso aufbahrte, wie er es aus seiner Kindheit kannte.

Der alte Mann lag mitten in seiner Wohnstube auf einer Art langem Brett, bei näherem Hinsehen erkannte Paul eine Tür, die man wohl ausgehängt hatte. Man hatte ihn bis zur Brust zugedeckt mit einer reich bestickten Decke, auch über den Mund hatte man ihm etwas gelegt, eine Art Serviette. Die Hände waren vor dem Bauch gefaltet, zwischen den Fingern steckten einzelne Geldscheine. Rund um Kopf und Oberkörper lag eine Vielzahl von Leckereien: Kekse, Schokolade, Lutscher und sogar ein Weihnachtsmann in Stanniolpapier. Die Augen des alten Mannes waren nur halb geschlossen, so, als wolle er seine eigene Totenwache auf keinen Fall verpassen.

Zu Sánjas Füßen hatte man eine Art provisorischen Altar errichtet, auf dem vor einer Ikone mit dem Abbild der Muttergottes zahlreiche dünne Kerzen brannten. Die Luft war erfüllt von ihrem Rauch, vom Schweiß der Männer, vom Alkohol und von leise gesprochenen Gebeten.

»Möge der Herr ihm vergeben«, murmelten die Männer, »möge er ruhen in Frieden.«

Paul fühlte sich erst fehl am Platz. Er hatte den Alten nur vom Sehen gekannt, er kannte niemanden in diesem Raum. Und doch. Alle anderen schienen zu wissen, wer er war, sie nahmen ihn mit großer Selbstverständlichkeit in ihrer Mitte auf. Und der *Ţuică* schmeckte vorzüglich, weich und zugleich voll, er brannte ein wenig im Hals und machte von innen herrlich warm. Dazu wurde frisches Brot gereicht, noch warm, sowie *Hanklich*, der ganz bestimmt von Carry stammte, so lecker war er.

Je später der Abend wurde, je öfter die Flasche mit dem Pflaumenschnaps herumging, desto redseliger wurden die Männer. Paul erfuhr, dass Sánja weit über neunzig Jahre alt geworden war, dass er seine Ehefrau um mehr als ein halbes Jahrhundert überlebt hatte und dass es zwei Töchter gab, die beide in Deutschland lebten, eine jedoch verbringe die Sommer in Siebenbürgen.

»Sánja war ein echter Gauner, ein *borfaş*«, lachte ein alter, spitzbübisch dreinblickender Mann, den die anderen Ion riefen. »Überall hatte er seine Finger mit drin, immer schwamm er obenauf. Vor der Revolution, nach der Revolution, Sánja hatte stets die richtigen Freunde an den richtigen Stellen, wenn du verstehst, was ich meine.« Er zwinkerte und lachte mit offenem Mund, wobei er eine Menge Zahnlücken präsentierte, die wenigen Zähne in seinem Mund bestanden alle aus purem Gold. »Ich wette, der hat bis zum Ende krumme Geschäfte gedreht.«

»Was redest du da!«, fiel ihm ein junger Kerl ins Wort. »Der war doch längst nicht mehr richtig im Kopf, der hat mit seiner Pfeife geredet und mit dem Stuhl, auf dem er saß.«

Daraufhin brachen alle in Lachen aus, jemand zauberte eine neue Plastikflasche mit selbst gebranntem *Ţuică* hervor, und Paul kam zu dem Schluss, dass dieser noch besser schmeckte als der vorherige.

Es war der Gesang der Klageweiber, der ihn weckte. Sie standen direkt hinter ihm und Ion, der wiederum schlief selig wie ein Baby mit dem Kopf in Pauls Schoß. Jetzt erwachte auch er, rappelte sich hoch, legte kurz die Hand ans Fußende der Tür, auf der Sánja lag, und wankte hinaus. Paul tat es ihm nach.

Wieder war die Straße voller Menschen, schwarz gekleidet.

»Paul, mein Freund«, lallte Ion und hakte sich bei ihm ein, »wir müssen uns beeilen. Der Pope ist schon auf dem Weg, gleich wird der alte Sánja zu Grabe getragen.«

»Ich dachte«, entgegnete Paul und merkte, dass seine Zunge nicht mehr so funktionierte wie sonst, »ihr Orthodoxen trauert drei Tage lang?«

»Früher, ja«, murmelte Ion. »Heute muss alles schnell gehen. Der Pope kommt, wenn er Zeit hat, fertig, aus. Wie sagt ihr Deutschen? Zeit ist Geld!«

Wieder brach er in Lachen aus, dass seine goldenen Zähne nur so funkelten, dann hielt er sich plötzlich die Hand vor den Mund und stand stramm.

»*Bună dimineaţa, draga mea!* Guten Morgen, mein Liebling!«

Paul sah sich um. Das Tor des Hauses direkt neben Tante Zinzis Hof war offen, darin stand eine alte Frau, so klein, dass sie ihm gerade mal bis zur Hüfte reichte. Sie war wie die anderen Frauen, die ihnen begegnet waren, schwarz gekleidet, auf dem Kopf ein schwarzes Tuch, und sie guckte so grimmig, wie Paul es von Maia kannte.

»Wir sehen uns«, rief Ion und lief, sichtlich bemüht, nicht allzu sehr zu wanken, nach Hause.

Von Maia war zum Glück nichts zu sehen, als Paul, sich vorsichtig umsehend, den Hof betrat. Er schlich ins Altenteil, drückte einen weiteren Anruf der Bukarester Anwaltskanzlei weg und zog sich ein nicht allzu frisches Hemd an, immerhin, besser als das, das er anhatte und das vollkommen verknittert war, von den *Hanklich*-Krümeln ganz zu schweigen, war es allemal.

Er kam gerade rechtzeitig, um dabei zu sein, als sie Sánja aus dem Haus trugen. Er lag nun in einem einfachen offenen Sarg, über den ein ganz zartes, durchscheinendes Tuch gespannt war. Aus der nahen Holzkirche der Orthodoxen war das Läuten einer Glocke zu hören. Ein schwarz gekleideter Priester ging dem Sarg voran, alle anderen folgten. Paul sah eine Frau in den Sechzigern direkt hinter dem Sarg und vermutete, dass sie eine der Töchter war. Wo, fragte er sich, mochte die andere sein?

Sorins Mutter, Frau Lupu, ging ganz zum Schluss allein. Paul trat schnell neben sie und nahm ihren Arm. Die zerstrittenen Dorfbewohner mochten zu Sánjas Beerdigung zusammengekommen sein, die Mutter des vermeintlichen Mörders schlossen sie weiterhin aus. Paul ballte die Faust in der Tasche. Wie, zum Teufel, sollte er Sorin aus dem Knast holen, wenn diese Zicke von Polizistin ihm gar kein Gehör schenkte?

Der orthodoxe Friedhof lag nicht weit entfernt von dem der Sachsen, doch im Gegensatz zu jenem war hier keine einzige der steinernen Platten, die die Gräber bedeckten, zerbrochen, an den mächtigen Kreuzen hingen frische Blumen neben Bildern der Verstorbenen. Erst vor dem offenen Grab wurde Sánjas Sarg geschlossen, und während er heruntergelassen wurde in die Erde, wurde der Gesang der Klagefrauen so herzzerreißend, dass alle Umstehenden in ihr Klagen einfielen, sogar Maia, wie Paul feststellte, und die jetzt nicht mehr so griesgrämig dreinschauende Frau von Ion. Ion wiederum weinte bitterlich, auch die anderen Männer wischten sich die Tränen aus den Augen.

Eine Person jedoch weinte nicht. Ein Mädchen. Es war so klein und dünn, dass Paul es beinahe nicht wahrgenommen hätte. Es wirkte mit seinem dunklen Teint und dem beinahe schwarzen Haar, als gehöre es zu den *Ţigani*, aber es trug nicht wie die anderen *Ţigani*-Frauen Rock und Bluse, sondern Jeans und einen Anorak. Und es stand auch nicht bei ihnen. Es stand ganz für sich allein.

Der Priester sprach einen Segen, trat zurück vom Grab, und sofort fingen mehrere Männer an, es gemeinsam zuzuschaufeln.

Paul wusste, dass gleich noch eine der wichtigsten Zeremonien folgte. Der Priester würde das Grab versiegeln, indem er mit einem langen Nagel ein Kreuz in den noch losen Boden über dem Sarg ritzte.

»Das ist«, hatte Tante Zinzi ihm einst bei der Beerdigung einer Nachbarin erklärt, »damit der Tote im Totenreich bleibt und niemals zurückkommt ins Reich der Lebenden.«

Der kleine Paul hatte sich bei diesen Worten herrlich gegruselt. Schließlich kannte er die Geschichten der *Strigoi*, die nachts ihre Gräber verließen, um die Lebenden heimzusuchen. Und gab es nicht sogar noch eine andere Art von Untoten, die ihr eigenes Leichentuch aufaßen und auf diese Weise von der Lebenskraft ihrer Verwandten und Nachbarn zehrten? Sie hatten, erinnerte sich Paul, einen besonderen Namen, er kam gerade nicht darauf. Aber nach der Sache mit der gepfählten Schaufensterpuppe und dem Todeszeichen merkte er zu seinem eigenen Erstaunen, wie er mit einer gewissen Unruhe auf diese letzte Handlung des Priesters wartete. Das stille Mädchen, stellte er fest, verfolgte ebenfalls jede Bewegung am Grab mit größter Aufmerksamkeit.

Da. Der Priester beugte sich vor und holte etwas aus seinem Gewand. Aber es war kein Nagel. Es war ein einfaches Holzkreuz. Das wird's auch tun, dachte Paul, als er merkte, wie das Mädchen leise einen Schritt vortrat. Irgendetwas an dem Kreuz hatte seine Aufmerksamkeit erregt. Es schien plötzlich ganz blass um die Nase.

Und als die Trauernden sich entfernten, als die Prozession weiterzog zu Sánjas Haus, wo es das Totenmahl geben sollte, als Sorins Mutter seinen Arm abschüttelte und ihres Weges ging, da blieb Paul. Und als niemand außer ihm und dem Mädchen mehr übrig war, da ging er die letzten Meter bis ganz nah an das Grab heran. Zu zweit standen sie davor, der große Mann und das winzige Mädchen, und beugten sich über das einfache Holzkreuz. Ein Name war darin eingeritzt.

Alexandru Pop.

»Verflucht«, sagte das Mädchen auf Deutsch. »Das habe ich nicht gewusst.«

Das Mädchen beobachtete den Heruntergekommenen nun schon seit einer Weile, aber noch nie war es ihm so nahe gekommen. Es kniff die Augen zusammen und betrachtete ihn genau. Das dunkle Haar war ziemlich strähnig, er roch ein wenig ungewaschen und hatte eine ordentliche Fahne, und rasieren könnte er sich auch mal. Und dennoch. Er war groß und stattlich, hatte ein ebenmäßig geschnittenes Gesicht, freundliche Augen und nur einen ganz kleinen Bauch. Kein Wunder, dass Carry ihm schöntat. Jetzt gerade allerdings guckte er ziemlich verstört.

»Ich hatte wirklich keine Ahnung«, sagte es deshalb. »Natürlich hätte ich drauf kommen können, also, dass Sánja nicht sein richtiger Name ist, sondern ein Spitzname. Aber man nennt ihn so, so lange ich denken kann, und als ich die Inhaber der DarkGoldInvestment *gegoogelt habe, da habe ich nicht eins und eins zusammengezählt.«*

»Moment«, sagte der Heruntergekommene. »Du«, er zeigte mit dem Finger auf das Mädchen, was nicht besonders höflich war, »hast herausgefunden, wer hinter DarkGoldInvestment *steckt?«*

Das Mädchen nickte.

»Und du warst es auch, die mir den Zettel ans Handy geklebt hat?«

Das Mädchen nickte noch einmal.

»Und du sagst«, er machte eine Pause und musterte es ausgiebig von den Zehenspitzen bis zum Scheitel, was nun ganz und gar nicht höflich war, »du hast es gegoogelt?« Das letzte Wort betonte er, als handele es sich dabei um etwas Unanständiges.

Das Mädchen nickte ein letztes Mal. Würde er irgendwann aufhören, belanglose Fragen zu stellen? Wenn das so weiterging, hatte es womöglich auf das falsche Pferd gesetzt.

»Heilige Scheiße.« Der Heruntergekommene fuhr sich mit der Hand übers Gesicht. »Wer, zum Teufel, bist du?«

»Pušomori«, antwortete das Mädchen und streckte ihm die Hand hin. »Freut mich, Sie kennenzulernen, Herr Schwartzmüller.«

SECHZEHN

Paul stand auf dem Friedhof, in der einen Hand die winzigen Finger dieser kleinen Person, mit der anderen kniff er sich ins Bein, für den Fall, dass er wieder einmal schlafwandelte.

Nein, er war ganz offensichtlich wach. Es war heller Tag, die Sonne brannte auf seinen alkoholbenebelten Schädel, und vor ihm stand ein Mädchen, das nicht nur wusste, wie er hieß, sondern das darüber hinaus behauptete, ihm den Tipp mit *DarkGoldInvestment* gegeben zu haben, indem es, er konnte es kaum fassen, gegoogelt hatte. Während er, der sich für einen hervorragenden Rechercheur hielt, rein gar nichts über diese ominöse Firma herausbekommen hatte.

Wer, fragte er sich im Stillen noch einmal, bist du? Der türkis-lila gemusterte Anorak, den sie trug, war nicht nur viel zu warm für den siebenbürgischen Sommer, er stammte auch offensichtlich aus der Kinderabteilung eines billigen Kaufhauses. Ihr dunkles Haar war so zerfranst, als habe sie es selbst geschnitten, und zwar so kurz, als sei sie ein Junge. Ihre Augen waren überraschend hell, und doch lag etwas Dunkles darin, so, als habe sie schon vieles erlebt. Dazu passte der harte Zug um ihren Mund. Nein, diese Person mochte aussehen wie ein Kind, aber sie war keins mehr.

Definitiv nicht.

Ein bisschen erinnerte sie ihn an Maia.

Noch viel verwirrender jedoch war, dass dieser geheimnisvolle Alexandru Pop offensichtlich identisch war mit dem alten Sánja, und dass der jetzt tot war. Paul erinnerte sich an sein

Gespräch mit Maia, als er sie gefragt hatte, ob Sánja eines natürlichen Todes gestorben war. Das will ich hoffen, hatte sie geantwortet.

Was aber, wenn nicht? Wenn dies schon der zweite Mord innerhalb weniger Tage war?

In seinem Kopf drehte sich alles. Hätte er bloß nicht so viel *Ţuică* getrunken! Und wann hatte er zuletzt richtig geschlafen? Er wusste es nicht.

»Sag mal, Pušo…, wie war noch mal dein Name?«

»Pušomori.«

»Pušomori. Was weißt du über den alten Sánja?«

»Nicht viel. Die Leute sagen, er sei wunderlich geworden in den letzten Jahren, dabei hatte er einfach nur Alzheimer. Hätte ich geahnt, dass er Alexandru Pop war, hätte ich genauer hingeguckt, als ich gestern Abend bei ihm war.«

»Du warst was?!«

»Bei Sánja. Er war schon tot. Und er lag friedlich in seinem Bett. Aber man weiß natürlich nie. Vielleicht«, sie machte eine Pause und wies auf das frische Grab, »muss man ihn wieder ausgraben und nachgucken, ob er ganz von allein gestorben ist.«

»Himmel, nein!« Paul ließ sich auf die steinerne Umrandung eines Nachbargrabs sinken. Diese ganze Geschichte drohte ihm über den Kopf zu wachsen. »Sag mal, hast du ihn öfter besucht?«

»Klar, so wie alle anderen auch. Ich mache das, abends. Meinen Rundgang.« Jetzt guckte sie so unschuldig, als sei sie doch noch ein Kind. »Sie sehen mich nicht, keiner sieht mich. So kann ich mir einen Überblick verschaffen.«

Paul blickte zu ihr hoch, zu dieser kleinen, sonderlichen Person.

»Und bei uns, ähm, ich meine, bei Maia, warst du da auch?«

»Bei Maia?« Sie riss die Augen auf. »Nein. Da halte ich mich fern.«

Paul fragte sich, ob ihn das beruhigte oder eher nicht, als sie auch schon davonschwirrte.

»*Pa-pa!* Man sieht sich!«

»Halt, warte!«, rief Paul, vergebens. Was für eine seltsame junge Frau. Er hätte sie gerne noch so einiges gefragt. Wenn nur sein Kopf nicht so weh täte!

Im Hof von Sánjas Haus waren lange Tische und Bänke aufgebaut, festlich eingedeckt und über und über beladen mit Köstlichkeiten: frisch gebackenes Brot mit einer scharfen Kruste, mild geräucherter Käse und *Zacuscă*, jenes rumänische Mus aus Paprika, Auberginen und Tomaten, das erst lange gekocht und dann über viele Stunden im Ofen geschmort wurde. Dazu gab es fein gefüllte Krautwickel, Gurkensalat, Kartoffeln, gemischt mit gerösteten Zwiebeln, große Platten mit Wurst sowie duftenden *Hanklich*. Auch die ersten Flaschen *Ţuică* drehten bereits ihre Runden.

»Da bist du ja endlich!« Carry zupfte ihn am Ärmel. »Komm, dein Platz ist neben Alma, Sánjas Tochter.« Sie leitete ihn zu einem Stuhl am Kopfende des Tisches, neben die Frau, die Paul hinter dem Sarg hatte hergehen sehen.

»Ich möchte Ihnen meine Anteilnahme aussprechen zum Verlust Ihres Vaters.« Er gab ihr die Hand.

»Danke.« Aus der Nähe betrachtet wirkte sie sehr viel älter, als Paul gedacht hatte. Sie ging wohl auf die siebzig zu. »Wie schön, dass Sie sich zu uns gesellen. Ich habe schon von Ihnen gehört, dem Heruntergekommenen, der nun auf Zinzis Hof lebt, und freue mich, Sie kennenzulernen, Paul. Greifen Sie zu, die wunderbare Carry hat ein Tränenbrot arrangiert, wie man es sich nur wünschen kann.«

»Danke, ich nehme tatsächlich gerne …«

»Zuallererst einen Kaffee«, fiel Carry ihm ins Wort und reichte ihm eine dampfende Tasse. Ihr blondes Haar, kunstvoll aufgesteckt zu einem Knoten, leuchtete in der Sonne, ihre blauen Augen blitzten, und für einen kurzen Moment strich sie ihm mit der Hand über den Nacken, über das dunkle Haar, das sich dort lockte und das eigentlich dringend nach einem Friseurbesuch verlangte.

Es war nur eine ganz kleine Berührung, und doch ahnte Paul das Versprechen, das darin lag. Er spürte eine Irritation. Seit wann stand es zwischen ihm und Carry so? Und warum suchten seine Augen sogleich Maia, die ein Stück entfernt saß?

Es hat nichts zu bedeuten, sagte er sich im Stillen, gar nichts. Laut sagte er: »Es muss ein Schock für Sie sein, Ihren Vater so plötzlich zu verlieren. Ich habe ihn letztens noch vor seinem Hof sitzen sehen, da schien er mir guter Dinge …«

»Und das ist das einzig Tröstliche«, fiel sie ihm ins Wort. »Er hat bis zum Schluss ein gutes Leben geführt. Natürlich empfinde ich Trauer, aber gibt es etwas Besseres, als im hohen Alter friedlich einzuschlafen? Schauen Sie, er war vierundneunzig Jahre alt!«

Sánjas Tochter ging also von einem natürlichen Tod aus. Paul nahm noch einen Schluck Kaffee. Ob sie damit richtiglag?

»Ich hörte, Sie haben noch eine Schwester?«, fragte er laut.

»Sie ist in Deutschland in einem Pflegeheim, sie würde die Reise nicht bewältigen.«

»Aber Sie verbringen Ihre Sommer hier?«

»Ich sehe, Sie sind gut informiert.« Auf ihr Gesicht, braungebrannt und voller Runzeln, legte sich ein Lächeln. »Ich bin eine Sommersächsin.«

»Entschuldigung, eine was?«

»Eine Sommersächsin. Das bedeutet, in den warmen Monaten kehre ich Deutschland den Rücken und bewohne das Haus meiner Großeltern, es ist nicht weit entfernt. Kommen Sie gerne einmal vorbei.«

»Das mache ich«, sagte Paul und meinte es ernst. Diese alte

Dame mit dem freundlichen Lächeln wurde ihm von Minute zu Minute sympathischer. »Aber eins verstehe ich nicht. Sie sagen, Sie sind Sächsin, aber Ihr Vater war Rumäne?«

»Ganz genau. Eine Mischehe.«

»Ich wusste nicht, dass es das früher überhaupt gab.«

»Es waren besondere Umstände, damals, im Januar 1945. Die Zeit der Deportationen. Was wissen Sie darüber?«

»Wenig«, gestand Paul. »Ich weiß nur, dass Rumänien im Zweiten Weltkrieg zunächst an der Seite Hitler-Deutschlands kämpfte und dass nicht wenige Siebenbürger Sachsen in der Waffen-SS waren. Später wechselte Rumänien die Fronten, und als die sowjetischen Besatzer kamen, wurden viele Siebenbürger Sachsen nach Russland verschleppt.«

»Und Sie wissen auch, dass man sich bis heute darüber streitet, wie freiwillig diese Mitgliedschaft in der Waffen-SS war?«

»Ja, klar.« Paul bemühte sich um einen überzeugenden Gesichtsausdruck. Tatsächlich hatte er keine Ahnung. Er beschäftigte sich gerne mit Geschichte, doch um die Siebenbürgens hatte er immer einen großen Bogen gemacht. Sie war ihm genauso unangenehm wie die Bilder der siebenbürgischen Trachten, die einst der Vater im Wohnzimmer aufgehängt hatte.

»Nun denn.« Alma betrachtete ihn einen Moment, dann wischte sie ein paar unsichtbare Krümel von der Tischdecke, schnaubte leise. »Meine Mutter war 1945 achtzehn Jahre alt und damit gerade alt genug fürs Arbeitslager. Ihre Gesundheit war nicht die beste. Alexandru Pop, ein Junge aus dem Nachbardorf, der sie seit Kindertagen anbetete, ahnte, dass sie nicht lebend zurückkommen würde. Also hat er sie geheiratet.«

»Und das ging einfach so?«

»Natürlich nicht. Aber Alexandru, der auch erst siebzehn war, hat sich durchgesetzt, gegen seine Eltern, gegen die Behörden. Sie heirateten in allerletzter Minute. Und so rettete er ihr das Leben.«

»Wow.« Paul lehnte sich zurück, trank noch einen Schluck Kaffee. »Was für eine Geschichte. Darf ich Sie noch etwas fragen?«

»Aber ja doch.«

»Ich habe gerade eben erst erfahren, dass Ihr Vater gar nicht Sánja hieß, sondern Alexandru.«

»Unsere Mutter nannte ihn Sánja. Sie müssen sich sehr geliebt haben.« Auf Almas runzligen Wangen zeichneten sich zwei rosafarbene Kreise ab, die Paul ganz bezaubernd fand. »Als sie starb, mit Mitte zwanzig, und er mit zwei kleinen Kindern und gebrochenem Herzen dastand, fing das ganze Dorf an, ihn Sánja zu nennen. Es war wohl ein Versuch, ihn zu trösten. Mittlerweile ist das alles so lange her, dass hier kaum noch jemand weiß, wie er eigentlich richtig hieß.«

Paul nickte nachdenklich. Das erklärte einiges. Und doch – was hatte Ion gemeint, als er sagte, Sánja sei ein echter Gauner gewesen, ein *borfaş?*

»Man erzählt so mancherlei«, sagte er leise. »Auch, dass Ihr Vater, wie soll ich es sagen, ein Fuchs war, der sich zu helfen wusste.«

»Selbstverständlich.« Wieder wischte sie ein paar unsichtbare Krümel von der Tischdecke, lachte leise. »Man hat sich damals mit jenen, die an der Macht waren, gut gestellt. Mein Vater hatte als junger Mann erlebt, dass er beinahe die Frau, die er liebte, verloren hätte. Fortan hat er alles getan, damit uns, seinen Töchtern, auch nur ja kein Haar gekrümmt wurde.«

Paul nickte. Die Frage ist nur, dachte er, ob Sánja auch im Alter noch so ein Fuchs war. Und wie das alles mit dieser seltsamen Firma *DarkGoldInvestment* zusammenhängt.

»Und den Dracula-Park?«, fragte er laut. »Wie fand er den?«

»Was für eine Frage!«, schnaufte Alma. »Den fand er grässlich! Bloß dass dieser fiese Günther, ich weiß, man soll über

Verstorbene nichts Böses sagen, aber das war ein echter Halunke, dass der das ganze Dorf entzweit hat, indem er lauter falsche Gerüchte verbreitete, wer welches Land bereits für welchen Preis verkauft hätte. Am Ende waren beinahe alle ihr Land los, und Geld hat, soviel ich weiß, noch keiner gesehen. Immerhin«, sie machte eine Geste, die die Menschen, die um sie herum saßen, einschloss, »scheint Vaters Tod alle wieder an einen Tisch gebracht zu haben.«

»Genau«, sagte da jemand in Pauls Rücken. Carry brachte eine große Terrine. »Jetzt gibt es erst einmal Suppe. Paul, kennst du unsere *Ciorbă* noch? Deine Tante Zinzi hat sie ganz bestimmt auch gekocht, oder?«

»Oh ja«, antwortete Paul. Aus dem tiefen Teller, den Carry für ihn mit Gemüsesuppe füllte, stieg ein köstlicher Duft auf, ihm lief das Wasser im Munde zusammen. Und da war sie wieder, diese sanfte Berührung in seinem Nacken, diesmal sogar noch ein bisschen länger.

Als Maia vom Tisch aufstand und sich unauffällig entfernte, verabschiedete Paul sich.

Alma hielt seine Hand einen Augenblick länger als nötig.

»Es freut mich«, sagte sie, »dass wir uns kennengelernt haben. Darf ich Ihnen etwas mit auf den Weg geben?«

»Gerne.«

»Hier bei uns in Siebenbürgen muss man immer die Geschichte mitdenken. Sie werden uns, die Menschen, und alles, was hier geschieht, niemals verstehen, wenn Sie das nicht tun. Und Sie müssen nicht nur die letzten Tage, Wochen oder Monate mitdenken, sondern die letzten Jahre, Jahrzehnte, womöglich sogar Jahrhunderte. Und noch etwas: Es reicht nicht, um unsere Geschichte zu wissen. Man muss sie erspüren.«

»Vielen Dank«, sagte Paul und drückte ihre Hand. Die alte Dame schien ihm nun doch etwas wunderlich.

Zu den Beerdigungsgästen hatte sich mittlerweile auch der Pfarrer Lech gesellt, allerdings hielt er zu seinem orthodoxen Kollegen gebührenden Abstand. Ganz anders die Ehefrau von Ion, sie hatte eine andere Frau so eng untergehakt, dass diese sich offensichtlich kaum noch bewegen konnte. Paul erkannte Frau Lupu und konnte sich ein kleines Schmunzeln nicht verkneifen. Ions Ehefrau hatte Sorins Mutter allem Anschein nach zum Tränenbrot mitgeschleift, und ihrem grimmigen Gesichtsausdruck nach zu schließen hatte sie nicht vor, sie wieder entwischen zu lassen.

Als er auf die Straße trat, sah er, wie Maia sich die festen schwarzen Schuhe auszog und barfuß weiterlief. Ihr langes Kleid hielt sie gerafft, und Paul konnte seinen Blick zu seinem eigenen Verdruss kaum abwenden von ihren nackten Fesseln, alabasterweiß.

Sie mag schön sein, sagte er sich, aber das ist mir vollkommen schnuppe. Ich laufe ihr nur hinterher, weil ich sie dringend befragen muss, zu Sánja und zu dem, was ich meine, herausgefunden zu haben über den Dracula-Park.

Trotzdem mühte er sich, nur ja kein Geräusch zu machen, damit sie ihn nicht entdeckte und womöglich den Saum des Kleides fallen ließ. Dem kleinen schwarzen Hund, der vor dem Tor zu Sánjas Haus auf ihn gewartet hatte und der nun auf seinen kurzen Beinen hechelnd neben ihm herrannte, bedeutete Paul, bloß nicht zu bellen.

Vor Tante Zinzis Hof parkte ein kleines, seltsam eckiges Auto, wie Paul es in seiner Jugend zuletzt gesehen hatte. Damals, erinnerte er sich, war es der letzte Schrei gewesen. *Dacia 500* stand auf dem Heck. Die Fahrertür öffnete sich, und heraus kletterte eine Frau, die offenbar nur deshalb in diesem Gefährt Platz gefunden hatte, weil sie selbst nicht allzu groß war. Sie trat auf Maia zu, gab ihr die Hand und folgte ihr rasch in den Hof, so, als wolle sie nicht gesehen werden.

Einen Moment lang jedoch konnte Paul einen Blick auf ihr Profil werfen, und er erkannte sie sofort. Es war Bredica, Sorins Geliebte von Schloss Bran. Die in der Nacht, in der Günther ermordet wurde, vergeblich auf Sorin gewartet hatte und die meinte, beobachtet zu haben, wie Graf Dracula persönlich die Schlosswand hinabkletterte. Was hatte die mit Maia zu schaffen?

Paul schlich Bredica und Maia hinterher und sah, wie beide in der Scheune verschwanden. Leise lief er über den Hof, auf den Fersen den kleinen Hund, der es geschafft hatte, mit durch die Tür zu schlüpfen. Das Scheunentor fiel zu, doch als Paul sein Ohr daran legte, konnte er die Frauen miteinander sprechen hören.

»Du hättest nicht hierherkommen sollen«, sagte Maia. »Ich habe auch gar keine Zeit.«

»Ich weiß, ich weiß, aber ich halte es nicht mehr aus. Du musst mir helfen!«

»Ich kann dir nicht helfen, das weißt du genau.«

»Aber du hast es schon einmal getan!«

»Das war etwas anderes.«

»Du weißt, mein Mann, er hat Verbindungen. Eine wie du …«

»Du wagst es? Du wagst es, mir zu drohen? Und ausgerechnet mit deinem Mann?«

»Nein, verzeih!« Bredica begann zu weinen. »Das würde ich nicht tun, niemals. Es ist nur so, dass ich wirklich dringend …«

»Raus!«, brüllte Maia. »Hau ab! Und komm mir nie wieder unter die Augen!«

Das Scheunentor flog auf, Paul konnte gerade noch zur Seite springen, Bredica stürmte hinaus, stolperte über den kleinen Hund, der, den Schwanz zwischen den Hinterbeinen eingeklemmt, davonschoss, sie sah sich einen Augenblick um, das Gesicht tränennass, dann rannte sie auf die Straße. Paul hörte, wie sie den *Dacia 500* startete und wegfuhr, der Motor klang wie eine Mischung aus Nähmaschine und Traktor.

»Was war das denn?«, fragte er Maia, die nun auch im Hof stand, das Gesicht kalkweiß.

»Nichts, nur eine dumme Frau«, gab sie zur Antwort. »Und nun lass mich, ich habe die Ziegen bis zu Sánjas Hof meckern gehört, ich muss nach ihnen sehen.« Damit wandte sie sich um und verschwand im Stall.

Paul blieb zurück, rieb sich die Stirn.

Wie, fragte er sich, konnte sie die Ziegen über eine solche Entfernung meckern hören? Und was, verdammt noch mal, hatte Bredica mit dieser Bemerkung gemeint, eine wie du?

SIEBZEHN

Auf und ab. Fünf Schritte in die eine Richtung, fünf in die andere. Größer war das Altenteil nicht.

Paul schwirrte der Schädel. Die schlaflosen Nächte. Der viele Alkohol. All die Dinge, die er gesehen, die er gehört hatte. So vieles, was er nicht verstand.

Was, dachte er zum wiederholten Mal, ist mit mir los? Ich bin es gewöhnt, mit Menschen zu sprechen, ihnen Informationen zu entlocken. Ich kann in Gesichtern lesen wie in Büchern, ich entziffere jede Geste, ahne jede Andeutung, noch bevor sie ausgesprochen wird. Doch hier, in diesem verwunschenen Landstrich, der, das fühle ich ganz genau, meine Heimat ist, hier lässt mich mein journalistisches Gespür vollkommen im Stich.

Maia, die ihm mehr den Kopf verdreht hatte, als er sich eingestehen mochte, wurde ihm zugleich von Stunde zu Stunde unheimlicher. Er war nicht einen Schritt weitergekommen bei der Frage, wer Günther ermordet haben könnte. Und Sorin saß nach wie vor im Knast.

Paul kam sich vor wie ein nichtsnutziger Tölpel.

Dabei war schon Freitagnachmittag. Am Dienstag würde er in Köln seinen neuen Job anfangen. Es wurde so dermaßen Zeit, dass er mal in die Gänge kam!

Fünf Schritte in die eine Richtung, fünf in die andere. Paul rieb sich die Stirn, fuhr sich durch die viel zu langen Haare im Nacken. Blieb stehen, schnappte sich sein Handy.

Ich fange mit dem Einfachsten an, dachte er.

In der Bukarester Anwaltskanzlei meldete sich gleich nach dem ersten Klingeln eine Frauenstimme.

»*Mister Schwartzmüller, I am glad you are calling.* Wie schön, dass Sie anrufen«, sagte sie in beinahe akzentfreiem Englisch. »Wir haben schon versucht, Sie zu erreichen. Könnten Sie am Montag in unser Büro in Sibiu kommen? So gegen neun?«

»Sie haben ein Büro in Sibiu? Perfekt. Ich fliege mittags von dort aus nach Hause.«

»Dann passt das doch wunderbar. Ich maile Ihnen die Adresse. Wir sehen uns am Montag. *La revedere*, auf Wiedersehen.«

»*La revedere.*« Paul legte auf. Immerhin, diese Sache ließ sich tatsächlich ziemlich einfach an.

Jetzt nur noch schnell den Flug buchen, und dann los. Er hatte keine Zeit mehr zu verlieren.

Sein Gefühl hatte ihn nicht getäuscht. Kaum, dass er sich der *Ţigani*-Siedlung näherte, tauchte sie auf. Paul hätte schwören können, dass er und der kleine Hund sich in der Sekunde zuvor noch ganz allein auf dem staubigen Weg befunden hatten. Jetzt stand sie vor ihm in ihrem Kinder-Anorak.

»Sie wollen zu mir.«

»Ja. Gibt es einen Ort, wo wir in Ruhe reden können?«

»Hier.« Sie bewegte sich keinen Millimeter.

»In Ordnung. Zuerst möchte ich eins wissen: Wie hast du das gemacht mit *DarkGoldInvestment*, wie hast du herausgefunden, wem es gehört?«

»Ich habe es gegoogelt.«

»Hör auf damit, so was kann man nicht googeln.«

»Sie vielleicht nicht, ich schon.«

»Zeig's mir.«

Sie schien einen Moment zu überlegen. Dann rannte sie zu einer der Hütten und kam gleich darauf zurück, unter dem Arm einen sehr alten, sehr verbeulten Laptop.

»Damit gehst du ins Internet?«, fragte Paul. »Echt jetzt?«

Sie verdrehte die Augen, kniete sich ins halbhohe Gras und begann, auf dem Gerät herumzutippen. Schob die Unterlippe vor. Jetzt sah sie aus, als wäre sie allerhöchstens dreizehn.

»Was machst du denn?«

Ein Handzeichen, er möge ruhig sein. Noch mehr Getippe.

Paul trat ein bisschen näher. Der kleine Bildschirm war voller Steuerungszeichen. Im nächsten Augenblick begannen sie zu tanzen. Das Mädchen tippte so schnell, seine Finger flogen über die Tasten. Paul war, als spüre er in seinem Rücken neugierige Blicke. Tatsächlich, vor einer der Hütten der *Ţigani*-Siedlung bauten sich ein paar halbwüchsige Jungen auf und schauten betont desinteressiert zu ihnen herüber.

Pušomori drückte auf *Enter*.

Der Bildschirm wurde weiß, dann öffnete sich ein neues Fenster. *Oficiul Naţional al Registrului Comerţului* stand am oberen Rand, darunter eine Eingabemaske.

»Das ist nicht wahr«, flüsterte Paul. »Sag mal, Pušomori, hast du dich gerade ins rumänische Handelsregister gehackt?«

»Ja«, antwortete das Mädchen und schaute, als sei nichts dabei.

Pušomoris Finger flogen wieder über die Tasten. Direkt, nachdem sie *DarkGoldInvestment* eingegeben hatte, öffnete sich ein weiteres Fenster mit Angaben zum Gründungsjahr, den Namen der Inhaber, die Paul bereits kannte, der Adresse in Hermannstadt, an der er bereits gewesen war, und mit verschiedenen Kontoverbindungen.

Paul wollte die Seite gerade mit seinem Handy abfotografieren, als der Bildschirm schwarz wurde.

»Mist«, sagte Pušomori, »Akku alle. Er hält immer nur wenige Minuten. Ich hänge ihn schnell an die Steckdose.«

Paul steckte sein Handy weg und sah dem Mädchen hinterher, das schnellen Schrittes zurück zu den Hütten lief.

»Wieso«, fragte er, als Pušomori zurück war, und mühte sich, sich seine Verblüffung nicht anmerken zu lassen, »kannst du so was?«

Sie zuckte die Achseln.

»Du weißt schon, dass das illegal ist?«

Wieder ein Achselzucken. »Ich zeige Ihnen, was wirklich illegal ist.« Und damit ging sie voraus.

Sie marschierte schnurstracks zum Dracula-Park, zu der Stelle, an der Paul überlegt hatte, mithilfe einer Tonne über den Zaun zu klettern. Zu seinem Erstaunen stand genau diese Tonne jetzt direkt am Zaun, gerade hievte eine Gestalt in weiten Hosen sich darüber. Nicht weit entfernt döste ein Pferd eingeschirrt vor einem einfachen Karren.

»Ist der Typ irre?«, raunte Paul und zeigte auf den Kerl, der sogleich auf der anderen Seite verschwunden war. »Die Kameras!«

»Sind nicht an.«

Pušomori wies nach oben. Tatsächlich, die Kameras standen still, keine rote Lampe blinkte. Oder waren es Attrappen wie vor Alexandrus Geschäft in Sibiu? Paul konnte es sich beim besten Willen nicht vorstellen.

»Wie kannst du dir da so sicher sein?«

»Es ist ganz einfach. Der Dracula-Park hängt an derselben Stromleitung wie wir.« Sie wies auf die *Ţigani*-Siedlung. »Wenn die hier Strom verbrauchen, geht bei uns das Licht aus. Im Moment haben wir Strom.«

Paul lauschte. Jetzt erst fiel ihm auf, dass aus der Siedlung leise Musik herüberdrang, außerdem klang es, als würde mindestens ein halbes Dutzend Waschmaschinen gleichzeitig schleudern. Und den Laptop hatte sie ja auch gerade ans Stromnetz gehangen.

»Das verstehe ich nicht«, sagte Paul.

»Es ist ganz einfach, sie bestehlen uns.«

»Wie, sie bestehlen euch?«

»Sie haben die Stromleitung der Siedlung angezapft.«

»Sagt nicht, ihr bezahlt den Strom für den Dracula-Park?«

Sie nickte nur.

»Ihr müsst euch beschweren! Ihr müsst …« Paul brach mitten im Satz ab. Pušomori schaute ihn an, als sei er sieben Jahre alt. Er verstand. Die Menschen, die hier lebten, waren *Ţigani*. Sie standen außerhalb der Gesellschaft. Sie würden sich nicht beschweren.

»Und jetzt?«

»Jetzt zeige ich Ihnen das, was den Leuten im Dorf als Dracula-Park verkauft wurde.«

Paul schwitzte. Der Schlafmangel, der Pflaumenschnaps am Totenbett des alten Sánja, das viele Essen, das Carry ihm beim Tränenbrot aufgetan hatte – all das machte sich jetzt bemerkbar. Pušomori war längst auf der anderen Seite des eisernen Sichtschutzzauns verschwunden, er aber hing immer noch wie ein nasser Sack an der Umfassung. Hinzu kam der Gestank, der ihm den Atem verschlug. Er war sich jetzt ziemlich sicher, dass er mit seiner Vermutung, was sich tatsächlich hinter dem Zaun verbarg, recht hatte. Er musste nur einfach mal die Zähne zusammenbeißen und sich endlich selbst ein Bild machen.

Ächzend zog er sich hoch, es brannte in seinen Armen, und er schwor sich, gleich nach seiner Rückkehr nach Köln wieder mit dem Fußballspielen anzufangen. Ach was, er würde sich endlich im Fitnessstudio anmelden. Und abnehmen würde er auch, unbedingt.

In der nächsten Sekunde hatte er keinen Gedanken mehr übrig für gute Vorsätze. Denn der Anblick dessen, was auf der anderen Seite des Zauns war, traf ihn wie ein Keulenschlag.

Vor ihm lag ein riesiges Gelände, so weit, dass sein Ende

kaum zu sehen war. Was auch an den fauligen Gasen lag, die wie träge gewordene Geister über es hinwegwaberten. Sie erhoben sich aus den metallisch glänzenden Pfützen, aus den mannshoch aufragenden Bergen kaputter Säcke, aus den sich ineinander verkeilenden Stahlgerippen.

Es war genauso, wie er befürchtet hatte, bloß schlimmer.

Paul keuchte, hustete. Ein paar Meter weiter sah er Pušomori, sie machte ihm Zeichen, ihr zu folgen. Am liebsten wäre er gleich wieder zurückgeklettert. Der Gestank war hier oben noch viel schlimmer als vor dem Zaun. Außerdem ekelte es ihn davor, sich auf der anderen Seite herunterzulassen, er würde direkt in einem grün schimmernden Matschhaufen landen. Und wer sagte ihm, dass die Kameras nicht doch plötzlich angingen, dass nicht bewaffnete Wachen über sie herfallen würden?

Denn dass es hier Leute gab, die alles taten, um diesen grauenvollen Ort vor ungebetenen Besuchern zu schützen, das stand außer Frage.

Diesen vermeintlichen Dracula-Park, der in Wahrheit eine stinkende und ganz bestimmt illegale Mülldeponie war.

Und der garantiert etwas mit der Ermordung Günthers zu tun hatte. Weswegen Sorin unschuldig im Gefängnis saß.

Paul gab sich einen Ruck und sprang.

In dem Moment, in dem er unten aufkam, in dem grünen, sich weich und warm anfühlenden Schlamm, wurde er jemand anders. Er rümpfte noch einmal kurz die Nase, schüttelte, so gut es ging, den Dreck von Schuhen und Hose, schnappte sich sein Handy und begann zu fotografieren.

Riesige Schwärme schwarzer Vögel kreisten über dem Gelände, zugleich war die Luft voller Insekten. Paul sah wohl ein Dutzend Hunde im Müll wühlen, außerdem eine Menge Hasen und sogar ein paar verwilderte Schweine. Sie alle mussten auf irgendeine Weise den Zaun überwunden haben, um hier nach

Essbarem zu suchen. Und sie waren nicht die Einzigen, die hofften, in den stinkenden Haufen etwas Verwertbares zu finden.

Die erste Person, auf die Paul stieß, war der Kerl in weiten Hosen, den er zuvor am Zaun gesehen hatte. Bloß dass es kein Kerl war, der da mit einer Art selbst gebasteltem Rechen aufgeplatzte Plastiksäcke durchsuchte, sondern eine alte Frau. Zu ihr schien ein ebenso alter Mann zu gehören, der gerade ein rostiges Bettgestell zum Zaun schleppte.

»Metall«, hörte er Pušomori neben sich sagen. »Das bringt am meisten ein.«

Ein Stück weiter entfernt war eine Gruppe Jungen dabei, eine alte Kühltruhe abzutransportieren.

»*Salut*, Heruntergekommener«, begrüßten sie ihn, als er näher kam, offensichtlich wusste hier jedermann, wer er war. »Du wirst uns doch wohl nicht die Arbeit wegnehmen?«

»Auf keinen Fall.« Paul winkte ab. »Erzählt mal, was macht ihr hier?«

»*Zappzarapp*«, riefen sie und lachten, und auch Paul konnte sich ein Schmunzeln nicht verkneifen. Lange schon hatte er diesen Ausdruck, der ursprünglich aus dem Russischen stammte, nicht mehr gehört, doch er wusste sogleich, was damit gemeint war. Sie klauten.

»Früher haben wir nachts die Lkw entladen«, rief einer. »Aber sie haben uns nie bezahlt. Jetzt holen wir uns tagsüber, was sich noch verwerten lässt. Denen ist's egal.«

»Und wisst ihr, wer hier das Sagen hat?«

Der Junge hob seine nackten Arme, sie waren übersät mit eitrigen Pusteln. »Keine Ahnung. Früher war's der Huber.«

Auch die anderen schüttelten unisono den Kopf.

»Und die Leute, die die Lkw fahren«, fragte Paul, »kennt ihr die?«

»*Nu*. Keinen Einzigen. Das sind alles Ungarn, mit denen haben wir nichts zu tun.«

Alles klar, dachte Paul. Wer auch immer hinter alledem steckte, machte sich die alte Feindschaft zwischen Ungarn und Rumänen zunutze.

»Darf ich ein Foto machen?«

»Klar doch.« Einer von ihnen, der Kleinste, lief vor und streckte die Hand aus. Paul gab ihm einen Schein.

Er fotografierte die Jungen, die dampfenden Müllberge, die Vögel und die Schweine. Pušomori lief ihm voraus, zeigte auf Verpackungen und noch gut lesbare Etiketten. Ein Großteil des Mülls, das erkannte Paul jetzt, stammte aus Deutschland.

»Diese illegale Deponie existiert seit drei Jahren«, dozierte Pušomori, als habe sie einen solchen Vortrag lange geübt. »Alexandru Pop war der einzige rumänische Eigentümer des angeblichen Dracula-Parks, das war wichtig, damit es EU-Gelder gab.«

»Moment. Dieser Dreck hier wurde mit EU-Geldern gefördert?«

»Wird er immer noch. Ist ja angeblich ein Vergnügungspark, der bald Touristen anzieht und damit einer strukturschwachen Gegend zugutekommt.«

»Woher weißt du das alles?«

Sie warf ihm einen kurzen Blick über die Schulter zu, und Paul verstand. Pušomori hatte sich offensichtlich auch in die Systeme der Europäischen Union gehackt. Er fragte sich zum wiederholten Mal, wo sie das gelernt hatte. Zugleich war er sich ziemlich sicher, dass sie es ihm niemals verraten würde.

»Wer weiß noch von der Deponie?«, fragte er laut. »Ich meine«, er zeigte in Richtung der *Ţigani*-Siedlung, »außer euch?«

»Im Dorf? Keiner. Vielleicht Maia.«

»Warum Maia?«

»Sie ist die Einzige, die ihre Ziegen nicht auf dem Land hinter den Höfen laufen lässt, bei ihr sind sie seit einiger Zeit immer im Stall. Nur die Kuh geht auf die Weide, aber die Hirten haben genaue Anweisung, wo sie sie grasen lassen dürfen und wo nicht.«

Paul brauchte eine Weile, bis er verstand, worauf Pušomori hinauswollte. Dann griff er sich an den Kopf. »Die kranken Tiere, die die Leute Maia bringen, die missgebildeten. Sie haben das Gras gegessen, das rund um die Deponie wächst, haben Wasser getrunken, das wegen des Mülls verseucht ist. Sie sind alle vergiftet.« Paul schlug nach den Insekten, die ihm am Hals und auf der Brust klebten.

»Und ihr?«, fragte er. »Meine Güte, ihr lebt direkt daneben! Werdet ihr nicht auch krank?«

Pušomori gab keine Antwort. Sie schaute ihn nur an.

»Was für Arschlöcher«, zischte Paul zwischen zusammengebissenen Zähnen. »Denen lege ich das Handwerk.«

»Interessant«, sagte die Chefredakteurin. »Auch wenn die Geschichten um illegale Müllkippen in Rumänien ein alter Hut sind, das wurde schon zigmal berichtet. Auch, dass deutscher Müll dort landet und dass viele Roma gleich daneben leben und sogar dort arbeiten.«

»*Ţigani*«, unterbrach Paul sie. »Hier in Rumänien nennen sie sich *Ţigani*.«

»Tatsächlich? Wie dem auch sei. Das Besondere ist, dass EU-Gelder an diese ominöse Firma namens *DarkGoldInvestment* geflossen sind. Das müssen Sie wasserdicht kriegen, da sind wir uns einig, oder?«

»Selbstverständlich.« Paul wischte sich den Schweiß von der Stirn. Er stank und hatte das Gefühl, von Kopf bis Fuß von einer schmierigen Schicht überzogen zu sein. »Es ist nur so, dass mein Freund Sorin unschuldig im Gefängnis sitzt, irgendwer hat ihn zum Bauernopfer gemacht. Vielleicht könnten wir ja zumindest einen Teil der Geschichte vorab bringen, sozusagen als Schnellschuss? Damit die Polizei endlich anfängt, ihre Arbeit zu machen?«

»Ein Schnellschuss?« Er hörte die Chefredakteurin leise husten. »Paul, ich weiß, das ist nicht Ihr Ernst. Recherchieren Sie vor Ort, was möglich ist. Denken Sie auch an ein paar stimmungsvolle Bilder, Sie wissen schon, schneebedeckte Karpaten, Männer mit Heugabeln, Frauen in bunt bestickten Blusen. Und dann kommen Sie nach Hause und machen den Rest der Geschichte von hier aus. Wann geht Ihr Flug?«

»Am Montag um zwölf.«

»Gut. Wir sehen uns Dienstagmorgen.«

Er stand im Schwimmteich, das Wasser bis zu den Brustwarzen, und tauchte unter, ein ums andere Mal. Prustete. Wusch sich all den Dreck weg. Bekam langsam den Gestank aus der Nase.

Selbstverständlich hatte die Chefredakteurin recht. Die Geschichte war noch nicht rund. Und dennoch. Es juckte ihm in den Fingern.

Am Ufer quakte ein Frosch, ein paar Zweige knickten. Paul musste an den Moment denken, in dem Sorin hier aufgetaucht war. Wie glücklich er gewesen war, den alten Freund wiederzusehen! Und nun saß Sorin im Knast. Verdammter Mist.

Er tauchte noch einmal unter. Fuhr sich übers Gesicht, mit den Daumen hinter die Ohren, mit den Händen unter die Achseln, unters Geschlecht. Tauchte wieder auf, roch mit halb geschlossenen Augen an seinen Fingern. Ein Stück Seife wäre vielleicht keine schlechte Idee. Hob den Blick und schnellte zurück. Drei Meter entfernt, direkt am Wassersaum, stand Pušomori.

»Verdammt, was tust du da?«

»Bereit für eine schlechte Nachricht?«

»Nein. Wieso?«

»Elvira Huber ist tot.«

»Die Witwe von Günther?«

»Genau die. Ein Autounfall kurz vor Ungarn, sie war wohl auf dem Weg nach Deutschland.«

»Wie grässlich!«

»Allerdings. Das Auto ist vollkommen ausgebrannt, die Leiche, die sie herausgeschweißt haben, zusammengeschrumpft auf die Größe eines Kindes. Ich kann Ihnen sagen, schön sah das nicht aus.«

»Sag mal, hast du dich etwa in den Polizei-Computer gehackt?«

Pušomori verdrehte die Augen, und Paul ärgerte sich, dass er überhaupt gefragt hatte.

»Könntest du dich bitte einen Moment umdrehen, damit ich mich anziehen kann?«

»Bin schon weg.«

Paul brachte für Sorins Mutter die Milch zur Sammelstelle, dann rannte er los. Alle drei Eigentümer der *DarkGoldInvestment* waren tot. Das konnte kein Zufall sein. Es musste mindestens einen weiteren, geheimen Drahtzieher geben, von dem er nichts wusste. Und dieser Jemand, davon war er fest überzeugt, war ein Mörder.

Denn dass Elvira Huber einfach so bei einem Autounfall ums Leben gekommen war, daran glaubte er keine Sekunde. So, wie er sich auch nicht mehr vorstellen konnte, dass Sánja tatsächlich an Altersschwäche gestorben war.

Wer hatte sie alle auf dem Gewissen, und warum? Und wer hatte dafür gesorgt, dass Sorin ins Gefängnis kam?

Am Rande der Kraterlandschaft rund um den vermeintlichen Dracula-Park fand Paul ein paar Büsche und kroch hinein, den kleinen schwarzen Hund wie immer an seiner Seite.

»Pscht, keinen Mucks!«

Aber der Hund war sowieso ganz still, als habe er begriffen, dass sie sich hier versteckten. Und als die Nacht kam, als von fern ein Grollen die Lastkraftwagen ankündigte, als ihre Lichter auftauchten, als das große Tor sich öffnete und ein Lkw mit Dracula-Konterfei nach dem anderen auf der Deponie verschwand, da schien auch der kleine Hund vor Spannung die Luft anzuhalten. Paul aber schoss ein Foto nach dem nächsten. Er spürte ein Kribbeln am ganzen Körper. Er war nicht mehr müde, er war nicht einmal mehr ein Heruntergekommener. Er war wieder Journalist, endlich.

»Wer bist du?«, flüsterte er lautlos vor sich hin. »Bist du in der Nähe, wenn im Schutz der Dunkelheit die stinkende Fracht abgeladen wird?«

Aber außer den Silhouetten der Männer, die die Lkw fuhren, bekam er niemanden zu Gesicht.

In tiefster Nacht, als er glaubte, die Luft sei rein, schlich er zurück ins Dorf. Im Hof des alten Sánja war der Leichenschmaus nach wie vor in vollem Gange. Paul sah Flaschen mit Pflaumenschnaps kreisen, hörte den alten Ion einen leisen, sehr wehmütigen Gesang anstimmen. Er drehte von fern eine kurze Videosequenz mit seinem Handy, fotografierte die leere, im Dunkeln liegende Dorfstraße, den darüberstehenden Mond, die silbrig leuchtenden, mächtigen Quader der Kirchenburg. Die Chefredakteurin würde staunen, was für stimmungsvolle Bilder er ihr lieferte. Dies hier war nicht einfach nur ein pittoresker Ort, umgeben von wildromantischer Landschaft. Dieses Dorf, vertraut und fremd zugleich, hatte für ihn etwas ganz und gar Zauberisches.

Als er leise die Tür zum Altenteil öffnete, mit den Fingerkuppen über die Schnitzereien streichend, die Maia dort angebracht hatte, sah er, dass das Fenster zu den brach liegenden Feldern offen stand. Auf dem Sims entdeckte er einen fein gearbeiteten Teller aus elfenbeinweißem Porzellan, darin eine

Portion *Ciorbă*. Carry, dachte er sofort, sie hatte ihm etwas vom Tränenbrot abgezwackt und vorbeigebracht. Die Suppe war schon kalt, deshalb ließ er sie erst einmal stehen und lächelte dabei über sich selbst. Wenn er an einer Geschichte dran war, wenn es ihn richtig gepackt hatte, brauchte er nichts zu essen, nichts zu trinken, kaum Schlaf.

Paul setzte sich an den antiken, mit Tischlinoleum bezogenen Schreibtisch, sichtete die Fotos von der Deponie, tippte seine Notizen ins Handy. Ein richtiger Rechner wäre komfortabler, aber so ging es auch. Es war beinahe Mitternacht, als er das gesamte Material, die Bilder, die Videos, die Texte, hochlud und alles zusammen ins Netzwerk der Redaktion stellte. »Ein erster Überblick über meine Recherchen«, schrieb er in einer Notiz an die Chefredakteurin. »Sobald ich zurück bin, prüfe ich die EU-Spur.«

Jetzt war er doch ein wenig müde. Paul scheuchte den Hund hinaus, der es mal wieder irgendwie geschafft hatte, mit hineinzukommen, und suchte vergeblich nach seinem Schlafanzug. Hatte Maia ihm nicht das Oberteil nach der Nacht im Ziegenstall zurückgegeben? Und hatte er es nicht gemeinsam mit der Schlafanzughose aufs Bett geworfen? Vielleicht, dachte er, hat Maia auch beides gewaschen, was er sich dann doch beim besten Willen nicht vorstellen konnte. Schließlich kroch er einfach so ins Bett, in der Unterhose, löschte das Licht. Und nur, weil der Mond direkt ins Zimmer schien, fiel sein Blick auf den Teller voller Gemüsesuppe, der immer noch auf dem Fenstersims stand. Ihn umkommen zu lassen war viel zu schade. Und so stand Paul noch einmal auf, löffelte ihn schnell leer. Machte einen Schritt zurück Richtung Bett. Und kippte hintenüber.

Pušomori blieb auf ihrem Beobachtungsposten, bis im Altenteil auf Zinzis Hof das Licht erlosch. Vor Erleichterung seufzend kletterte sie die Mauer hinab. Wie lange hatte sie geglaubt, niemals etwas gegen diesen grauslichen Dracula-Park ausrichten zu können! Sie sah das Gesicht ihrer Schwester vor sich, nachdem sie das dritte Baby in Folge verloren hatte. Die Wut ihres älteren Bruders, dessen Frau erst gar nicht schwanger wurde. Die Geschwüre an den Armen ihrer jüngeren Brüder. An manchen Tagen hatte die Verzweiflung sie überrollt, beinahe wäre sie erstickt an ihrer Machtlosigkeit. Dann aber war ihr der Heruntergekommene wie eine reife Frucht in den Schoß gefallen. Ein Journalist aus Deutschland. Einer, der sich Gehör verschaffen konnte.

Jetzt, nachdem er alles mit eigenen Augen gesehen hatte, würde er hoffentlich nicht eher ruhen, bis er die Schweinerei publik gemacht hatte.

Blieb nur zu hoffen, dass Maia ihr nicht im letzten Moment einen Strich durch die Rechnung machte. Ihr traute sie alles zu und sogar noch ein bisschen mehr. Am Nachmittag hatte sie jemanden um den Hof schleichen sehen, über den Pušomori sich sehr gewundert hatte. Nicht auszudenken, wenn dieser Jemand mit Maia gemeinsame Sache machte!

Sie sprang das letzte Stück, landete sicher auf ihren Füßen und machte sich auf den Weg. Die Sache mit Günthers verunglückter Ehefrau hatte sie auf eine Idee gebracht, eine Sache, die sie längst hätte überprüfen müssen. Der Heruntergekommene würde staunen! Sie dachte daran, wie er sie ansah. In diesem Blick lag so viel! Angst und Abscheu vor einer wie ihr, das kannte sie, solange sie denken konnte. Aber da war noch etwas anderes. Bewunderung. Ehrliches Interesse. Pušomori hüpfte über den kleinen schwarzen Hund, der direkt vor ihr über die Straße lief, und begann zu träumen.

ACHTZEHN

Es war der Schmerz, der ihn weckte. Ein schneidender, seinen Kopf in zwei Hälften spaltender Schmerz. Paul wollte sich die Stirn reiben, die Hand dagegenpressen, doch es ging nicht. Seine Arme waren wie gelähmt, er konnte sie keinen Millimeter bewegen.

Er bekam auch die Augen nicht auf. Es fühlte sich an, als seien sie zugeklebt. Alles war schwarz, vollkommen schwarz. Die Lider schwer wie Blei. Noch ehe er einen klaren Gedanken fassen konnte, verlor er das Bewusstsein.

Der Schmerz peitschte erneut durch seinen Kopf. Paul ächzte. Versuchte noch einmal, die Augen aufzuschlagen. So, jetzt ging es. Ein Stückchen, noch ein Stückchen. Da war Licht, nur ein bisschen, doch es reichte, dass der Schmerz in seinem Kopf explodierte. Schnell kniff er die Augen wieder zusammen. Riss sie mit aller Macht wieder auf. Versuchte zu verstehen. Verstand nichts.

Er schaute geradewegs in den Himmel, ein Stückchen Blau mit rosa beleuchteten Wölkchen. Die Sonne ging auf. Warum aber sah der Himmel aus, als sei er eingerahmt? Was war das Dunkle drum herum? Paul blinzelte. Erkannte nackte Erde. Rechts neben sich, links. Geradeaus. Er lag auf dem Rücken, in einer Art Grube. Wie in einem Grab.

Das durfte doch wohl nicht wahr sein! War er wieder geschlafwandelt und irgendwo hineingestürzt?

Mit beinahe übermenschlicher Kraftanstrengung hob er seinen rechten Arm. Dabei fiel etwas aus seiner Hand auf seinen Bauch, etwas Schweres, Metallisches. Er tastete danach, hob es mühsam vor sein Gesicht.

Ein Messer. Daran etwas Gelblich-Schleimiges.

Oh Gott. Das musste ein Albtraum sein. Er war womöglich doch noch nicht richtig wach, er schlafwandelte immer noch. Paul kniff sich feste in sein rechtes Bein. Merkte, dass er beinahe nackt war, nichts trug außer einer Unterhose. Spürte den Schmerz. Da griff er noch einmal nach dem Messer, betrachtete es erneut. Er war wach. Das Messer war echt.

Verdammt, lag er wirklich in einem Grab? Er spürte, wie die Haare in seinem Nacken sich aufrichteten, tastete neben sich. Da war etwas Weiches, ganz seidig fühlte es sich an, wie ein feines Tuch. An irgendetwas erinnerte es ihn, aber woran? Wenn sein Kopf nur nicht so weh täte! Unmöglich, ihn auch nur ein wenig anzuheben. Vielleicht konnte er ihn zur Seite drehen? Gucken, worauf er lag? Es fühlte sich nämlich nicht nach Erde an, eher nach knubbeligem Pappmaché. Ja, das ging. Noch ein Stückchen. Bloß die Augen offen behalten, nicht wieder wegsacken.

Paul drehte den Kopf. Spürte etwas wie Sandpapier an seiner Wange. So, als rubbele er an seinen eigenen Bartstoppeln. Dazu ein Geruch, der machte, dass er augenblicklich zu würgen begann. Etwas streifte seine Stirn. Verdammt, waren das Haare? Ja, das waren Haare. Denn im nächsten Moment starrte er in ein Gesicht, das direkt unter seinem lag. Eiskalt war es, das fühlte er genau, er stützte sich ja mit dem Kinn darauf ab. Die Stirn unter dem grauen Haar war wächsern, die Lider ein wenig gesenkt, die Nase ganz spitz. Ein unrasiertes Kinn, ein offen stehender Mund. Etwas steckte darin. Ein weiches, durchscheinendes Tuch. Dasselbe, in das er gerade gegriffen hatte.

Paul keuchte. Glaubte, gleich wieder das Bewusstsein zu verlieren. Hoffte noch einmal, im nächsten Augenblick zu erwachen. Doch er war schon wach. Und er lag tatsächlich in einem Grab, genauer gesagt, in dem des alten Sánja. Aus halb geschlossenen Augen schien der Alte ihn anzublicken, die Pupillen weiß, das zarte, durchscheinende Leichentuch, mit dem man ihn zu Grabe getragen hatte, halb aufgegessen in seinem Mund.

Paul warf sich herum, schleuderte das Messer von sich. Plötzlich wuchsen ihm ungeahnte Kräfte. Irgendwie gelang es ihm, auf die Beine zu kommen. Er hörte die Knochen des Leichnams unter seinen Füßen splittern, seine Nackenhaare standen senkrecht, auch die auf seinem Rücken und die auf seiner Brust. Er bebte. Beinahe glaubte er, die kalten Hände des toten Sánja an seinen Beinen zu spüren, so, als wollte der Tote ihn hinabziehen zurück zu sich ins Grab.

»Nein«, schnaubte Paul, »nein!« Schon schaute er mit dem Kopf über den Rand des Grabes, ein Glück, dass er so groß war! Er stemmte seine Unterarme in das weiche Erdreich, zog sich hoch. Erst strampelte er mit den Beinen in der Luft, drohte, erneut zurückzusinken, erneut auf dem Leichnam zu liegen zu kommen. Schon meinte er, die Knochen des alten Sánja noch einmal knirschen zu hören. Dann aber gelang es ihm, langsam aus dem Grab herauszurobben. Er kam sich vor wie ein gestrandeter Wal, der versuchte, zurück ins rettende Meer zu gelangen. Er war zu schwer für ein solches Unterfangen, zu untrainiert, seine Muskeln gehorchten ihm nicht. Und doch. Am Ende lag er mit dem Gesicht im vom Tau nassen Gras, seine Lunge pumpte wie verrückt, sein Herz stolperte.

Langsam, unter größter Mühe, drehte er sich auf die Seite. Neben sich sah er einen Berg frisch ausgehobener Erde, daneben lag ein Sargdeckel. Es schien ihm alles vollkommen ungeheuerlich, doch es gab keinen Zweifel. Jemand musste in der Nacht den alten Sánja ausgegraben haben.

Himmel, war er das etwa gewesen?

Paul rappelte sich hoch, kam auf die Knie, sackte wieder zusammen. Diese Kopfschmerzen! Immer noch schienen ihm seine Gliedmaßen nicht recht zu gehorchen. Auf allen vieren kroch er zurück an den Rand des Grabes, wagte einen Blick hinab. Und hätte sich beinahe übergeben.

Der alte Sánja hatte tatsächlich das durchscheinende Tuch, mit dem man ihn zu Grabe getragen hatte, zum größten Teil im Halse stecken, nur ein etwa ein Meter langer Zipfel schaute noch heraus. Paul hatte so etwas noch nie gesehen, und doch ahnte er sogleich, was es bedeutete.

»Das kann nicht sein!«, stöhnte er. Und doch.

Hatte er nicht gestern erst, während der Beerdigung Sánjas, an das gedacht, was Tante Zinzi über die Untoten gesagt hatte? Dass es mehrere Arten gebe. Neben den *Strigoi*, die nachts ihre Gräber verließen, existierten noch weitere.

»Man erkennt sie, wenn man das Grab öffnet«, hörte er Zinzis Stimme, als stünde sie direkt neben ihm. »Sie saugen nämlich an ihrem Leichentuch, an ihrem Leichenhemd, manchmal sogar an ihrem eigenen Fleisch. Auf diese Weise ziehen sie die Lebenskraft aus denjenigen, mit denen sie zu Lebzeiten zu tun hatten – aus ihren Verwandten, Nachbarn, Geschäftspartnern. Diese armen Menschen werden blass und mager, erleiden Unglücke jeglicher Art, und noch ehe ein Monat vergeht, folgen sie ihnen ins Grab.«

Gestern war Paul der Name dieser Untoten nicht mehr eingefallen. Jetzt erinnerte er sich mit schneidender Klarheit. Man nannte sie die *Nachzehrer*.

Paul ergriff ein eiskaltes Grausen. Mit äußerster Willensanstrengung zwang er sich, seinen Blick vom grotesk aufgerissenen Mund des Toten weiter abwärts wandern zu lassen. Er sah voraus, was er erblicken würde. Und doch ließ der Anblick ihm den Atem stocken.

Sánjas Kopf war vollkommen vom Körper abgetrennt. In

seiner Brust klaffte ein Loch. Der Wahnsinnige, der hier gewütet haben musste, hatte ihm das Herz herausgeschnitten. Es lag zwischen seinen Beinen, ein faustgroßer, blutiger Muskel.

Paul überkam ein so gewaltiger Ekel, er glaubte, noch einmal das Bewusstsein zu verlieren.

»Nein.« Japsend sank er in sich zusammen. »Nein.«

Das durfte alles nicht wahr sein.

War er das gewesen? Hatte er den alten Sánja ausgegraben, ihm den Kopf abgetrennt und das Herz herausgeschnitten?

Was, zum Teufel, hatte ihn geritten?

Mit fahrigen Bewegungen wischte er sich die Hände am nassen Gras ab, doch es half nichts. Sie waren vollkommen mit Erde verdreckt, so wie sein ganzer Körper. Schlimmer noch. Gelblicher, blutiger Schleim klebte an ihnen, unter seinen Fingernägeln, ekelhaft stinkend.

»Was«, stöhnte er noch einmal, »habe ich getan?«

Dabei wusste er es ganz genau. Denn selbstverständlich hatte Tante Zinzi ihm damals auch erklärt, wie man Herr wurde über die *Nachzehrer*.

»Man muss ihnen den Kopf abschlagen und das Herz aus der Brust reißen, nur dann lassen sie ab von ihrem teuflischen Tun.«

Paul standen immer noch die Haare zu Berge. Genau das war dem alten Sánja widerfahren. Jemand hatte ihn unschädlich gemacht.

Aber das war doch wohl nicht er gewesen! Warum denn auch?

Oje. Hatte Pušomori ihm nicht gestern Nachmittag berichtet, dass die Ehefrau von Günter, Elvira Huber, gestorben war bei einem entsetzlichen Unfall?

Sie war Sánja ins Totenreich gefolgt. Ihrem Geschäftspartner.

Paul sah sich selbst in der Nacht schlafwandelnd über den

Friedhof irren, zur Schaufel greifen, den Leichnam freilegen. Ihn verstümmeln.

Er schlug sich so feste gegen die Stirn, dass es rot vor seinen Augen wurde. Was, zum Teufel, war mit ihm los? Wieso hatte er diese Sache mit dem Schlafwandeln nicht ernst genommen? Er hätte zum Arzt gehen müssen! Ach was, er hätte abreisen müssen, gleich, nachdem es begonnen hatte!

Jetzt war es zu spät. Er hatte den Verstand verloren. Entsetzliches getan.

Ächzend kam er auf die Füße. Wischte sich den kalten Schweiß von der Stirn, spürte, wie seine Hände dort eine schleimige Spur hinterließen.

Paul schüttelte sich, zwang den Brechreiz nieder, der in ihm aufstieg. Jetzt bloß nicht schlappmachen.

Es gab nur eine Lösung. Er musste sich stellen.

Die Polizei wird mich verhaften, dachte er, so, wie sie Sorin verhaftet haben.

Und in genau diesem Moment war ihm, als hebe sich ein Schleier. Seine Kopfschmerzen waren immer noch barbarisch, ihm tat jeder Knochen weh, und das Entsetzen über das, was mit Sánjas Leichnam geschehen war, ließ ihn würgen. Und doch. Er konnte wieder klar denken.

Fast genauso hatte man Sorin aufgefunden: Neben einer Leiche, blutüberströmt. Wenn jetzt jemand käme, würde sich ihm ein ähnlich schauriges Bild bieten: Paul neben einem übel zugerichteten Toten, die Leichenflüssigkeit noch an seinen Händen.

Paul schnappte nach Luft. Er hatte keine Ahnung, wie er hierhergekommen war. Was sich hier zugetragen hatte. Aber eins wusste er, in diesem Moment, ganz genau: Er hatte das nicht getan, niemals.

Die Kälte, die ihn eben erst geweckt hatte, kroch tief in seine Eingeweide.

Jemand hatte ihm eine Falle gestellt. Aber wer? Und warum?

Eine Berührung an seinem Bein, Paul fuhr herum, wollte schon um sich treten und erkannte im letzten Moment den kleinen schwarzen Hund, schwanzwedelnd und sichtlich froh, ihn gefunden zu haben.

»Komm«, flüsterte Paul, »nichts wie weg hier.«

Seine Beine trugen ihn kaum, er stolperte über seine eigenen Füße. Der Schweiß rann ihm in Strömen über Bauch und Rücken, dabei zitterte er von Kopf bis Fuß. Mit Mühe schleppte er sich zur Rückseite der orthodoxen Kirche. Gab es hier nicht einen Weg, der auf die Dorfstraße führte? Da sah er es. Blau flackerndes Licht. Als Nächstes hörte er Türenknallen, halblaut gerufene Befehle.

Verdammte Scheiße. Die Polizei. Sie hielten gerade vor der Kirche, keine zehn Meter entfernt.

Paul machte auf dem Fuße kehrt, stolperte erneut, fiel, hastete weiter. Jetzt konnte er sie schon hören. Raunende Stimmen, schnelle Schritte. Wohin, Himmel, wohin? Gab es hier wie auf dem Friedhof der Sachsen ein zweites, kleineres Tor, das hinaus auf die angrenzenden Felder führte? Ja, dort drüben! Er spürte den hämmernden Schlag seines Herzens in den Ohren, sein Atem rasselte. Mit letzter Kraft erreichte er das Tor, schob es auf, es quietschte erbärmlich, er preschte hindurch und warf sich bäuchlings ins mannshohe Gestrüpp der seit Jahren brach liegenden Felder.

NEUNZEHN

Paul lag reglos auf dem Bauch, versuchte, möglichst geräuscharm durch den Mund zu atmen. Sein Puls raste, er zitterte von Kopf bis Fuß. Jetzt bloß nichts von dem verdorrten Gestrüpp, auf dem er lag, in die Nase kriegen, bloß nicht niesen. Er spürte den kalten Schweiß auf seiner Brust, auf seinem Rücken. Der schwarze Hund lag flach wie eine Flunder neben ihm, Paul konnte an seiner nackten Hüfte spüren, wie der kleine Brustkorb sich rasend schnell hob und senkte. Auch der Hund gab keinen Mucks von sich, ganz so, als seien sie bereits ein eingespieltes Team.

Nur wenige Schritte hinter ihm hatten die Polizisten Sánjas Grab erreicht, Paul konnte nicht verstehen, was sie sagten, aber er hörte, dass es ein Mann und eine Frau waren, Letztere ohne Zweifel die Bezirkspolizistin Hatmanu.

Verdammte Hacke, dachte Paul. Der große Unbekannte, der dafür gesorgt hatte, dass er auf dem verstümmelten Leichnam Sánjas aufgewacht war, hatte ihm offensichtlich auch direkt die Polizei auf den Hals gehetzt.

In seinem Inneren begann es zu brodeln. Er lag halb nackt im rumänischen Brachland, mit Leichenflüssigkeit beschmiert, der Staub um ihn herum mischte sich mit dem Schweiß auf seinem Körper, trockenes Gras und kleine Äste verfingen sich in seinem Haar. Es hätte nur wenig gefehlt, und er säße jetzt in Handschellen auf dem Rücksitz eines Polizeiautos, auf dem Weg ins nächste Gefängnis. Und das alles wegen eines unbekannten Drecksacks, der diese scheußliche Szenerie arrangiert hatte. Der ganz bestimmt Günther ermordet hatte, womöglich auch den alten Sánja. Und der mit absoluter Sicherheit die Leiche des Alten verstümmelt hatte.

Verdammte Scheiße, welches Ungeheuer war zu so etwas in der Lage?

Derselbe Schuft, gab er sich zur Antwort, der auch dafür gesorgt hatte, dass Sorin unschuldig im Gefängnis saß.

Paul spürte eine Art harten Klumpen in seinem Bauch. Das war die Wut, die sich dort ballte. Er kannte sie gut, und er tat, was er immer tat, wenn sie sich meldete: Er rang sie nieder.

Wut, das wusste er genau, war der schlechteste aller Ratgeber. Der Vater, von Haus aus Wissenschaftler, ausgerechnet, hatte sich allzu oft von ihr verleiten lassen. Ihm, Paul, würde das nicht passieren.

»Los jetzt«, knurrte er und begann vorwärtszurobben, den kleinen schwarzen Hund wie immer dicht auf den Fersen.

Er robbte wohl gut hundert Meter weit durchs Feld, der Schweiß floss in Strömen über seinen verdreckten Körper, dann richtete er sich vorsichtig auf und lief geduckt in einem weiten Bogen bis zum Schwimmteich, sprang hinein, tauchte unter.

Doch an diesem Morgen fand er keine Erfrischung. Das Wasser funkelte nicht wie sonst, und obwohl er sich mit beiden Händen schrubbte, obwohl er sich die Leichenflüssigkeit mit den Fingernägeln vom Körper kratzte, hatte er das Gefühl, einfach nicht sauber zu werden.

Der Klumpen in seinem Bauch wurde härter.

Auf Tante Zinzis Hof begrüßten ihn die Hühner mit leisem Gackern, aus dem Stall war das Meckern der Ziegen zu hören. Er schenkte ihm keine Beachtung, riss die Tür zum Altenteil auf, sah sich um.

Nichts schien hier verändert. Die Decke auf dem großen antiken Bett war zurückgeschlagen, als sei er gerade erst aufgestanden, um von der Suppe zu essen, die auf dem Fenstersims gestanden hatte. Doch es gab keine Suppe in diesem Zimmer, keinen weißen Porzellanteller, nichts. So, als habe er sich dies alles nur eingebildet.

Paul ging so, wie er war, klitschnass und nackt bis auf die Unterhose, auf die Knie, suchte den Boden ab. Kein Stäubchen war darauf zu sehen. Dabei lebte er nun schon mehrere Tage hier, das weiße Zicklein war hinein- und hinausspaziert, der kleine schwarze Hund hatte sich mehr als einmal zu ihm geschlichen. Paul fuhr mit der feuchten Hand über die alten Holzdielen. Sie fühlten sich so glatt und sauber an, als seien sie eben erst abgewischt worden.

Was wahrscheinlich auch stimmte.

Irgendwer hatte hier ordentlich sauber gemacht, nachdem er ihn, Paul, von hier fortgeschafft und auf den Friedhof gebracht hatte.

Er richtete sich auf, fluchte leise vor sich hin. Wer, verdammt noch mal, brachte so etwas fertig? Er wog schließlich an die hundert Kilo, wenn nicht sogar mehr, nach all dem guten siebenbürgischen Essen.

Paul merkte, wie ihm kalt wurde, er steckte die Hände unter die Achseln, schüttelte sich. Dieser Unbekannte musste über enorme Kräfte verfügen.

Ein Schatten hinter ihm. Jemand war lautlos hereingekommen. Paul fuhr herum, beide Hände zu Fäusten geballt.

»*Ce draku!* Zum Teufel, wie siehst du denn aus?« Maia fixierte ihn, die grünen Augen zu Schlitzen verzogen. Sie streckte eine Hand aus, fuhr über seinen Unterarm. »Hast du dich geprügelt?«

Paul folgte ihrem Blick, sah, was er unter all dem Dreck, der bis gerade noch an seinem Körper geklebt hatte, gar nicht wahrgenommen hatte. Seine Arme und Beine waren ebenso wie sein Rumpf voller blauer Flecken.

»Ich glaube«, sagte er, »jemand hat mir ein Betäubungsmittel ins Essen gemischt und mich dann verschleppt.« Im nächsten Moment wurde ihm schwarz vor Augen.

»Ist das wirklich wahr?«, fragte Maia, nachdem er wieder zu sich gekommen war. »Dem alten Sánja wurde der Kopf abgeschlagen und das Herz aus der Brust gerissen?«

»So ungefähr, ja«, murmelte Paul.

Er trug jetzt Jeans und Hemd, hatte sich halbwegs abgetrocknet, und obwohl zu ihren Füßen in der Sommerküche noch das Feuer glomm, auf dem Maia wie jeden Morgen *Palukes* zubereitet hatte, war ihm furchtbar kalt.

»Und du hast überhaupt keine Erinnerung an das, was letzte Nacht passiert ist?«

»Nicht die geringste.«

»Ist das auch so, wenn du schlafwandelst?«

»Eben nicht.« Paul probierte noch einen Löffel *Palukes*. Irgendwie kriegte er den Maisbrei an diesem Morgen kaum runter, ganz pappig schmeckte er. Und dann diese Kopfschmerzen! »Wenn ich sonst geschlafwandelt bin«, sagte er mit vollem Mund, »konnte ich mich morgens an Bruchstücke erinnern. An die Ziegen, an den Garten, die wunderschöne Frau.«

Er verschluckte sich, hustete. Verdammt, das war ja Maia.

Ihr Gesicht war völlig unbewegt, wenn auch nicht ganz so mürrisch wie sonst.

»Was hast du gestern Abend gemacht?«

»Nichts.« Kurz überlegte er, ihr von der Mülldeponie zu erzählen, doch irgendetwas hielt ihn zurück. »Nichts Besonderes.«

»Was hast du als Letztes gegessen, getrunken?«

»*Ciorbă*, Gemüsesuppe. Ich nahm an, sie wäre von der Beerdigung übrig und Carry hätte sie mir gebracht.« Paul kaute auf dem Maisbrei herum, als handelte es sich um Spachtelmasse. »Aber jetzt denke ich, dass irgendetwas in der Suppe war, ein Medikament, eine Droge, die dafür sorgte, dass ich das Bewusstsein verlor. Und das würde Carry ja wohl niemals tun.«

Maia schaute vor sich hin und sagte kein Wort. Dann stand sie auf, lief die wenigen Schritte bis zum Altenteil und betrachtete die Stelle, an der sie die Zeichen ins Holz des Türrahmens geritzt hatte.

»Wer auch immer heute Nacht hier war«, flüsterte sie, »weiß, was er tut.«

Paul schob die Schüssel mit dem Maisbrei von sich, stand ebenfalls auf und schaute ihr über die Schulter. Die Schnitzereien hatten sich verändert, es sah so aus, als habe jemand etwas hinzugefügt, eine Art Kreis mit mehreren Kreuzen darin. Paul verdrehte heimlich die Augen.

Offensichtlich glaubte nicht nur Maia an ihren Hokuspokus, sondern auch der unbekannte Eindringling. Ihm konnte das egal sein. Er brauchte Beweise.

Und so ging er noch einmal in die Knie, nahm das Fenstersims genau in Augenschein, durchsuchte das Zimmer, tastete jeden Quadratzentimeter des Bodens ab. Immer wieder war ihm, als senke sich ein dunkler Vorhang auf ihn herab, als würden ihm die Sinne schwinden. Meine Güte, er fühlte sich, als habe er ganz allein ein oder gar zwei Flaschen *Ţuică* getrunken! Und je länger er suchte und nichts fand, desto lauter wurde eine Stimme, die sich schrill in seinem wehen Kopf meldete: Gab es den Teller *Ciorbă* womöglich nur in seiner Fantasie? War er es womöglich selbst gewesen, der schlafwandelnd den Boden gewischt und die neuen Zeichen an der Tür angebracht hatte? Hatte er sich die blauen Flecken zugefügt, als er den armen Sánja ausgrub und so fürchterlich zurichtete? Paul stöhnte, rieb sich die schmerzende Stirn, suchte weiter.

Es musste eine Spur geben, die ihm verriet, was hier in der vergangenen Nacht geschehen war, es musste einfach.

Ein lautes Klopfen am Tor. Er hörte Maia mit jemandem sprechen, dann leichte, schnelle Schritte zum Altenteil.

»Es ist diese Polizistin. Sie lässt sich nicht abwimmeln.«

»Ich komme.« Paul trat an ihr vorbei ins Freie. Maia streckte die Hände nach ihm aus, schloss den obersten Knopf an seinem Hemd, zog die Ärmel ein wenig tiefer, sodass man die blauen Flecken nicht sah. Paul spürte, es war ihre Art, ihn zu beschützen. Denn wer würde ihm schon Glauben schenken, solange es nicht den geringsten Beweis für seine Geschichte gab?

Und er spürte noch mehr. Ihre Fingerkuppen auf seiner nackten Haut, sehr sanft, nahezu zärtlich fühlte sich das an, und für einen Moment wollte er die Augen schließen, die Berührung genießen. Doch da ließ sie ihn schon wieder los, holte aus ihren verdreckten Armeeklamotten einen Tiegel hervor, steckte zwei Finger hinein und strich eine widerlich stinkende Masse auf den Türrahmen des Altenteils, über die Stelle mit den Schnitzereien.

Paul hätte beinahe laut gestöhnt. Das sollte wohl wieder so eine Art Abwehrzauber sein. Wie konnte ein und dieselbe Frau so anziehend und abstoßend zugleich sein?

»Das ganze Dorf ist auf den Beinen«, sagte die Polizistin Hatmanu. »Alle wollen wissen, was es mit dem *Nachzehrer* auf sich hat. Nur Sie nicht. Dabei dürfte eine Geschichte wie diese einen Journalisten doch brennend interessieren. Wie kommt's?«

»Ich habe etwas Falsches gegessen, mir ist nicht nach ausgehen«, murmelte Paul und zog an den Ärmeln seines Hemdes. »Aber gut, Sie zu sehen. Ich würde gerne mit Ihnen über diesen Dracula-Park sprechen, ich habe weitere Recherchen angestellt …«

»Ein andermal.« Sie hob die Hand, als sei sie keine Kommunalpolizistin, sondern eine Verkehrspolizistin, und als wolle sie einem Fahrzeug bedeuten, keinen Meter weiter zu fahren. »Heute habe ich zu tun.«

Das Tor klappte hinter ihr zu, und Paul blieb zurück, die Faust in der Tasche.

»Diese dumme Polizistin«, schimpfte er, als er zurück ins Altenteil kam. »Mit der ist echt nichts anzufangen.«

»Sie hat dich im Visier.« Maia bedachte ihn mit einem schwer zu deutenden Blick. »Besser, du mischst dich unter die Schaulustigen.«

»Meinst du echt? Mich zieht es da nicht hin, kein bisschen.«

»Eben.«

»Wenn du meinst.«

Schlurfenden Schrittes machte er sich auf den Weg.

»Sei vorsichtig«, hörte er Maia in seinem Rücken noch sagen, als er über den Hof ging. Dass er keine Ahnung habe, mit wem er es hier zu tun habe. Und dann vernahm er noch ein Wort, das klang wie *Securitate*. Aber da war er schon fast zum Tor hinaus und hatte sich ganz bestimmt verhört. Die *Securitate*, die berüchtigte Geheimpolizei Ceauşescus, war schließlich seit mehr als dreißig Jahren abgeschafft.

Pušomori hatte den ganzen Vormittag darauf gelauert, dass der Heruntergekommene Maias Hof verließ. Sie musste ihm unbedingt erzählen, was sie über den toten Günther herausgefunden hatte. Er würde Augen machen! Und sie, die man Pušomori nannte, was so viel hieß wie kleiner Floh, weil sie so klein und so unscheinbar war und weil ihre Wissbegierde alle in der Familie nervte, ganz so, als sei sie ein lästiges Insekt, sie würde die Bewunderung in seinen Augen sehen und sich darin sonnen. Nicht, dass sie in ihn verliebt wäre oder so, das nicht. Pušomori konnte mit solcherlei Gefühlen nicht viel anfangen. Wovon sie träumte, seit sie dem Heruntergekommenen begegnete, war, gesehen zu werden.

Nur dass der Heruntergekommene jetzt wieder einmal an ihr vorbeilief, als sei sie gar nicht da. Er eilte schnurstracks zum Friedhof, wo sich die Menschen drängten, um nur ja einen Blick auf das zu erhaschen, was dort vor sich ging.

Armer Sánja, er war ganz bestimmt keiner, der den Lebenden die Kraft aussaugte. Pušomori hatte so einen Verdacht, wie alles zusammenhängen könnte, jetzt, wo sie diese sensationelle Entdeckung gemacht hatte. Wenn sie den Heruntergekommenen nur endlich sprechen könnte! Aber nicht vor so vielen Menschen, nein, das ging nicht.

ZWANZIG

Die Polizei hatte den orthodoxen Friedhof weitläufig abgesperrt, doch die Kunde vom *Nachzehrer* hatte sich offensichtlich verbreitet wie ein Lauffeuer. Das ganze Dorf schien auf den Beinen, die Menschen drängten sich vor der hölzernen Kirche. Paul entdeckte sogar ein paar junge Leute, die er nie zuvor gesehen hatte, wie sie mit ihren Handys Fotos machten. Womöglich, dachte er, ging die Story vom rumänischen Vampir gerade viral.

Paul grüßte hierhin und dorthin, er sah Carry, den alten Ion und seine Ehefrau sowie weitere Dorfbewohner, die er nun immerhin vom Sehen kannte. Doch allein Carry nickte ihm kurz zu, wenn auch verhalten.

»Sag«, flüsterte er, als er an sie herantrat, »hast du mir gestern Suppe gebracht?«

»Nein, wieso?«

»Schon gut.«

Er stellte sich ein wenig abseits, denn die anderen wichen seinem Blick aus, mehr noch, sie traten, während er sich näherte, einen Schritt zurück.

Paul merkte, wie ihm schon wieder ganz kalt wurde, dabei war es ein herrlicher Sommertag, der Himmel sattblau mit zarten weißen Wölkchen. Was, dachte er, ist hier los? Hat man mich womöglich in der vergangenen Nacht gesehen?

»Nehmen Sie es nicht persönlich.« Eine Hand auf seinem Unterarm, federleicht und zugleich von einem so festen Griff, als sei sie die Klaue eines Raubvogels. »Die Menschen sind verstört, kein Wunder, dass sie unter sich bleiben wollen«, sagte der Pfarrer. »Und Sie, mein lieber Freund, sind dann doch nur der Heruntergekommene.«

»Gibt es schon einen Verdacht, wer es war?« Die Frage brannte Paul so sehr auf den Lippen, sie war heraus, noch ehe er lange nachdenken konnte.

»Nicht, dass ich wüsste«, antwortete der Pfarrer.

Hatte sein Blick gerade etwas Stechendes bekommen? Und hatte er das letzte Wort auf eine besondere Weise gedehnt?

Jetzt war es Paul, der einen Schritt zurückwich. Diese Hand auf seinem Arm fühlte sich einfach zu unangenehm an.

»Sie scheinen gar nicht schockiert«, sagte er und bemühte sich um einen lockeren Tonfall.

»Aber ja doch, natürlich. Sie hätten Alma sehen sollen, die Tochter, wir mussten sie nach Hermannstadt in eine Klinik bringen. Aber wie ich Ihnen schon bei unserer letzten Begegnung sagte, lieber Paul, der Aberglaube ist in diesem Landstrich noch höchst lebendig. Daran konnten auch wir, die Kirchenmänner, die wir uns seit Hunderten von Jahren um das Seelenheil der evangelischen Christen hier sorgen, wenig ändern. Und unsere orthodoxen Glaubensbrüder scheinen mir, nun, sagen wir mal so, in dieser Sache wenig engagiert. So etwas passiert immer mal wieder. Auch wenn der letzte Fall, von dem ich weiß, schon ein paar Jahre her ist.«

»Moment.« Paul trat jetzt doch wieder ein bisschen näher. »Was sagen Sie da? Ich hätte gedacht, dass ein …«, er suchte nach Worten, »ein solches Ereignis sich zuletzt vor Jahrhunderten zugetragen hat und nicht vor Jahren!«

»Da täuschen Sie sich. Zuletzt geschah etwas Ähnliches im Jahr 2004 in einem kleinen Dorf in der Walachei. Angehörige gruben einen Mann aus, rissen ihm mit einer Mistgabel das Herz aus der Brust, verbrannten es und gaben die Asche einer jungen Frau, die glaubte, von diesem *Strigoi* heimgesucht zu werden, in einem Glas Wasser zu trinken.«

»Das ist nicht Ihr Ernst!«

»Doch, doch, durchaus. Die Übeltäter wurden sogar vor Gericht gestellt und zu Gefängnisstrafen verurteilt, aber gesessen haben sie nie.«

»Nein? Warum nicht?«

»Wer weiß?« Der Pfarrer zuckte mit den Schultern. »Auf das rumänische Justizsystem ist mal mehr und mal weniger Verlass. Die junge Frau jedenfalls, Sie wissen schon, die, die die Asche des verbrannten Herzens mit Wasser vermischt getrunken hatte, sagte, der *Strigoi* habe sie von da an in Ruhe gelassen.« Er legte Paul abermals eine Hand auf den Unterarm, eiskalt war sie, beinahe so kalt wie der tote Sánja in seinem Grab. »Meine Güte, Sie scheinen mir furchtbar blass. Verraten Sie mir, warum diese ganze Sache Sie so mitnimmt?«

Paul schluckte und überlegte fieberhaft, was er antworten könnte, als ein Raunen durch die Menge ging. Wie von einem unsichtbaren Band gezogen, drängten die Menschen sich dichter an das Friedhofstor. Irgendetwas schien da im Gange.

Im nächsten Augenblick öffnete sich das Tor, ein Blechsarg wurde hinausgetragen, ein orthodoxer Priester folgte ihm. Sofort begannen die Umstehenden, sich zu bekreuzigen, drei Mal hintereinander, wie es üblich war. Paul konnte seinen Blick kaum abwenden von dem schmalen Sarg. Er hatte wieder die verstümmelte Leiche Sánjas vor Augen. Schlimmer noch, er spürte das Haar des Alten an seiner Stirn, das stoppelige Kinn, er hatte sogar den Gestank in der Nase, der dem Mund des Leichnams entströmt war. Paul schüttelte sich, merkte, wie seine Hände ganz schwitzig wurden, und strich sie schnell an seiner Jeans ab. Oder war etwa immer noch Leichenflüssigkeit daran? Sofort musste er würgen und war heilfroh, dass er an diesem Tag noch nicht viel herunterbekommen hatte.

Reiß dich zusammen, schalt er sich im Stillen und sah sich vorsichtig nach dem Pfarrer um. Der stand direkt hinter ihm, hoch aufragend, die spitze, gebogene Nase himmelwärts, als rieche er etwas, was allen anderen verborgen blieb.

Paul merkte, wie seine Hände noch ein bisschen schwitziger wurden. Sosehr er den Pfarrer schätzte für die Gespräche, die er mit ihm führen konnte, so sehr fühlte er sich auch immer wieder von ihm abgestoßen. Ein bisschen, dachte er, wie bei Maia.

Hinter dem orthodoxen Priester verließ nun die Polizistin Hatmanu den Friedhof. Ihre blaue Uniform war wieder einmal so glatt gebügelt, dass sie im Licht der Mittagssonne glänzte. Die schmalen Lippen fest aufeinandergepresst, bahnte sie sich ihren Weg. Doch die Menschen, die am dichtesten vor ihr standen, wichen von ganz allein zurück, genauso, wie sie es auch bei Pauls Ankunft getan hatten. Auf ihren Gesichtern spiegelte sich blankes Entsetzen.

Gerade wollte Paul sich ein bisschen näher herandrängen, um besser sehen zu können, da streckte die Polizistin den rechten Arm in die Höhe. Sie hielt etwas in der Hand, einen durchsichtigen Beutel. Bei dem Anblick bekreuzigten sich die meisten Umstehenden direkt noch einmal, drei Mal hintereinander.

»Wir haben die Tatwaffe«, verkündete die kleine Polizistin. »Sie ist voller gut erkennbarer Fingerabdrücke. Innerhalb kürzester Zeit werden wir den Täter dingfest machen, und dann gnade ihm Gott!«

Paul glaubte, sein Herz müsse stehen bleiben. In dem Plastikbeutel, den sie in die Höhe hielt, lag, gut erkennbar, das Messer.

Und die Fingerabdrücke darauf, das war ihm vollkommen klar, waren seine. Wie hatte er das vergessen können?

Die Menge löste sich auf, die Polizeiautos brausten davon.

»Mein Freund, Sie sehen ja vollkommen verstört aus!«, rief der Pfarrer. »Machen Sie sich keine Sorgen. In der Walachei mögen Schurken wie der, der den alten Sánja geschändet hat, davonkommen, hier nicht. Dafür sorgt eine Frau wie die Polizistin Hatmanu!«

»Danke für Ihre Worte«, murmelte Paul und verabschiedete sich rasch.

Der Samstagabend kam. Paul hatte noch lange das Altenteil abgesucht, ohne irgendetwas zu finden, das Licht ins Dunkle der vergangenen Nacht hätte bringen können. Was, wenn seine Erinnerung ihn trog? Wenn sich alles ganz anders abgespielt hatte? Wenn er tatsächlich ein fürchterliches Verbrechen begangen hatte? Denn ein Verbrechen war es, was dem toten Sánja widerfahren war. Und sobald man ihn auffordern würde, seine Fingerabdrücke abzugeben, wäre er geliefert.

Kurz überlegte er, seine Sachen zu packen und zu verschwinden. Aber er war sich sicher, sollte die Polizistin Hatmanu davon Wind bekommen, würde sie ihn gleich am Flughafen verhaften. Und dass sie davon Wind bekommen würde, schien ihm sonnenklar. Maia hatte recht: Sie hatte ihn bereits im Visier.

Die Wut, die Paul am Morgen empfunden hatte, drohte der Verzweiflung zu weichen.

Nein, sagte er sich immer wieder, ich war das nicht. Ich habe Sánja nichts getan. Bei meinen Nachforschungen zur Mülldeponie bin ich jemandem zu nahe gekommen, und dieser Jemand hat mir eine Falle gestellt.

Doch ein leiser Zweifel blieb.

Von fern hörte er das Schnalzen der Hirten, dann ein dumpfes Muhen auf der Straße. Die Kuh. Sicherlich würde Maia sie gleich hineinlassen. Doch im Hof bewegte sich nichts, und so holte Paul das Tier herein. Es trottete an ihm vorbei in den Stall, als seien sie alte Bekannte. Was ja sogar ein bisschen stimmte.

Paul tätschelte ihm den ausladenden Po und machte sich

auf zu Sorins Mutter. Vor dem Nachbarhaus saßen Ion und seine Frau auf der Bank, und auch die Bänke vor den anderen Höfen waren nicht mehr leer. Die Menschen traten aus ihren Toren, sprachen miteinander, tuschelten. Der Schrecken, den er am Nachmittag in ihren Gesichtern gesehen hatte, war verschwunden.

»*Salut*«, grüßte Paul, »*bună seara!* Guten Abend!«

Er wurde zurückgegrüßt, als sei nichts geschehen und als seien sie nicht vor wenigen Stunden erst vor ihm, dem Heruntergekommenen, dem Fremden, zurückgewichen.

Vom anderen Ende des Dorfes winkten ihm die Hirten zu, bevor sie nach Hause schlurften, müde sahen sie aus, aber zufrieden, die Gesichter sonnengebräunt.

Welch ein Idyll könnte dieser Ort sein, dachte Paul. Würden sich nicht so grausliche Dinge hier ereignen.

Bei Sorins Mutter wartete er, bis sie ihre Kuh gemolken hatte, brachte dann die Milchkanne zur Sammelstelle und stellte sie zu dem anderen halben Dutzend Kannen in den Kühlkeller.

Unwillkürlich musste er an das denken, was Pušomori ihm über die Mülldeponie erzählt hatte. Wie lange, fragte er sich, würde man den Dorfbewohnern die Milch noch abkaufen? Wann würden sie dieses karge Zubrot verlieren, wenn erst einmal bekannt wurde, dass das Land, auf dem ihre Tiere grasten, vergiftet war?

Zurück im Altenteil, holte er sein Handy hervor, sichtete noch einmal die Bilder, die er am Abend zuvor geschossen hatte. Las seine Notizen durch, machte sich neue. Er schrieb auch ein paar kurze Sätze über den *Nachzehrer*. Später einmal, wenn hoffentlich Gras über die Sache gewachsen war, könnte das seinen geplanten Artikel über die Mülldeponie ein bisschen auflockern. Paul schluckte.

Eigentlich konnte er sich das kaum vorstellen. Wird schon, sagte er sich und speicherte alles im Netzwerk der Redaktion.

Zehn Minuten später klingelte sein Handy. Die Festnetznummer der Chefredakteurin. Typisch, dachte Paul, dabei ist doch längst Feierabend. Aber es war nicht die Chefredakteurin.

»Von Wilms«, meldete sich eine männliche Stimme. »Jetzt sagen Sie bloß, Herr Schwartzmüller, bei Ihnen wurde gerade ein Vampir gefunden!«

»Entschuldigung?«, fragte Paul. »Wer spricht da bitte?«

»Von Wilms! Ich vertrete die Chefredakteurin!«

Verdammt. Der Sohn des Verlegers. Sollte der nicht auf Mauritius sein?

»Wieso vertreten Sie …«

»Corona, was sonst. Ich war zum Glück gerade aus dem Urlaub zurück. Hören Sie, Paul, ich darf Sie doch so nennen, oder? Ich stöbere hier gerade durch unser Redaktionsnetzwerk. Die Kollegen aus der Onlineredaktion haben nämlich auch Corona, alle drei. Das heißt, uns fehlt der Aufmacher für morgen. Eigentlich bringen wir da ja immer was Gefühliges, was zur Stimmung passt, Sie wissen schon, Sonntagmorgen, Sonne, Kaffeeduft, aber diese Sache mit dem Vampir, die hat was. Machen Sie es nicht zu blutig, ja? So, dass das Frühstücksei noch schmeckt, haha!«

»Ich soll Ihnen bis morgen früh einen Aufmacher schreiben?«

»Wollen Sie sagen, Sie kriegen das nicht hin?«

»Doch, schon. Es ist nur so, ich bin hier an einer viel größeren Geschichte dran, illegale Müllentsorgung mit EU-Geldern, es ist noch nicht ganz ausrecherchiert, die Chefredakteurin meinte …«

»Die Chefredakteurin hat Corona«, fiel ihm der Sohn des Verlegers ins Wort. »Das sagte ich doch schon. Es ist Samstagabend, es gibt keinen Aufmacher für die morgige Onlineausgabe. Sie haben eine Geschichte. Und ich habe, unter uns, Karten fürs Schauspiel. Und eine sehr kulturbegeisterte Freundin, die unten auf dem Parkplatz in meinem Wagen sitzt und nonstop auf die Hupe drückt. Hören Sie das?«

Er schien den Telefonhörer vom Ohr wegzuhalten, und Paul meinte tatsächlich, ein Hupen zu hören.

»Kurzum, schreiben Sie was, irgendwas. Hauptsache, der Vampir kommt drin vor. Und Hauptsache, Sie halten sich an die Zeichenzahl. Eine unserer studentischen Hilfskräfte, ich habe ihren Namen vergessen, Karla oder Charly oder so, baut die Seite dann später in der Nacht zusammen, ich habe sie auf Stand-by gesetzt. Kriegen Sie das hin, ja oder nein?«

»Selbstverständlich«, antwortete Paul. »Ich halte mich an die Zeichenzahl. Und der Vampir kommt drin vor.«

In einer der Schubladen des so edel mit Linoleum bezogenen Tisches fand Paul Papier und Stift. Als Erstes schrieb er ein Konzept. Jeder gute Artikel, das hatte er bereits als junger Mann gelernt, begann mit einem guten Konzept. Es half, die eigenen Gedanken zu ordnen, die wichtigsten Thesen herauszuarbeiten, die entscheidenden Details festzuhalten.

Er schrieb es mit der Hand, so wie immer.

Als er damit fertig war, zuckten vor dem Fenster die ersten Blitze über den Abendhimmel. Irgendwo da draußen war jemand. Ein mit allen Wassern gewaschener Verbrecher. Jemand, der Menschen tötete, die ihm im Weg waren. Der dafür gesorgt hatte, dass Sorin unschuldig im Gefängnis saß. Und der auch ihn vergiftet und verschleppt hatte. Paul mühte sich, die Zweifel, die nach wie vor in seinem Hinterkopf spukten, beiseitezuschieben. Heute Nacht würde er sich nicht von ihnen leiten lassen. Nein, heute Nacht würde er das tun, was er am allerbesten konnte. Er würde eine Geschichte schreiben. Und diese Geschichte, er war sich vollkommen sicher, würde dafür sorgen, dass der Polizei ein Licht aufging.

Der *Nachzehrer* musste ja nur am Rande darin vorkommen.

Er nahm sein Mobiltelefon zur Hand, öffnete das Schreibprogramm des Redaktionsnetzwerks, und dann tippte er den ganzen langen Artikel in einem Rutsch hinein. Er setzte nicht einmal ab, formulierte kein einziges Mal etwas um, löschte nichts. Die Worte strömten nur so aus ihm heraus.

Die Blitze wurden unterbrochen von Donner, kamen näher. Und als der Blitz einschlug, ganz in der Nähe, als das Licht im Altenteil erlosch, da drückte Paul auf »Senden«.

»Geile Story«, antwortete nach wenigen Minuten die studentische Hilfskraft, sie hieß Barbara. »Geht in einer Stunde online, verlinkt mit den lokalen Hashtags.«

Paul schickte ihr ein Smiley.

Direkt über ihm blitzte und donnerte es erneut.

»Bitte schön, Frau Hatmanu«, flüsterte er in die grell erleuchtete Nacht. »Das ist für Sie. Damit Sie endlich Ihre Arbeit machen.«

EINUNDZWANZIG

Sirenen. Paul befand sich noch in jenem Stadium zwischen Schlafen und Wachen, als sie ertönten. Im Nu war er aus dem Bett, er trug wieder nur seine Unterhose, der Schlafanzug blieb verschwunden, egal, er rannte aus dem Altenteil, über den Hof zum Tor.

Er schob es gerade noch rechtzeitig auf, um die Polizeiwagen vorbeibrettern zu sehen, sechs an der Zahl, darunter zwei Mannschaftswagen. Ihr flackerndes blaues Licht spiegelte sich in den Gesichtern der Nachbarn, die ebenfalls auf die Straße getreten waren, es ließ ein paar Hühner laut gackernd das Weite suchen und brachte die Hunde für einen Moment zum Verstummen, bevor sie alle zugleich wie die Wilden erneut zu kläffen begannen. Da war die Kolonne schon wieder aus dem Dorf heraus, eine gewaltige Staubwolke hinter sich herziehend.

Donnerwetter, flüsterte Paul. Das konnte nur eins bedeuten: Sein Artikel hatte eingeschlagen wie eine Bombe.

»Was hast du gemacht?«, rief Maia. Sie stand in der Tür zur Sommerküche, unter dem Tuch auf ihrem Kopf blitzte eine Strähne ihres kupferfarbenen Haars hervor. »Ich sehe es dir doch an, du hast etwas damit zu tun! Was macht die Polizei schon wieder hier?«

»Später«, murmelte Paul, eilte zurück ins Altenteil und zog sich blitzschnell an. Wie gerne würde er jetzt mit Maia *Palukes* essen und ihr von seinem Artikel erzählen, still darauf hoffend, ein winzig kleines Lächeln zu ernten. Aber vielleicht kam das noch, später. Jetzt musste er dringend zum Dracula-Park.

Kurz überlegte er, das Auto zu nehmen, allerdings war es so eingestaubt, dass er kaum durch die Windschutzscheibe gucken konnte, innen stank es immer noch nach toter Fledermaus, im Display blinkten irgendwelche Symbole, und starten wollte es auch nicht. Dann eben zu Fuß. Paul rannte los, den kleinen schwarzen Hund auf den Fersen.

Vor der Kirchenburg schloss der Pfarrer gerade die Pforte auf, eine Handvoll Gläubige hatte sich zur Frühandacht versammelt. Seltsam, dachte Paul, dass Tante Zinzi nie mit mir in den Gottesdienst gegangen ist, sie schien ja sonst recht religiös. Aber egal. Jetzt hieß es, zu gucken, wohin die Polizei so zeitig am Sonntagmorgen unterwegs war.

Er hatte sich nicht getäuscht. Schon von Weitem sah er die Polizeiautos am Eingang zum Dracula-Park stehen. Als er näher kam, konnte er lautes Rufen vernehmen, Befehle wurden gebrüllt. Offensichtlich waren sie dabei, jede Menge Menschen zu verhaften.

Sensationell, dachte Paul, das hätte ich der hiesigen Polizei gar nicht zugetraut. Zugleich merkte er, wie ein ganz und gar seliges Grinsen sich auf seinem Gesicht breitmachte. Das war sein Werk. Er war kein verstörter Schlafwandler mehr, kein Heruntergekommener, der sich in seiner alten Heimat nicht mehr auskannte. Er war wieder er selbst, Paul Schwartzmüller, begnadeter Rechercheur und Journalist.

Jetzt, endlich, würden sie den Schweinereien rund um den angeblichen Dracula-Park nachgehen. Und das würde, nein, das musste unweigerlich dazu führen, dass sie den wahren Strippenzieher hinter all den Verbrechen enttarnten. Und dass Sorin freikam.

Paul ballte die Faust in der Tasche. Denen hatte er es mit seiner Story gezeigt!

Das Grinsen in seinem Gesicht wurde noch ein bisschen breiter.

Den Gedanken an das, was mit Sánjas Leichnam passiert war und was er womöglich damit zu tun hatte, schob er schnell beiseite. Beinahe wäre er an dem Mädchen vorbeigerannt, das am Rande des Weges stand, barfuß, die Fäuste in die Hüften gestemmt.

»Pušomori!«, rief er, als er sie erkannte. »*Bună dimineaţa!* Guten Morgen! Hast du schon gesehen? Sie machen eine Razzia auf der Deponie! Ist das nicht wundervoll?«

»Wundervoll?« Sie trat einen Schritt auf ihn zu, die Augenbrauen so dicht zusammengezogen, dass sie sich beinahe berührten.

»Ja, natürlich! Jetzt wird da endlich aufgeräumt, die Verantwortlichen verhaftet, die Deponie stillgelegt. Du musst wissen, ich habe einen Artikel geschrieben über die ganze Sache …«

»Ich weiß. Ich habe ihn gelesen.«

»Fein.« Paul lächelte freundlich. Dieses Mädchen war einfach zu seltsam. Sie guckte ja fast noch grimmiger als Maia! »Nun sei doch froh, bald hat der ganze Spuk ein Ende!«

»Der Spuk«, rief sie und spuckte ihm so dicht vor die Füße, dass Paul rückwärtsstolperte, »sind Sie, Sie widerlicher *Nazist!*«

»Moment, hast du mich gerade Nazi genannt?«

»Was wäre Ihnen lieber? Missgeburt? *Avorton?* Arschloch? *Porcule?* Oder *Trădător?* Verräter?«

»Nichts von alledem, nun hör mal auf mit dem Mist. Sieh doch nur, sie verhaften die Leute von der Mülldeponie.«

»Ich bin eine solche Idiotin!«, kreischte Pušomori. »Ich dachte wirklich, ich hätte es mit einem Mann zu tun, der den Dingen auf den Grund geht, der die Sache durchschaut!« Sie wedelte in einer hilflosen Geste mit den Armen. »Ich dachte wirklich, Sie wären klug!« Das letzte Wort schrie sie so laut, dass es Paul in den Ohren weh tat.

»Jetzt reicht's! Halt mich nicht auf! Ich muss weiter, sehen, wen sie verhaften.«

»Ja, schauen Sie es sich an.« Pušomoris Stimme war mit einem Mal ganz leise. »Schauen Sie genau hin.«

Sie trat beiseite, und Paul folgte ihrem Blick.

Was er sah, ließ ihm das Blut in den Adern gefrieren.

Es wurden tatsächlich gerade einige Leute verhaftet. Die Polizisten brachten sie mit Kabelbindern gefesselt aus der Mülldeponie heraus, stießen sie unsanft in die wartenden Fahrzeuge. Aber sie sahen kein bisschen aus wie jemand, der im vermeintlichen Dracula-Park etwas zu sagen hätte, und auch nicht wie irgendwelche Hintermänner. Nein, es waren die Menschen, denen Paul auf der Deponie begegnet war. Die Polizei war dabei, die Müllsammler zu verhaften.

»Da sehen Sie, was Sie angerichtet haben, Sie Starjournalist«, zischte Pušomori.

»Ich, ich verstehe nicht.«

»Was gibt es daran nicht zu verstehen? Sie haben über die Leute geschrieben, die nach Verwertbarem auf der Deponie suchen, Sie haben sogar Fotos von ihnen veröffentlicht! Haben Sie im Ernst geglaubt, die Polizei würde sich die Gelegenheit entgehen lassen, ein paar *Ţigani* hochzunehmen?«

»Aber das war doch, genau wie die Sache mit dem Vampir, nur ein Randaspekt, um ein bisschen Atmosphäre in den Artikel zu bringen, um Mitgefühl für die *Ţigani* zu wecken, die direkt neben der Deponie wohnen müssen, die im Müll nach Verwertbarem suchen …«

»Mitgefühl?«, brüllte Pušomori. »Als wenn es für unsereins Mitgefühl gäbe! Man schaut auf uns herab, man behandelt uns wie den letzten Dreck! Haben Sie gewusst, Herr Starjournalist, dass wir in diesem Land einst Sklaven waren, jahrhundertelang? Dass unsereins vielerorts am Rande von Müllkippen lebt, oft sogar dorthin vertrieben wird, weil wir da angeblich hingehören?«

»Ich habe davon gehört«, flüsterte Paul, »ich …«

»Ach, seien Sie still! Schauen Sie, was Sie angerichtet haben!«

Gerade wurden die letzten Menschen in die bereitstehenden Transporter geschubst. Paul sah die alte Frau, die vor ihm über den Zaun geklettert war. Ihr Mann klammerte sich an das Pferd, das eingespannt vor dem Karren stand. Doch man riss ihn weg, gab dem Pferd einen Hieb. Es bäumte sich auf, wieherte und galoppierte, den Wagen schlingernd hinter sich herziehend, davon, ehe es ein Stück entfernt zitternd stehen blieb.

Türen knallten, ein Kerl in Uniform brüllte »Abfahrt«. Von der Polizistin Hatmanu war nichts zu sehen.

Paul rannte los. »Halt!«, rief er. »Stopp! Warten Sie!«

Doch als er die Brachfläche vor den Toren der Müllkippe erreichte, fuhren die Wagen gerade ab. Im letzten sah er zwei halbwüchsige Jungen, die er sofort erkannte. Es waren die beiden Hirten.

Pušomori stand immer noch mitten auf dem Weg, die Hände in den Taschen ihres Anoraks vergraben, die Zähne zusammengepresst.

»Es tut mir so leid.« Paul trat einen Schritt auf sie zu. »Ich wollte das nicht, ich hatte gehofft …«

Doch sie drehte sich von ihm weg und lief davon. Das Letzte, was er von ihr sah, waren ihre nackten Füße, die mittleren Zehen ein ganzes Stück länger als die anderen.

Auf dem Weg zum Dorf kam ihm die Herde entgegen. Die Kühe schienen unruhig, so, als sei der Weg, den sie Tag für Tag zur Weide gingen, ihnen mit einem Mal fremd. Der alte Ion lief mitten unter ihnen, pfeifend und schnalzend mühte er sich mit einem frisch geschnittenen Zweig, die Tiere beisammenzuhalten.

»Die Hirten sind weg«, rief er lachend, als er Paul erblickte. »Das macht nichts, Paul, gar nichts, schau, ich kann es noch!«

Paul wäre vor Scham am liebsten im Erdboden versunken.

»Kann ich dir helfen, Ion?«

»Nein, nein, *merge şi aşa*, das geht schon!« Wieder lachte der alte Mann, dass die goldenen Zähne in seinem Mund funkelten.

Auf der Dorfstraße standen die Menschen zusammen und tuschelten, und als sie Paul sahen, begrüßten auch sie ihn mit einem fröhlichen Lachen.

»*Salut*, Paul! *Bună dimineaţa!*«

Paul grüßte leise zurück und hatte das Gefühl, dass er mit jedem Meter, den er zwischen ihnen entlanglief, ein paar Zentimeter kleiner wurde.

»Warum lachen alle, wenn sie mich sehen?«, fragte er Maia, als er endlich Tante Zinzis Hof erreichte.

Doch Maia würdigte ihn keines Blickes. Sie saß in der Sommerküche, im Schoß einen ziemlich zerkratzten E-Reader, und las. Paul erkannte auf dem Bildschirm das Layout der Zeitung, für die er arbeitete, und hätte sich am liebsten direkt ins Altenteil verkrochen. Doch vor Maia auf dem Tisch stand wie jeden Morgen eine irdene Schüssel *Palukes*. Der Maisbrei war offensichtlich noch warm, denn er dampfte, und er roch einfach köstlich. Obwohl ihm die Bilder von den Verhaftungen auf der Mülldeponie nicht aus dem Kopf gingen, lief Paul doch das Wasser im Munde zusammen. Vielleicht aß er einen Happen? Er würde sich gleich besser fühlen, und dann würde man weitersehen.

Doch in dem Moment, in dem er sich zu Maia setzte, hob sie, ohne von ihrer Lektüre aufzusehen, ganz langsam den Arm, bewegte ihn wie in Zeitlupe einmal von links nach rechts und schubste dabei die Schüssel mit einer beinahe anmutigen Bewegung vom Tisch. Sie zersprang in tausend Stücke, der warme Brei ergoss sich auf den Boden.

»Was, was tust du?«, rief Paul.

Sie gab keine Antwort, sie bückte sich lediglich, sammelte mit spitzen Fingern die Scherben ein, legte sie neben sich auf die Bank und schnalzte einmal mit der Zunge. Sofort kamen sämtliche Hühner angewetzt und machten sich über den Brei her. Selbst der kleine schwarze Hund, dem es wieder einmal gelungen war, mit Paul durch die Hoftür zu schlüpfen, bekam etwas ab.

»Maia«, begann Paul, »ich denke, wir sollten wie zwei vernünftige Menschen ...«

Er verstummte. Maia hatte wieder den Arm gehoben, und einen Moment lang dachte er, sie würde ihn schlagen. Doch alles, was sie tat, war, auf das Tor zu zeigen.

»Raus«, sagte sie.

»Bitte was? Du setzt mich vor die Tür?«

Sie antwortete nicht. Sie sah ihn nur an. Dabei guckte sie kein bisschen wütend, nicht einmal grimmig. Ihr Gesicht war wie eingefroren. Eine Maske, die Haut alabasterweiß, der Mund so rot wie die Weichseln im Garten hinter dem Haus, die Nase gerade. Ihre Augen jedoch, die Paul so oft böse angefunkelt hatten, waren vollkommen leer. Paul merkte, wie sein Herz zu stolpern begann. Noch nie war Maia ihm so schön erschienen wie in diesem Moment. Und noch nie war ihr Blick so eiskalt gewesen.

»Bitte«, flüsterte er, »lass uns reden. Ich habe doch nur ...«

»Einen Artikel geschrieben, ich weiß.« Auch ihre Stimme war eiskalt, ohne jede Regung. Aber immerhin, sie sprach mit ihm.

»Genau«, antwortete Paul schnell. »Und ich habe damit einen guten Zweck verfolgt, du wirst sehen ...«

»Nichts werde ich sehen!«, kreischte sie. »Und du verschwindest jetzt, sofort!«

»Moment!«, brüllte Paul. Jetzt reichte es ihm langsam. »Tante Zinzi hat mir schließlich den Hof vererbt!«

»Du wagst es. Du wagst es tatsächlich, dieses Erbe anzunehmen.«

»Eigentlich wollte ich …«, warf Paul ein, doch sie sprach einfach weiter.

»Du schämst dich nicht einmal. Seit dem ersten Tag, an dem du hier aufgekreuzt bist, warte ich darauf, ja, worauf eigentlich? Dass du dich entschuldigst? Bei einer Toten? Die jahrzehntelang auf Nachricht von dir hoffte? Wohl kaum. Aber Bedauern hättest du zeigen können, zumindest ein bisschen. Oder auch nur pro forma! Aber nein, nichts dergleichen. Du tust so, als sei nichts geschehen. Okay, habe ich gedacht, gib ihm trotzdem eine Chance. Tante Zinzi hat diesen Idioten geliebt, warum auch immer. Als Sorin dich bat, ihm zu helfen, hatte ich gleich ein schlechtes Gefühl. Ausgerechnet du! Und ich habe recht behalten. Nichts hast du für ihn erreicht, gar nichts. Aber dass du den gleichen Fehler wie damals machen würdest! Damit habe selbst ich nicht gerechnet.«

»Wovon redest du? Was für einen Fehler?«

»Tu nicht so, als wüsstest du nicht, wovon ich spreche!«

»Verdammt, ich weiß es wirklich nicht!«

Sie sah ihn an, als zweifle sie an seinem Verstand. Als sie weitersprach, betonte sie jedes Wort, als spreche sie mit einem Kleinkind.

»Der Aufsatz?«, sagte sie. »Deine Bewerbung für das Brukenthal-Gymansium?«

»Was ist damit?«

»Sag nicht, du erinnerst dich nicht. Mir machst du nichts vor!«

»Verdammt«, brüllte Paul. »Ich habe keine Ahnung, wovon du sprichst!« Doch im selben Moment, in dem er diese Worte hinausschrie, regte sich etwas in seinem Inneren. Ein Gefühl, das ihm vertraut war und verhasst zugleich, und das er nicht zu fassen bekam.

Bitte sprich nicht weiter, flehte er im Stillen. Doch Maia sprach weiter.

»Was für ein aufgewecktes Kerlchen du doch gewesen sein musst«, sagte sie, und ihre Stimme troff vor Hohn. »Der Weg aufs Lyzeum stand damals nur wenigen Auserwählten offen. Und dann noch auf das deutsche Lyzeum, und das in den Achtzigern!« Sie hielt kurz inne, wurde leiser. »Ich meine, wir reden von einer Zeit, in der der große *Conducător* den Menschen erklärte, sie sollten von Waldbeeren und Wurzeln leben und sich Tauben halten, wenn sie Fleisch essen wollten. In denen man stundenlang um Nahrung anstand, oft vergebens. In denen die Wohnungen im Winter kalt blieben. Ach, was erzähle ich dir! Du, Paul, hattest einen Vater, der sich für dich krummlegte, und eine Tante, die euch mit den Früchten ihrer Feldarbeit durchfütterte. In jedem Sommer, den du hier verbrachtest, nahmst du drei Kilo zu, so hat Zinzi es mir selbst erzählt. Wenn jemand in dieser düsteren Zeit die Chance auf ein halbwegs gutes Leben hatte, dann warst du es, Paul. Ein Abschluss auf dem deutschen Gymnasium war Gold wert, selbst im Realsozialismus. Es gab nur eine Hürde zu nehmen, von der jedoch alle annahmen, dass du sie mit Bravour meistern würdest – die Aufnahmeprüfung.«

Maia schwieg einen Moment, taxierte ihn aus ihren grünen Augen. Ihr Blick war nicht mehr leer. Er war voller Verachtung.

Bitte, formten Pauls Lippen stumm, bitte schweig.

»Der kleine Paul, wobei, so klein war er gar nicht mehr, immerhin schon vierzehn, andere standen in diesem Alter längst in der Fabrik, galt als außergewöhnlich talentiert. Das wusste er auch, schließlich wurde es ihm permanent gesagt, von seinem stolzen Vater, von seinen Lehrern, sogar von seiner Tante Zinzi. Man kann wohl durchaus behaupten, dass er sich darauf etwas einbildete.«

Maia machte eine Pause. Fixierte ihn. Paul schlug die Augen nieder, merkte, wie eine heiße Röte seinen Nacken hinaufkroch.

»Als er in diesem Sommer seine Tante besuchte«, sprach Maia weiter, »erklärte er ihr, er habe sich mit seinem Bewerbungsaufsatz für die deutsche Schule selbst übertroffen. Die Tante war so wonnetrunken, dass sie die guten Gläser aus der Kredenz hervorholte und den selbst gemachten Himbeersaft. Sie stießen an und tranken auf eine glückliche Zukunft.«

Paul fuhr sich mit der Zunge über die Lippen. Ganz trocken waren sie, und doch war ihm, als schmecke er den köstlichen roten Saft noch jetzt. Die Erinnerung war plötzlich so lebendig, als habe sich all das erst vor wenigen Tagen ereignet. Etwas, das tief in ihm verborgen gewesen war, drängte mit aller Macht ans Licht. Und die glühende Röte, die seinen Nacken hinaufgekrochen war, verbreitete sich nun in seinem ganzen Gesicht.

»Drei Wochen später wurde Zinzi vorgeladen, zu einem Gespräch, wie es hieß. In einem Gebäude in Sibiu, von dem jeder wusste, was sich darin befand, worüber jedoch niemand sprach, saß sie drei freundlich blickenden Herren gegenüber, die ihr ein Heft über den Tisch zuschoben. Ein Schulheft, die ersten einundzwanzig Seiten eng beschrieben. Es war der Bewerbungsaufsatz ihres Neffen.«

»Ich habe keine Ahnung«, brach es aus Paul heraus. »Wirklich, ich weiß nicht mehr, was ich damals geschrieben habe!«

»Dann will ich deiner Erinnerung mal auf die Sprünge helfen«, erklärte Maia. »Ich war selbst schon beinahe erwachsen, als Zinzi es mir erzählte. In den Jahren, die ich da schon bei ihr verbracht hatte, war mir vieles unverständlich geblieben. So manches von dem, was sie tat, war mir verhasst. Doch sie fürchtete, sie würde mich verlieren, wenn sie sich mir offenbarte. Noch ein Verlust. Das hätte sie nicht überlebt.«

Paul sackte in sich zusammen. Ein Teil von ihm wollte aufspringen und davonlaufen. Ein anderer jedoch brannte darauf, zu hören, was Maia zu sagen hatte.

Sie sah ihn nicht mehr an, als sie weitersprach.

»Der vierzehnjährige Paul, der Musterschüler, hatte einundzwanzig Seiten über seine Ferienaufenthalte in einem kleinen siebenbürgischen Dorf verfasst. Er schilderte die Natur in blumigen Worten, ein ganzes Kapitel handelte nur von der hundertjährigen Steineiche. Den allergrößten Teil des Aufsatzes jedoch widmete er seiner Tante Zinzi und den Wundertaten, die sie vollbrachte. Wie groß die Kohlköpfe waren, die sie bei Vollmond mit einem besonderen Sud begoss. Wie sie kranke Lämmer heilte und lahme Pferde wieder ans Laufen bekam. Wie sie Nachbarinnen, die nachts weinend an ihr Tor klopften, mit in ihre Stube nahm und wie diese Frauen im Morgengrauen blass, aber lächelnd, vom Hof schlichen. Der ganze Aufsatz troff nur so von stolzer Überheblichkeit, der Neffe dieser außergewöhnlichen Frau zu sein. Und er lieferte genau diese Frau, deine Tante Zinzi, ans Messer.«

»Nein.« In Pauls Kopf überschlugen sich die Gedanken. »Sag, dass das nicht wahr ist.«

»Das hättest du wohl gerne!«, keifte Maia. »Verstehst du wenigstens heute, was du getan hast?« Sie wartete seine Antwort nicht ab. »Nicht nur, dass Zinzi alte Heilmethoden ausübte, das allein hätte ausgereicht, um sie ins Irrenhaus zu stecken, wie sie es damals mit all jenen machten, die sich nicht konform verhielten. Nein, es war viel schlimmer! Sie war eine sogenannte Engelmacherin, sie führte illegal Abtreibungen durch. Und das in einer Zeit, in der Frauen nur dann abtreiben durften, wenn sie bereits fünf Kinder hatten! Ceaușescu wollte, dass seine Anhängerschaft wuchs. Dabei wuchs mit jedem weiteren Kind nur die Not, in der die meisten Familien eh schon lebten! Ganz zu schweigen von den vielen missglückten Abtreibungsversuchen, von den vielen behinderten Kindern, die in staatlichen Waisenhäusern unter elendsten Bedingungen vor sich hin vegetierten. Ach, diese Waisenhäuser …«

Sie brach ab. Hob den Kopf. Sah ihn an, und in ihrem Blick lag nichts als Verachtung.

»Beinahe fünfunddreißig Jahre ist das jetzt her. Ich war also nicht gerade begeistert, als du hier auftauchtest, weiß Gott nicht. Doch ich habe schnell gemerkt, wie verunsichert du warst. Als habe die Rückkehr an diesen Ort dich vollkommen aus der Spur geworfen. Allein die Schlafwandelei! Das war fast ein bisschen niedlich. Der große Journalist tapste nachts im Schlafanzug über den Hof. Ich begann, es für möglich zu halten, dass aus dir ein guter Mensch geworden war. So, wie offenbar auch Pušomori auf dich gesetzt hat.«

»Pušomori?«, fragte Paul, obwohl er wusste, dass diese Frage eigentlich vollkommen nebensächlich war. »Ihr kennt euch?«

Maia machte eine abwehrende Handbewegung, sprach weiter.

»Ich habe mich getäuscht. Du bist genauso selbstverliebt und dumm wie vor fünfunddreißig Jahren. Du schreibst diesen lächerlichen Artikel und glaubst, damit die Polizei dazu zu kriegen, dass sie den Hintermännern der Mülldeponie auf die Pelle rückt? Die Polizei ist reformiert, sie macht eine gute Arbeit, schließlich sind wir in der EU, aber man kann nie sicher sein, dass an entscheidenden Stellen nicht doch korrupte Säcke sitzen. Und dann kommst du. Beinahe fünfzig Jahre alt, hast, wie ich aus Sorins Erzählungen entnehme, ein ziemlich erfolgreiches Berufsleben hinter dir. Aber kaum bist du in deiner alten Heimat, wirst du wieder zu dem blöden, eitlen Bubi, der du mit vierzehn schon warst. Und wieder lieferst du Menschen ans Messer.«

Sie stand auf, blickte auf ihn herab, und für einen Moment hoffte Paul, sie würde ihm vor die Füße spucken, so wie Pušomori es getan hatte. Doch die Geringschätzung, die sich in diesem Moment in ihren Augen spiegelte, fühlte sich tausendmal schlimmer an.

»Du wolltest wissen, warum die Leute lachen, wenn sie dich sehen? Das ist unsere Art, auf etwas Peinliches zu reagieren. Über dich, den tollen Journalisten aus Deutschland, werden wahrscheinlich noch unsere Nachfahren lachen. Und nun sieh, dass du davonkommst. Wie ich höre, hat sich ein Pferd der Müllsammler, das eingeschirrt herumirrt, verletzt, ich muss nach ihm gucken. Wenn ich wiederkomme, bist du weg.«

Maia ging, ohne sich noch ein einziges Mal nach ihm umzusehen.

Und in diesem Moment wusste Paul mit schneidender Klarheit, was das für ein Gefühl war, das er die ganze Zeit zu fassen versucht hatte. Das ihm seit Jahr und Tag vertraut war und das er aus tiefster Seele hasste. Es war das Gefühl, schuldig zu sein.

Die Brüder kamen zusammen mit den anderen gegen Mittag zurück. Sie liefen gleich los, den alten Ion bei der Herde ablösen. Pušomori wusste da bereits, dass man sie nur verwarnt hatte. Dafür hatte wohl diese Polizistin gesorgt, Hatmanu hieß sie. Sie schien ziemlich erzürnt über die Aktion ihrer Kollegen, und Pušomori hoffte, dass die Brüder keine Strafe zahlen mussten. Ihre Familie hatte keinen einzigen Leu *übrig. Und die Mutter brachte es fertig und schickte sie, Pušomori, nach Deutschland zur Gurkenernte, damit sie das nötige Geld bei dem Ekel verdiente, bei dem sie auch die letzten Sommer geschuftet hatte. Wobei die Arbeit auf dem Hof gar nicht mal so schlimm gewesen war. Das Schlimme waren der Schlafmangel und die gehässigen Sprüche.*

Sie schob die Erinnerungen in den hintersten Winkel ihres Kopfes und konzentrierte sich wieder auf den zerbeulten Laptop. Dass sie nicht viel früher darauf gekommen war, sich die internen Dokumente der Polizei in Braşov anzusehen! Es war ein hartes Stück Arbeit gewesen, die Sicherheitsvorkehrungen waren nicht ohne, aber es hatte sich gelohnt. Der Obduktionsbericht, den sie schon gestern genau studiert hatte, war mittlerweile von verschiedenen Stellen im Haus eingesehen worden, doch niemand schien sich einen Reim auf die seltsame Verletzung machen zu können, die man bei Günther Huber festgestellt hatte. Pušomori musste sich eingestehen, dass sie es auch nicht konnte. Aber eines schien ihr sonnenklar: Sorin hätte längst aus der Haft entlassen werden müssen!

Sicherheitshalber machte sie ein Bildschirmfoto und schickte es an eine ihrer getarnten Webmail-Adressen, dann schloss sie den Laptop.

Gestern noch wollte sie das alles dem Heruntergekommenen zeigen, aber das hatte sich ja wohl erledigt. Dieser Idiot, der konnte ihr gestohlen bleiben.

ZWEIUNDZWANZIG

Der Motor sprang nicht an, natürlich nicht. Paul saß in dem kleinen Mietwagen, auf dem Rücksitz lag zwischen den Blusen, dem Schultertuch und dem Bierkrug, die er auf Schloss Bran gekauft hatte, seine hastig gepackte Reisetasche. Er drehte immer wieder den Schlüssel, betätigte das Gaspedal, vergebens. Im Display blinkten irgendwelche Symbole, aber das war auch schon alles. Er versuchte es noch einmal, trat das Gaspedal bis zum Boden durch. Fluchte. Verdammt! Er war zu nichts mehr in der Lage.

Alles ergab plötzlich einen Sinn. Seit seiner Ankunft hatte Maia Andeutungen gemacht, er habe Tante Zinzis Leben zerstört, ganz ähnlich hatte sich Sorins Mutter geäußert. Er hatte es nicht verstanden, nicht verstehen wollen. Und selbst jetzt, nachdem Maia ihm die ganze entsetzliche Wahrheit ins Gesicht geschrien hatte, und er zweifelte nicht daran, dass es die Wahrheit war, kam ihm das Ganze vor wie ein böser Traum.

Die Erinnerung an die Zeit, als er sich für das Lyzeum beworben hatte, war nichts als ein dunkler Schemen. Er bekam sie nicht zu fassen. Er hatte es darauf geschoben, dass sich dies kurz vor ihrer Ausreise ereignet hatte. Er war beinahe noch ein Kind gewesen, der Verlust der Heimat ein Trauma, der Anfang in Deutschland schwer. War es da verwunderlich, dass Erinnerungen verblassten?

Und doch. Das Gefühl, schuld an etwas zu sein, hatte ihn sein ganzes Erwachsenenleben hindurch begleitet.

Aber schuld woran genau?

Paul saß in dem kleinen Leihwagen, in dem es immer noch nach toter Fledermaus stank, und starrte durch die verstaubte Scheibe. Maia hatte ihm nicht die ganze Geschichte erzählt. Sie hatte ihm nicht gesagt, welche Folgen Tante Zinzis Vorladung gehabt hatte. Und wie dies alles damit zusammenhing, dass der Vater und er wenig später nachts aus der Wohnung geholt wurden.

Es gab noch einen zweiten Teil dieser Geschichte.

Paul wusste nicht, ob er ihn hören wollte.

Irgendwo unter seinen Füßen wimmerte es, schon eine ganze Weile. Paul versuchte, nicht hinzuhören. Sein Körper fühlte sich ganz steif an, taub, als gehöre er gar nicht zu ihm. Als er sich schließlich bückte und, nachdem er im Fußraum nichts fand, die Fahrertür öffnete und sich hinauslehnte, gelang ihm das nur ächzend.

Unter dem Auto lag der kleine schwarze Hund. Er stemmte sich mit allen vier Beinen gegen den linken Hinterreifen, als wolle er auf jeden Fall verhindern, dass Paul wegfuhr.

Paul sank zurück in den Sitz. Starrte dumpf geradeaus.

Er saß wohl schon eine ganze Weile in dem stickigen Auto, als das Handy zu klingeln begann. Die Nummer der Chefredakteurin. Aber vielleicht war es auch der Sohn des Verlegers. Beinahe wäre er nicht drangegangen.

»Ich fasse es nicht«, keuchte die Chefredakteurin. »Sie hatten klare Anweisung, die Geschichte erst zu Ende zu recherchieren.« Sie hustete, lange, Paul hörte sie um Luft ringen. »Jetzt doch dieser Schnellschuss, ohne Rücksprache mit mir. Unbewiesene Behauptungen, was die EU-Gelder angeht. Ich erkenne Sie gar nicht wieder!« Sie hustete weiter, ihre Stimme wurde immer dünner. Sie war kaum noch zu verstehen. Aber dass er sich das mit dem Chef vom Dienst aus dem Kopf schlagen könne, das brachte sie dann doch noch deutlich heraus. Das Handy verstummte. Oder hatte er es ausgestellt?

Paul legte es beiseite. Es war ihm vollkommen gleichgültig. In Gedanken sah er den vierzehnjährigen Paul seinen Aufsatz verfassen. Wo hatte er gesessen? Wahrscheinlich, dachte er, im Klassenzimmer seiner Allgemeinschule. Und waren nicht noch andere Schüler dabei gewesen? Vermutlich. Und sehr wahrscheinlich hatten sie nach Schulschluss dort gesessen. Ja, so musste es gewesen sein.

Die Erinnerung lag immer noch weitgehend im Dunkel, doch Paul ahnte, dass sie sich bereits auf den Weg gemacht hatte, zu ihm zurückzukehren. Und mehr, als dass er es wusste, ahnte er, dass der vierzehnjährige Paul an diesem Tag ganz heiße Ohren hatte, vor lauter Aufregung. Er konnte beinahe hören, wie er die Worte lautlos vor sich hin sprach, während sie aus ihm heraus aufs Papier flossen. Wie seine Hand über die Papierbögen flog, wie sein Füller ein kratzendes Geräusch hinterließ und viele, viele Buchstaben.

Paul stöhnte. Er kannte diese Stimmung nur zu gut. Eine Mischung aus Euphorie und äußerster Angespanntheit. Seine besten Artikel hatte er so verfasst. Nie, in keinem anderen Augenblick seines Lebens, fühlte er sich so lebendig. War er so sehr er selbst. Das letzte Mal hatte er sich in der vergangenen Nacht so gefühlt.

Er vergrub das Gesicht in den Händen. Maia hatte recht. Er war selbstverliebt und dumm gewesen, vor fünfunddreißig Jahren genauso wie heute. Heute hatte er die Müllsammler in größte Not gebracht. Damals hatte er Tante Zinzi geschadet. Schlimmer noch, nach Maias Worten hatte er ihr Leben zerstört.

Wie sollte er je wieder schreiben können, wie?

Ganz abgesehen davon, dass er für Sorin rein gar nichts ausgerichtet hatte. Und dass er, wenn er ehrlich war, keinen blassen Schimmer hatte, welchen Anteil er an dem hatte, was dem toten Sánja widerfahren war.

Er drehte noch einmal den Zündschlüssel, drückte aufs Gaspedal. Wenn er doch nur hier wegkäme! Und wenn man ihn am Flughafen verhaftete? Auch egal, wie alles. Verdammt, wieso sprang diese blöde Karre nicht an?

Plötzlich war jemand an der Fahrertür, steckte einen schmalen, braun gebrannten Arm ins Fahrzeuginnere, löste einen Hebel neben seinem Sitz. Durch das kleine Auto ging ein Ruck, und die Klappe des Motorraums sprang auf.

»*Salut*, Paul!«, rief Carry, lief um den Wagen herum und verschwand sogleich unter der Motorhaube. »Gibt es ein Problem? Ah, ich sehe schon, hier ist was locker. Moment, warte! So, jetzt, willst du noch mal starten?«

Die Sonne brachte ihr blondes Haar zum Leuchten, und die Art, wie sie sich bewegte und wie sie den Kopf in den Nacken warf, erinnerte Paul so sehr an ihre Mutter, dass er beinahe glaubte, er sei wieder ein Junge und beobachte verstohlen die schöne Viktoria Laurenzi. Verdammt, wieso konnte er sich an eine Frau erinnern, in die er damals verschossen gewesen war, aber nicht an den vermaledeiten Bewerbungsaufsatz?

»Paul? Willst du mal starten?«

Er tat, wie ihm geheißen, und das Auto sprang augenblicklich an. Eine Welle heißer Scham stieg in ihm auf. Da musste eine junge Frau wie Carry vorbeikommen, damit er ein Auto in Gang brachte!

»Ich bin ja schon mit dir aufgewacht«, kicherte Carry und schob sich eine Strähne ihres blonden Haars hinters Ohr. »Seit heute früh schicken alle im Dorf sich gegenseitig deinen Artikel. Wirklich toll geschrieben, finde ich, auch wenn wir jetzt dastehen wie die Doofis, weil wir die Sache mit dem Dracula-Park nicht durchschaut haben. Wobei, ein paar haben bestimmt Bescheid gewusst, nur …« Sie verstummte, beugte sich ins Auto. »Paul? Ist dir nicht gut?«

Paul hörte auf, mit der Stirn gegen den Lenker zu schlagen.

»Entschuldigung, Carry, eh, danke«, seine Stimme klang wie ein rostiges Scharnier. »Könntest du bitte den Hund, also, könntest du ihn vielleicht unter dem Wagen hervorscheuchen?«

»Klar kann ich das.« Carry bückte sich geschwind und kam mit dem kleinen schwarzen Hund auf dem Arm wieder hoch. »Aber weit kommen wirst du nicht.«

»Wieso?«

»Deine Reifen sehen ziemlich platt aus. Zumindest die auf dieser Seite.« Sie ging einmal um das Auto herum, wobei der Hund ihr prompt entwischte. »Hier ist noch einer hinüber. Sag mal, hast du denn nicht so eine Anzeige auf dem Display?«

Oh nein. Die blinkenden Symbole. Er hatte sie seit Tagen ignoriert. Und der Ersatzreifen im Kofferraum, erinnerte er sich, war auch platt.

»Verdammt, wo kriege ich denn jetzt neue Reifen her?«

»Neue Reifen?«, lachte Carry. »Bist du irre? Kein Mensch kauft hier neue Reifen. Ich meine, bei unseren Straßen, wir kämen ja kaum hinterher. Wir gehen zum Vulkaniseur, ganz einfach.«

»Und der nächste Vulkaniseur ist wo?«

»Hier.« Carry wies auf eine Hofeinfahrt schräg gegenüber. Tatsächlich, *Vulcanizator* stand auf einem selbst gemalten Schild. Das war ihm noch gar nicht aufgefallen.

»Du wirst dich allerdings bis morgen früh gedulden müssen«, redete Carry weiter. »Heute ist Sonntag, da muss Eugen babysitten. Du musst wissen, Eugens Tochter hat eine kleine Pension im Nachbardorf, naturnaher Tourismus nennt sich das, was sie macht, du weißt schon, Eier von den eigenen Hühnern, Gemüse aus dem Garten, Wandern in den Karpaten. Kommt total gut an. Und sonntags spannt sie die Pferde vor die Kutsche und unternimmt mit ihren Gästen eine Spazierfahrt. Da hütet der Opa, wie gesagt, die Enkel.«

»Ach, das geht schon mit den Reifen!«, rief Paul, ihm war, als wolle Carrys Geplapper gar kein Ende mehr nehmen.

»Wenn du meinst.«

»Ja, klar. Danke, Carry, vielen Dank.« Paul schlug die Tür zu, wollte Gas geben, ließ es sogleich wieder bleiben und kurbelte das Fenster herunter. »Könntest du noch einmal, also, den Hund nehmen?«

»Selbstverständlich!« Carry holte das Tier wieder unter dem Auto hervor. »Sag mal, fährst du weg? Also, ich meine, so richtig?«

»Danke«, murmelte Paul, er war sich nicht sicher, ob sie ihn überhaupt hören konnte, so laut, wie der Hund winselte. »Alles Gute.«

Er trat aufs Gaspedal. Das kleine Auto rollte genau drei Meter weit, dann fühlte es sich an, als hätte ein Riese ihm und dem Wagen einen immensen Stoß versetzt, mit einem gewaltigen Krachen setzte die Karosserie vorne rechts auf, und der Reifen, der sich dort eben noch befunden hatte, kippte wie ein müder, betrunkener Mann zur Seite. Er war einfach abgesprungen.

Oh nein! Das durfte doch wohl nicht wahr sein!

»Vielleicht«, sagte Carry und versuchte, den wild bellenden Hund zu beruhigen, »solltest du doch auf Eugen warten.«

Paul merkte, wie ihm der Schweiß den Nacken herabrann. Wenn er doch bloß endlich hier wegkäme!

»Ich rufe die Mietwagenfirma an«, erklärte er.

Das Handschuhfach klemmte, und als Erstes fiel ihm ein kleiner Beutel entgegen. War das nicht der, den Bredica um den Hals getragen hatte? Irgendwie sah er genauso aus wie der Beutel, den Maia dabeihatte, als sie aus dem Bärenreservat zurückkehrten, er war sogar aus dem gleichen Stoff, nur wesentlich kleiner. Egal. Zwischen alten Tankquittungen und halb leeren Kaugummipackungen, die wohl vorherige Mieter des Wagens hinterlassen hatten, fand er einen Zettel mit einer

Telefonnummer des Verleihers. Er stopfte den weiteren Müll, der ihm entgegenquoll, mit der einen Hand zurück und griff mit der anderen nach dem Handy.

Dieser Anschluss, teilte ihm eine verrauschte Computerstimme mit, sei zurzeit nicht erreichbar. Verdammt, verdammt, verdammt! Paul wählte die Nummer noch einmal, ein drittes Mal. Und während die Computerstimme sich ein zweites und ein drittes Mal meldete, zerrte er gedankenverloren an dem Band, mit dem der kleine Beutel verschlossen war. Just in dem Moment, in dem er das Handy entnervt weglegte, riss das Band, und der Inhalt des Beutels entleerte sich auf dem Beifahrersitz. Paul stöhnte. Diese Schweinerei würde er nicht wegmachen, nicht bei all dem Ärger, den er mit diesem blöden Auto sowieso schon hatte. Er beugte sich zur Seite und fegte den Inhalt des Beutels vom Sitz in den Fußraum. Lauter kleine Splitter waren es, so zart, dass sie beinahe durchsichtig schienen. Einer bohrte sich gerade in seine rechte Hand.

Verdammt, auch das noch. Paul mühte sich, das spitze Ding aus seiner Handfläche zu ziehen, als der restliche Müll im Handschuhfach ins Rutschen kam. Ganz langsam, als sei er noch unentschieden, ob er dem Gesetz der Schwerkraft folgen sollte oder nicht, ergoss sich sich der gesamte Haufen auf den Boden. Noch mehr Tankquittungen, noch mehr Kaugummipäckchen, eine ramponierte Hamburger-Packung von McDonald's, etwas, das aussah wie ein benutztes Erfrischungstuch, und ganz zum Schluss ein länglicher, in ein schmutziges Tuch gewickelter Gegenstand.

Paul gelang es, den Splitter aus seiner Hand zu ziehen. Woran erinnerte ihn das Ding bloß? Ah, jetzt wusste er es, an diese länglichen Knöchelchen, die übrig blieben, wenn man ein Hühnchen aß.

Und da war sie wieder, die kalte Hand in seinem Nacken.

In dem kleinen Beutel, der Bredica gehört hatte und der auf

eine so fatale Weise dem großen Beutel ähnelte, den Maja aus dem Bärenreservat mitgenommen hatte, waren unverkennbar Stücke von zarten, kleinen Knochen.

Was, verdammt noch mal, sollte das nun wieder für ein grässlicher Zauber sein?

Und da war noch etwas in diesem Auto, was ganz und gar nicht in Ordnung war. Pauls Augen hatten es schon entdeckt, doch sein Verstand weigerte sich noch, es wahrzunehmen.

Der längliche Gegenstand, der gerade aus dem Handschuhfach gerutscht war. Er blinkte in dem wenigen, durch die schmutzigen Scheiben hereinfallenden Licht, dabei war er mindestens genauso dreckig wie das Auto. Denn er war über und über mit einer gelblichen Flüssigkeit bedeckt, mit Leichenflüssigkeit.

Im Fußraum lag das Messer, mit dem der alte Sánja zerstückelt worden war. Das doch eigentlich im Besitz der Polizei war.

Paul schluckte. Ihm war, als würde die eiskalte Hand in seinem Nacken nach vorne rutschen, ihm die Kehle zudrücken.

Es gab nur einen einzigen Menschen, dem er zutraute, ihm dieses Messer unterzuschieben. Der unbekannte Mörder. Der entweder allerbeste Beziehungen zur Polizei besaß oder, Paul meinte, jetzt gar keine Luft mehr zu bekommen, dazugehörte. Einer von ihnen war.

»Paul!«, schrie jemand. Es war Carry. Sie zeigte auf etwas ein Stück die Straße runter. Der kleine schwarze Hund sprang wie irre bellend um sie herum. »Paul!«, kreischte Carry noch einmal. »Nun guck schon!«

Paul hob den Blick und hörte auf zu atmen. Vor dem Haus von Sorins Mutter hielt ein Polizeiauto, gerade stieg die Polizistin Hatmanu aus. Ihre Uniform war wieder einmal so glatt gebügelt, dass sich das Sonnenlicht auf ihr spiegelte. Und neben ihr auf dem Beifahrersitz saß, verhalten lächelnd, Sorin.

DREIUNDZWANZIG

Paul dachte keine Sekunde daran, davonzulaufen. Er überlegte nicht einmal, das Messer zu verstecken, das gut sichtbar im Fußraum lag. Er machte sich auch keine Gedanken, was das Auftauchen der Polizistin Hatmanu bedeuten konnte – ob man ihm vielleicht erneut eine Falle gestellt hatte.

Denn allein der Anblick des alten Freundes führte dazu, dass er mit Karacho die Tür aufriss, aus dem Auto sprang und die wenigen Meter zu Sorin hechtete, als wäre er nicht vollkommen untrainiert und auch ein bisschen übergewichtig. Sorin war da gerade aus dem Polizeiwagen geklettert, ein wenig steif wirkte es, und als Paul ihn in die Arme schloss, da spürte er das Beben, das den Freund erfasst hatte. Sorin zitterte von Kopf bis Fuß. Und ein bisschen weinte er womöglich auch, jedenfalls wischte er sich Wangen und Nase halbwegs unauffällig an Pauls Hemd ab, der das gerne hinnahm, das Hemd war eh ziemlich dreckig.

»Ich bin frei«, raunte Sorin an Pauls Schulter, »endlich, ich bin frei.«

Paul kam nicht dazu, ihn irgendetwas zu fragen, denn zum einen musste er sich seltsam lange räuspern, und zum anderen kam jetzt Sorins Mutter aus dem Haus geschossen. Sie wiederum weinte so laut und herzzerreißend, dass Sorin sich aus Pauls Umklammerung löste und seine Mutter in die Arme schloss. Sie reichte ihm gerade mal bis zur Hüfte, und so ging Sorin in die Knie, um sie fest an sich zu drücken.

Paul räusperte sich noch einmal und sah sich dann nach der Polizistin um.

Sie stand ein paar Meter entfernt und tat, als ginge sie das alles nichts an. Verdammt, schlenderte sie gerade zu seinem Auto rüber? Das mit Leichenflüssigkeit beschmierte Messer lag gut sichtbar im Fußraum!

»Auf ein Wort?« Paul ging auf sie zu und stellte sich so hin, dass er das Auto halbwegs verdeckte. »Wie kommt es, dass Sie Sorin freilassen? Und ihn auch noch persönlich nach Hause fahren, noch dazu an einem Sonntag?«

»Konnte grad kein anderer«, murmelte sie und versuchte, sich an ihm vorbeizudrücken.

»Moment.« Paul vertrat ihr abermals den Weg. Bemerkte er da etwas in ihrem Gesicht, das aussah, als habe sie ein schlechtes Gewissen? Ja, er war sich ziemlich sicher. Die sonst so forsch auftretende Polizistin hatte an Selbstbewusstsein eingebüßt. »Es gibt neue Erkenntnisse«, sagte er aufs Geratewohl. »Sie können Sorin nicht länger festhalten. Ich hab Ihnen ja von Anfang an gesagt, dass er kein Mörder ist.«

»Ich sage Ihnen eins!«, zischte sie und ging nun selber einen Schritt auf ihn zu. »Ich muss Ihnen gar nichts sagen! Aber nach Erscheinen Ihres Artikels, den man durchaus so verstehen kann, dass Sie der Ansicht sind, die rumänische Polizei verstehe nichts von ihrem Job, sollten Sie Folgendes wissen: Die Verdachtsmomente gegen Sorin Lupu in der Mordsache Günther Huber wiegen tatsächlich nicht mehr so schwer, als dass eine weitere Untersuchungshaft angemessen wäre. Was nicht heißt, dass wir nicht mehr gegen ihn ermitteln. Haben wir uns verstanden?«

»Nein«, antwortete Paul und drehte sich ein wenig. Kam es ihm nur so vor, oder versuchte sie ständig, einen Blick in seinen Mietwagen zu werfen? »Das verstehe ich nicht. Vielleicht könnten Sie es mir bitte erläutern?«

Die Polizistin sah ihn an, den Kopf in den Nacken gelegt, und tat, als denke sie nach.

»Nein«, sagte sie schließlich.

»Und die Müllsammler? Wann lassen Sie die wieder frei?«

»Die wurden nach Feststellung der Personalien alle nach Hause geschickt. Ich dachte, das sei Ihnen bekannt.«

Paul schnaubte. Das war immerhin mal eine gute Nachricht. Ob die Polizei sich jetzt endlich auf die Suche nach den Hintermännern der illegalen Mülldeponie machen würde?

»Ich weiß genau, was Sie von uns halten«, kam die Polizistin seiner nächsten Frage zuvor. »Und wissen Sie was? Es ist mir vollkommen egal, da können Sie noch so viele Artikel schreiben. Aber vielleicht interessiert es Sie, was ich von Ihnen denke? Nein? Ich sage es Ihnen trotzdem. Ich denke, dass seit Ihrer Ankunft seltsame Dinge geschehen. Zerstückelte Leichen. Blutverschmierte Schaufensterpuppen. Ausgegrabene Tote. Und eins sage ich Ihnen: Ich habe Sie im Visier, Herr Schwartzmüller!«

»Jetzt reicht's!«, polterte Paul. Wollte diese Frau ihm etwa drohen? Und das, nachdem er vor wenigen Minuten erst ein Beweismittel in seinem Wagen entdeckt hatte, das sich eigentlich in ihrer Asservatenkammer befinden sollte?

Moment mal. Bewegte sie sich gerade weiter in Richtung Mietwagen? Würde sie als Nächstes das Messer aus dem Fußraum fischen und ihn verhaften?

Jetzt fühlte er sie wieder, die kalte Hand in seinem Nacken. Womöglich steckte Frau Hatmanu mit dem Verbrecher, dem er immer noch keinen Schritt näher gekommen war, unter einer Decke. Womöglich hatte sie ihm sogar höchstpersönlich das Messer ins Handschuhfach geschmuggelt.

Doch die Polizistin wandte sich ab und stieg in das Polizeiauto. Paul beobachtete sie genau, wie sie umständlich vor und zurück manövrierte, bis es ihr gelang, auf der Dorfstraße zu wenden, wie sie zwei Mal den falschen Gang einlegte und zuletzt beinahe ein Huhn überfuhr, das panisch gackernd davonstob.

Nein, dachte er bei sich, diese Frau war keine Verbrecherin. Nur eine Polizistin, die irgendetwas aus der Bahn geworfen hatte. Wenn er doch bloß wüsste, was zu Sorins Freilassung geführt hatte!

Das Huhn, das der Polizistin Hatmanu entkommen war, landete noch am selben Tag im Ofen. Sorins Mutter schnitt ihm mit einer gekonnten Bewegung die Kehle durch, hielt es kopfüber, solange es noch flatterte, rupfte es in Windeseile, nahm es aus, wusch es, bestrich es von außen wie von innen mit einer öligen Knoblauchmarinade, legte es in eine braune Papiertüte und schob es mitsamt der Tüte in das Bratrohr ihres altertümlichen Küchenherdes. Paul erinnerte sich, dass man diese Tüten in seiner Kindheit *Stanitzel* genannt hatte und das Gericht *Huhn im Stanitzel*. Die Rumänen sagten *Pui la pungă* dazu, und Sorin, der neben ihm auf der Bank in der Sommerküche saß, bekam schon vom Zusehen glasige Augen. Er hatte ziemlich abgenommen während der einen Woche in Haft, und *Pui la pungă* war sein Leibgericht. Sorins Mutter wiederum schien, seit ihr Sohn nach Hause gekommen war, vor Energie zu strotzen. Paul erkannte sie kaum wieder. Die kleine Frau wirbelte über den Hof, hatte in Windeseile eine festliche Tafel gedeckt, und als die Nachbarn kamen, den Heimkehrer zu begrüßen, schnitt sie gerade die dampfende Tüte auf und legte jedem ein herrlich duftendes Stück Fleisch auf den Teller. Dazu gab es sauer eingelegte Tomatenpaprika und Kartoffeln, und die allergrößte Portion bekam natürlich Sorin.

Carry ging ihr zur Hand und zauberte, nachdem sie nur kurz zu Hause gewesen war, ein Blech mit frischem *Hanklich* herbei. Der alte Ion kam mit ein paar Plastikflaschen selbst gebranntem *Ţuică*, und seine Frau, die Paul nur griesgrämig kannte, lächelte, während sie Sorin über das Haar, die Wangen und die Hände strich, in einem fort. Ihr Mund war genauso voller Goldzähne wie der ihres Mannes. Es kamen noch mehr Nachbarn, die Paul immerhin vom Grüßen her kannte, und alle schienen hocherfreut, Sorin wiederzusehen. Sie nahmen ihn und seine Mutter wieder in ihre Gemeinschaft auf, als sei nie etwas geschehen.

Zuletzt erschien Maia. Sie trug das lange schwarze Kleid, das sie auch zu Sánjas Beerdigung angehabt hatte, und hatte ihre Haare zu einem lockeren Kranz geflochten. Paul merkte, wie sein Herz bei ihrem Anblick für einen Moment aussetzte. Zugleich spürte er wieder die Scham, die ihn bei ihrem letzten Gespräch übermannt hatte. Maia wiederum würdigte ihn keines Blickes, und so schaute auch Paul schnell wieder weg.

Er brannte darauf, mit Sorin unter vier Augen zu sprechen. Doch der bedeutete ihm mit einem Blick auf seine Mutter, sich zu gedulden. Was Paul wiederum gut verstehen konnte. Frau Lupu ließ ihren Sohn keine Minute aus den Augen, so, als fürchte sie, er könnte ihr im nächsten Moment wieder genommen werden.

Es dämmerte schon, das *Huhn im Stanitzel* war längst aufgegessen und die Nasen der meisten Gäste vom *Ţuică* rot gefärbt, Sorin hatte zwischendurch die Kuh gemolken und Paul die Milchkanne zur Sammelstelle gebracht, als Sorins Mutter im Sitzen einschlief, auf ihren Lippen ein seliges Lächeln.

»Hilfst du mir?«, fragte Sorin.

»Selbstverständlich.«

Gemeinsam trugen sie die alte Frau ins Wohnhaus und legten sie in den Alkoven, wo Sorin ihr mit großer Zärtlichkeit die Schuhe auszog und sie behutsam zudeckte.

»*Noapte bună, mumie*«, flüsterte er. »Gute Nacht, Mama.«

Draußen im Hof waren die Gäste im Aufbruch, und der kleine schwarze Hund war dabei, all den Schnaps vom Boden zu lecken, den die Feiernden im Überschwang verschüttet hatten.

Paul und Sorin stahlen sich davon.

»Herrlich!«, rief Sorin und tauchte ein ums andere Mal unter. »Wie habe ich das vermisst!«

Paul stand am Rande des Schwimmteichs. Er hätte auch ein Bad vertragen können, aber ihm war nicht danach. Er musste Sorin so vieles fragen! Ganz abgesehen davon, dass der Gedanke an das mit Leichenflüssigkeit beschmierte Messer in seinem Mietwagen dafür sorgte, dass er sich fühlte, als sitze er auf heißen Kohlen. Er hatte es zurück ins Handschuhfach gelegt und den Wagen verriegelt, aber trotzdem. Und hier konnten sie nicht reden. Wenn man sie unbemerkt belauschen wollte, wäre dies der perfekte Ort. Ihm war, als hätte das hohe Schilf in seinem Rücken Ohren.

»Kommst du jetzt?«

»Gleich! Gibst du mir noch 'nen Schluck?«

Paul reichte ihm widerwillig die Flasche *Ţuică*. Er selbst hatte an diesem Abend keinen Tropfen getrunken.

»*Mulţumesc!* Danke schön!« Sorin rülpste vernehmlich. »Nun komm schon, spring rein!«

»Komm du raus!«

»Na gut.«

Sorin kletterte ans Ufer und mühte sich in Jeans und T-Shirt, was eine Weile dauerte, weil er zum einen vollkommen nass und zum anderen ziemlich betrunken war.

»Ich weiß einen Ort, wo wir ungestört sind«, sagte Paul und lief voraus.

Aus der Krone der Steineiche erhob sich, als sie sich ihr näherten, ein Raubvogel und flog auf lautlosen Schwingen davon. Mittlerweile war es so dunkel, dass die Blätter des Baumes im Licht des Mondes silbrig glänzten. Sorin kletterte als Erster hoch, und Paul, der nur mit Mühe hinterherkam, stellte neidlos fest, dass der Freund nach einer Woche Gefängnis und betrunken immer noch sehr viel fitter war als er. Im nächsten Moment spürte er das Geäst der Steineiche unter ihren Bewegungen erzittern, und ihm war, als begrüßte sie sie wie damals, als sie noch Jungen gewesen waren.

Oben, im Baumhaus, schien seit Pauls letztem Besuch nichts verändert. Als er sich setzte, stach ihm etwas Spitzes in den Po – es war die kleine Plastikfigur, die er an jenem Morgen entdeckt hatte, als er beschloss, umzukehren und Sorin aus der Patsche zu helfen. Was ihm kein bisschen gelungen war.

»Es tut mir leid«, sagte er deshalb und nahm nun doch einen Schluck aus der Flasche *Ţuică*. »Ich habe rein gar nichts für dich tun können.«

»Macht nichts. Jetzt bin ich ja draußen.«

»Weißt du, warum sie dich freigelassen haben?«

»Nicht wirklich. Ich glaube, es hängt irgendwie mit dem Obduktionsbericht von Günthers Leiche zusammen, zumindest meine ich so etwas herausgehört zu haben.«

»Mhm. Magst du erzählen, wie es war?«

Und so erzählte Sorin. Von Tagen, die sich dehnten wie Kaugummi, und von Nächten ohne Schlaf. Von der Sorge um die Mutter. Paul wiederum berichtete ihm, was während seiner Abwesenheit vorgefallen war. Sorin lachte sich halb schlapp, als er von Pauls Besuch bei Bredica und ihrem Mann erfuhr.

»Sie haben die Nummer mit dem Fußewaschen durchgezogen, echt jetzt? Bredica hasst diese Show, aber ihr Alter zwingt sie immer wieder dazu. Du glaubst nicht, wie viele gutgläubige Touristen irgendwelche zwielichtigen Sachen unterschreiben, bloß, um aus dieser peinlichen Situation rauszukommen. Die anderen Händler auf Schloss Bran hassen den Kerl dafür. Er bringt sie alle in Verruf.«

»Und du?«, fragte Paul entgeistert. »Hast du nicht versucht, Bredica zu helfen, dass sie von ihm wegkommt?«

»Ach, weißt du«, antwortete Sorin, »so ernst war das mit uns nicht.«

Paul schluckte. Dachte an die Frauen, die es in seinem Leben gegeben hatte und die allesamt früher oder später entnervt abgehauen waren. Es stand ihm nicht an, über Sorin zu richten.

Und so erzählte er weiter. Vom Bärenreservat, von der gepfählten Schaufensterpuppe im Altenteil, von der toten Fledermaus in seinem Auto. Wie Sorins *Mobra* auftauchte, voller Schlick, als habe sie im Wasser gelegen. Er berichtete von seiner Begegnung mit Alexandru Popa in Hermannstadt, von dem Todeszeichen, das plötzlich in Tante Zinzis Hof lag, vom Unfalltod von Günthers Ehefrau und vom Ableben des alten Sánja. Er erzählte von dem grässlichen Morgen, an dem er in Sánjas Grab aufgewacht war. Ganz zuletzt vertraute er Sorin an, was er am heutigen Tag in seinem Leihwagen entdeckt hatte: das Messer, mit dem der Leichnam Sánjas verstümmelt worden war – das eigentlich im Besitz der Polizei sein müsste.

Sorin machte, das war selbst in der Dunkelheit gut zu sehen, große Augen.

»Donnerwetter«, murmelte er. »Und da behauptest du, du hättest nichts für mich getan! Offensichtlich bist du jemandem ziemlich auf die Pelle gerückt. Fragt sich nur, wem.«

Paul nickte. »Woran erinnerst du dich? Ich meine, was geschah in jener Nacht, in der Günther zu Tode kam?«

»Das ist es ja gerade! Ich erinnere mich an nichts! Nachdem ich dich bei Maia abgeladen hatte, habe ich noch kurz überlegt, zu Bredica zu fahren, wir waren verabredet, aber dann bin ich doch nach Hause, habe wie immer Mamas Schlaftrunk zu mir genommen, und ab ins Bett.«

»Moment mal.« Paul legte dem Freund eine Hand auf den Arm. »Mamas Schlaftrunk? Was ist denn das?«

»Ach, das ist mir jetzt ein bisschen peinlich, das brauchst du nicht zu wissen …«

»Nun sag schon! Es könnte wichtig sein.«

»Na gut.« Sorin griff nach dem Pflaumenschnaps, legte

beim Trinken den Kopf weit in den Nacken, fuhr sich mit dem Handrücken über den Mund. »Mutter und ich, wir haben da neben der Kuh noch diese eine Ziege. Sie gibt so wenig Milch, gerade mal eine Tasse voll, es lohnt sich nicht, sie zur Sammelstelle zu bringen. Mama, ähm, meine Mutter stellt sie abends für mich in die Sommerküche und tut ein wenig Vanillezucker hinein. Das macht sie schon immer so, und ich trinke es, bevor ich schlafen gehe.«

Paul erinnerte sich jetzt. Solch eine Schale gesüßter Ziegenmilch hatte schon in der Sommerküche gestanden, als sie beide noch Kinder waren.

»Jeder weiß davon«, sagte er laut.

»Ja, wahrscheinlich«, hüstelte Sorin.

»Und jeder hätte etwas hineintun können.«

»Wie meinst du das?«

»Ganz einfach«, antwortete Paul und erzählte ihm von dem Teller Suppe, der am Abend nach Sánjas Begräbnis in seinem Fenster gestanden hatte. »Ich ging davon aus, Carry hätte sie mir gebracht.«

»Carry? Wie kommst du denn darauf?«

»Ach, sie schien mir ein bisschen anhänglich an dem Tag«, begann Paul und merkte mit Erstaunen, wie Sorins Körper neben ihm sich verspannte. »Ich habe sie seither gar nicht mehr richtig gesprochen«, fügte er schnell hinzu. »Aber ich denke sowieso nicht, dass sie etwas mit der Sache zu tun hat.«

»Aber du denkst, jemand hat uns betäubt?«, fragte Sorin. Er schien froh, das Thema wechseln zu können. »Und dieser Jemand hat mich neben den toten Günther gelegt und dich auf die verstümmelte Leiche von Sánja?«

»Sieht ganz so aus.«

»Heilige Scheiße!«, entfuhr es Sorin. »Wer ist zu so was in der Lage?«

»Keine Ahnung.«

Sie schwiegen eine Weile. Im Dorf begannen die Hunde zu bellen, von fern antwortete ein Wolf.

Paul rang mit sich. Und dann stellte er die Frage, die ihn schon lange quälte.

»Wusstest du von der illegalen Mülldeponie?«

»Klar«, antwortete Sorin ins Dunkle der Nacht, als sei es die einfachste Frage der Welt. »Günther hat so viel Druck gemacht, dass Mutter und ich unser Land an ihn verkaufen wie alle anderen, da bin ich misstrauisch geworden. Von da an haben wir uns gegenseitig das Leben schwer gemacht. Er wollte unser Land, und ich dachte mir, da ist sicher mehr drin.«

Der Mond kam hinter einer Wolke hervor. Paul griff sich an den Kopf.

»Du hast Günther Huber erpresst!«

Sorin verzog das Gesicht. »Nenn es, wie du willst. Ich meine, dieser Typ hat fast alle im Dorf um ihr Land betrogen und mit dieser illegalen Schweinerei einen riesigen Reibach gemacht. Und irgendwelche korrupten lokalen Größen haben da mitgemacht, sonst wäre das doch gar nicht möglich. Jetzt sag mir, was ist verwerflich daran, wenn man guckt, ob man ein bisschen was abbekommt? Sieh dir meine Mutter an, sie hat sich krumm gearbeitet, ihre Rente beträgt gerade einmal fünfhundertzwanzig *Lei*, das sind gut hundert Euro. Und ich verdiene auch nicht die Welt. Ich will auch mal jemand sein, etwas darstellen. Eine Frau wie Carry zum Beispiel –, und ich nenne sie nur als Beispiel, nicht, dass du denkst, ich sei verliebt oder so – eine solche Frau nimmt keinen Habenichts, wie ich einer bin. Die guckt auch aufs Geld. Und da dachte ich …«

Paul hörte gar nicht mehr zu. Sein alter Freund hatte nicht nur von der illegalen Deponie gewusst, nein, er hatte sogar versucht, daran mitzuverdienen. Hätte man ihm das auf den Kopf zugesagt, er hätte es nicht wahrhaben wollen. Niemals.

Neben sich hörte er Sorin einen weiteren Schluck aus der

Plastikflasche nehmen und sie hinter sich auf die Holzbohlen werfen, die sie als Kinder zusammengeschustert hatten. Die Flasche rollte leise hin und her, er hatte sie leer getrunken.

»Carry«, sagte Sorin nun und lallte ein wenig dabei, »ist so schön und so leidenschaftlich wie keine andere. Ein einziges Mal nur durfte ich, du weißt schon, wir haben es bei ihr auf dem Fußboden gemacht, und ich sage dir, nachher hatte ich eine Verletzung am Po, du lieber Scholli! Maia meinte, es sei eine Brandverletzung, das komme von der billigen Auslegware, man dürfe darauf nicht so heftig hin und her rutschen, aber wer denkt denn …«

»Moment!« Paul packte Sorin am Arm. »Was hat Maia damit zu tun?«

»Na, sie hat mich verarztet, was denkst du denn?«

»Moment!«, sagte Paul noch einmal. Als er weiterredete, betonte er jedes Wort einzeln. »Du bist mit deinem Hintern, den du dir beim Sex mit Carry auf einem billigen Teppich verbrannt hast, zu Maia gegangen? Echt jetzt?«

»Ja, klar.« In Sorins Gesicht, beschienen vom Mond, spiegelte sich Unverständnis. »Jeder geht zu Maia, egal, was er hat. Gerade bei so, wie soll ich sagen, etwas sensibleren Sachen. Sie ist ein Engel. Sie weist niemanden ab, sie hilft jedem.« Er griff noch einmal nach der Flasche, schüttete ein paar letzte Tropfen in seinen offenen Mund. »Sag mal, ist da was zwischen dir und Maia?«

»Nein, natürlich nicht.«

»Gut, dann bin ich erleichtert. Sie hat nämlich so ein paar Sachen drauf, also, im Dorf rätselt man, wo sie das gelernt hat, bei deiner Tante Zinzi oder bei ihrer Sippe.«

»Ihrer Sippe?«

»Na, sie ist doch eine *Ţigani*, wobei die sie wohl verstoßen haben. Aber das weißt du doch bestimmt?«

»Ah ja, ich vergaß«, flunkerte Paul.

»Gut. Jetzt freue ich mich auf mein Bett. Man sieht sich?«

»Mhm.«

»Pass auf dich auf!« Sorin gab Paul einen Klaps auf die Schulter und war im Nu von der Steineiche heruntergeklettert, so, als sei er kein bisschen betrunken.

Paul aber ließ sich hintenüber auf den Boden des Baumhauses sinken. Die Blätter der Steineiche wisperten leise im Wind. Über ihm fiel das Mondlicht durch die Ritzen des Daches. Die Gedanken in seinem Kopf fuhren Karussell, und das lag nicht am Pflaumenschnaps. Er hatte ja fast nichts getrunken.

Aber er hatte eine Menge nicht bemerkt und noch weniger verstanden.

»Ich Idiot!«, stöhnte er.

Dann gab es einen Rumms, und etwas Großes, aber nicht allzu Schweres landete auf dem Dach des Baumhauses. Paul griff blitzschnell nach der Flasche, versuchte, ihr den Kopf abzuschlagen. Verdammt, warum kippten die Leute hier ihren Selbstgebrannten in diese doofen PET-Flaschen? Wenn er wenigstens eine aus Glas hätte, um sich zu verteidigen … Doch es war zu spät. Schon baumelten zwei nackte Füße vor seiner Nase, die mittleren Zehen ein ganzes Stück länger als die anderen. Jetzt gesellten sich ein Oberkörper und ein Kopf dazu.

»Ich glaube«, sagte Pušomori, während sie sich zu ihm hinabbeugte, »wir müssen reden.«

Pušomori hatte lange überlegt, ob sie sich überhaupt bemerkbar machen sollte. Sie war immer noch wütend auf den Heruntergekommenen, und sie traute ihm auch nicht mehr zu, irgendetwas gegen die Mülldeponie ausrichten zu können. Noch dazu würde er, wenn sie zu ihm hinabkletterte, von ihrem Versteck wissen.

Sie war noch ein ganz kleines Mädchen gewesen, als sie das alte Baumhaus in der Steineiche entdeckte. Lange hatte es ihr als Schlupfwinkel gedient. Später, als sie, wenn schon nicht viel größer, so doch immerhin ein wenig kräftiger wurde, hatte sie sich eine zweite Plattform mit einem wackligen Dach weiter oben in der Krone des Baumes gebaut. Ein winziges Häuschen, in dem man deshalb noch besser vor neugierigen Blicken geschützt war. Gleichzeitig bot es eine fantastische Aussicht. Fast nichts, was im Dorf geschah, entging ihr. Nur in die Kirchenburg konnte man von hier aus nicht hineinschauen, aber das konnte man von nirgendwo, dazu waren die äußeren Wehrmauern einfach zu hoch.

Die Versuchung, in ihrem Versteck sitzen zu bleiben und den Heruntergekommenen mit all seinen Fragen, die sie wie kleine Luftblasen zu sich aufsteigen spürte, sich selbst zu überlassen, war groß gewesen. Letztlich aber hatte sie doch Mitleid. Irgendjemand war hinter ihm her, und es wäre nur recht und billig, wenn sie ihn an ihrem Wissen teilhaben ließ.

Und so rief sie, während er sich hektisch über die Brust rieb, als habe er sich wegen ihres Auftauchens furchtbar erschrocken, auf seinem Handy das Bildschirmfoto auf, das sie an sich selbst geschickt und in den letzten Tagen immer wieder studiert hatte.

»Da, lies.« Einen Moment wunderte sie sich über ihre eigene Unver-

frorenheit, ihn einfach zu duzen, beschloss dann aber, dass sie mit den Höflichkeiten ein für alle Mal aufhören konnte.

Der Heruntergekommene las. Dann starrte er abwechselnd sie an und das Handy.

»Das«, sagte er und zeigte auf den Bildschirm, »ist der Obduktionsbericht von Günther Huber.«

»Ja.«

»Du hast ihn gehackt.«

»Ja.«

»Und darin steht …«

»… woran er gestorben ist«, fiel sie ihm ins Wort. »Dazu sind Obduktionsberichte ja da. Ich dachte, ich lasse Sie das wissen.« Mist, jetzt hatte sie ihn doch wieder gesiezt.

»Pušomori«, sagte er, »das ist sensationell!«

Der Heruntergekommene hielt das Handy so ehrfürchtig in den Händen, als sei es aus purem Gold. Kurz fürchtete Pušomori, er würde sie an sich drücken und ihre Wangen küssen oder sonst irgendetwas ähnlich Blödes tun. Aber sie täuschte sich. Er ließ seinen Blick in ihrem ruhen. Und da spürte sie es. Das Gefühl, nach dem sie sich so lange verzehrt hatte.

Er sah sie.

VIERUNDZWANZIG

Paul rannte. Er hatte jetzt eine Vorstellung, wie alles zusammenhängen könnte, aber er brauchte Gewissheit.

Der Mietwagen stand vor Zinzis Haus, wie er ihn verlassen hatte, über und über mit Staub bedeckt. Doch er war nicht mehr verschlossen, und das Messer war verschwunden. Paul wühlte nur kurz in dem Müll, der ihm aus dem Handschuhfach entgegenquoll, er hatte es nicht anders erwartet.

Derjenige, dem er auf den Fersen war, hatte noch etwas damit vor.

Er spürte sie wieder, die kalte Hand in seinem Nacken. Schüttelte sich. Und ging hinein, zu Maia.

Der Hof lag verlassen und dunkel, der Mond hatte sich kurz hinter einer Wolke verzogen, und nirgendwo in diesem alten Gemäuer schien noch Licht. Das einzige Geräusch, das er vernahm, war ein leises Schnarchen. Es stammte von einem nicht allzu großen Wesen, das vor der Tür zum Altenteil lag und im Traum ein wenig zuckte. Der kleine schwarze Hund hatte ganz offenkundig zu viel *Ţuică* vom Boden geschleckt.

Paul warf einen Blick aufs Wohnhaus. Aus irgendeinem Grund glaubte er nicht, dass Maia darin war und schlief. Und so führten ihn seine Füße wie in jener Nacht, als die Drillingsziegen geboren wurden, von ganz allein über den Hof, durch die Scheune und in den Garten dahinter.

Er fand sie unter dem Weichselbaum. Sie saß im hohen Gras, das rote Haar beinahe silbern im Mondlicht, und sah ihm entgegen, als habe sie auf ihn gewartet.

»Darf ich?« Er wies auf die Stelle neben ihr.

»Na gut.«

Immerhin, sie schien nicht mehr ganz so wütend wie bei ihrem letzten Gespräch.

Paul ließ sich neben ihr im Gras nieder, wagte einen schnellen Seitenblick und betrachtete kurz ihr Profil. Sofort begann sein Herz wie wild zu klopfen. Er empfand etwas für Maia, und es fühlte sich vollkommen anders an als alles, was er je für eine Frau empfunden hatte. Zugleich wusste er, dass das, was sie zu besprechen hatten, sie beide für immer verändern würde.

Etwas, das Alma, Sánjas Tochter gesagt hatte, ging ihm durch den Kopf. Dass man, um die Menschen hier zu verstehen, ihre Geschichte kennen müsse, mehr noch, man müsse sie erspüren.

Er hatte die alte Dame in diesem Moment für ein wenig wunderlich gehalten. Jetzt, im hohen Gras unter dem vom Mond beschienenen Weichselbaum, verstand er ihre Worte.

Sie mussten ganz von vorne beginnen.

»Diese Sache mit dem verdammten Aufsatz«, sagte er und räusperte sich, »ich hatte sie tatsächlich vollkommen vergessen. Ach, was heißt vergessen!«, korrigierte er sich sofort. »Vermutlich habe ich sie verdrängt. Aber ich glaube, die Erinnerung kommt zurück, nach und nach. Ich beginne, die Dinge zu verstehen. Und ich schäme mich, ich schäme mich unendlich. Aber ich muss die ganze Geschichte hören. Ich ahne, dass du mir noch nicht alles erzählt hast.«

Maia sah vor sich hin und schwieg.

»Bitte«, sagte Paul. »Bitte sag mir, wie es für Tante Zinzi danach weiterging.«

»Bist du sicher?«

»Ja.«

Maia setzte sich ein bisschen aufrechter, und als sie zu sprechen begann, war es, als spreche sie gar nicht mit ihm, sondern, vielleicht, mit dem Wind, der leise durch den Weichselbaum strich, oder auch mit dem sachte wogenden Gras.

»Als sie Zinzi in dem geheimen Gebäude in Sibiu, das jeder kannte, dein Schulheft präsentierten, wusste sie sofort, dass sie geliefert war. Eine Frau, die illegal Abtreibungen durchführte, kam nicht ungestraft davon, niemals. Sie wusste auch, welche barbarischen Zustände in den Gefängnissen und den Irrenhäusern herrschten, wohin sie all die steckten, die ihnen nicht passten, und wo die Menschen starben wie die Fliegen. Jeder wusste das. Doch ihre Sorge galt in diesem Moment vor allem dir. Du würdest niemals aufs Gymnasium gehen, gar studieren, stattdessen bis an dein Lebensende in irgendeinem der maroden Staatsbetriebe schuften. Und genau darauf hatten diese Arschlöcher spekuliert: dass sie alles tun würde für ihren geliebten Neffen.«

Maia schwieg einen Moment. Sammelte sich, bevor sie weitersprach.

»Sie unterbreiteten Zinzi ein Angebot. Sie hätte nichts zu befürchten, und auch ihr Neffe käme ungestraft davon. Mehr noch, er dürfe sogar gemeinsam mit seinem Vater ausreisen nach Westdeutschland. Du weißt wahrscheinlich, dass die dortige Regierung damals im großen Stil Deutschstämmige aus Rumänien freikaufte. Sie zahlten mehrere Tausend D-Mark pro Kopf, für unseren völlig bankrotten Staat war das eine höchst willkommene Geldquelle. Normalerweise mussten die deutschen Familien jahrelang auf ihre Ausreise warten, sie mussten all ihr Hab und Gut für Schleuderpreise weggeben, selbst Geld an die *Securitate* zahlen, das sie sich wiederum von Verwandten und Freunden im Westen leihen mussten. Kurz, der Weg, um das Land zu verlassen, war mit Schikanen gepflastert. Nicht aber für dich und deinen Vater. Ihr konntet mit dem nächsten Zug fahren. Vorausgesetzt, Zinzi sei zu einer kleinen Gegenleistung bereit.«

Paul lauschte ihren Worten und merkte, wie seine Hände ganz schwitzig wurden.

Maia holte einmal tief Luft, bevor sie weitersprach. »Und so wurde deine Tante Zinzi eine Spitzelin der *Securitate*. Sie vertraute sich nur Sorins Mutter an und, natürlich, deinem Vater. Sie beschwor ihn, dir niemals auch nur ein Sterbenswörtchen davon zu sagen. Du solltest ohne Schuldgefühle in dein neues Leben starten.«

Maia wandte sich ihm zu, Paul spürte es, doch er brachte es nicht über sich, ihr ins Gesicht zu sehen. Stattdessen presste er seine Handballen so fest auf seine Augen, dass es schmerzte.

»Regelmäßig musste sie nach Sibiu, Bericht erstatten über alles, was im Dorf vor sich ging. Womit die Menschen zu ihr kamen, was sie ihr anvertrauten. Selbstverständlich nahm sie keine Abtreibungen mehr vor, die Frauen versuchten es nun allein, auf ihre Weise, mindestens eine starb. Für Zinzi waren diese Termine in Sibiu ein Ritt auf Messers Schneide. Sie bemühte sich, nur Unverfängliches zu erzählen. Doch wer wusste schon, was die *Securitate* daraus machen würde? Noch dazu gab es allem Anschein nach mindestens einen weiteren Spitzel im Dorf, oft waren Dinge, die Zinzi verschweigen wollte, schon bekannt. Immer stand sie mit einem Fuß im Gefängnis. Und jedes Mal, wenn sie an einem solchen Abend nach Hause kam, war sie so verstört, dass ich eines Tages beschloss, der Sache auf den Grund zu gehen. Ich bin einfach mit dem Fahrrad der Nachbarin dem Bus gefolgt, den sie immer nahm. Er fuhr so langsam, dass ich es ohne Weiteres schaffte. Und dann sah ich sie in Sibiu in dieses Gebäude gehen, von dem sogar ich, eine Vierzehnjährige, wusste, was sich darin befand. Von da an habe ich sie mit Vorwürfen überschüttet, doch sie hat eisern geschwiegen. Sie hat sich mir erst offenbart, als das Regime Ceauşescu gestürzt war. Sie hat sich so geschämt!«

Maia verstummte, doch Paul spürte ihren Blick.

»All die Briefe, die sie dir geschrieben hat, waren ihr Versuch, sich zu erklären. Ihre größte Sorge war, dass du auf anderem Wege von ihrer Tätigkeit erfährst und sie dafür verurteilst. Dass du nie zurückgeschrieben hast, war ihr Antwort genug.«

»Nein!« Paul schlug sich mit den Fäusten gegen die Stirn. »Niemals hätte ich sie verurteilt! Und ich habe keinen Brief bekommen, keinen einzigen!«

»Wie dem auch sei.« Maia versuchte immer noch, ihm in die Augen zu sehen, er spürte es durch seine geschlossenen Lider. Wie hatte er sich vor ihrem Blick gefürchtet, seit ihrer ersten Begegnung! Nun verstand er auch, warum. In ihren Augen hatte er die Abscheu gesehen, die er nun für sich selbst empfand. Er stöhnte, vergrub das Gesicht in seinen Händen.

Und dann geschah es. Eine Berührung, so leicht, als habe ein Nachtfalter sich auf seinen Unterarm gesetzt. Aber es war kein Nachtfalter, es waren Maias Finger, und sie streichelten ihn.

»Ich glaube dir«, flüsterte sie in die Nacht hinein.

Da schlug Paul die Augen auf und sah sie an, und er wusste: In dieser Nacht durfte alles, was im Verborgenen war, ans Licht kommen. Und er, Paul, würde seinen Teil dazu beitragen.

Maia zog ihre Hand wieder zurück, und Paul räusperte sich ein weiteres Mal.

»Ich weiß jetzt, warum Sorin aus dem Gefängnis entlassen wurde.«

»Tatsächlich! Warum?«

»Er hat Günther nicht getötet.«

»Sag bloß!« Sie schnaufte leise. »Das hätte ich dir gleich sagen können!«

»Ja, klar, aber jetzt ist es auch bewiesen. Günther wurde nämlich gar nicht ermordet. Zumindest nicht absichtlich. Vermutlich.«

»Bitte was?«

Paul räusperte sich ein drittes Mal. »Günther«, sagte er. »Er war in der Nacht, in der er starb, hier, nicht wahr?«

»Ja.« Sie schaute ihn geradeheraus an.

»Er hatte eine kleine Verletzung, mit der er nicht zum Arzt gehen wollte«, fuhr Paul fort. »Und weil er wusste, dass du jedem hilfst, ganz gleich, wer es ist, bat er dich, danach zu gucken.«

Maia nickte, und Paul sah ein winzig kleines Lächeln in ihren Mundwinkeln.

»Du kanntest diese Art der Verletzung schon, von Sorin.«

»Ja.« Maias Lächeln wurde ein bisschen breiter. »Ich muss Carry wirklich einmal sagen, dass sie das lassen soll.«

»Ähm, ich habe mich auch schon gefragt, wie genau …« Paul brach ab. Darum ging es hier nun wirklich nicht. »Du hast nur so getan, als würdest du ihm helfen, nicht wahr?«

»Ja.« Immer noch sah sie ihm in die Augen.

»Maia, warum?«

»Warum?«, äffte sie ihn nach. »Weil er ein Drecksack war, darum!«

»Ich glaube, ich verstehe dich.« Paul nickte. »Du hattest durchschaut, was im angeblichen Dracula-Park vor sich ging. Die Leute brachten dir ihre kranken Tiere …«

»Nicht nur das!«, fiel Maia ihm ins Wort. »Die Frauen, die nicht schwanger werden, kommen ebenfalls zu mir, die, die kranke Kinder gebären, ach, sie kommen alle immer zu mir. Und denk an das Bärenbaby oben im Reservat! Dieser Günther, dieser elende Mensch, war schuld an alledem! Und dann wagt er es und taucht hier mit seinem ekligen Hintern auf, ausgerechnet bei mir! Ich bin es so satt, dass es immer noch Leute gibt, die meinen, sie könnten erpressen, kungeln, sich bereichern. Es sind dieselben wie damals, vor 1990, verstehst du, Paul? Und Günther, das war sonnenklar, steckte mit denen unter einer Decke.«

»Moment mal, wie meinst du das? Wer damals, unter Ceaușescu, etwas zu sagen hatte, ist doch heute ein Greis …«

»Papperlapapp!«, schnitt Maia ihm abermals das Wort ab. »Es sind dieselben Cliquen, sogar dieselben Familien. Die Söhne und Neffen der alten Nomenklatur erben doch alle deren Pöstchen in Wirtschaft und Politik. Weißt du, wie man hierzulande sagt? Man sagt: Die Kinder unserer Herrscher werden die Herrscher unserer Kinder sein.« Maia schnaufte. »Mir reicht's. Und deshalb habe ich diesem Dreckskerl den Hintern mit einer Salbe eingerieben, die einen ordentlichen Juckreiz auslösen und dafür sorgen würde, dass die Brandwunde sich ratzfatz entzündete. Ich muss gestehen, es hat mir einen teuflischen Spaß bereitet. Schon als er den Hof verließ, hatte er einen knallroten Kopf und fing wie irre an, sich zu kratzen.«

»Er hat den Hof also lebendig verlassen.« Paul atmete tief aus.

»Was denkst du denn?«, zischte Maia. »Er ist ja auch nicht an meiner Salbe gestorben, sondern an dem Pflock in seiner Brust.«

»Eben nicht.«

»Eben nicht?«

»Er ist an deiner Salbe gestorben«, antwortete Paul und ließ sie keine Sekunde aus den Augen. »Der Obduktionsbericht spricht von Kreislaufschock, vermutlich infolge einer hochgradig entzündeten Brandverletzung am Steißbein. Nichts, was einen normalen Mann getötet hätte. Aber Günther war ziemlich übergewichtig, er trank zu viel, vor allem aber hatte er ein schwaches Herz … Maia!«, unterbrach er sich, sie war kreideweiß geworden. »Das konntest du nicht ahnen! Du hast doch nur …«

»Nein«, flüsterte sie und schaute ihn immer noch unverwandt an, die grünen Augen riesengroß. »Das habe ich nicht gewollt! Ich wollte, dass es ihn ordentlich plagt, aber das …«

Sie sprang auf, Paul versuchte, sie aufzuhalten, doch sie war schon davongelaufen, ihre nackten Fesseln glänzten silbern im Mondlicht.

Er machte, dass er hinterherkam, als etwas seine Schulter streifte. Paul kniff die Augen zusammen und erkannte eine Krähe, sie war beinahe komplett skelettiert bis auf ein paar einzelne Federn. In ihrem Hals steckte ein langer Nagel, mit dem sie an einen Baum geschlagen war.

Sofort erinnerte er sich an eine Szene am Tag seiner Ankunft: Maia, die er in ihren grässlichen Klamotten für einen Mann gehalten hatte, wie sie einer Krähe einen Nagel durch den Hals trieb.

So also stellte sie sicher, dass es morgens zum Frühstück frisch gepflückte Weichselkirschen zum *Palukes* gab. Sie verwendete eine todsicher funktionierende Vogelscheuche.

Paul schnaufte, schüttelte sich, lief weiter. Maia mochte seltsame Dinge tun, doch er spürte genau, sie hatte Günther nicht töten wollen. Und noch etwas merkte er in diesem Augenblick: Er fürchtete sie nicht mehr.

Erst im Hof holte er sie ein.

»Bitte, Maia, eins noch. Günther muss mindestens einen Komplizen gehabt haben. Wenn hier tatsächlich uralte Seilschaften am Werk sind, dann lebt dieser Mensch vielleicht schon lange mitten unter euch. Du sagst, Tante Zinzi vermutete, dass es noch mehr Spitzel im Dorf gab. Hat sie jemals eine Andeutung gemacht, wer es sein könnte?«

»Nein, niemals. Falls sie wusste, wer es war, dann hat sie diesen Namen mit ins Grab genommen. Und jetzt lass mich, bitte.«

Maia verschwand im Wohnhaus, Paul blieb zurück. Der kleine schwarze Hund lag immer noch schnarchend vor dem Altenteil. Jetzt zuckte er im Schlaf, strampelte kurz mit den Pfoten in der Luft, schlief weiter.

Vielleicht, dachte Paul, sollte er auch versuchen, etwas zu schlafen. Doch da war dieser Gedanke, das lose Ende einer langen Kette von Überlegungen, das irgendwo in seinem Kopf herumschwirrte und das er einfach nicht zu fassen bekam.

Vorsichtig, um ihn nicht aufzuwecken, stieg er über den Hund, zog die Tür hinter sich zu und legte sich, angezogen wie er war, aufs Bett.

Es musste bereits lange nach Mitternacht sein. In seinem Kopf tobten die Gedanken. Ich muss, dachte er, später über das nachdenken, was Maia mir über Tante Zinzi gesagt hat. Ich muss sie auch noch fragen, wie es dazu kam, dass Zinzi sie aufgenommen hat. Ich muss so vieles noch erfahren. Aber jetzt muss ich diesen einen Gedanken zu fassen kriegen. Ich spüre, dass er da ist. Dass ich der Lösung des Rätsels um Günthers Leiche auf Schloss Bran ganz nahe bin. Ich muss mich nur konzentrieren, verdammt noch mal!

Doch je mehr er sich anstrengte, desto verworrener wurde das, was in seinem Kopf herumspukte. Hinzu kam die Müdigkeit. Sein Köper sehnte sich danach, unter die weiße, bestickte Bettwäsche zu kriechen und sich wohlig auszustrecken.

Na gut, dachte Paul und begann, sich auszuziehen. Er würde mal wieder in der Unterhose schlafen, sein Schlafanzug blieb verschwunden.

Hauptsache, er schlafwandelte nicht wieder und wachte am Morgen mit lauter Schreckensbildern auf. Du liebe Güte, was war ihm im Schlaf schon alles widerfahren, und das seit seiner ersten Nacht in Siebenbürgen!

Und da war es, das Ende des Gedankenstrangs. Paul schnellte hoch, als habe ihn der Blitz getroffen. Er wusste jetzt, wie alles zusammenhing.

FÜNFUNDZWANZIG

Die Nacht war bereits weit fortgeschritten, als Paul die Klinke zu Carrys Laden herunterdrückte. Er hatte von außen Licht gesehen und nur einen Moment lang gestutzt. Und tatsächlich, in dem kleinen Hinterzimmer, das ihr als Küche diente, stand sie zu dieser Stunde über den Tisch gebeugt und knetete mit flinken Bewegungen einen Hefeteig.

»*Salut*, Paul!«, begrüßte sie ihn und schenkte ihm ein strahlendes Lächeln. »Du bist ein bisschen zu früh. Aber wenn du möchtest, sage ich dir Bescheid, wenn ich später den Laden öffne und die Buchteln fertig sind. Womit magst du sie am liebsten – ich habe Kirsch- und Himbeermarmelade und natürlich welche aus *Hetschenpetsch*.«

»Aus Hagebutten? Das klingt wunderbar.« Paul merkte, wie ihm schon wieder das Wasser im Munde zusammenlief. Und auch Carrys Anblick blieb wie immer nicht ohne Wirkung. Sie hatte ihr Haar hochgesteckt, und selbst in ihrem einfachen Kleid mit der bunten Schürze darüber sah sie einfach zum Anbeißen aus. Dass Sorin ihr ganz offenbar verfallen war, wunderte ihn kein bisschen. Aber darum ging es jetzt nicht.

»Du bist immer so fleißig«, begann er, »so korrekt. Ich kenne dich nur arbeitend, jedem gehst du zur Hand. Dein Laden ist wie aus dem Ei gepellt. Und da wundere ich mich doch, dass die Kamera über deinem Laden so aussieht, als sei sie seit Jahren kaputt. Gibt es nicht Vorschriften, wonach solche Kameras intakt sein müssen?«

»Oje.« Carry wuchtete den Hefeteig in eine Schüssel, breitete ein Tuch darüber aus. »Da triffst du einen wunden Punkt. Ich fühle mich auch nicht wohl dabei, ich wollte sie längst erneuern. Aber weißt du, jemand, den ich kenne und dem ich vertraue, hat gesagt, das bräuchte ich nicht, das sei viel zu teuer. Und wenn eine Kontrolle käme, wüsste er es vorher und würde mir rechtzeitig Bescheid geben. Also habe ich alles so gelassen. Denn so eine neue Kamera kostet richtig viel Geld.« Sie seufzte, wischte sich die Hände an einem feuchten Lappen ab. »Warum willst du das wissen? Du verrätst mich nicht, oder?«

»Nein, keine Bange. Sag mir nur, wer dir geraten hat, die Kamera nicht auszutauschen.«

Sie sagte es ihm, und Paul wunderte sich kein bisschen.

Draußen vor dem Laden setzte er sich einen Moment lang auf den einfachen Plastikstuhl. Direkt vor seiner Nase tauchte der Mond die mächtigen Mauern der Kirchenburg in einen silbernen Schein. In einem der Türme erkannte er ein flackerndes Licht. Seit seiner Ankunft vor etwas mehr als einer Woche hatte Paul diesem Gebäude keinerlei Beachtung geschenkt. Warum auch? Er war auf den Spuren seiner eigenen Erinnerung gewandelt, mehrfach auch gestolpert, und darin spielte die Kirchenburg keinerlei Rolle. Schließlich hatte Tante Zinzi sie nicht ein einziges Mal mit ihm betreten, und das, wo sie so gläubig war.

Ich bin ein Idiot, dachte Paul, ich hätte viel früher darauf kommen müssen.

Er war sowieso ein Idiot. Die Scham über das, was Maia ihm gesagt hatte, drückte ihn nieder. Nicht nur, dass er mit seinem törichten Aufsatz Tante Zinzi ins Unglück gestürzt hatte. Nein, auch das Verhalten des Vaters erschien ihm nun in einem völlig anderen Licht. Immer hatte er ihm gegrollt, dass er ihn von jetzt auf gleich aus seinem Leben in Rumänien herausgerissen hatte, dass er nicht mit ihm darüber sprechen wollte. Dabei hatte der Vater ihn nur beschützt. Und auch die Lüge, Tante Zinzi sei tot, sollte wohl zu seinem, Pauls, Besten sein, damit er nie herausfand, was der wirkliche Grund für ihre Ausreise war.

Ganz bestimmt, dachte Paul, hatte der Vater auch Tante Zinzis Briefe abgefangen.

Verdammt, die Schuldgefühle hatten ihn trotzdem Jahrzehnte lang begleitet, nur dass er nie wusste, woher sie stammten.

Und doch spürte er in diesem Moment ein so zärtliches Gefühl für den Vater, wie er es zuletzt während ihrer Streifzüge durch Hermannstadt empfunden hatte, Baumstriezel essend.

Pauls Gedanken wanderten zurück zu jener Nacht, in der man sie in den Zug nach Österreich gesetzt hatte. Die Erinnerungen, die ihn so lange allenfalls als ferne Schemen begleitet hatten, waren plötzlich ganz nah.

Kurz vor der ungarischen Grenze mussten sie alle so, wie sie waren, aussteigen, nicht einmal ihre Jacken durften sie überziehen. Und während sie auf einem fremden Bahnsteig standen, durchkämmten Männer in dunklen Uniformen den Zug. Der Vater suchte anschließend mit fest aufeinandergepressten Lippen vergeblich nach seiner Dokumentenmappe, in der sich unter anderem sein Ingenieurdiplom befunden hatte. Andere Mitfahrende beklagten den Verlust von Uhren, Schmuck und Erinnerungsstücken. Der vierzehnjährige Paul staunte da immer noch über das, was er vom Bahnsteig aus beobachtet hatte: Die Männer, die den Zug durchsuchten, kletterten auch außen an den Wänden hoch, öffneten auf der Jagd nach blinden Passagieren Abdeckungen und hangelten sich unter den Zügen hindurch. Sie bewegten sich, als hätten sie Saugnäpfe an Händen und Füßen.

So jemand, überlegte Paul, konnte von fern, wenn er eine Burgmauer hinabkletterte, für eine riesige Fledermaus gehalten werden. Oder sogar für Graf Dracula.

Da war sie wieder, die kalte Hand in seinem Nacken. Am liebsten wäre er aufgesprungen und davongelaufen. Aber hatte er das nicht sein ganzes Leben lang getan – weglaufen vor seiner eigenen Vergangenheit? Ohne auch nur zu ahnen, welch hohen Preis Tante Zinzi und der Vater für seine Freiheit gezahlt hatten? Seine Karriere als Journalist baute darauf auf, dass Zinzi sich für die *Securitate* verdingte und der Vater als Kaufhausdetektiv, niemals hatte er im Westen als Ingenieur Fuß fassen können.

Und ich?, fragte Paul sich, rieb sich das unrasierte Kinn und schaute an sich herab. Was habe ich daraus gemacht? Ich bin ein Mann von beinahe fünfzig Jahren mit zu viel Bauch, in einem schmutzigen Hemd und ohne Job. Nicht einmal die Chefredakteurin, die immer zu mir gehalten hat, will mich noch. Und mit dem Kerl, der hinter all den Schweinereien steckt, die hier in letzter Zeit geschehen sind, kann ich es nicht aufnehmen. Niemals.

Hinter ihm erlosch das Licht in Carrys Küche. Vermutlich legte sie sich kurz schlafen, bevor sie in wenigen Stunden den Laden aufschloss. Der Mond verschwand hinter einem der Türme der Kirchenburg, immer noch flackerte in einem Fenster weit oben eine Lampe und tauchte nach einer Weile wieder auf. Die Hunde bellten, ein wenig müde schon, wie es schien. Im nahen Schwimmteich liebten sich lautstark die Frösche. Von etwas weiter weg, aus den Karpaten, meinte Paul, das Heulen eines Wolfes zu vernehmen. Und dort hinten, direkt unter der Steineiche, war das etwa ein Bär? Paul hielt die Luft an. Tatsächlich, da stand ein großer, brauner Bär. Er rieb sich genüsslich den Pelz an der Borke des uralten Baumes, und für den Bruchteil einer Sekunde glaubte Paul, er schaue ihm direkt in die Augen.

Dann trottete er gemächlich seines Weges.

Paul schluckte. Rang nach Luft. Schluckte noch einmal.

Wie lange sehnte er sich schon danach, ein einziges Mal einem Bären in freier Wildbahn zu begegnen? Beinahe sein ganzes Leben lang.

Er schluckte ein drittes Mal, spürte, wie es in ihm zu brodeln begann, von Kopf bis Fuß.

Dies hier, dachte er, ist meine Heimat. Die Menschen, die Natur, selbst die Tiere beschenken mich so überreich, dass ich es kaum fassen kann. Es wird Zeit, etwas zurückzugeben.

Und damit stand er auf und ging los.

Die schmale Tür in der äußeren Ringmauer war nur angelehnt, mit einem leisen Knarzen gab sie den Weg frei in den ersten Hof. Paul spürte knubbeliges Kopfsteinpflaster unter seinen Füßen, dazwischen wuchs kniehohes Gras. Auch das doppelflügelige Tor in der zweiten Ringmauer schwang sofort auf, als er es nur leicht berührte. Er ging hindurch und sah wenige Meter vor sich das marmorne Portal der Kirche. Dunkle, von unzähligen Füßen, die im Laufe der Jahrhunderte über sie hinweggelaufen waren, flach geschliffene Steinplatten führten mitten darauf zu. Die Kirche selbst mit ihren mächtigen Steinquadern wirkte weniger bedrohlich als bei Tag, im Gegenteil, das Mondlicht und die Rosen, die sich an ihr emporrankten, verliehen ihr etwas Zauberisches. Und nun fuhr Paul auch noch ein absolut betörender Duft in die Nase. Er stammte, wie er erkannte, von zahllosen Nachtkerzen, die sich sanft neben dem alten Gemäuer wiegten, ihre gelben Blütenkelche weit geöffnet. Weit über ihm, in einem der hoch aufragenden Türme, klagte ein Käuzchen.

Und war da nicht noch ein Geräusch, wie vom Flügelschlag eines langsam dahingleitenden Vogels? Paul lauschte. Nein, da war nichts. Auch die flackernde Lampe in einem der Türme, die ihn hierhergelockt hatte, konnte er von dort, wo er nun stand, nicht mehr sehen.

Und doch. Er spürte sie genau, die kalte Hand in seinem Nacken.

Wäre er noch derselbe wie vor einer Woche, er würde die Beine in die Hand nehmen und das Weite suchen. Aber er war nicht mehr derselbe. Er wusste jetzt um seine Vergangenheit, mehr noch, er spürte sie, wie Alma, Sánjas Tochter, es ausgedrückt hatte. Und mit diesem Wissen lief man nicht davon, nein, das ging nicht.

Paul trat durch die Kirchentür, gelangte in einen winzig kleinen, von einer einzelnen Kerze erleuchteten Vorraum und von da aus durch eine weitere, reich mit Schnitzereien verzierte Tür ins Kirchenschiff. Auch hier war es nicht vollkommen dunkel, durch hohe Fenster schien silbern der Mond. Paul fand sich zwischen niedrigen Bänken wieder, keine besaß eine Rückenlehne, dafür lagen Kissen darauf. Unter seinen Füßen knackten uralte Dielen. Weiter vorne konnte er den Altarraum erahnen, eine erhöhte Kanzel. Der ganze Raum strahlte eine solch erhabene Ruhe aus, dass die kalte Hand in Pauls Nacken sich ein wenig lockerte. Jahrhundertelang hatten die Menschen dieses Landstrichs in Kirchen wie dieser Zuflucht gesucht, hatten ihre Hochzeiten, Kindstaufen und Beerdigungen hier gefeiert, Kriege, Hungersnöte und Belagerungen überstanden. Paul war kein bisschen religiös, doch für einen Moment lang keimte die Hoffnung in ihm auf, dass die Kirche auch ihm Schutz gewähren möge.

Wenn es nur nicht so still wäre! Kein Laut drang durch die dicken Mauern. Paul merkte, wie seine Knie ein wenig weich wurden. Ließ sich auf einer der Bänke nieder.

Und da war sie, wie aus dem Nichts. Eine Hand auf seinem Unterarm, federleicht und doch von einem so festen Griff, als gehöre sie zu einem Raubvogel.

»Paul, mein Freund«, sagte der Pfarrer. »Wie schön. Nun komme ich doch noch dazu, Ihnen die Kirche zu zeigen.«

SECHSUNDZWANZIG

»Sie glauben gar nicht«, sagte der Pfarrer, »wie viel Geld und Mühe in diesem Gebäude stecken, um es nur halbwegs in seinem alten Glanz erstrahlen zu lassen. Ich würde ja gerne das Licht anmachen, damit Sie unsere orientalischen Teppiche bewundern können, sie hängen links und rechts an den Wänden und wurden einst von reisenden Kaufleuten gestiftet, oder unsere prächtige Orgel, kürzlich erst von Orgelbauern aus der Schweiz fachmännisch restauriert. Die Kassettendecke, die Sie leider auch nicht genau betrachten können, denn das Licht lasse ich doch lieber aus, ist nicht ganz echt, sie ist einfach nur aufgemalt, dafür besitzen wir jedoch einen Altar aus dem siebzehnten Jahrhundert. Und vielleicht erkennen Sie, wenn Sie sich ein wenig herabbeugen, die feinen Malereien an den Seitenteilen unserer Bänke. Aber ich merke schon, Ihnen ist gar nicht danach, sich herabzubeugen, nicht wahr?«

»Nein«, antwortete Paul. Und selbst wenn, so wäre er doch gar nicht in der Lage gewesen, sich auch nur einen Millimeter zu bewegen, denn die Hand des Pfarrers, der direkt hinter ihm war, hielt ihn mit eisernem Griff.

»Wo wir beide sitzen«, fuhr der nun fort, in einem so leichten Plauderton, dass sich sämtliche Haare in Pauls Nacken und auf seinem Rücken aufstellten, »dürften wir eigentlich gar nicht sitzen. Sie müssen wissen, hier, in der Mitte des Kirchenraums, saßen die Witwen, davor die unverheirateten Frauen, dahinter die Verheirateten. Die Bänke haben alle keine Rückenlehnen, damit man die Trachten, die die Frauen trugen, von allen

Seiten sehen konnte, und, natürlich, damit die Schleier nicht knitterten. Wunderbar, eine solche Ordnung, finden Sie nicht auch? Die unverheirateten Männer hatten ihre Plätze auf der Empore, wie schade, Sie können sie nur erahnen, weil es so dunkel ist. Die verheirateten Männer, falls ich das noch hinzufügen darf, saßen links und rechts des Altars, die Kinder wiederum am Chorgestühl. Aber ich merke schon, Sie sind nicht ganz bei der Sache, mein lieber Freund.«

»Nein«, antwortete Paul noch einmal und versuchte, ein winziges Stückchen von dem Pfarrer wegzurücken. Keine Chance.

»Mein lieber Paul«, flüsterte der nun so nahe an Pauls Ohr, dass er seinen warmen Atem spürte, »es tut mir so leid, dass wir beide nun in dieser unkomfortablen Situation sind. Sie müssen wissen, ich mochte Sie, wirklich, von Anfang an. Es ist nur so …«

»Lassen Sie uns lieber gleich zum Thema kommen«, fiel Paul ihm ins Wort. Er konnte diesen Plauderton keine Minute länger ertragen. »Ich nehme an, nachdem Günther bei Maia gewesen war, kam er direkt zu Ihnen, seinem Vertrauten und Geschäftspartner. Es ging ihm nicht gut, und innerhalb kürzester Zeit kollabierte sein Kreislauf.«

»Ganz genau richtig!«, rief der Pfarrer, nahezu begeistert klang er. »Ihre Vermutung trifft ins Schwarze, mein lieber Freund!«

»Sie hätten den Notarzt rufen können.«

»Selbstverständlich, das hätte ich tun können.«

»Warum«, presste Paul heraus, die Hand um seinen Arm schnitt ihm tief ins Fleisch, »taten Sie es nicht? Warum diese Inszenierung auf Schloss Bran?«

»Da Sie so interessiert fragen, will ich es Ihnen gerne erläutern. Punkt eins: Geschäfte, wie unsereins sie macht, mögen keine Öffentlichkeit, und sei es nur durch einen Notarzt zu nächtlicher Stunde. Niemand hat mich bislang mit Günther und seinen Unternehmungen in Verbindung gebracht, und so soll es auch bleiben. Punkt zwei: Es war so praktisch! Ihr Freund Sorin hatte die Sache mit dem Dracula-Park durchschaut und eine horrend übertriebene Geldforderung an Günther gestellt. Gleichzeitig wusste jeder von seiner kleinen Marotte, während seiner Führungen auf Schloss Bran einen Besucher in die Eiserne Jungfrau zu stecken. Und bei der Polizei war er schon unangenehm aufgefallen. Es war eine elegante Lösung, ihn aus dem Weg zu räumen.«

»Ein von innen verschlossener Raum«, flüsterte Paul, »ein Mörder, der neben seinem grausam zugerichteten Opfer liegt, von Kopf bis Fuß mit dessen Blut beschmiert. Die perfekte Inszenierung.«

»So ist es«, sagte der Pfarrer in seinem Rücken, Paul spürte seinen Atem an der Wange. »Ich danke Ihnen für Ihre Anerkennung.«

»Klar, gerne«, antwortete Paul und bemühte sich um einen neutralen Tonfall. »Für jemanden wie Sie war es auch ein Leichtes, sich nachts Zugang zum Schloss zu verschaffen. Anschließend verließen Sie den vermeintlichen Tatort, indem Sie aus dem Fenster und die Schlossmauer herabkletterten. Eine zufällige Zeugin hielt Sie für Graf Dracula persönlich, wahrscheinlich wegen Ihres im Wind flatternden Priestergewandes.«

»Tatsächlich?«, lachte der Pfarrer. »Da sieht man mal wieder, wozu eine Soutane alles gut ist.«

»Auch das ist Teil Ihrer Inszenierung«, sprach Paul weiter. »Die fleckige, zerfranste Soutane, unter der sich der athletische Körper eines selbst im Alter noch top trainierten Mannes verbirgt. Und die niemanden vermuten lässt, welche Reichtümer dieser Mann auf dunklen Wegen anhäuft. Sie haben sogar dafür gesorgt, dass Carrys Kamera seit Jahren nicht repariert wurde, sie hätte ja aufzeichnen können, wer bei Ihnen ein und aus ging. Nur dass Sie in der Nacht, in der Sie Sorin betäubten und verschleppten, dann doch einen Zeugen hatten – mich.«

»Zugegeben, das war eine Überraschung, Ihnen nachts mitten auf der Dorfstraße zu begegnen, noch dazu im Schlafanzug. Ich hatte ja mitbekommen, wie Sie und Sorin sturzbetrunken nach Hause kamen, und wähnte Sie im Bett. Ich brauchte einen Moment, um zu begreifen, dass Sie schlafwandelten. Ein sehr interessantes Phänomen!«

»Und ich glaubte zu träumen, von einem schwarzen Rabenwesen, das eine schwere Last schleppt.« Paul versuchte, sich ein klein wenig aufzurichten, woraufhin sogleich die andere Hand des Pfarrers vorschnellte und seinen linken Arm packte. Jetzt fühlte es sich an, als stecke er in einem der Folterwerkzeuge fest, die man auf Schloss Bran ausstellte. »Die gepfählte Schaufensterpuppe«, krächzte er, »die halb verweste Fledermaus im Auto, das Todeszeichen – das waren alles Sie. Zuletzt haben Sie auch mich betäubt und zu dem armen Sánja ins Grab geworfen, dessen Leiche Sie vorher ausgegraben und genau wie Günther bestialisch verstümmelt haben!«

»Sie haben mir eine Menge Arbeit gemacht«, murmelte der Pfarrer und stand so abrupt auf, dass Paul gegen ihn prallte. »Hoppla! Nun kommen Sie schon!« Er zerrte ihn aus der Bank in den hinteren Teil der Kirche, dabei hielt er Paul weiterhin so fest an den Armen gepackt, dass der glaubte, seine Schultern würden aus den Gelenken gerissen. »Seit unserer ersten Begegnung schienen Sie mir, verzeihen Sie die Bemerkung, ein wenig konfus. Als hätte der Besuch in der alten Heimat Sie aus der Spur getragen. Ich dachte, es würde reichen, Sie noch ein wenig mehr durcheinanderzubringen, damit Sie abreisen.« Er machte eine Pause. »Leider hat das nicht funktioniert, was ich sehr bedaure.« Sie waren vor einer niedrigen Tür angekommen, die der Pfarrer nun aufstieß. Dahinter erkannte Paul eine steile Treppe. »Los, rauf da!«

Paul zitterte so sehr, er verpasste die erste Stufe und wäre lang hingeschlagen, hätte der Pfarrer ihn nicht fest gepackt. Er war etwas kleiner als Paul und etliche Kilo leichter, doch er war ihm auf eine so deutliche Weise körperlich überlegen, dass Paul merkte, wie ihm der kalte Schweiß ausbrach.

»Was haben Sie vor?«, rief er und mühte sich, seine Stimme unter Kontrolle zu halten. »Werden Sie mich töten, so, wie Sie Sánja getötet haben? Und die arme Frau Huber?«

Da ertönte ein Geräusch in seinem Rücken, das klang, als kratze ein rostiges Messer über ein Stück Glas. Der Pfarrer lachte. Er lachte in einer verblüffend hohen Stimmlage, und er schien gar nicht mehr damit aufhören zu können.

»Das denken Sie, mein lieber Freund? Dass ich Sánja getötet habe? Und die liebe Elvira? Das trauen Sie mir zu?«

»Ja!«, brüllte Paul gegen das grausige Lachen an. Die Treppe nahm eine enge Kurve, wieder spürte er den heißen Atem des Pfarrers in seinem Nacken. »Selbstverständlich! Sie sind ein ehemaliger *Securitate*-Mann! Was weiß ich, wie viele Menschenleben Sie auf dem Gewissen haben, Sie Dreckskerl!«

»Jetzt reicht's.« Das Lachen verstummte schlagartig. »Das gefällt mir nicht, Paul, dass Sie mich als Dreckskerl bezeichnen und mir unterstellen, ich sei ein Mörder, kein bisschen gefällt mir das. Damit Sie's nur wissen: Der alte Sánja ist ganz von allein gestorben, was die Sache unnötig verkompliziert hat, schließlich brauchten wir ihn für die EU-Gelder als einheimischen Geschäftspartner, auch wenn er davon, so umnachtet, wie er war, natürlich nichts wusste. Und Elvira Huber erfreut sich bester Gesundheit. Ich habe ihr geholfen abzutauchen, sie war eh keine große Hilfe.«

»Was?« Paul wollte sich umdrehen, dem Pfarrer für einen Moment in die Augen sehen, doch der schubste ihn weiter die

Treppe hinauf. »Sie haben den Autounfall ebenfalls inszeniert? Himmel, wer war die Leiche, die man vollkommen verkohlt geborgen hat?«

»Ein großer Hirsch«, antwortete der Pfarrer und stieß wieder sein hohes Lachen aus. »Es hilft, wenn man noch alte Verbindungen zur Polizei hat.«

»So sind Sie auch an das Messer gekommen, das Sie mir ins Auto gelegt haben.«

»Sie haben sich sehr erschrocken, nicht wahr? Nun, es war eine letzte Warnung. Sie hätten wirklich abreisen sollen. Jetzt sind wir beinahe da.«

Die Treppe machte noch eine Biegung, und sie gelangten in einen engen, quadratischen Raum. Eine Leiter führte durch ein Loch in der Decke weiter in die Höhe, daneben stand auf einem Schreibtisch ein aufgeklapptes MacBook. An den Wänden hingen traditionelle siebenbürgische Stickarbeiten, eine Öllampe verbreitete eine beinahe anheimelnde Stimmung. Das war wohl der Lichtschein, den Paul gesehen hatte, als er vor Carrys Laden saß. Der Raum wirkte so gemütlich, dass er unwillkürlich an die Stunden denken musste, die er mit dem Pfarrer in dessen Hinterhof verbracht hatte, Wein trinkend, Mohnnudeln essend. Er merkte, wie ihm übel wurde. Diese Nacht, das spürte er tief in sich, würde er nicht überleben. Selbst wenn der Pfarrer die Wahrheit sagte und er Sánja sowie Elvira Huber nichts angetan hatte – ihn würde er niemals ziehen lassen. Pauls Magen verkrampfte sich so sehr, dass er nur mit Mühe ein Stöhnen unterdrücken konnte.

»Unsere vorletzte Station auf unserer kleinen Führung«, sagte der Pfarrer, und Paul konnte hören, wie er hinter ihm lächelte, als geleitete er tatsächlich einen neugierigen Besucher durch die Kirchenburg. »Der Speckturm. Früher lagerten alle Familien des Dorfes hier ihren Schinken, oft das Kostbarste, was sie besaßen. Ich habe mir hier ein kleines Büro eingerichtet.«

Er beugte sich zum Schreibtisch hinab, und für einen Moment ließ er Pauls linken Arm los. Paul zögerte keine Sekunde. Er wusste, dass er gegen diesen ehemaligen *Securitate*-Kämpfer keine Chance hatte, aber er musste es versuchen. Und so fuhr er herum und knallte seinen Hinterkopf mit aller Macht in das Gesicht des Pfarrers.

Es gab ein Geräusch, wie wenn ein Bleistift entzweibricht, und im nächsten Moment schoss aus der Nase des Pfarrers eine rote Fontäne. Das Blut spritzte ihm in die Augen, auf den Schreibtisch, bis an die weiß getünchte Wand.

Paul wollte an ihm vorbeistürzen und die Treppe hinab, doch der Griff um seinen rechten Arm lockerte sich nicht ein bisschen.

»Ach, Paul«, sagte der Pfarrer. In seinem Blick meinte Paul so etwas wie Enttäuschung zu sehen, aber keine Wut, keinen Schmerz, nichts dergleichen. Er wischte sich nicht einmal das blutbeschmierte Gesicht ab. »Jetzt müssen wir aber weiter.« Der Pfarrer machte ihm ein Zeichen. »Die Leiter ist ein wenig steil, Sie müssen vorausgehen, aber keine Angst, ich bin direkt hinter Ihnen.«

Paul glaubte, keine Luft mehr zu bekommen. In seiner Linken hielt der Pfarrer ein kleines Paket, das ihm vage bekannt vorkam, sowie ein Messer, beschmiert mit etwas Gelblichem. Das erkannte Paul sofort.

Als er die Leiter hinaufkraxelte, überkam ihn ein solches Zittern, dass er mehrfach die Sprossen verfehlte. Da fühlte er in seinem Rücken die Hand des Pfarrers, federleicht.

»Nicht doch, wir haben es gleich geschafft.«

Sie gelangten in die Spitze des Turmes. Eine Tür, sie stand halb offen, führte hinaus.

»Bitte, mein Lieber, nach Ihnen.« Der Pfarrer ließ ihn los.

Paul erkannte hinter der Tür so etwas wie einen Weg, wagte einen Schritt hinaus, vielleicht konnte er sich irgendwohin retten? Da stolperte er über ein dichtes Büschel Stroh, das sich an seinen Schuh schmiegte, als sei es lebendig. Er bückte sich, streifte es mit der Rechten ab und hielt ein Stück Fell in der Hand, daran, im Mondlicht gut zu erkennen, ein bleicher Schädel. Das war kein Stroh, das war der Kadaver eines vor langer Zeit verendeten Tieres. Ein Fuchs oder eine Katze, die sich zum Sterben hierher verkrochen hatte. Paul schleuderte den Kadaver von sich, verlor dabei beinahe das Gleichgewicht und sah erst jetzt, wo er sich befand: mitten auf der Burgmauer, links und rechts gähnte der Abgrund. Mit einem Satz war er zurück im Turm. »Werden Sie mich jetzt umbringen?«

»Gott bewahre! Ich bringe niemanden um. Das machen Sie selbst. Sie werden gleich von der Burgmauer stürzen. So etwas passiert Schlafwandlern immer wieder, sicherheitshalber habe ich schon vor einer Weile Ihren Schlafanzug an mich genommen. Wenn Sie sich bitte kurz umkleiden würden?«

Paul starrte den Pfarrer an. Er lächelte vollkommen arglos, sein Gesicht war voller Blut, von seinem Kinn tropfte es auf die Soutane. In der einen Hand hielt er immer noch das Messer, mit dem er Sánjas Leiche verstümmelt hatte, in der anderen, Paul erkannte es jetzt, seinen Schlafanzug.

»Nein«, stammelte Paul, »nein, ich …«

»Pscht. Ziehen Sie sich einfach aus. Wie Sie sehen, führt diese Tür hinaus auf die innere Burgmauer. Wenn Sie gut aufgepasst haben, wissen Sie noch, dass sie ein ganzes Stück höher ist als die äußere. Da kann man sich leicht das Genick brechen. Noch dazu ist dies die dem Dorf abgewandte Seite, niemand wird Sie hören, wenn Sie schreien. Und wenn Sie unten aufprallen, haben Sie das Messer in der Hand, mit dem Sie den lieben Alexandru Pop verstümmelt haben. Für die Polizei eine klare Sache. Und nun, bitte, ziehen Sie sich aus. Ich gucke Ihnen schon nichts weg.« Wieder stieß er dieses seltsam hohe Lachen aus.

Paul wagte einen Blick hinaus, doch da erwartete ihn links und rechts der Mauer weiterhin nichts als gähnender Abgrund. Und so begann er, sich auszuziehen. Er zitterte so sehr, er schaffte es kaum, seine Gürtelschnalle zu öffnen. In seinem Kopf tobten die Gedanken. Er wird mich töten, dachte er, und niemand bekommt es mit. Ich muss Hilfe holen, aber wie? Ich muss Zeit gewinnen, den Pfarrer in ein Gespräch verwickeln. Aber worüber?

Die Schnalle löste sich, er zog den Gürtel durch die Schlaufen, ließ ihn fallen. Dann zog er sich das Hemd über den Kopf, streifte Schuhe und Strümpfe ab, schlüpfte aus der Jeans.

»So ist es gut«, sagte der Pfarrer.

Beinahe hätte Paul laut gelacht. Über was sie alles gesprochen hatten in dieser Nacht, die sich nun bald dem Ende neigte! Alle seine Fragen waren beantwortet, die heillose Verwirrung, in die der Pfarrer ihn mit gepfählten Schaufensterpuppen und geschändeten Leichen gestürzt hatte, aufgelöst. Nun ging es ans Sterben.

Dieser Mensch da vor mir, dachte Paul, ist gar kein Mensch, das ist eine gefühllose Maschine. Es macht keinen Sinn, an sein Gewissen zu appellieren, er hat keins. Er hat auch keinen Gott, obwohl er als Pfarrer auftritt. Und das Gesetz interessiert ihn nicht die Bohne.

Nein, dieser Kerl hatte vor nichts und niemandem Angst. Und deshalb würde ihn auch nichts aufhalten.

Wie hatte Tante Zinzi es ertragen, diesen Dreckskerl jahrzehntelang direkt vor der Nase zu haben? Sogar noch nach Ende der Ceauşescu-Diktatur?

»Ich habe noch eine Frage«, sagte Paul und wandte sich dem Pfarrer zu. »Meine Tante – wusste sie, dass Sie ebenfalls für die *Securitate* arbeiteten?«

»Selbstverständlich.«

»Deshalb hat sie auch nie Ihre Kirche besucht.«

»Nein, das hat sie nicht. Aber Sie dürfen mir Glauben schenken, mein Lieber, ich habe ihr nie auch nur ein Haar gekrümmt. Im Gegenteil, ich habe so manches Mal meine schützende Hand über sie gehalten, wenn man in Hermannstadt nicht zufrieden war mit ihrer Leistung, und das passierte häufig. Ihre Tante hat sich jedes Fitzelchen Freiheit genommen, dessen sie habhaft wurde. Sie war keine große Stütze des Systems, beileibe nicht. Aber ich mochte sie, sehr sogar, genau wie Sie, Paul.«

Paul war, als hätte man in seinem Inneren einen Schalter umgelegt. Da war etwas in der Stimme des Pfarrers, das ihn aufhorchen ließ. Das ihm schon viel früher hätte auffallen müssen.

»Und Maia?«, rief er und trat zugleich einen Schritt rückwärts auf die Burgmauer. »Mögen Sie die auch?«

»Oh ja«, antwortete der Pfarrer. »Ich hege große Bewunderung für *doamna Badi.*«

Paul trat noch einen Schritt zurück. Er merkte, wie er von Kopf bis Fuß zu beben begann. Dieser Ton, der in den Worten des Pfarrers mitschwang, das war keine Bewunderung. Das war etwas vollkommen anderes.

Der Pfarrer hatte Tante Zinzi gefürchtet. Und er fürchtete Maia.

»Ein einziges Mal haben Sie sich auf Maias Hof getraut«, brüllte Paul, er war jetzt schon ein gutes Stück entfernt vom Pfarrer, »nämlich, als Sie die gepfählte Schaufensterpuppe platzierten. Das Todeszeichen warfen Sie einfach über das Tor. Als Sie das nächste Mal kamen, mit der Suppe, schreckten Sie vor dem Abwehrzauber zurück, den Maia an der Tür angebracht hatte, Sie liefen einmal ums halbe Dorf herum und platzierten den Teller im Fenster zu den Feldern. Und bevor Sie mich verschleppten zu Sánjas Grab, zerstörten Sie Maias Zeichen am Türrahmen. Sie kennen keinen Gott und kein Gesetz, aber

Frauen wie Maia und meine Tante Zinzi jagen Ihnen eine Höllenangst ein!«

»Wenn Sie meinen.« Der Pfarrer trat nun ebenfalls auf die Burgmauer. »Aber was tut das nun noch zur Sache? Jetzt, in dieser Stunde, sind wir zwei ganz allein, mein Freund. Mag sein, dass die Wölfe Sie hören, wenn Sie um Hilfe schreien. Oder der alte Bär, der sich manchmal in die Nähe des Dorfes wagt.« Er machte eine ausladende Bewegung mit der Hand, in der er das Messer hielt, zeigte in Richtung Karpaten, mit der anderen warf er Paul den Schlafanzug vor die Füße. »Die Hunde werden für einen Moment aufhören zu bellen, vielleicht, vielleicht auch nicht. Und im Hauch einer Sekunde wird Ihr Leben vorüber sein. Ich hätte es mir wirklich anders gewünscht, aber jetzt ist es nun einmal so.«

Er machte einen Satz, und ehe Paul sich versah, hielt er ihn von hinten umklammert, das Messer presste er gegen seine Kehle.

»So, und nun gehen wir gemeinsam ganz langsam in die Knie, Sie ziehen nur Ihre Schlafanzughose an. Das muss reichen. Sehen Sie? Gleich geht die Sonne auf. Es wird Zeit.«

Oh ja. Der Schnee auf den Karpaten schimmerte rosa.

Paul schwitzte. Er zitterte. Er war sich sicher, gleich müsste er sich übergeben. Schon zwang ihn der Pfarrer in die Knie, in seinem Nacken spürte er dessen Blut, das ihm immer noch aus der Nase rann. Unfassbar, welche Kräfte dieser Kerl besaß! Pauls letzter Gedanke galt Maia, der Nacht, die sie gemeinsam im Stall verbracht hatten. Mit welcher Liebe Maia den Tieren zugetan war, vor allem den Ziegen, die sie bis zu Sánjas Hof meckern hörte, obwohl das eigentlich ein Ding der Unmöglichkeit war …

Die Schneide des Messers drückte bereits fest auf Pauls Kehle, als er den Mund aufriss. »Mäh!«, schrie er, und dann gleich noch einmal: »Mäh!«

Der Pfarrer war so verblüfft, dass er ihn einen Moment losließ. Paul versuchte erst gar nicht wegzulaufen. Er richtete sich auf und schrie aus Leibeskräften. »Mäh!«

Und als der Pfarrer ihn erneut packte und in die Knie zwang, da meinte Paul ein Tor klappen zu hören. Dabei konnte das gar nicht sein, und doch. Während er, die Klinge des immer noch mit Leichenflüssigkeit beschmierten Messers am Hals, mit dem einen Bein in die Schlafanzughose stieg, glaubte er sogar, schnelle Schritte auf der Dorfstraße zu vernehmen. Und als er die Schlafanzughose über das andere Bein hochzog, war er sich beinahe sicher, im äußersten Augenwinkel etwas Helles in den inneren Hof der Kirchenburg flitzen zu sehen, so schnell, als fliege dieses Wesen.

Aber das war sicherlich alles eine Täuschung seiner zum Zerreißen gespannten Sinne.

»Bitte!«, flehte Paul. »Verschonen Sie mich!«

»Nein!«, rief der Pfarrer und ließ ihn los.

Er sprach nicht mit Paul, er sprach mit jemandem, der direkt unter ihnen stand, am Fuße der Burgmauer.

Es war eine wunderschöne Frau. Sie war barfuß, trug nichts als ein weißes Nachtkleid, das kupferrote Haar fiel ihr offen über die Schultern. Sie hatte den Blick erhoben, und in ihren Augen sah Paul etwas, das ihn schnell beiseitetreten ließ. Dabei schaute sie gar nicht zu ihm hoch, sie schaute zum Pfarrer.

»Nein!«, flüsterte der noch einmal. Seine hohe Gestalt schien zu wanken.

Da streckte die Schöne den Arm aus, sie zeigte direkt auf den Pfarrer, und sprach ein paar schnelle Sätze. Paul konnte kein Wort verstehen. Das war kein Rumänisch und erst recht kein Deutsch und auch sonst keine Sprache, die er jemals gehört hatte. Der Pfarrer jedoch schien jedes Wort zu verstehen. Er stöhnte, als sei jede ihrer Silben ein vergifteter Pfeil. Er duckte sich, griff sich ans Herz. Dann rannte er, als sei der Teufel persönlich hinter ihm her, zurück zum Turm. Schon hatte der Pfarrer die Hand nach der immer noch halb offen stehenden Tür ausgestreckt, als er über etwas stolperte. Ein Büschel struppigen Fells, daran ein Schädel, bleich schimmernd im Mondlicht. Paul erkannte den Kadaver, den er vor wenigen Minuten erst von sich geschleudert hatte. Es kam ihm beinahe so vor, als sei dieses Tier, das doch seit Ewigkeiten tot war, noch höchst lebendig und als schlage es seine Zähne mit aller Macht ins Bein des Pfarrers. Der geriet ins Wanken, ruderte wie irre mit den Armen durch die Luft, die Soutane verlieh ihm das Aussehen eines panisch flatternden Nachtvogels. Im nächsten Moment stieß der Pfarrer einen markerschütternden Schrei aus, verlor das Gleichgewicht und stürzte die Burgmauer hinab.

Ein dumpfer Aufprall. Stille.

»Himmelherrgott, was hast du getan?«, brüllte Paul.

»Was wohl?«, gab Maia zurück. »Ich habe ihn verflucht.«

SIEBENUNDZWANZIG

»Herzlich willkommen«, sagte die Anwältin und schlug eine grüne Mappe auf. »Ich begrüße Sie zur Testamentseröffnung von Elisabeth Schwartzmüller. Dürfte ich Sie bitten, dass Sie sich beide ausweisen?«

»Selbstverständlich«, murmelte Paul und nestelte aus seinem Portemonnaie seinen Pass hervor. Maia, die neben ihm saß, hatte ihren schon gezückt.

Paul warf ihr einen kurzen Seitenblick zu und merkte, wie sein Herz schon wieder zu stolpern begann. In der kurzen Zeit, die der Vulkaniseur Eugen gebraucht hatte, um alle drei kaputten Reifen an Pauls Mietwagen zu flicken, hatte Maia die Ziegen und die Hühner versorgt, die Kuh hinausgelassen und sich umgezogen. Jetzt trug sie ein schlichtes blaues Kleid, das kupferrote Haar hatte sie zu einem kunstvollen Knoten hochgesteckt. Paul kam sich furchtbar schäbig neben ihr vor, ungewaschen, in einem vollkommen zerknitterten Hemd, aus dem ein wenig Heu rieselte. Er hatte es gerade noch geschafft, seinen Schlafanzug mit den anderen Sachen in seine Reisetasche zu stopfen, bevor sie losmussten. Nicht einmal für einen Sprung in den Schwimmteich hatte die Zeit gereicht.

Ich bin, dachte Paul, in diesem Moment wahrscheinlich nicht nur der ungepflegteste Kerl in ganz Hermannstadt, sondern auch der dümmste. Wie dämlich er sich benommen, was er alles viel zu spät verstanden hatte!

Und zugleich, fügte er in Gedanken hinzu, war er der glücklichste Mann der Welt! Denn Maia, die schönste und aufregendste Frau, die ihm je begegnet war, hatte ihm das Leben gerettet!

Ganz kurz spürte er eine kleine Irritation in diesem wohligen Gefühl. Er musste daran denken, welche Wirkung Maias Worte auf den Pfarrer gehabt hatten. Und an den kleinen Beutel, der Bredica gehört hatte und dessen Inhalt immer noch in dem völlig zugemüllten Fußraum des Leihwagens lag. Maias Augen hatten sich, als sie einstieg und die Sauerei bemerkte, ganz kurz auf eine wirklich beunruhigende Weise verengt, doch eine Sekunde später hatte sie ihn wieder angelächelt.

Allein bei der Erinnerung an dieses Lächeln begann Pauls Herz zu hüpfen. Ich vergesse diese Sache mit den Beuteln, auch mit dem, den sie aus dem Bärenpark mitgebracht hat, beschloss er und setzte sich ein wenig gerader hin.

Jetzt gleich würde er der Anwältin mitteilen, dass er zugunsten Maias sein Erbe ausschlug, und damit dieser fantastischen Frau neben ihm hoffentlich eine Freude bereiten.

»Vielen Dank«, sagte die Anwältin und gab ihnen die Ausweise zurück. Sie war noch sehr jung, keine dreißig, schätzte Paul, und trug ihr dunkles Haar so kurz, dass es aussah, als habe sie einen schimmernden Helm auf dem Kopf.

»Ich darf Ihnen nun Folgendes mitteilen: Die verstorbene Elisabeth Schwartzmüller hat verfügt, dass Sie, Herr Schwartzmüller, den Hof erben und dass Sie, Frau Badi, lebenslanges Wohnrecht erhalten. Und dass diese Verfügung unabänderlich ist.«

»Aber«, sagte Paul, »ich wollte eigentlich …«

»Unabänderlich«, wiederholte die Anwältin.

»Wie kommst du nach Hause?«, fragte Paul, als sie draußen standen.

»Ich nehme den Bus.«

»Darf ich dich noch ein paar Schritte begleiten?«

»Gerne.«

Es war kurz nach neun. Die Cafés in den hochherrschaftlichen Häusern am Kleinen Ring öffneten gerade erst. Frauen und Männer in Business-Kleidung eilten zur Arbeit. Eine Malerin stellte ihre Staffelei vor dem Ratsturm auf. Ein Mann in weißer Bäckerschürze fachte ein Holzkohlenfeuer an, gleich würde es *Kürtöskalacs* geben, Baumstriezel. Aus einer Art Bioladen winkte ein junger Herr mit einer FFP2-Maske im Gesicht Maia verhalten zu.

Sie befanden sich vor dem Geschäft, in dem Paul Besorgungen für Maia gemacht hatte. Und direkt daneben, Maia stand schon darauf, war die *Podul Minciunilor*, die Lügenbrücke.

Jetzt oder nie, dachte Paul und machte einen großen Schritt nach vorne. Da war diese eine Frage, die ihn mehr beschäftigte als alles andere. »Maia?«

»Ja?«

»Wärest du mir auch zu Hilfe geeilt, wenn du mich nicht für eine Ziege gehalten hättest?«

»Ich habe dich nicht für eine Ziege gehalten.«

»Aber ich dachte, also, der Pfarrer sagte, niemand könne mich hören, und da du doch so ein sagenhaftes Gespür für Ziegen hast, also, ich habe gemeckert, zumindest so gut es ging, und du bist gekommen …«

»Ich habe dich nicht für eine Ziege gehalten.« Eine Hand an seiner Wange, zart und weich.

Paul schloss die Augen. Stellte sich sicherheitshalber breitbeinig hin. Aber die Brücke bewegte sich kein bisschen.

»Kommst du wieder?«, fragte sie.

»Ja«, antwortete Paul und spürte es ganz deutlich: Die Brücke stand felsenfest.

Maia ging. Das Letzte, was er von ihr sah, bevor sie die Stiege in die Unterstadt hinabeilte, war ein Zipfel ihres blauen Kleides, wie es im Sommerwind flatterte.

Die Uhr des Ratsturms ging auf halb zehn zu. In Deutschland wäre es gleich halb neun. Eine gute Zeit, beschloss Paul, für einen Anruf.

»Schwartzmüller«, meldete sich die Chefredakteurin und hustete erst einmal eine ganze Weile, bevor sie weitersprach. »Ich dachte schon, Sie rufen nie wieder an.«

»Doch, doch«, beeilte Paul sich zu sagen. »Ich bringe die Dinge in Ordnung. Ich komme zurück, heute noch.«

Dann kaufte er sich einen Baumstriezel und machte sich auf den Weg.

EPILOG

Pušomori saß im Geäst der Steineiche und beobachtete Maias Hof. In ihrem Rücken hörte sie das Dröhnen der Bagger, die die vergiftete Erde auf der Mülldeponie abtrugen. Sie vernahm auch die schrille Stimme der Polizistin Hatmanu, die jeden Tag vorbeikam und aufpasste, dass alles korrekt ablief. Diese Frau, dachte Pušomori, ließ wirklich nicht locker. Sie war es auch, die die geheimen Unterlagen des Pfarrers entdeckt hatte. Gut verborgen hinter siebenbürgischen Stickereien im Speckturm, führten sie zu einer ganzen Reihe von Verhaftungen. Nur einen mussten sie schnell wieder laufen lassen, einen jungen Porzellanmaler aus Sibiu, der wohl völlig ahnungslos in das Geflecht der Müllmafia geraten war.

Da. Jetzt verließ Maia den Hof. Pušomori rückte an das vordere Ende ihres Baumhäuschens, um besser sehen zu können. Maia trug eine Spitzhacke über der Schulter, der kleine schwarze Hund folgte ihr auf dem Fuße. Das tat er immer, seit der Heruntergekommene abgereist war. Offensichtlich ging Maia zu ihrem Feld, wie alle Dorfbewohner hatte sie auch ihres zurückerhalten. Sie baute Weizen dort an, nichts Ungewöhnliches.

Und doch. Seit der Pfarrer tot im Burghof gelegen hatte, fand Pušomori keine Ruhe mehr. Immer wieder kam ihr die alte Geschichte in den Sinn, die man über Maia erzählte. Dass sie schon als kleines Kind mit ihrer Großmutter durch die Wälder zog und verendete Tiere auflas, Mäuse, Schlangen, Kaninchen. Dass man damals munkelte, die Alte verfüge über magische Kräfte, braue aus totem Getier Liebeszauber für verzweifelte Frauen, Abwehrzauber gegen böse Geister und Erektionshilfen für müde Männer. Von Maias Mutter hieß es, sie sei eine moderne Frau gewesen, die das Tun der Alten mit Sorge verfolgte. Als die Großmutter starb, verbot sie ihrer Tochter, damit fortzufahren. Daraufhin soll Maia sie mit einem Blick bedacht haben, in dem alles Unheil dieser Welt lag.

Wobei das ja eigentlich niemand wissen konnte. Denn in der darauffolgenden Nacht brannte das Haus der Familie Badi bis auf die Grundmauern nieder. Niemand überlebte, nur Maia.

Die Tanten und Onkel weigerten sich, das Mädchen bei sich aufzunehmen. Wäre nicht Zinzi gewesen, eine Frau mit einem goldenen Herz, Maia wäre in eins der berüchtigten Kinderheime gekommen.

Pušomori schauderte. Und nun die Sache mit dem Pfarrer. Ihre Brüder hatten ihn immer unheimlich gefunden, jetzt hatte er angeblich Selbstmord begangen. Selbstverständlich kannte Pušomori den Obduktionsbericht genau. Die Verletzungen erklärte man sich mit dem Sturz von der Burgmauer, wobei das viele Blut auf der Vorderseite der Soutane schon ungewöhnlich war. Und weil er ja offensichtlich verrückt geworden war – das Messer in seiner Hand, auf dem noch die Leichenflüssigkeit des alten Sánja klebte, sprach für sich –, hatte auch niemand dem anderen Detail Aufmerksamkeit geschenkt.

Niemand außer Pušomori.

Dem Pfarrer fehlte ein Finger.

In ihrem Rücken hörte Pušomori die Polizistin Hatmanu davonfahren. Eine wirklich tüchtige Frau. Aber das mit dem Finger, nein, das würde sie nicht verstehen.

Es würde an Pušomori sein, Maia im Auge zu behalten.

NACHWORT

Selbstverständlich gibt es in Siebenbürgen keine *Nachzehrer* und keine *Strigoi*, zumindest sind mir bislang keine begegnet, und ich habe sehr genau nach ihnen Ausschau gehalten. Was es gibt, ist eine Landschaft, die mir den Atem raubt, eine absolut einzigartige Tier- und Pflanzenwelt, architektonische Baudenkmäler noch und nöcher und, vor allem, Menschen, die mir so offen und so gastfreundlich begegnet sind, wie ich es sonst noch nirgendwo erlebt habe.

Mein großer Dank gilt deshalb Ulrike und Jonas Schäfer, die uns nicht nur sagenhaft romantisch beherbergt und köstlich bekocht haben, sondern die uns auch nächtelang aus ihrem Leben im *Valea Verde* erzählten, uns spüren ließen, welch ein beglückendes Abenteuer es sein kann, dort zu leben. Und natürlich haben sie einen Schwimmteich.

Eine Begegnung, die mich immer noch bewegt, war die mit Carmen Schuster und Michael Lisske in Kleinschenk. Auch wegen der hervorragenden Küche, der imposanten Kirchenburg und wegen der liebevoll renovierten Unterkünfte – mein Schreibtisch war mit Tischlinoleum bezogen, und vor dem Fenster sind die Karpaten –, vor allem aber wegen unserer Gespräche. Michael Lisske weiß einfach alles über die Siebenbürger Sachsen, und die Lebensgeschichte von Carmen Schuster ist so beeindruckend, dass ich darum bat, ein kleines bisschen davon in diesen Kriminalroman einfließen lassen zu dürfen. Danke, liebe Frau Schuster, dass Sie mir dazu die Erlaubnis gaben!

Hermann Kurmes hat uns bei Suppe und Kuchen von den siebenbürgischen Bären erzählt, Jochen Cotaru beantwortete alle meine Fragen über Ziegen und veränderte meine Vorstellung über diese charakterstarken Tiere nachhaltig.

Schloss Bran, dieser oft als Touristenfalle beschriebene Ort, entpuppte sich als ein Märchenschloss mit einer hörenswerten Geschichte, auch ganz ohne Dracula. Zwielichtige Geschäftemacher gibt es dort meines Wissens keine, es werden auch niemandem die Füße gewaschen.

Wundersame Erklärungen zu allen Arten von Untoten fand ich in dem lesenswerten Buch »Geköpft und gepfählt« von Angelika Franz und Daniel Nösler. Die Geschichte mit dem ausgegrabenen *Strigoi* in der Walachei findet man dort auch, sie hat sich wohl tatsächlich so zugetragen.

Die meisten Gerichte, die in diesem Buch vorkommen, habe ich selbst probiert und mir danach wie Paul selig den Bauch gerieben. Eine schier unerschöpfliche Rezeptsammlung fand ich in den Lebenserinnerungen von Dagmar Dusil, »Blick zurück durchs Küchenfenster«, die mir zu meinem Glück im Erasmus Büchercafé in Hermannstadt in die Hände fielen.

Zu guter Letzt danke ich meinem Cousin Johannes, der mich mit seiner Rumänien-Begeisterung angesteckt hat und der uns dank Handy hilfreich zur Seite stand, wenn wir wieder einmal zum Vulkaniseur mussten.

Lioba Werrelmann, November 2022